Folle de toi !

Du même auteur
aux Éditions J'ai lu

LES CHICAGO STARS

1. NULLE AUTRE QUE TOI
N° 9259

2. UNE ÉTOILE EN PLEIN CŒUR
N° 9405

3. CELUI QUE J'AI CHOISI
N° 9555

4. ENSORCELÉE
N° 5645

5. FOLLE DE TOI !
N° 9902

DRÔLE DE CIRQUE !
N° 4882

TU N'ÉCHAPPERAS PAS À TON PASSÉ
N° 6450

LES LEÇONS DU CŒUR
N° 6601

UN RETOUR INATTENDU
N° 6979

AUTANT EN EMPORTE LA PASSION
N° 8594

Susan Elizabeth

PHILLIPS

LES CHICAGO STARS – 5

Folle de toi !

Traduit de l'américain
par Sophie Dalle

J'ai lu

Titre original
THIS HEART OF MINE

Éditeur original
First published in the United States in 2001 by Avon Books,
an imprint of HarperCollinsPublishers

À Jill Barnett
Pour ses talents de marieuse

Remerciements

Merci à tous ceux qui se sont rassemblés autour de moi pour leurs conseils judicieux et leur expertise, notamment Steve Axelrod, Jill Barnett, Christine Foutris, Anne Maxwell, Bill Phillips, John Roscich, Betty Schulte, les mamans de « Windy City RWA » et Chris Zars. Merci aussi à l'incomparable équipe de la « Creative Fest » : Jennifer Crusie, Jennifer Green, Cathie Linz, Lindsay Longford et Suzette Vann. Barbara Jepson m'a simplifié la vie de manière inestimable. Carrie Feron continue à mériter mon éternelle gratitude pour sa sagesse, son amitié et ses conseils éditoriaux. Je suis immensément redevable à tout le personnel de chez Morrow/Avon dont l'aide m'est si précieuse. Merci, Ty, d'avoir prêté ton appartement à Molly et à Zach, et d'avoir écrit de si jolies chansons d'amour pour Devin et Molly. Par-dessus tout, je veux remercier mes lecteurs qui ont tant insisté pour que Kevin ait droit à sa propre histoire. Pour la raconter, j'ai dû prendre quelques libertés en matière de passage du temps et d'âge des personnages associés à l'équipe de football des Chicago Stars. J'espère que ceux d'entre vous qui se soucient de ce genre de détails me pardonneront.

SUSAN ELIZABETH PHILLIPS

1

Daphné la lapine admirait le vernis mauve pailleté sur ses ongles quand Benny le blaireau, filant à vive allure sur sa bicyclette tout-terrain rouge, faillit la renverser.
« Espèce de blaireau barbant ! s'exclama-t-elle. Tu mériterais qu'on crève tes pneus ! »
Daphné fait une chute

Le jour où Kevin Tucker faillit la tuer, Molly Somerville renonça pour toujours à l'amour non partagé.

Elle se faufilait entre les plaques de verglas, sur le parking du siège des Chicago Stars, quand il surgit de nulle part à bord de sa Ferrari 355 Spider flambant neuve à cent quarante mille dollars. Pneus crissant, moteur rugissant, la voiture rouge surbaissée jaillit du virage, soulevant une gerbe de gadoue et de neige fondue. Molly recula d'un bond, se cogna contre le pare-chocs de la Lexus de son beau-frère, perdit l'équilibre et s'affala sur le sol dans un nuage de gaz d'échappement.

Kevin Tucker ne daigna même pas ralentir.

Molly regarda disparaître ses feux arrière, serra les dents et se releva. La jambe de son pantalon Comme des Garçons était maculée de boue, son sac Prada en piteux état et ses bottes italiennes, éraflées.

— Espèce de salaud ! Tu mériterais qu'on te castre ! marmonna-t-elle.

Il ne l'avait même pas *vue* ! Bon, d'accord, rien de nouveau sous le soleil. Kevin Tucker avait mené toute sa carrière dans l'équipe de football des Chicago Stars sans jamais la remarquer.

Daphné épousseta sa queue blanche, ses beaux escarpins bleus, et décida de s'acheter la paire de rollers la plus rapide du monde. Tellement rapide qu'elle pourrait rattraper Benny sur sa bicyclette et...

Molly envisagea un instant de remonter dans la Coccinelle Volkswagen d'occasion qu'elle avait achetée après avoir vendu sa Mercedes pour se lancer à la poursuite de Kevin. Toutefois, malgré son imagination fertile, elle fut incapable d'imaginer une conclusion satisfaisante à un tel scénario. Furieuse contre elle-même, elle se dirigea vers l'entrée du siège des Stars en secouant la tête. Ce type était désinvolte et superficiel. Assez ! Fini, l'amour non partagé.

Enfin, « amour », c'était beaucoup dire. En fait, elle avait le béguin pour cette brute, ce qui aurait pu s'expliquer si elle avait eu seize ans. De la part d'une femme de vingt-sept ans au QI frôlant le génie, c'était pathétique.

Génie, tu parles !

Un souffle d'air chaud l'accueillit tandis qu'elle franchissait les portes en verre ornées du logo de l'équipe – trois étoiles dorées entrelacées dans un ovale bleu ciel. Molly venait beaucoup moins souvent ici depuis qu'elle avait quitté le lycée. Même à cette époque, elle ne s'y sentait pas dans son élément. Incorrigible romantique, elle préférait lire un bon roman ou se perdre dans un musée plutôt que d'assister à un match de football. Certes, elle était fan des Stars, mais sa loyauté résultait davantage de son parcours familial que d'un penchant spontané pour les sports de contact. Sueur, sang et collisions violentes entre épaulières étaient aussi étrangers à sa nature que… eh bien… Kevin Tucker.

— Tante Molly !

— On t'attendait !

— Tu ne devineras jamais ce qui s'est passé !

Elle sourit tandis que ses deux ravissantes nièces faisaient voile vers elle, cheveux blonds volant dans leur sillage.

Âgées de onze ans, Tess et Julie ressemblaient furieusement à leur mère Phoebe, la sœur aînée de Molly. C'étaient des jumelles identiques, mais Tess portait un jean et un sweat-shirt des Stars alors que Julie arborait un pantacourt noir et un pull rose. Toutes deux étaient athlétiques, mais alors que Julie était passionnée par le ballet, Tess triomphait dans les jeux d'équipe. Enjouées et optimistes, elles avaient beaucoup de succès auprès de leurs camarades de classe, mais posaient d'énormes problèmes à leurs parents, le mot « impossible » leur étant inconnu.

Elles s'immobilisèrent abruptement, oubliant ce qu'elles s'apprêtaient à raconter à Molly.

— Ômondieu, ils sont rouges !

— Vraiment rouges !

— Trop cool ! Pourquoi tu nous l'as pas dit ?

— Un geste impulsif… avoua Molly.

— Je vais teindre les miens de la même couleur ! annonça Julie.

— Mauvaise idée, répliqua Molly. Bon, qu'alliez-vous me dire ?

— Papa est furieux, lâcha Tess.

Elle écarquilla les yeux et sa jumelle en fit autant.

— Oncle Ron et lui se sont encore disputés avec Kevin, renchérit Julie.

Bien qu'elle eût renoncé pour toujours à l'amour non partagé, Molly tendit l'oreille.

— Qu'a-t-il fait ? En plus de m'avoir pratiquement roulé dessus.

— Il a fait ça ?

— Peu importe. Je suis tout ouïe.

— Il a sauté en parachute la veille du match contre les Broncos.

— Aïe ! Aïe ! Aïe ! souffla Molly, le cœur serré.

— Papa vient de l'apprendre et il lui a collé une amende de dix mille dollars !

— Aïe ! Aïe ! Aïe ! répéta Molly.

À sa connaissance, c'était bien la première fois que l'on sanctionnait Kevin. Les frasques du célèbre joueur avaient débuté juste avant le stage d'entraînement du mois de juillet, quand il s'était foulé le poignet en participant à une course amateur de moto tout-terrain. Il n'était pas du genre à commettre des imprudences qui risquaient de mettre en péril ses performances sur le terrain, aussi tout le monde s'était montré compatissant, surtout Dan qui le considérait comme un modèle de professionnalisme.

Cependant, l'attitude de Dan avait commencé à changer lorsqu'il avait appris qu'en pleine saison, Kevin avait fait du parapente à Monument Valley. Peu après, il s'était offert la Ferrari qui avait frôlé Molly sur le parking. Puis, le mois dernier, le *Sun Times* avait rapporté que Kevin avait quitté Chicago immédiatement après le débriefing du lundi soir pour s'offrir une journée de héliski dans l'Idaho. Kevin étant revenu indemne, Dan s'était contenté de lui donner un avertissement. Mais de toute évidence, ce dernier incident l'avait poussé à bout.

— Papa hurle sans arrêt, mais je ne l'avais jamais entendu s'en prendre à Kevin avant aujourd'hui, affirma Tess. Et Kevin a crié aussi fort que lui. Il a dit qu'il savait ce qu'il faisait, qu'il était en pleine forme et que papa n'avait qu'à se mêler de ses affaires.

Molly tressaillit.

— Ton père n'a pas dû apprécier.

— Il a explosé, confirma Julie. Oncle Ron a essayé de les calmer, mais le coach est arrivé et lui aussi s'est mis à brailler.

— Comment a réagi votre mère ? risqua Molly, qui savait que sa sœur ne supportait pas les disputes violentes.

— Elle s'est enfermée dans son bureau et a mis un disque d'Alanis Morissette à plein volume.

Sans doute une excellente décision.

Elles furent interrompues par l'arrivée d'Andrew, leur frère âgé de cinq ans, qui déboula de nulle part comme la Ferrari de Kevin.

— Tante Molly ! Tu sais quoi ? s'exclama-t-il en se jetant contre ses jambes. Tout le monde a crié et j'ai mal aux oreilles.

Andrew ayant hérité non seulement de la beauté de son père, Dan Calebow, mais aussi de sa voix tonitruante, Molly en doutait sincèrement. Toutefois, elle lui caressa le crâne.

Il la dévisagea d'un air consterné.

— Et Kevin était si fâché contre papa et oncle Ron et le coach qu'il a dit un gros mot ! Deux fois !

— Oh ! la la ! murmura Molly en réprimant un sourire.

Vu le temps qu'ils passaient dans les bureaux d'une équipe appartenant à la NFL – la Ligue nationale du football –, les enfants Calebow entendaient inévitablement toutes sortes d'obscénités. Les règles étaient toutefois très claires. Jurer sous le toit familial était passible d'une amende sévère, quoique nettement inférieure à celle de dix mille dollars infligée à Kevin.

Molly n'en revenait pas. Comment avait-elle pu s'amouracher de ce type, l'homme le plus superficiel du monde ? Il ne s'intéressait qu'au football. Au football et aux mannequins dépourvues d'expression. Où les dénichait-il ? Sur Sanscaractère.com ?

— Bonjour, tante Molly.

Contrairement à son frère et à ses sœurs, Hannah, huit ans, s'approcha sans courir. Si Molly les aimait tous les quatre à égalité, elle avait un faible pour cette fillette si différente des autres, vulnérable, rêveuse et romantique, hypersensible, imaginative, passionnée par la lecture et douée pour le dessin, comme sa tante.

— J'aime bien tes cheveux.

— Merci.

— Qu'est-ce qui t'est arrivé ? demanda Hannah en remarquant la boue sur son pantalon.

— J'ai glissé dans le parking. Rien de grave.

Hannah se mordilla la lèvre inférieure.

— Ils t'ont parlé de la dispute entre Kevin et papa ?

Son désarroi ne surprit pas Molly outre mesure. Kevin rendait visite aux Calebow de temps en temps et, comme elle, Hannah en pinçait pour lui. Mais contrairement à celui de Molly, l'amour de cette petite était pur.

Andrew restant accroché à ses jambes, Molly tendit le bras vers Hannah, qui vint se blottir contre elle.

— Ma chérie, chacun doit assumer les conséquences de ses actes, Kevin compris.

— Qu'est-ce qu'il va faire, d'après toi ?

Molly était à peu près certaine qu'il irait se consoler dans le lit d'une top model de plus maîtrisant à peine l'anglais, mais experte dans les arts érotiques.

— Je suis sûre que tout ira bien une fois qu'il se sera calmé.

— J'ai peur qu'il ne fasse une bêtise.

— Comme de sauter en parachute la veille d'un match contre les Broncos ? hasarda Molly.

— Il n'a pas dû réfléchir.

— Je dois dire deux mots à ta maman, et après, on s'en va toutes les deux.

— La prochaine fois, c'est mon tour ! lui rappela Andrew en la lâchant enfin.

— Je n'ai pas oublié.

Les enfants venaient à tour de rôle dormir chez elle, à Evanston. D'ordinaire, elle les y recevait le week-end plutôt qu'un mardi soir, mais les enseignants étaient en formation le lendemain, et Molly trouvait que Hannah avait besoin d'un peu d'attention supplémentaire.

— Va vite chercher ton sac à dos. Je n'en ai pas pour longtemps.

Molly longea un couloir aux murs couverts de photographies retraçant l'histoire des Chicago Stars. Le portrait de son père démarrait l'exposition, et elle constata que sa sœur avait rafraîchi les cornes noires qu'elle-même avait peintes sur sa tête autrefois. Bert Somerville, fondateur de l'équipe, était décédé depuis des années, mais sa cruauté demeurait gravée dans la mémoire de ses filles.

Suivait un portrait officiel de Phoebe Somerville Calebow, propriétaire actuelle des Stars, puis une photo de son mari, Dan Calebow, datant de l'époque où il était entraîneur et non président. Molly contempla la photo de son beau-frère avec un sourire affectueux. Dan et Phoebe l'avaient recueillie chez eux lorsqu'elle avait quinze ans et s'étaient révélés de bien meilleurs parents que Bert Somerville. Il y avait aussi une photo de Ron McDermitt, le directeur général, « oncle Ron » pour les enfants.

Molly fit un crochet par les toilettes. Tout en posant son manteau sur le lavabo, elle étudia son reflet dans la glace d'un œil critique. Plutôt que de se contenter de cette coupe courte et effilée qui mettait en valeur son regard, elle avait teint sa chevelure châtain foncé en rouge vif. Elle ressemblait à un cardinal.

L'avantage, c'était que cette couleur donnait un peu de peps à ses traits plutôt ordinaires. Elle ne s'en plaignait pas, loin de là. Elle avait un nez convenable, une bouche acceptable, un corps ni trop mince ni trop enrobé, mais sain et fonctionnel. Un coup d'œil sur son buste lui confirma ce qu'elle savait depuis longtemps – en tant que fille d'une danseuse de revue, elle avait été lésée.

En revanche, elle avait de jolis yeux, légèrement en amande, ce qui leur conférait une aura de mystère (selon elle).

Avec un soupir, elle entreprit de nettoyer la boue sur son pantalon et son sac. Une fois satisfaite, elle ramassa ses affaires et poursuivit son chemin jusqu'au bureau de sa sœur.

En cette première semaine de décembre, quelques membres du personnel avaient commencé à accrocher guirlandes et festons. Sur la porte de Phoebe était fixé un dessin de Molly représentant un Père Noël vêtu de l'uniforme des Stars.

— Tante Molly est arrivée, annonça-t-elle en passant la tête dans l'entrebâillement.

Dans un cliquetis de bracelets en or, sa sœur aînée jeta son stylo sur la table.

— Dieu soit loué ! Enfin une personne saine d'esprit. Je commençais à... Ô mon Dieu ! Qu'as-tu fait à tes cheveux ?

Blonde, les yeux ambre, une silhouette de rêve... Phoebe ressemblait à ce que serait devenue Marilyn Monroe si elle avait atteint la quarantaine – encore que Molly avait du mal à imaginer Marilyn Monroe avec une tache de confiture de mûres sur son chemisier en soie. Molly pourrait user de tous les subterfuges possibles, jamais elle ne serait aussi belle que sa sœur, mais elle s'en moquait. Peu de gens savaient combien Phoebe en avait souffert autrefois.

— Oh, non, Molly... pas encore !

La consternation de Phoebe était telle que Molly s'en voulut de ne pas avoir mis un chapeau.

— Détends-toi, veux-tu ? Il ne va rien se passer.

— Tu parles ! Chaque fois que tu changes de coiffure, on a droit à un *incident*.

— Les *incidents*, c'est du passé, renifla Molly. Cette fois, c'est un acte purement cosmétique.

— Je n'en crois rien. Tu t'apprêtes à commettre encore une folie, n'est-ce pas ?

— Pas du tout !

À force de le répéter, peut-être finirait-elle par s'en convaincre elle-même.

— Dix ans, grommela Phoebe. L'élève la plus intelligente et la plus disciplinée du pensionnat. Et du jour au lendemain, tu coupes ta frange et tu jettes une bombe puante dans le réfectoire.

— Ce n'était rien de plus qu'une expérience chimique.

— Treize ans. Calme. Studieuse. Pas le moindre faux pas depuis l'épisode de la bombe puante. Tout à coup, voilà que tu te peignes avec de la poudre de Jell-O mauve. Puis tu emballes les trophées de Bert et tu les jettes aux ordures.

— Quand je te l'ai avoué, tu t'en es réjouie. Admets-le.

Mais Phoebe était lancée, elle n'allait rien admettre du tout.

— Quatre années passent. Quatre années pendant lesquelles tu as eu un comportement irréprochable et poursuivi des études brillantes. Dan et moi t'avons accueillie chez nous, dans nos cœurs. Tu es en terminale, c'est toi qui dois prononcer le discours de fin d'année. Tu as un foyer stable, tu es entourée de gens qui t'aiment... Tu es vice-présidente du conseil des élèves, pourquoi devrais-je m'inquiéter quand tu t'affubles de mèches bleues et orange ?

— Les couleurs de l'école, se défendit Molly.

— La police me téléphone pour m'annoncer que ma sœur – travailleuse, intelligente, élue citoyenne du mois ! – a délibérément déclenché l'alarme incendie à l'heure du déjeuner ! Notre petite Molly ne se contente plus de menues frasques, non, non, elle est passée directement aux délits de classe deux !

Une énorme bêtise. Elle avait trahi ses proches, et même après une année sous contrôle judiciaire et de nombreuses heures de travaux d'intérêt général, elle avait été incapable d'en expliquer la raison. Elle l'avait compris plus tard, au cours de sa deuxième année d'études à l'université Northwestern.

C'était au printemps, juste avant les examens de fin d'année. Agitée, incapable de se concentrer, Molly avait délaissé ses manuels pour lire des romans sentimentaux, dessiner ou s'observer dans le miroir en rêvant d'une chevelure préraphaélite. Elle avait eu beau dépenser tout son argent de poche en extensions de cheveux, sa frustration ne s'était pas dissipée. Jusqu'au jour où, émergeant de la librairie, elle avait découvert dans son sac une calculette qu'elle n'avait pas payée.

Sa mésaventure au lycée ayant porté ses fruits, elle était revenue immédiatement sur ses pas pour la rendre, puis avait foncé au cabinet du psychologue de la faculté.

Phoebe interrompit le fil de ses pensées en se levant d'un bond.

— Quant à la dernière fois...

Molly grimaça.

— La dernière fois que tu as changé de coiffure – cette horrible coupe en brosse, il y a deux ans...

— C'était la mode !

Phoebe serra les dents.

— Cette fois-là, tu as renoncé à quinze millions de dollars !

— Oui, bon... mais c'était une simple coïncidence.

— Ha !

— L'argent de Bert m'étouffait. J'avais besoin d'échapper au passé pour me construire.

— T'appauvrir, oui !

Molly esquissa un sourire. Phoebe se garderait d'en convenir, mais elle savait parfaitement pourquoi sa cadette avait abandonné son héritage.

— Vois les choses du bon côté. Personne n'est au courant. On me prend juste pour une excentrique qui préfère rouler en Coccinelle et vivre dans un placard.

— Tu adores cet appartement.

Inutile de le nier. Bien que petit, son loft était son bien le plus précieux, et elle était fière d'en payer les traites chaque mois avec de l'argent qu'elle gagnait. Elle décida de changer de sujet avant que Phoebe ne reparte de plus belle.

— Les enfants m'ont dit que Dan a infligé à M. Frivole une amende de dix mille dollars.

— Tu as tort de l'appeler ainsi. Kevin n'est pas superficiel, il est…

— Balourd ?

— Franchement, Molly, j'ai du mal à comprendre pourquoi tu le détestes à ce point. Vous n'avez pas dû échanger plus de dix mots en autant d'années.

— Par principe. J'évite les individus qui ne parlent que de football.

— Si tu le connaissais mieux, tu l'apprécierais autant que moi.

— N'est-ce pas fascinant, cette manie qu'il a de ne fréquenter que des femmes qui ne connaissent pas notre langue ? Remarque, au moins il est sûr qu'un truc aussi stupide qu'une conversation n'interférera pas avec le sexe.

Phoebe rit malgré elle.

Molly partageait presque tout avec sa sœur, pourtant elle ne lui avait jamais parlé de ses sentiments envers le joueur des Stars. Non seulement cela aurait été humiliant, mais en plus, Phoebe se serait empressée de confier l'information à Dan, qui aurait sauté au plafond. Son beau-frère était plus que protecteur à son égard, et aucun athlète n'avait le droit de l'approcher à moins d'être gay ou marié et heureux en ménage.

À cet instant précis, l'objet de ses pensées fit irruption dans la pièce. Dan Calebow était grand, blond et beau. La maturité lui seyait et ses quelques rides ne faisaient qu'ajouter à son charme viril.

Quand Phoebe avait hérité de l'équipe, Dan en était l'entraîneur. Malheureusement, elle ne connaissait rien au métier et il s'était empressé de lui déclarer la guerre. Leurs bagarres étaient si féroces qu'un jour, Ron McDermitt, le directeur général, avait suspendu Dan pour avoir insulté Phoebe. Cependant, très vite, leurs différends s'étaient transformés en tout autre chose.

Molly avait décidé une fois pour toutes que l'histoire d'amour de Dan et de Phoebe était digne d'un conte de fées, et qu'elle-même ne se satisferait de rien de moins.

Une Grande Histoire d'Amour, sinon rien. Elle pouvait toujours rêver.

Dan drapa spontanément le bras sur ses épaules et le cœur de Molly se serra. Au fil des ans, elle était sortie avec beaucoup de garçons sympathiques. Elle s'était même persuadée à une ou deux reprises qu'elle était amoureuse, avant de se ressaisir en prenant conscience qu'ils n'arrivaient pas à la cheville de son beau-frère. Elle commençait à désespérer.

— Phoebe, je sais que tu aimes bien Kevin, mais cette fois, il est allé trop loin, déclara-t-il. Je ne comprends pas ! Jouer pour les Chicago Stars est ce qui compte le plus au monde pour lui. Pourquoi s'ingénie-t-il à ce point à tout gâcher ?

— Tu pourrais probablement y répondre, toi qui étais dans un état pitoyable jusqu'à ce que je débarque dans ta vie, répliqua Phoebe avec un sourire suave.

— Tu me confonds avec un autre.

Phoebe s'esclaffa, et Dan lui adressa un sourire empli de tendresse, avant d'enchaîner :

— Si je ne le connaissais pas aussi bien, je dirais qu'il est poursuivi par le diable.

— Les diablesses, rectifia Molly. Toutes dotées d'un accent étranger et de gros seins.

— Cela fait partie de la vie d'un joueur de football et tu n'as pas intérêt à l'oublier.

Molly en avait assez d'entendre parler de Kevin. Elle embrassa Dan sur la joue.

— Hannah m'attend. Je vous la ramène demain en fin d'après-midi.

Molly regagna le hall, salua les uns et les autres, et s'en alla avec sa nièce. L'autoroute est-ouest était déjà très encombrée et il leur faudrait plus d'une heure pour atteindre Evanston, la ville de la côte nord où elle avait fait ses études et élu domicile.

— Serpentard ! gronda-t-elle à l'intention de l'automobiliste qui venait de lui faire une queue-de-poisson.

— Sale pourriture de Serpentard ! renchérit Hannah.

Molly sourit intérieurement. Elle n'était pas mécontente de sa trouvaille, ce détournement d'un personnage de Harry Potter qui lui permettait d'injurier les chauffards sans prononcer un gros mot. À son grand amusement, Phoebe, puis Dan l'avaient repris. Tandis que Hannah lui racontait sa journée, Molly repensa à sa conversation avec sa sœur et à l'héritage dont elle s'était séparée.

Dans son testament, Bert avait laissé à Phoebe les Chicago Stars. Ce qui restait de ses biens après une succession d'investissements malheureux reviendrait à Molly. Celle-ci étant mineure à l'époque, Phoebe avait fait fructifier son capital qui avait fini par atteindre la somme de quinze millions de dollars. Enfin, à l'âge de vingt et un ans, et fraîchement munie d'un diplôme de journalisme, Molly avait pu prendre le contrôle de ses fonds. Elle s'était installée dans un luxueux appartement du quartier le plus chic de Chicago et y avait mené grand train.

Le lieu était froid et ses voisins beaucoup plus âgés qu'elle, mais elle avait mis du temps avant de se rendre compte de son erreur. Grisée par sa nouvelle situation, elle s'était offert des vêtements de marque, avait acheté des cadeaux à ses amis et une grosse voiture pour elle-même. Mais au bout d'un an, elle s'était rendu compte que cette vie de riche oisive ne lui convenait pas. Elle était habituée à travailler dur, soit en cours, soit dans ses jobs d'été. Elle avait donc décidé d'accepter un poste dans un journal.

Cet emploi l'occupait, mais elle ne s'y épanouissait pas, aussi avait-elle rapidement démissionné pour se consacrer à son fantasme de toujours : l'écriture d'une saga romantique. Au lieu de quoi, elle avait commencé à inventer des histoires pour les enfants Calebow, les aventures d'une lapine audacieuse et passionnée de mode qui vivait dans une maisonnette à la lisière du Bois des Rossignols et s'attirait tous les ennuis du monde.

Elle avait commencé par écrire les textes, puis elle s'était amusée à les illustrer de ces drôles de dessins qu'elle faisait depuis toujours sans jamais se prendre au sérieux. Remplissant les esquisses à l'encre de couleur vive, elle avait vu naître Daphné et ses amis.

Quand un modeste éditeur de Chicago lui avait acheté son premier livre – *Daphné vous salue !* –, Molly avait été aux anges, bien que l'avance couvrît à peine ses frais. Elle avait enfin trouvé sa niche ! Mais vu sa fortune, elle avait l'impression d'exercer un hobby plus qu'un métier. Elle en avait assez de son logement sans âme, de sa garde-robe trop pleine, de sa coiffure...

Une coupe en brosse n'avait malheureusement pas suffi à la réconforter.

Elle avait eu besoin de déclencher une alarme incendie.

Symbolique, bien sûr.

C'est ainsi qu'elle s'était retrouvée chez un avocat, à qui elle avait expliqué qu'elle voulait remettre tout son argent à une fondation pour les enfants défavorisés. Il n'avait pas caché sa stupéfaction, mais elle s'était sentie en paix avec elle-même pour la première fois depuis son vingt et unième anniversaire. Phoebe avait eu l'occasion de faire ses preuves lorsqu'elle avait pris les rênes des Chicago Stars, mais elle-même n'avait jamais eu cette chance. Son dilemme était enfin résolu. En signant les papiers, elle s'était sentie libre et légère comme une plume.

— J'adore venir chez toi, murmura Hannah tandis que Molly ouvrait la porte de son appartement, à quelques minutes à pied du centre d'Evanston.

Molly eut un soupir de plaisir, elle aussi. Elle ne s'était pas absentée longtemps, mais dès qu'elle franchissait le seuil de son nid, un sentiment de bonheur intense la submergeait.

Tous les enfants Calebow étaient d'accord pour qualifier le loft de tante Molly « d'endroit le plus cool de la planète ». Construit pour un commercial de la société

Studebaker en 1910, l'édifice avait ensuite abrité des bureaux, puis un entrepôt, avant d'être rénové quelques années auparavant. Avec ses immenses fenêtres industrielles, ses canalisations apparentes et ses vieux murs en brique arborant des œuvres d'art signées par Molly, ce loft était le plus petit et le plus modeste du bâtiment, mais sa hauteur sous plafond lui conférait une indéniable impression d'espace. Chaque mois, lorsqu'elle payait sa traite, Molly déposait un baiser sur l'enveloppe avant de la glisser dans la boîte aux lettres. Un rituel idiot, mais auquel elle tenait.

La plupart des gens supposaient qu'elle avait des parts dans l'équipe, et seuls ses amis les plus proches savaient qu'elle n'était plus une riche héritière. Pour compléter les maigres revenus que lui procuraient les aventures de Daphné, elle écrivait des chroniques en free lance pour *Nénettes*, un magazine destiné aux adolescentes. À la fin du mois, il ne lui restait pas grand-chose pour s'offrir ses luxes préférés – vêtements de marques et beaux-livres –, mais tant pis. Elle effectuait désormais ses achats dans des boutiques de troc et s'était abonnée à la bibliothèque.

Elle était comblée. Elle ne vivrait peut-être jamais une Grande Histoire d'Amour comme Phoebe, mais au moins, elle était dotée d'une imagination fertile et d'une existence virtuelle exaltante. Elle ne se plaignait de rien et n'avait aucune raison de craindre que son insatisfaction d'antan ne revienne pointer le bout de son nez. Sa nouvelle coiffure n'était rien de plus qu'un effet de mode.

Hannah ôta son manteau et s'accroupit pour caresser Rou, le caniche gris de Molly, qui s'était précipité vers elles. Rou et le chien des Calebow, Kangou, étaient les rejetons du chien de Phoebe, son précieux Skippy.

— Salut, mon Rou ! Je t'ai manqué ?

Molly posa son courrier pour embrasser la touffe de poils sur son crâne. Rou la récompensa d'un coup de langue sur le menton, puis s'accroupit en grognant.

— Mais oui, mais oui, tu nous terrifies. N'est-ce pas, Hannah ?

La fillette gloussa.

— Il continue à se prendre pour un chien policier ?

— Le plus féroce de la meute. Épargnons sa fierté en évitant de lui rappeler qu'il n'est qu'un caniche.

Hannah le gratifia d'une ultime étreinte, puis l'abandonna pour se ruer vers l'espace de travail de Molly, à l'extrémité du séjour.

— Tu as écrit de nouveaux articles ? J'ai adoré *Passion d'un soir de bal*.

— Bientôt, lui promit Molly avec un sourire.

Pour des questions de marketing, les articles qu'elle rédigeait pour *Nénettes* étaient presque toujours chapeautés de titres aguicheurs, mais le contenu demeurait sérieux. *Passion d'un soir de bal* insistait sur les conséquences possibles d'un rapport sexuel irréfléchi. *De rosière à mégère* traitait de produits cosmétiques. *Jeunes filles sages devenues sauvages* relatait l'expédition camping de trois filles de quatorze ans.

— Je peux voir tes nouveaux dessins ?

Molly suspendit leurs manteaux.

— Je n'en ai pas. Je travaille sur une nouvelle aventure de Daphné.

— Raconte-moi, je t'en supplie !

Elles commençaient toujours par boire une tasse de thé aromatisé à l'orange et aux épices. Molly gagna la kitchenette pour mettre l'eau à bouillir. Elle dormait dans la mezzanine surplombant le séjour. En dessous, les étagères en métal croulaient sous le poids de ses livres préférés.

Des étagères plus étroites supportaient une double rangée de livres de poche – sagas historiques, romans sentimentaux, biographies de femmes célèbres, suspense, guides de voyages et autres ouvrages de référence.

Les éditions jeunesse avaient leur place à l'étage : son neveu et ses nièces adoraient s'installer sur son lit pour les lire.

Molly sortit deux tasses en porcelaine bordées d'un liséré or et ornées de minuscules fleurs mauves.

— Elle s'intitulera : *Daphné fait une chute.*

— Raconte !

— Eh bien... Daphné se promène tranquillement dans le Bois des Rossignols quand tout à coup, Benny surgit de nulle part sur sa bicyclette rouge tout-terrain et la renverse.

Hannah fit la moue.

— Ce blaireau barbant !

— Lui-même.

— Quelqu'un devrait lui piquer son vélo. Il ferait moins de bêtises.

— Dans le Bois des Rossignols, le vol n'existe pas. Rappelle-toi, nous en avons déjà parlé quand tu voulais qu'on lui dérobe son jet-ski ?

— Mouais, marmotta Hannah. Mais s'il peut y avoir des bicyclettes tout-terrain et des jet-skis dans le Bois des Rossignols, je ne vois pas pourquoi il ne peut pas y avoir aussi des voleurs. Et puis, Benny ne fait pas exprès d'embêter tout le monde. Il est malicieux, c'est tout.

Molly songea à Kevin.

— Entre stupidité et malice, la marge est étroite.

— Benny n'est pas stupide ! s'exclama Hannah, peinée.

— Bien sûr que non ! s'empressa de la rassurer Molly. C'est le blaireau le plus malin du Bois des Rossignols. Allez, on boit notre thé, et ensuite, on ira promener Rou au bord du lac.

Molly ne put ouvrir son courrier qu'une fois Hannah couchée. Elle glissa la facture de téléphone dans un dossier, puis décacheta distraitement une enveloppe, geste qu'elle regretta aussitôt en découvrant l'en-tête.

ENAN – Enfants Normaux pour une Amérique Normale

Les homosexuels radicaux ciblent vos enfants ! Livres obscènes et émissions de télévision irresponsables qui glorifient ce comportement déviant et moralement répugnant poussent les plus innocents de nos citoyens à la perversion...

ENAN était une association basée à Chicago dont les membres envahissaient depuis un certain temps tous les talk-shows locaux pour répandre leur paranoïa personnelle. « Ils feraient mieux de concentrer leur énergie sur des sujets plus constructifs », songea Molly en jetant la lettre au panier.

Le lendemain en fin d'après-midi, après avoir rendu Hannah à ses parents, Molly se mit en route pour la résidence secondaire des Calebow dans le Wisconsin. Elle arriverait très tard, mais la circulation était fluide, et elle ne craignait pas de conduire la nuit.

C'est sur un coup de tête qu'elle avait pris la décision de s'y rendre. Sa conversation de la veille avec Phoebe l'avait ébranlée. Sa sœur avait raison. Se faire teindre les cheveux en rouge n'était que le symptôme d'un problème plus profond. Sa frustration d'antan refaisait surface.

D'accord, elle n'avait aucune intention de déclencher une alarme incendie, et quant à donner tout son argent, elle n'en avait plus les moyens. Cela ne signifiait pas pour autant que son inconscient était au repos. Elle avait la désagréable sensation d'être aspirée malgré elle dans une spirale qu'elle avait crue derrière elle.

Elle se remémora ce que lui avait dit le thérapeute autrefois, à l'université.

— Enfant, vous avez cru pouvoir gagner l'amour de votre père en lui obéissant au doigt et à l'œil. Vous étiez convaincue qu'obtenir les meilleures notes, surveiller vos manières, respecter toutes les règles, suffirait à susciter cette approbation dont tout enfant a besoin. Mais votre père était incapable de vous prodiguer cette sorte d'amour. Au bout d'un certain temps, quelque chose s'est brisé en vous et vous avez commis la plus grosse bêtise que vous pouviez imaginer. À vrai dire, cette rébellion était plutôt saine. C'est grâce à elle que vous avez survécu.

— Cela n'explique pas ce que j'ai fait au lycée, avait-elle rétorqué. Bert était déjà mort, je vivais chez Dan et Phoebe. Ils m'aiment. Et que dire de l'incident de la calculette ?

— Peut-être éprouviez-vous le besoin de tester l'amour de Dan et de Phoebe ?

— Comment cela ?

— Le seul moyen pour vous assurer de leur amour, c'était de commettre un acte grave afin de savoir s'ils seraient toujours là pour vous.

Et ils l'avaient été.

Pourquoi ses démons ressurgissaient-ils aujourd'hui ? Elle ne voulait plus de ces catastrophes dans sa vie. Elle avait envie d'écrire des livres, de profiter de ses amis, de promener son chien, de jouer avec son neveu et ses nièces. Pourtant, depuis plusieurs semaines déjà, elle ressentait une certaine agitation. Était-elle sur le point de sombrer de nouveau ?

En attendant de retrouver son calme, la solution la plus sage était de se réfugier une ou deux semaines dans le Wisconsin. Là-bas, au moins elle ne risquait rien.

Kevin Tucker rêvait du « Red Jack Express », une ruse différée de quaterback, quand un bruit le réveilla. Il roula sur le côté, tenta d'en discerner la provenance, mais la bouteille de scotch avec laquelle il s'était lié d'amitié avant de s'endormir lui rendait la tâche difficile. D'ordinaire, il se shootait à l'adrénaline, mais ce soir, l'alcool lui avait semblé une bonne alternative.

De nouveau, il perçut un grattement à la porte, et reprit ses esprits d'un coup. Il était à Door County, dans le Wisconsin, les Stars ne jouaient pas de la semaine et Dan lui avait infligé une amende de dix mille dollars.

Après quoi, ce salaud lui avait annoncé qu'il lui prêtait sa résidence secondaire, et lui avait ordonné de s'y installer et d'y rester jusqu'à ce qu'il se soit ressaisi.

Kevin Tucker allait très bien, merci. En revanche, le système de sécurité haut de gamme des Calebow était défaillant – car quelqu'un était en train d'essayer d'entrer dans la maison.

2

C'est le garçon le plus cool de l'école,
et alors ?
Ce qui compte, c'est la façon dont il vous
traite.
« Trop cool pour vous ? »

Molly SOMERVILLE pour *Nénettes*.

Kevin se rappela soudain qu'il avait été trop occupé à s'imbiber de scotch pour brancher le système d'alarme. Une chance pour lui. Il allait enfin pouvoir se divertir.

La maison était froide et obscure. Pieds nus, il quitta le canapé, et se cogna contre la table basse. Il poussa un juron, se frotta le tibia, puis gagna l'entrée en sautillant. Il contourna une forme sombre qui ressemblait à un fauteuil, marcha sur un objet minuscule et tranchant, probablement l'une de ces pièces de Lego qu'il avait vues éparpillées un peu partout. Vaste et luxueuse, la demeure, entourée de bois sur trois côtés, donnait à l'arrière sur les eaux glacées du lac Michigan.

Il se dirigea à l'aveuglette vers l'endroit d'où provenait le grattement qu'il avait entendu un instant plus tôt quand il perçut le cliquetis du loquet. La porte s'entrouvrit.

Un flot d'adrénaline fusa dans ses veines et, d'un même mouvement, il ouvrit le battant à la volée et se rua sur le visiteur indésirable.

Le type était un poids plume, il vola dans les airs.

Une vraie mauviette, à en juger par son cri lorsqu'il atterrit sur le sol.

Malheureusement, il avait un chien. Un gros chien.

Les poils de la nuque de Kevin se hérissèrent. À en juger par l'intensité de son grognement, c'était un molosse. Avant qu'il puisse s'y préparer, l'animal se rua sur sa cheville.

Grâce à ces réflexes qui avaient fait de lui une légende, Kevin plongea vers l'interrupteur. Une lumière aveuglante inonda le vestibule et il prit conscience de deux choses.

Primo, ce n'était pas un rottweiler qui l'attaquait, et deuxio, les gémissements n'étaient pas ceux d'un homme.

— Et merde !

À ses pieds gisait une femme aux cheveux aussi rouges que le maillot des 49ers de San Francisco. Quant à la bête féroce accrochée à son jean, c'était… un caniche !

Les affaires de sa victime s'étaient répandues autour d'elle. Tout en essayant de se libérer des crocs de l'animal, Kevin remarqua une quantité de livres, des fournitures de dessin, deux boîtes de cookies et des pantoufles ornées de têtes de lapin roses.

Tandis qu'il réussissait enfin à repousser ce fichu clebs, la jeune femme se leva et prit une vague pose de karatéka. Kevin ouvrait la bouche pour s'expliquer lorsqu'elle le gratifia d'un coup de pied derrière le genou. L'instant d'après, il était à terre.

— Merde ! Les Giants ont mis trois bons quarts d'heure avant de me plaquer au sol.

Il grimaça, roula sur le dos. Aussitôt, le clébard lui sauta sur la poitrine et se mit à aboyer de toutes ses forces, les pointes du bandana bleu noué autour de son cou lui fouettant la truffe.

— Vous avez essayé de me tuer ! hurla la fille.

— Pas délibérément ! Ça ne vous ennuierait pas de rappeler votre pitbull ?

Il l'avait déjà croisée quelque part, il en était sûr, mais n'arrivait pas à mettre un nom sur son visage.

Sa frayeur cédant à la colère, elle montra les dents, comme le caniche.

— Rou ! Ici !

Alors que Rou obéissait, Kevin eut un coup au cœur. Mince !

— Vous... euh... vous êtes la sœur de Phoebe, balbutia-t-il. Je... Ça va, euh... mademoiselle Somerville ?

Dans la mesure où c'était lui qui souffrait d'un hématome à la hanche et d'un mollet troué, il se félicita intérieurement de cette marque de courtoisie.

— C'est la deuxième fois en deux jours !

— Je ne me souviens pas...

— La deuxième fois ! Vous êtes cinglé, espèce de blaireau idiot ? C'est ça, votre problème ? Ou êtes-vous tout simplement stupide ?

— Je vous assure que... Ai-je bien entendu ? Vous m'avez traité de blaireau ?

Elle cligna des yeux.

— Salaud. Je vous ai traité de salaud.

— Ah, bon ! Je préfère.

Malheureusement, cette piètre tentative d'humour ne la dérida pas.

Le cerbère s'était réfugié auprès de sa maîtresse. Kevin se releva et se massa la jambe en s'efforçant de se remémorer tout ce qu'il savait au sujet de la sœur de sa patronne, mais un seul mot lui vint à l'esprit : *intello*. Il l'avait aperçue à quelques reprises au siège des Stars, le nez dans un bouquin. Ce dont il était sûr, c'était qu'elle avait changé de couleur de cheveux.

Difficile d'imaginer que Phoebe et elle avaient les mêmes parents. Cette fille était banale – plate alors que Phoebe était voluptueuse, menue alors que Phoebe était une belle plante. Contrairement à sa sœur, elle n'avait pas la bouche sensuelle, mais pincée, comme si elle passait son temps à faire taire ses voisins à la bibliothèque.

Elle était tout ce qu'il détestait chez le sexe opposé – une cérébrale, beaucoup trop sérieuse à son goût. Pour ne rien arranger, ce devait être une bavarde. Toutefois, par souci d'équité, il décida de lui reconnaître un regard exceptionnel. Ses yeux légèrement en amande étaient d'une couleur originale, entre le bleu et le gris. Nom de nom ! La sœur de Phoebe ! Lui qui pensait que sa semaine pourrait difficilement être plus désastreuse.

— Ça va ? demanda-t-il de nouveau.

Ses iris prirent la couleur du ciel de l'Illinois juste avant l'arrivée d'une tornade. Épatant ! Il pouvait se vanter d'avoir énervé tous les membres de la famille, sauf peut-être les gosses. Mieux valait réparer les dégâts au plus vite en déployant tous ses charmes. Il lui adressa un sourire étincelant.

— Je ne voulais pas vous effrayer. En fait, je vous ai prise pour un voleur.

— Qu'est-ce que vous fabriquez ici ?

Avant même qu'elle ouvre la bouche, il avait compris que son numéro ferait un flop.

— Dan m'a suggéré de venir ici quelques jours pour réfléchir... ce qui me paraît inutile, ajouta-t-il après coup.

Elle appuya sur un interrupteur, et deux appliques rustiques en fer forgé s'allumèrent au fond de la pièce.

La bâtisse était en rondins, mais avec ses six chambres et ses plafonds qui s'élevaient jusqu'aux poutres apparentes de la charpente, elle n'avait rien d'une cabane au fond des bois. La forêt alentour semblait pénétrer à l'intérieur par les immenses baies vitrées et la cheminée à l'extrémité du séjour était assez grande pour y rôtir un buffle. Tous les meubles étaient imposants, les fauteuils rembourrés et confortables, conçus pour supporter les abus d'une famille nombreuse. Sur un côté, un large escalier menait à l'étage et à une petite mezzanine.

Kevin se pencha pour ramasser les affaires de Molly. Il examina les pantoufles.

— Vous ne craignez pas de porter ces machins en pleine saison de la chasse ?

Elle les lui arracha des mains.

— Je n'avais pas l'intention de les mettre, la rassura-t-il. J'aurais un peu de mal à me faire respecter par mes collègues.

— Il y a une auberge tout près d'ici, répliqua-t-elle sans sourire. Je suis certaine que vous y trouverez une chambre pour la nuit.

— Vous ne pouvez pas me jeter dehors à une heure pareille. Du reste, j'ai été invité.

— Je suis ici chez moi. Je vous désinvite.

Elle jeta son manteau sur l'un des canapés et fonça vers la cuisine. Le pitbull retroussa les babines, puis redressa sa queue à pompon comme pour faire un doigt d'honneur à Kevin. Une fois certain que le message était passé, il rejoignit sa maîtresse en trottinant.

Kevin les suivit. Vaste et agréable, la cuisine offrait de jour une vue imprenable sur le lac Michigan. Molly déposa ses paquets sur l'îlot central en forme de pentagone entouré de six tabourets.

Question mode, elle avait bon goût, nota Kevin malgré lui. Elle portait un pantalon anthracite moulant et un drôle de pull gris métal qui faisait penser à une armure. Avec ces cheveux rouges, on aurait dit Jeanne d'Arc juste après qu'on eut mis le feu au bûcher. Ses vêtements étaient de toute évidence coûteux, mais ils n'étaient pas neufs, ce qui l'étonna vu qu'elle avait hérité de la fortune de Bert Somerville. Si Kevin n'avait pas à se plaindre de sa situation, il n'avait commencé à gagner de l'argent que tardivement. Selon lui, les gens qui avaient grandi dans l'opulence ne comprenaient pas ce que travailler dur signifiait, et il les trouvait rarement sympathiques. Cette snobinarde nantie ne faisait pas exception à la règle.

— Euh... mademoiselle Somerville ? Avant de me jeter dehors... Je parie que vous n'avez pas prévenu les

Calebow de votre venue, sans quoi ils vous auraient avertie que les lieux étaient déjà occupés.

— J'ai des droits. C'est entendu entre nous.

Elle rangea les paquets de gâteaux dans un tiroir, le referma brutalement. Puis elle se tourna vers lui et le fixa, l'air furibond.

— Vous ne vous rappelez pas mon prénom, n'est-ce pas ?

— Bien sûr que si ! rétorqua-t-il en fouillant en vain dans sa mémoire.

— Nous avons été présentés au moins trois fois.

— Ce qui était parfaitement inutile, car j'ai une excellente mémoire des noms.

— Pas du mien. Vous l'avez oublié.

— Non, non, je vous assure.

Elle le dévisagea longuement, mais Kevin était accoutumé à fonctionner sous pression et n'eut aucun mal à soutenir son regard.

— Daphné, déclara-t-elle enfin.

— Pourquoi me dire ce que je sais déjà ? Êtes-vous aussi paranoïaque avec tout le monde, Daphné ?

Elle bougonna quelques mots incompréhensibles, mais Kevin aurait juré entendre de nouveau le mot « blaireau ».

Kevin Tucker ne se souvenait même pas de son prénom ! « Que cela te serve de leçon, ma fille », se tança-t-elle tout en le contemplant, fascinée par sa splendeur.

Elle comprit à cet instant précis qu'elle devait se protéger. D'accord, il était beau à couper le souffle. Mais il n'était pas le seul. Certes, peu d'hommes étaient dotés de cette admirable combinaison de cheveux blond foncé et d'yeux vert émeraude. Et peu d'entre eux pouvaient se targuer de posséder une telle silhouette, plus svelte et sculptée que volumineuse. Tout de même, elle n'était pas sotte au point de se laisser ensorceler par un séducteur-né au corps musclé et au beau visage.

Enfin, si, elle l'était – pour preuve, son béguin, pardon, son ex-béguin –, mais au moins, elle en était consciente. Pour rien au monde elle ne se comporterait comme une groupie servile.

— Vous allez devoir partir, Ken. Oh, pardon ! Je voulais dire Kevin. C'est bien Kevin, n'est-ce pas ?

Elle avait dû pousser le bouchon un peu loin, car elle vit les coins de sa bouche se relever.

— Nous avons été présentés au moins trois fois, répliqua-t-il. Vous devriez vous rappeler mon prénom.

— Si vous saviez le nombre de joueurs de football que je rencontre ! Et vous vous ressemblez tous !

Il haussa un sourcil.

Elle avait clairement exprimé le fond de sa pensée et il était tard, elle pouvait donc se permettre un geste magnanime – mais condescendant.

— Vous pouvez dormir là cette nuit, reprit-elle, mais je suis ici pour travailler, vous devrez donc évacuer les lieux demain matin.

Jetant un coup d'œil par les fenêtres qui donnaient sur l'arrière de la maison, elle aperçut sa Ferrari, raison pour laquelle elle ne l'avait pas vue en se garant devant.

Kevin se percha nonchalamment sur un tabouret.

— Quelle sorte de travail faites-vous ? l'interrogea-t-il d'un ton paternaliste.

— *Ich bin ein Autor.*

— Un auteur ?

— *Soy autora*, ajouta-t-elle en espagnol.

— Vous avez une raison pour ne plus parler notre langue ?

— J'avais cru comprendre que vous étiez plus à l'aise avec les étrangères. J'ai lu ça quelque part...

Kevin était peut-être superficiel, mais il n'était pas idiot et elle se demanda si elle n'avait pas franchi les bornes. Malheureusement, elle était lancée.

— Je suis presque certaine que Rou s'est remis de la rage, enchaîna-t-elle, mais vous auriez intérêt à vous faire vacciner, histoire de minimiser les risques.

— Vous m'en voulez encore de vous avoir prise pour un voleur, n'est-ce pas ?

— Je regrette, je ne vous entends pas. Sans doute une conséquence de ma chute.

— Je vous ai présenté mes excuses.

— Exact.

Elle poussa les crayons que les enfants avaient laissés sur le comptoir.

— Je crois que je vais monter me coucher, murmura-t-il en se levant et en se dirigeant vers la porte.

Sur le seuil, il se retourna et jeta un coup d'œil à sa chevelure cramoisie.

— Dites-moi la vérité. Vous avez fait un pari ?

— Bonne nuit, Kirk.

En pénétrant dans sa chambre, Molly se rendit compte qu'elle respirait bruyamment. Seule une mince cloison la séparait de la suite réservée aux invités où Kevin s'était installé. Tous ses sens étaient en éveil et elle éprouvait une envie presque irrésistible de s'emparer d'une paire de ciseaux pour se couper les cheveux – du moins ce qu'il en restait. Le mieux aurait été de revenir à sa couleur d'origine dès le lendemain, mais ce serait lui faire trop d'honneur.

Elle était venue ici pour se cacher, pas pour dormir à proximité de la fosse aux lions. Elle ramassa ses affaires et, Rou sur ses talons, se précipita au bout du couloir dans le dortoir que partageaient ses nièces.

Après s'y être enfermée à clé, elle s'adossa contre la porte et s'efforça de se calmer en contemplant le décor conçu pour la rêverie. Deux des murs étaient ornés d'une fresque représentant le Bois des Rossignols, qu'elle avait peinte sous le regard enchanté de ses neveux. « Tout ira bien, se rassura-t-elle. Demain, Kevin sera parti. »

En revanche, impossible de dormir. Elle se tourna et se retourna, consulta le réveil, puis finit par rallumer sa lampe afin d'ébaucher quelques dessins pour son futur livre. En vain. D'ordinaire, le bruit du vent la réconfortait, mais là, les rafales lui donnaient envie de se déshabiller et de danser nue, d'échanger sa peau de jeune femme studieuse contre celle d'une aventurière.

Elle repoussa ses couvertures et bondit du lit. La pièce était fraîche, mais elle se sentait bouillante, fébrile. Elle aurait été mieux chez elle. Rou souleva une paupière et la referma aussitôt tandis qu'elle allait s'asseoir sur la banquette matelassée sous la lucarne la plus proche.

Des plumes de givre ornaient les vitres et de fins tourbillons de neige enrubannaient les arbres. Molly essaya de se concentrer sur la beauté de la nuit, mais une image la hantait, celle de Kevin Tucker. Sa peau la picotait, ses seins étaient en émoi. Quelle humiliation ! Elle se considérait comme une femme intelligente – brillante même – et voilà qu'elle se comportait comme une groupie affamée de sexe !

Peut-être était-ce une forme perverse de développement personnel. Seule consolation : la Grande Histoire d'Amour qu'elle ne vivrait jamais ne l'obsédait plus.

Elle revint à son premier sujet de préoccupation. Kevin parlait-il anglais pendant l'acte ou avait-il mémorisé quelques phrases pratiques en diverses langues étrangères ? Poussant un grognement, Molly retourna se coucher.

Après seulement quelques heures d'un sommeil agité, elle se réveilla à l'aube. Le temps était froid et gris. Jetant un œil par la fenêtre, elle constata que la Ferrari avait disparu. Ouf ! Elle fit sortir Rou, puis alla prendre sa douche. Pendant qu'elle se séchait, elle s'efforça de fredonner une chansonnette de Winnie l'Ourson, mais avant qu'elle ait enfilé son pantalon gris et le pull Dolce & Gabbana qu'elle avait acheté avant de donner tout son argent, sa fausse bonne humeur se dissipa.

Quelle mouche l'avait piquée ? Elle menait une vie merveilleuse. Elle était en excellente santé. Elle avait de bons amis, une famille formidable, un chien facétieux.

Elle tirait le diable par la queue, mais elle s'en fichait car à ses yeux, son loft valait jusqu'au dernier cent ce qu'il lui coûtait. Elle adorait son travail. Oui, elle menait une vie merveilleuse. Plus que parfaite depuis que Kevin Tucker était parti.

Agacée par ses tergiversations, elle chaussa les pantoufles roses que les jumelles lui avaient offertes pour son anniversaire et descendit à la cuisine, les oreilles des lapins oscillant au bout de ses pieds. Un rapide petit déjeuner et elle se mettrait au boulot !

Étant arrivée trop tard la veille pour faire des provisions, elle dut se contenter de la boîte de Pop-Tarts trouvée dans un placard. Elle en glissait une dans le grille-pain quand Rou se mit à japper. La porte de derrière s'ouvrit et Kevin apparut, les bras chargés de sacs. Le cœur de Molly fit un bond.

Le caniche grogna, mais Kevin l'ignora.

— Bonjour, Daphné !

Sa bulle de bonheur éphémère éclata. Serpentard !

Il posa ses paquets sur l'îlot central.

— Il ne restait plus grand-chose, expliqua-t-il.

— Et alors ? Vous partez, vous vous rappelez ? *Salga.*

— Ce n'est pas une bonne idée, déclara-t-il en débouchant une bouteille de lait. Je n'ai pas intérêt à faire de vagues avec Dan en ce moment, c'est donc vous qui devez vous en aller.

C'était en effet le plus raisonnable, mais son attitude l'exaspérait tellement que la mesquinerie l'emporta sur la sagesse.

— Pas question. En tant qu'athlète vous aurez sûrement du mal à le comprendre, mais j'ai besoin de calme et de tranquillité, car figurez-vous que lorsque je travaille, je dois réfléchir !

Il encaissa l'insulte sans broncher.

— Je reste.

— Moi aussi, rétorqua-t-elle.

Elle sentit qu'il l'aurait volontiers jetée dehors, mais qu'il se retenait parce qu'elle était la sœur de sa patronne. Il prit tout son temps pour remplir son verre, appuya la hanche contre le comptoir.

— La maison est grande. Nous allons partager l'espace.

Elle faillit lui dire de laisser tomber, qu'elle allait prendre ses cliques et ses claques, quand quelque chose l'en empêcha. Partager l'espace ? Pourquoi pas ? Le meilleur moyen de se débarrasser de sa fixation était de côtoyer le Serpentard dissimulé dans l'homme. Ce n'était pas Kevin l'être humain qui l'avait attirée car elle le connaissait à peine. C'était l'illusion de Kevin – son physique de dieu vivant, son regard vert, sa position de vaillant leader d'équipe.

Elle le regarda boire. Un rot. Il suffirait d'un minuscule rot. Elle avait horreur des hommes qui éructaient... se grattaient les parties ou se tenaient mal à table. Sans parler des losers qui tentaient d'impressionner leurs conquêtes en sortant des liasses de billets de leur poche.

Et s'il portait une chaîne en or ? Molly en frissonna. Insupportable ! S'il était fou d'armes à feu ? S'il passait son temps à dire : « Ça baigne, mec ! » Les pièges guettant Monsieur Je-suis-le-plus-beau-du-monde étaient innombrables... Elle se rendit compte qu'elle souriait.

— D'accord, vous pouvez rester.

— Merci, Daphné.

Il vida son verre mais ne rota pas. Molly plissa les yeux en se disant que tant qu'il continuerait à l'appeler Daphné, elle maîtriserait la situation.

Elle alla chercher son ordinateur portable et monta s'installer au bureau de la mezzanine. Par où commencer ? *Daphné fait une chute* ? ou l'article qu'on venait de lui commander : *Se peloter – jusqu'où aller ?*

Très loin.

Marche arrière. Ce n'était pas le moment de se concentrer sur un papier traitant du sexe, même destiné aux ados.

Percevant les sons d'un match filmé, elle se rendit compte que Kevin s'était muni de vidéos pour travailler, lui aussi. Lui arrivait-il d'ouvrir un livre ? D'aller au cinéma ? De faire quoi que ce soit n'ayant aucun rapport avec le football ?

« Molly, au boulot ! » s'ordonna-t-elle. Elle posa un pied sur Rou et contempla les crêtes écumeuses qui roulaient sur les eaux grises du lac Michigan. Daphné pourrait rentrer chez elle tard le soir et, à l'instant où elle franchirait le seuil, Benny surgirait et...

Elle devait à tout prix cesser d'écrire des récits à ce point autobiographiques.

D'accord... Elle ouvrit son carnet d'esquisses. Daphné pourrait décider de mettre un masque de Halloween pour effrayer... Loupé ! Elle l'avait déjà fait dans *Daphné plante des citrouilles.*

Bingo ! Elle allait téléphoner à une amie. Elle décrocha l'appareil et composa le numéro de Janine Stevens, une de ses meilleures copines, auteure elle aussi. Si elle s'adressait plutôt à un public de jeunes adultes, toutes deux partageaient la même passion pour la littérature et en discutaient fréquemment.

— Dieu soit loué ! s'exclama Janine. J'ai essayé de te joindre toute la matinée !

— Que se passe-t-il ?

— C'est la catastrophe ! Une de ces allumées de l'association ENAN a râlé aux infos locales ce matin. Elle prétend que les ouvrages jeunesse sont un outil pour prôner l'homosexualité.

— N'importe quoi !

— Elle a montré un exemplaire de *Tu me manques tant* et a déclaré que c'était exactement le genre d'œuvre qui pousse les enfants à la perversion !

— Oh, Janine, c'est affreux !

Tu me manques tant était l'histoire d'une adolescente de treize ans qui s'efforçait de comprendre la persécution dont était victime son frère aîné, un artiste que ses camarades avaient étiqueté gay. C'était bien écrit, délicat et émouvant.

Janine se moucha.

— Mon éditrice m'a téléphoné tout à l'heure. Ils ont décidé d'attendre que la poussière retombe. Ils ne publieront pas mon prochain bouquin avant un an !

— Tu l'as terminé il y a un an !

— Ils s'en fichent. Je n'en reviens pas. Mes ventes commençaient enfin à décoller. On m'arrête en plein élan.

Molly fit de son mieux pour consoler son amie, puis raccrocha, intimement convaincue que l'association ENAN était une menace bien plus grave pour la société que n'importe quel livre.

Elle entendit un bruit de pas dans le salon et se rendit compte que Kevin avait éteint le poste. Le seul avantage de cette conversation avec Janine, c'était qu'elle avait réussi à oublier Kevin plusieurs minutes d'affilée.

— Hé ! Daphné ! Savez-vous s'il y a un terrain d'aviation dans les parages ?

— Un terrain d'aviation ? Oui. Dans la baie de Sturgeon. Il faut... Un terrain d'aviation ?

Elle s'éjecta de son fauteuil et se précipita vers la balustrade.

— Vous allez refaire un saut en parachute ?

Il inclina la tête en arrière pour la regarder. Même les mains dans les poches, il était beau comme un dieu.

« Rotez, je vous en prie ! » le supplia-t-elle en silence.

— Quelle idée ! rétorqua-t-il. Dan me l'a interdit.

— Comme si cela suffisait à vous arrêter.

Molly dévala l'escalier.

— Ne faites pas cela. Il a neigé cette nuit. Il y a trop de vent.

— Vous me faites saliver.

— J'essaie de vous expliquer que c'est dangereux !

— N'est-ce pas justement ce qui ajoute du piment à l'affaire ?

— Aucun pilote n'acceptera de vous prendre à bord par un temps pareil.

Le hic, c'était que les célébrités comme Kevin Tucker obtenaient toujours tout ce qu'elles voulaient.

— Je ne pense pas avoir trop de souci à en dénicher un, répliqua-t-il. Si tant est que je veuille sauter en parachute.

— Je préviendrai Dan, menaça-t-elle. Je suis sûre qu'il sera enchanté d'apprendre avec quelle légèreté vous prenez votre suspension.

— À présent, vous me terrifiez, railla-t-il. Je parie que vous étiez une de ces gamines capricieuses qui se réfugiait dans les jupes de la maîtresse quand les garçons chahutaient.

— Je n'ai fréquenté l'école mixte qu'à partir de quinze ans, je n'en ai donc pas eu l'occasion.

— C'est vrai. Vous êtes une gosse de riche, n'est-ce pas ?

— Riche et dorlotée, mentit-elle. Et vous ?

Si elle parvenait à le divertir, peut-être oublierait-il ses projets.

— Je suis issu de la classe moyenne et personne ne m'a jamais dorloté.

Elle cherchait comment poursuivre cette conversation quand elle remarqua sur la table basse deux livres qui ne s'y trouvaient pas un peu plus tôt. Se rapprochant, elle constata qu'il s'agissait d'un thriller de Scott Turow et d'un volume plutôt savant sur le cosmos qu'elle-même avait abandonné pour des lectures plus frivoles.

— Vous lisez ? lâcha-t-elle.

Il réprima un sourire et se laissa tomber sur le canapé.

— Seulement quand quelqu'un accepte de le faire pour moi.

— Très drôle.

Elle prit place à l'autre bout du canapé, contrariée de découvrir que Kevin Tucker aimait lire. Rou se rapprocha d'elle, sur ses gardes.

— Bon, d'accord, vous n'êtes pas aussi… intellectuellement handicapé que vous le paraissez, concéda-t-elle.

— Je vais m'empresser d'ajouter ce commentaire à mon dossier de presse.

— Mais alors, pourquoi toutes ces frasques stupides ?

— Du genre ?

— Le saut en parachute. L'hélicoptère qui vous dépose au sommet d'une montagne. Sans oublier la course tout-terrain à laquelle vous avez participé juste après le stage de remise en forme.

— Vous semblez en savoir long sur moi, remarqua-t-il.

— Uniquement parce que vous faites partie du business familial. Surtout ne le prenez pas à cœur. Du reste, tout le monde à Chicago est au courant de vos incartades.

— Les médias font beaucoup de bruit pour rien.

— Vous appelez ça rien ? marmonna-t-elle en ôtant ses pantoufles et en repliant les jambes sous elle. Je ne comprends pas. Vous êtes un athlète modèle. Vous ne conduisez jamais en état d'ivresse, vous ne battez pas les femmes. Vous vous présentez avant l'heure aux entraînements et vous quittez le terrain après tous les autres. Vous n'avez jamais suscité le moindre scandale. Et tout à coup, vous pétez les plombs !

— Faux.

— Comment qualifieriez-vous votre comportement ces temps derniers ?

Il pencha la tête.

— Ils vous ont envoyée ici pour m'espionner ?

Elle éclata de rire bien que cela fût nuisible à son personnage de snobinarde nantie.

— Je suis la dernière personne à qui ils feraient confiance concernant les affaires de l'équipe. Ils me considèrent comme une allumée. Allez, Kevin. Promis, juré, je ne dirai rien. Dites-moi ce qui se passe.

— J'aime me donner des frissons et je n'ai pas à m'en excuser.

Insatisfaite, Molly insista :

— Vos petites amies ne s'inquiètent pas pour vous ?

— Si c'est ma vie amoureuse qui vous intéresse, vous n'avez qu'à m'interroger. Ainsi, j'aurai le plaisir de vous envoyer balader.

— Pourquoi votre vie amoureuse m'intéresserait-elle ?

— À vous de me le dire.

Elle le dévisagea d'un air innocent.

— Je me demandais simplement si vous dénichiez vos conquêtes dans les catalogues internationaux. Ou sur le Web, peut-être. Je sais qu'il existe des sites spécialisés qui aident les Américains esseulés à entrer en contact avec des étrangères. « Beauté russe de vingt et un ans. Joue du piano classique toute nue, écrit des romans érotiques pendant ses loisirs, cherche plus si affinités avec un Yankee. »

Malheureusement, loin d'être offensé, il s'esclaffa.

— Je sors aussi avec des Américaines.

— Pas souvent, je parie.

— Vous êtes bien curieuse.

— Je suis écrivain. C'est le métier qui veut ça.

Peut-être était-ce son imagination, mais il semblait moins agité depuis qu'il était assis, aussi décida-t-elle de poursuivre :

— Parlez-moi de votre famille.

— Pas grand-chose à signaler. Je suis un FP.

« Fantastique Peloteur ? » s'interrogea-t-elle.

— Fripon pathétique ? suggéra-t-elle à voix haute.

Il esquissa un sourire et posa ses chevilles croisées sur le bord de la table basse.

— Fils de pasteur. Quatrième génération, selon la façon dont on compte.

— Ah, oui ! J'ai lu ça quelque part. Quatrième génération ?

— Mon père était un pasteur méthodiste, fils d'un pasteur méthodiste, lui-même petit-fils de l'un des plus anciens méthodistes à avoir porté la bonne parole jusque dans le Far West.

— Je suppose que c'est de lui que vous avez hérité votre témérité.

— En tout cas, ce n'est pas de mon père. Un type épatant, mais qui ne prenait jamais de risques. Un intello. Comme vous. En plus poli.

— Il n'est plus de ce monde ? s'enquit-elle, ignorant le sarcasme.

— Il est mort il y a six ans. Il avait cinquante et un ans à ma naissance.

— Et votre mère ?

— Je l'ai perdue il y a dix-huit mois. Elle était âgée, elle aussi. Lectrice assidue, présidente d'une société d'histoire, passionnée par la généalogie. L'été était la saison préférée de mes parents. Nous le passions dans un domaine méthodiste dans le nord du Michigan. Il appartient à notre famille depuis des décennies.

— Vous possédez un domaine ?

— Avec des cabanes en rondins et un énorme autel en bois pour les messes. J'y suis allé chaque année jusqu'à l'âge de quinze ans, puis je me suis rebellé.

— Ils ont dû se demander comment ils s'étaient débrouillés pour pondre un pareil énergumène.

Le regard de Kevin se fit lointain.

— Jour après jour. Et vous ?

— Je suis orpheline, avoua-t-elle d'un ton léger, mais avec une boule dans la gorge.

— Je croyais que Bert n'épousait que des danseuses de Las Vegas, fit-il en jetant à sa modeste poitrine un regard empreint de doute.

— Ma mère était chorus girl au *Sands*. Elle était la troisième femme de Bert et elle est morte quand j'avais deux ans. Elle s'envolait pour Aspen célébrer son divorce.

— Phoebe et vous n'avez pas la même mère ?

— Non. La mère de Phoebe était la première épouse. Elle était dans le spectacle du *Flamingo*.

— Je n'ai jamais rencontré Bert Somerville, mais d'après ce que j'ai entendu, il n'était pas facile à vivre.

— Grâce au ciel, il m'a expédiée en pension dès mon cinquième anniversaire. Avant cela, je me souviens d'une succession de ravissantes nounous.

— Intéressant.

Il posa les pieds par terre et ramassa sa paire de lunettes de soleil – des Revo – qui traînait sur la table basse. Molly les contempla avec envie. Deux cent soixante-dix dollars chez Marshall Field.

Kevin quitta le canapé.
— Où allez-vous ? s'enquit-elle.
— Faire un tour. J'ai besoin de prendre l'air.
— Faire un tour où ?
Il replia ses lunettes d'un geste lent et mesuré.
— Ce fut un plaisir de bavarder avec vous, mais j'en ai assez de répondre aux questions de la direction.
— Je vous le répète : je n'en fais pas partie.
— Vous avez des parts dans les Chicago Stars. Selon mes critères, cela signifie que vous en êtes.
— Très bien. La direction veut savoir où vous allez.
— Faire du ski. Ça vous pose un problème ?
À elle, non. À Dan, très probablement.
— Il n'existe qu'une station de ski alpin dans la région et le dénivelé n'est que de trente mètres. Rien d'un défi pour vous.
— Merde !
Elle dissimula son amusement.
— Dans ce cas, j'opterai pour le ski de fond. Il paraît qu'il y a des pistes fabuleuses dans le coin.
— Pas assez de neige.
— Je vais trouver ce terrain d'aviation ! gronda-t-il en se ruant vers l'armoire dans l'entrée.
— Non ! Nous... Je vous propose plutôt une randonnée.
— Une randonnée ? répéta-t-il comme si elle venait de lui suggérer une séance d'ornithologie.
Elle réfléchit rapidement.
— Je connais un chemin particulièrement traître le long des falaises. Il est si dangereux que l'accès en est interdit quand il y a du vent ou même un soupçon de neige, mais nous pouvons le rejoindre par un raccourci. Mais il faut que vous soyez sûr de vouloir vous y aventurer. Il est étroit et verglacé, le moindre faux pas pourrait vous précipiter vers une mort certaine.
— Vous inventez.
— Je n'ai pas assez d'imagination.
— Vous êtes écrivain.

— Auteure de livres pour enfants. Totalement dénués de violence. Maintenant, si vous préférez rester ici à papoter toute la matinée, à vous de voir. En ce qui me concerne, j'aimerais tenter l'aventure.

Elle avait enfin attisé son intérêt.

— Allons-y ! lança-t-il.

Ils passèrent un excellent moment, même si Molly ne réussit jamais à localiser le fameux sentier – peut-être parce qu'elle l'avait inventé. Toutefois, ils avaient franchi des espaces balayés par un vent glacial, Kevin s'était donc gardé de se plaindre. Il lui avait même tendu la main sur une étendue gelée, mais elle n'avait pas commis l'erreur de l'accepter. Au contraire, elle l'avait gratifié d'un regard dédaigneux et lui avait lancé qu'il n'avait qu'à se débrouiller tout seul car elle n'était pas là pour le soutenir dès qu'un obstacle se présentait.

Il s'était esclaffé, et avait grimpé sur une pile de rochers glissants. À le voir ainsi, la tête en arrière, les cheveux en bataille, Molly avait eu le souffle coupé.

Durant le reste de la promenade, elle avait oublié de se montrer odieuse et ils s'étaient amusés comme des fous. Lorsqu'ils avaient regagné la maison, elle claquait des dents, mais tous ses sens étaient en ébullition.

Il enleva son manteau et se frotta les mains.

— J'utiliserais volontiers le jacuzzi.

— Je vous en prie. Je dois me remettre au travail.

Et tandis qu'elle regagnait la mezzanine, elle s'était soudain rappelé ce que Phoebe lui avait dit un jour : « Quand on a reçu une éducation comme la nôtre, Molly, le sexe sans lendemain est un nid de serpents. Nous avons besoin d'un amour profond et je peux témoigner que ce n'est pas en sautant de lit en lit qu'on le trouve. »

Molly n'avait certes jamais sauté de lit en lit, mais elle savait que Phoebe avait raison. Toutefois, elle avait vingt-sept ans, elle était saine de corps et d'esprit et elle n'avait jamais rencontré l'amour profond. Alors que faire ? Si seulement Kevin l'avait exaspérée pendant leur balade... Mais il n'avait pas parlé une seule fois de football ! Ils avaient discuté de bouquins, de la vie à Chicago, de leur passion mutuelle pour *Spinal Tap*, un faux documentaire sur un groupe de *heavy metal*.

Incapable de se concentrer sur *Daphné*, elle ouvrit son ordinateur pour s'attaquer à *Se peloter – jusqu'où* ? Le sujet ne fit qu'amplifier sa dépression.

En troisième année d'université, lasse d'attendre en vain sa Grande Histoire d'Amour, elle avait décidé de se contenter de l'attention et de la tendresse que lui accordait le garçon avec qui elle sortait depuis un mois. Perdre sa virginité avec lui avait été une erreur. La fin de cette liaison l'avait déprimée. Phoebe ne s'était pas trompée : elle n'était pas faite pour la sexualité désinvolte.

Quelques années plus tard, elle s'était convaincue qu'elle était suffisamment amoureuse d'un homme pour retenter l'expérience. Il était intelligent et charmant, mais l'abattement dont elle avait été la proie après leur rupture avait mis des mois à se dissiper.

Depuis, elle avait enchaîné les petits amis, mais pas les amants, et avait fait de son mieux pour sublimer ses désirs à travers son travail et ses amis. La chasteté était peut-être démodée, mais le sexe était un bourbier pour une femme qui n'avait jamais été aimée avant l'âge de quinze ans. Alors pourquoi y pensait-elle sans arrêt, surtout en présence de Kevin Tucker ?

Parce qu'elle était un être humain, que le quaterback des Stars était un séduisant adonis, un aphrodisiaque ambulant, un superbe homme-objet. Elle réprima un gémissement, fusilla son écran du regard et s'obligea à mobiliser son énergie sur son article.

À 17 heures, elle l'entendit quitter la maison. À 19 heures, elle avait pratiquement bouclé son papier. Malheureusement, traiter un tel sujet n'avait fait qu'exacerber son excitation. Elle téléphona à Janine, mais celle-ci n'était pas chez elle, aussi descendit-elle à la cuisine. Elle se contempla dans le petit miroir. Les magasins étaient fermés, sans quoi elle aurait couru s'acheter de la teinture. Et si elle se coupait les cheveux ? Sa coiffure en brosse d'il y a deux ans n'était pas si moche que ça.

Quelle menteuse ! Le résultat avait été catastrophique.

Elle s'empara d'un repas surgelé allégé plutôt que de la paire de ciseaux et mangea debout devant le comptoir. Puis elle extirpa toutes les guimauves d'un carton de glace Rocky Road. Enfin, elle s'équipa de son carnet à esquisses et s'installa devant la cheminée. Mais elle avait si mal dormi la veille qu'elle sentit bientôt ses paupières s'alourdir. L'arrivée de Kevin aux alentours de minuit la réveilla en sursaut.

— Salut, Daphné !

Elle se frotta les yeux.

— Salut, Karl !

Il drapa son manteau sur le dossier d'un fauteuil. Il empestait le parfum.

— Ce machin a besoin d'être aéré.

— En effet.

La jalousie la rongeait. Pendant qu'elle salivait sur le corps de Kevin et ruminait ses propres complexes, elle avait ignoré un élément capital : il ne s'intéressait nullement à elle.

— Vous n'avez pas perdu votre temps, railla-t-elle. Ce parfum me rappelle plusieurs marques, toutes ordinaires. À moins que vous n'ayez déniché une jeune fille au pair ?

— Je n'ai pas eu cette chance. Ces femmes étaient, malheureusement, américaines et parlaient beaucoup trop.

Elle aussi, à en juger par son regard entendu.

— Je parie que la plupart des mots comportaient plus d'une syllabe. Du coup, vous devez souffrir d'une migraine abominable.

Elle se réprimanda intérieurement. Elle devait à tout prix cesser de le traiter ainsi. Il était moins bête qu'elle ne l'aurait souhaité et si elle continuait, il finirait par comprendre à quel point elle s'intéressait à sa vie personnelle.

— Quand je sors avec une femme, j'aime me détendre, rétorqua-t-il, davantage contrarié que fâché. Je n'ai pas envie de débattre sur la politique mondiale, de discuter réchauffement global ni d'être forcé d'écouter de mauvais poèmes.

— Mince, tout ce que j'adore !

Il secoua la tête, s'étira. Elle l'ennuyait déjà.

— Je ferais mieux d'aller me coucher. Je pars aux aurores demain. Si je ne vous revois pas, merci de votre hospitalité.

Elle bâilla ostensiblement.

— *Ciao*, mon chou !

Elle savait qu'il devait se rendre à une séance d'entraînement, mais n'en était pas moins déçue.

— Bonne nuit, Daphné.

Elle le regarda monter l'escalier, son jean moulant ses longues jambes, ses hanches étroites, ses muscles ondulant sous son tee-shirt.

Seigneur ! Elle bavait littéralement !

— Merde !

Elle jeta son carnet par terre, se leva d'un bond et fonça dans la salle de bains. Elle allait se raser le crâne.

Non ! Elle n'avait pas envie d'être chauve, et pour une fois, elle allait se maîtriser.

Elle retourna dans le séjour, sélectionna un DVD – un remake de *À nous quatre* –, glissa le disque dans la fente et s'installa sur le canapé.

À 2 heures du matin, les parents de Hallie et d'Annie étaient rabibochés, mais Molly était plus énervée que jamais. Elle se mit à zapper et finit par tomber sur la rediffusion d'une vieille série, *Lace, Inc.*, avec Mallory McCoy et Lilly Sherman. Molly se redressa. Un jour, au siège des Stars, elle avait entendu dire que Lilly Sherman avait un lien quelconque avec Kevin. Sur le moment, elle s'était bien gardée de poser des questions. Elle examina l'actrice avec attention.

Pantalon serré, bustier, talons hauts, longs cheveux roux cascadant sur les épaules, elle papillonnait des cils devant la caméra. Malgré sa coiffure d'un autre temps et ses énormes anneaux aux oreilles, elle était d'une beauté époustouflante.

Sherman devait avoir un peu plus de quarante ans, elle était sans doute trop vieille pour avoir eu une relation amoureuse avec Kevin. En quoi étaient-ils liés ? Molly appuya sur la télécommande et une publicité pour des produits cosmétiques apparut. Voilà ce qu'il lui fallait ! Un relooking complet.

Elle éteignit le poste et monta. Non, ce n'était pas la solution. Changer de tête ne suffirait pas à guérir.

Elle prit une douche brûlante, puis enfila une des chemises de nuit en lin irlandais qu'elle avait achetées à l'époque où elle était riche. Elle se coucha avec son carnet de notes dans l'intention de réfléchir à la suite des aventures de Daphné, mais l'élan de créativité qui l'avait portée tout l'après-midi était retombé.

Si Rou ronflait doucement au pied de son lit, Molly, elle, n'avait pas sommeil.

Elle décida d'en profiter pour peaufiner son article. Mais alors qu'elle se dirigeait vers la mezzanine pour récupérer son ordinateur portable, elle jeta un coup d'œil dans la salle de bains des invités. Celle-ci était munie de deux portes, celle devant laquelle se trouvait Molly et une autre – entrouverte – qui menait à la chambre.

Molly s'avança. Elle remarqua le kit de rasage Louis Vuitton sur une étagère. Sans doute un cadeau d'une de ses top model internationales. Elle s'approcha, vit une brosse à dents rouge. Il avait remis le capuchon sur son tube de dentifrice.

Elle effleura la bombe de déodorant, puis s'empara de la bouteille d'eau de toilette. Elle l'ouvrit, renifla. Était-ce l'odeur de Kevin ? Il n'était pas du genre à s'inonder de parfum et elle ne s'était pas approchée suffisamment de lui pour en être certaine. Elle ferma les yeux et inspira de nouveau. Un frisson la parcourut.

Dans la trousse, entre un flacon d'ibuprofène et un tube de pommade anti-courbatures, elle repéra sa bague du Super Bowl. Il l'avait gagnée au début de sa carrière lorsqu'il était le remplaçant de Cal Bonner. Elle s'apprêtait à s'éloigner quand son regard tomba sur… un préservatif.

La belle affaire ! Normal qu'il en emporte partout avec lui. Il devait en posséder des cartons entiers. Elle s'en saisit, l'examina.

Était-elle folle ? Toute la journée, elle s'était comportée comme une obsédée. Si elle ne se ressaisissait pas très vite, elle allait mettre un lapin à bouillir comme Glenn Glose dans *Liaison fatale*.

Elle grimaça. *Pardon, Daphné !*

Un coup d'œil. Juste un coup d'œil sur Kevin endormi et elle s'en irait.

Elle poussa doucement la porte.

3

Tard cette nuit-là, Daphné entra sans bruit dans le terrier de Benny, un masque de Halloween sur le visage…
Daphné plante des citrouilles

Un mince filet de lumière filtrait sous la porte donnant sur le couloir. Molly distingua une forme de grande taille sous les couvertures. Son cœur battait d'excitation à l'idée de braver l'interdit. Elle risqua un pas timide.

Un flot d'énergie la submergea, comme à dix-sept ans, juste avant qu'elle déclenche l'alarme incendie. Elle se rapprocha. Un coup d'œil, c'est tout.

Il dormait sur le flanc, le dos tourné vers elle. Sa respiration était lente et régulière. Elle songea à ces vieux westerns dans lesquels le type armé se réveille en sursaut au moindre bruit, et imagina Kevin, cheveux hirsutes, braquant un colt sur elle.

Elle prétexterait une crise de somnambulisme.

Il avait laissé traîner ses chaussures sur le tapis, et elle repoussa la première du bout du pied, provoquant un léger bruissement. Kevin ne broncha pas. Elle fit de même avec l'autre. Il ne réagit pas davantage. Elle pouvait d'ores et déjà rayer la scène du colt.

Ses paumes étaient moites. Elle les frotta sur sa chemise de nuit. C'est alors qu'elle heurta le bout du lit.

Kevin avait décidément un sommeil de plomb.

Maintenant qu'elle l'avait vu endormi, elle pouvait s'en aller.

C'était bien son intention, mais ses jambes l'entraînèrent de l'autre côté du lit, là où elle pouvait discerner son visage.

Elle contempla son magnifique profil – front haut, pommettes saillantes, nez droit parfaitement proportionné. Il était joueur de football, il avait dû le fracturer plus d'une fois, mais elle ne repéra aucune bosse disgracieuse.

Elle faisait preuve d'une indiscrétion inacceptable. Inexcusable. Pourtant, le regard rivé sur sa chevelure blond foncé, elle résista difficilement à la tentation de la caresser.

Une épaule sculptée dépassait de la couette. Elle eut envie de la lécher.

Assez ! Elle perdait la tête. Et elle s'en fichait.

Elle avait toujours le préservatif dans la main et Kevin Tucker était là, sans doute nu sous la couette. Et si elle s'allongeait près de lui ?

Impensable.

Qui le saurait ? Peut-être ne se réveillerait-il même pas ? Et dans le cas contraire ? Il serait bien le dernier à se vanter d'avoir couché avec la sœur obsédée de sa patronne.

Une sensation d'ivresse s'empara de tout son être. Envisageait-elle vraiment de céder à son désir ?

Ce serait une aventure sans conséquences émotionnelles puisqu'elle ne l'aimait pas. Quant à ce qu'il penserait d'elle… Il était habitué à ce que les femmes se jettent à son cou. Il ne s'en étonnerait pas.

Elle avait des fourmillements dans les mains, le souffle erratique. Son stock de volonté était épuisé. Elle ne supportait plus cette nervosité qui la rongeait. Elle en avait par-dessus la tête de se mutiler les cheveux sous prétexte qu'elle ne savait pas comment gérer ses insatisfactions. Par-dessus la tête de tendre à tout prix vers la perfection, depuis tant d'années. Atterrée, elle se regarda ôter ses pantoufles.

« Remets-les immédiatement ! » s'ordonna-t-elle.

Elle n'en fit rien. Dans son cerveau, l'alarme incendie retentit, assourdissante.

Elle retira sa chemise de nuit, demeura un instant pétrifiée, nue et tremblante. Avec effroi, elle vit ses doigts agripper la couette et tirer. Elle s'efforça de se rassurer : non, non, elle n'irait pas plus loin. Mais son corps entier hurlait de désir.

Elle se glissa subrepticement dans le lit. Seigneur ! Elle était folle !

Kevin Tucker émit un ronflement sonore et se retourna, entraînant la couette dans son mouvement.

Molly vit là un signe divin : elle devait quitter ce lit au plus vite !

Au lieu de quoi, elle se lova contre lui, pressa ses seins contre son dos, inhala son parfum... Cela faisait si longtemps...

Il eut un tressaillement, changea de position, murmura quelques mots comme s'il rêvait.

Le hurlement de l'alarme s'intensifia. Molly glissa le bras autour de lui et se mit à lui caresser le torse.

Une minute, pas plus, se promit-elle. Ensuite, elle s'éclipserait.

Kevin sentit la main de son ancienne petite amie, Katya, sur sa poitrine. Un instant plus tôt, il se tenait dans son garage avec sa toute première voiture et Eric Clapton. Eric lui donnait une leçon de guitare, mais en lieu d'instrument, Kevin se servait d'un râteau. Puis il avait levé les yeux et Eric s'était volatilisé. Il était maintenant dans une cabane en rondins avec Katya.

Elle lui caressait le torse et il se rendit compte qu'elle était nue. Il oublia le cours de musique tandis qu'un flot de sang se ruait vers son entrejambe.

Il avait rompu avec Katya depuis des mois, mais tout à coup, il voulait absolument faire l'amour avec elle. Elle avait la fâcheuse habitude d'utiliser du parfum bas de gamme. Trop puissant. Quitter une femme sous un tel prétexte était ridicule, d'autant qu'à présent, elle embaumait la cannelle.

Il transpirait. Jamais il n'avait éprouvé une telle excitation du temps où ils étaient ensemble. Elle n'avait aucun sens de l'humour. Elle passait trop de temps à se maquiller. Mais là, il avait envie d'elle. Tout de suite.

Il se tourna vers elle, posa la main sur sa fesse. Tiens ! Elle était plus charnue…

Mmm… ce parfum ! Ces seins, si doux, si chauds, ronds comme des oranges… Et cette bouche sur la sienne, ces mains affolantes qui se promenaient partout sur son corps, glissaient furtivement vers son sexe.

Il laissa échapper un gémissement. Il n'allait pas tenir longtemps. Il rechignait à bouger le bras, mais il voulait savoir à quel stade elle en était.

Moite, humide, trempée.

Il roula sur elle, s'enfonça en elle. Ce ne fut pas facile. Étrange…

Le rêve s'estompa, mais pas son désir. La fièvre s'emparait de tout son être. Ces effluves de savon, de shampooing, de femme l'enflammaient. Tout en allant et venant en elle, il entrouvrit les paupières et… n'en crut pas ses yeux !

Daphné Somerville !

Il essaya de parler, mais n'en était déjà plus capable. Son sang pulsait follement, son cœur battait la chamade, ses oreilles bourdonnaient. Il explosa.

À cet instant, Molly se raidit. « Non ! Pas si vite ! » le supplia-t-elle en silence.

Elle le sentit frémir, s'écrouler de tout son poids sur elle. Beaucoup trop tard, elle recouvra sa lucidité.

Il s'affaissa.

C'était fini. Déjà ! Elle ne pouvait même pas l'accuser d'être le pire des amants car elle avait eu exactement ce qu'elle méritait. À savoir, rien du tout.

Il se redressa brusquement, secoua la tête, se retira d'elle et bondit du lit.

— Qu'est-ce que vous fichez là ?

Elle l'aurait volontiers insulté pour l'avoir à ce point déçue, mais c'était surtout à elle-même qu'elle en voulait. Une fois de plus elle avait déclenché l'alarme incendie. Sauf qu'elle n'avait plus dix-sept ans. Un sentiment d'humiliation la submergea.

— Je... je suis s-s-s-omnambule, balbutia-t-elle.

— Somnambule, mon œil ! gronda-t-il en se ruant dans la salle de bains. Restez où vous êtes !

Elle se rappela soudain que Kevin avait la réputation d'être rancunier. L'année précédente, il avait transformé un match retour contre les Steelers en bain de sang, et l'année d'avant, il s'en était pris à un défenseur des Vikings qui pesait cent cinquante kilos. Molly se leva précipitamment et chercha sa nuisette.

Un torrent d'obscénités jaillit de la salle de bains.

Où était passée sa chemise de nuit ?

Kevin réapparut, nu et fou de rage.

— Où avez-vous trouvé ce foutu préservatif ?

— Dans... dans votre trousse.

Elle aperçut enfin sa chemise de nuit, la ramassa en hâte, et la plaqua contre ses seins.

— Ma trousse de toilette ? Vous l'avez pris dans... Merde !

— Je... j'ai agi sur une impulsion. Un... un accident de somnambulisme.

Elle se dirigea vers la porte donnant sur le couloir, mais il la rattrapa, la saisit par le bras et la secoua violemment.

— Vous savez depuis combien de temps ce truc était là-dedans ?

« Pas assez longtemps », se dit-elle à part soi. Avant de réaliser qu'il faisait allusion au préservatif.

— Que... qu'essayez-vous de me dire ?

Il la lâcha et pointa le doigt vers la salle de bains.

— J'essaie de vous dire qu'il était là depuis des lustres, et qu'il s'est déchiré !

Trois secondes s'écoulèrent. Précisément. Puis ses jambes se dérobèrent sous elle. Elle se laissa tomber dans le fauteuil tout proche.

— Qu'avez-vous à répondre à ça ? aboya-t-il.

— Ne... ne vous inquiétez pas. C'est la mauvaise période du mois.

— Ça n'existe pas la mauvaise période du mois.

Il alluma la lampe révélant plus qu'elle ne l'aurait souhaité de sa silhouette très ordinaire, et très dénudée.

— Pour moi, si. Je suis réglée comme une horloge.

— De quel droit avez-vous fouillé dans mes affaires ?

— Je... euh... la trousse était ouverte et j'ai juste jeté un coup d'œil... commença-t-elle, avant de se racler la gorge. S'il était périmé, pourquoi le garder dans votre trousse ?

— Je l'avais complètement oublié.

— C'est idiot, comme raison.

Son regard vert émeraude s'assombrit.

— Vous essayez de rejeter la faute sur moi ?

— Non. Pas du tout.

Elle inspira à fond. Il était temps de cesser de se conduire comme une lâche et d'affronter la situation.

— Je suis désolée, Kevin. Sincèrement. Depuis quelque temps, je me conduis de manière insensée.

— Vous ne répondez pas à ma question.

— Je vous présente mes excuses. Je suis horriblement gênée, avoua-t-elle d'une voix chevrotante. Je... j'espère que vous pourrez oublier cet incident.

— Ça m'étonnerait.

Il ramassa un caleçon sur le sol et l'enfila.

— Je suis désolée, répéta-t-elle, et puisque ramper ne marchait pas, elle revint à son personnage d'héritière lasse. La vérité, c'est que je me sentais seule et que vous étiez disponible. Vous avez la réputation d'être un... play-boy. Je ne pensais pas que cela vous dérangerait.

— J'étais disponible ? articula-t-il. Réfléchissons une seconde. Comment appellerait-on cela dans la situation inverse ?

— Je ne comprends pas où vous voulez en venir.

— Imaginons que j'aie décidé de me glisser dans votre lit à vous - une femme non consentante ? Comment appellerait-on cela ?

— Je... euh... Je vois ce que vous voulez dire.

— On appellerait ça un viol.

— Quoi ? Vous ne me reprochez tout de même pas de vous avoir... violé ?

— Je crois bien que si, rétorqua-t-il d'un ton glacial.

La situation était encore pire qu'elle ne l'avait imaginée.

— C'est absurde. Vous... vous n'étiez pas non consentant !

— Uniquement parce que je dormais et que je vous ai prise pour une autre.

Aïe !

— Je vois.

Il ne lâcha pas le morceau. Loin de là.

— Contrairement à ce que vous semblez croire, j'aime construire une relation avant de coucher. Et je ne laisse personne m'utiliser.

Molly était au bord des larmes.

— Je suis désolée, Kevin. Nous savons tous deux que j'ai eu un comportement inadmissible. Pourrions-nous faire comme s'il ne s'était rien passé ?

— Je n'ai pas le choix, rétorqua-t-il. Je ne tiens pas à ce que cette histoire soit publiée dans les journaux.

Elle se leva et gagna la porte à reculons.

— Sachez que je n'en parlerai jamais à quiconque.

Il la dévisagea d'un air dégoûté, et elle se décomposa.

— Je suis désolée, répéta-t-elle. Vraiment.

4

Daphné sauta de son skateboard et s'accroupit dans les hautes herbes pour inspecter le terrier.

Daphné trouve un bébé lapin (notes préliminaires)

Une réception était organisée chez Kinney après le match. À peine eut-il franchi le seuil que Kevin fut assailli par les femmes.

— Tu as joué magnifiquement, Kevin !

— Kevin, *querido*, viens par ici !

— Vous êtes formidable ! Je n'ai plus de voix tellement j'ai crié.

— Kevin, *chéri* !

Il répondit à ces sollicitations avec un sourire charmeur, et réussit à se débarrasser de toutes ses admiratrices sauf les deux plus persévérantes.

— Tu préfères les femmes belles et silencieuses, avait déclaré l'épouse de son meilleur ami la dernière fois qu'ils avaient discuté. Mais la plupart sont bavardes, alors tu te tournes vers des étrangères qui maîtrisent à peine notre langue. Le meilleur moyen d'éviter toute intimité.

Il se rappelait l'avoir examinée de haut en bas d'un air nonchalant.

— Pas possible ? Eh bien, sache, docteur Jane Darlington Bonner, que je suis prêt à être intime avec toi quand tu veux.

— Il faudra me passer sur le corps, avait répliqué son mari, Cal.

Cal et Kevin avaient beau être les meilleurs amis du monde, Kevin prenait un malin plaisir à l'asticoter.

— Question de principe, mon vieux, avait-il riposté. J'ai quelque chose à prouver.

— Oui, eh bien prouve-le avec ta propre femme et laisse la mienne tranquille.

Jane avait ri, embrassé son mari, tendu une serviette en papier à leur fille Rosie, et pris le petit dernier, Tyler, dans ses bras.

Kevin sourit en se remémorant la réponse de Cal quand il l'avait interrogé au sujet des Post-it qu'il ne cessait de voir sur les couches du bébé.

— Je ne veux plus qu'elle écrive sur les jambes de Tyler.

— Elle continuait ?

— Les jambes, les bras... Le pauvre gosse devenait un ouvrage scientifique ambulant. Depuis que je glisse des Post-it dans les poches de Jane, ça va mieux.

La manie de Jane de gribouiller distraitement des équations complexes sur des surfaces inédites était connue de tous.

N'empêche, pour rien au monde il ne lui avouerait qu'elle avait raison quant à ses préférences en matière de femmes. Mais contrairement à certains de ses coéquipiers qui prétendaient se donner entièrement à leur sport, Kevin s'y consacrait véritablement, corps, âme et cœur. Difficile, dès lors, de vivre avec une femme réclamant une attention constante. Belle et peu exigeante, voilà ce qu'il recherchait, et les étrangères correspondaient à ce profil.

Seul jouer dans les Chicago Stars comptait pour lui, et il ne permettrait à personne de se mettre en travers de son chemin. Il aimait porter l'uniforme turquoise et or, fouler le terrain du Midwest Sports Dome, et par-dessus tout, travailler pour Phoebe et Dan Calebow. Peut-être était-ce son ancien statut de fils de pasteur, mais selon lui, appartenir aux Stars était un honneur. On ne pouvait pas en dire autant de toutes les équipes de la NFL.

Aux yeux des Calebow, avoir du respect pour le jeu passait avant tout. Les brutes et les divas n'avaient pas leur place chez les Chicago Stars, et au cours de sa carrière, Kevin avait vu plus d'un joueur talentueux évincé parce qu'il n'était pas à la hauteur des exigences de Phoebe et de Dan. Il ne s'imaginait pas jouer pour quelqu'un d'autre. Le jour où il ne serait plus efficace sur le terrain, il prendrait sa retraite et deviendrait coach.

Coach des Stars.

Toutefois, deux faits s'étaient produits au cours de la saison qui avaient mis en péril ses projets. D'une part, juste après le stage de remise en forme, il s'était mis à commettre des imprudences. Il avait toujours eu le goût du risque, mais jusque-là il s'était maîtrisé. D'autre part, il y avait eu la visite inopinée de Daphné Somerville dans sa chambre en pleine nuit. Un incident plus dangereux pour sa carrière que ses frasques dans les airs ou sur un circuit de moto tout-terrain.

Il avait un sommeil profond et ce n'était pas la première fois qu'il se réveillait en faisant l'amour, mais jusqu'à présent, il avait toujours choisi ses partenaires. Comble de l'ironie, si elle n'avait pas appartenu à la famille Calebow, il aurait peut-être jeté son dévolu sur elle. Était-ce l'attrait de l'interdit, quoi qu'il en soit, il avait passé un excellent moment avec elle. Elle l'avait provoqué, elle l'avait fait rire. S'il s'était débrouillé pour ne pas le lui montrer, il s'était surpris à l'observer. Elle se déplaçait avec une assurance de jeune femme riche qu'il trouvait sexy. Sans être tape-à-l'œil, elle était parfaitement proportionnée.

Malgré tout, il avait gardé ses distances. Elle était la sœur de la patronne et il ne fraternisait jamais avec des femmes liées à l'équipe – exit les filles d'entraîneurs, les secrétaires de la réception et même les cousines de ses camarades. Et voilà le résultat !

Rien que d'y penser, sa fureur refaisait surface. Chez les Calebow, la famille primait sur tout, y compris leur meilleur joueur, et s'ils découvraient le pot aux roses, c'était à lui qu'ils demanderaient des explications.

Sa conscience l'obligeait à lui téléphoner bientôt. Juste une fois, afin de s'assurer que l'incident n'avait entraîné aucune conséquence fâcheuse. Il n'y en aurait pas, se rassurait-il. Il n'allait pas s'inquiéter, surtout maintenant, alors qu'il devait se concentrer sur son travail. Dimanche, ils jouaient pour le championnat de l'AFC et il devait être au meilleur de sa forme. Son rêve se réaliserait enfin. Car il était bien décidé à emmener les Stars jusqu'au Super Bowl.

Malheureusement, six jours plus tard, ce rêve lui fut confisqué. Et il ne put s'en prendre qu'à lui-même.

Molly travailla jour et nuit, et réussit à terminer *Daphné fait une chute*. Elle posta son texte à l'éditeur la semaine où les Stars perdirent le championnat de l'AFC. À quinze secondes de la fin du match, Kevin Tucker refusa de jouer la carte de la prudence et lança le ballon à mauvais escient. L'adversaire intercepta sa passe et les Stars durent concéder la victoire à un point près.

Molly se prépara un thé pour se réchauffer en cette glaciale soirée de janvier et l'emporta à sa table de travail. Elle avait un article en cours pour *Nénettes*, mais au lieu de brancher son ordinateur, elle s'empara du carnet abandonné sur le canapé afin d'y noter quelques idées pour son prochain livre, *Daphné trouve un bébé lapin*.

Le téléphone sonna alors qu'elle s'asseyait.

— Allô ?

— Daphné ? Ici Kevin Tucker.

Quelques gouttes de thé se répandirent dans la soucoupe et Molly retint son souffle. Autrefois, elle avait eu le béguin pour ce type. Aujourd'hui, le seul son de sa voix la terrifiait.

Elle s'obligea à respirer calmement. Il continuait à l'appeler Daphné, il n'avait donc parlé d'elle à personne. Parfait. Elle ne voulait même pas qu'il pense à elle.

— Comment avez-vous eu mon numéro ?

— Je vous ai obligée à me le communiquer.

Elle s'était arrangée pour l'oublier.

— Je, euh… Que puis-je pour vous ?

— La saison étant terminée, je m'apprête à quitter la ville. Je voulais être sûr qu'il n'y avait pas eu de… conséquences fâcheuses à notre… intermède.

— Non, non ! Aucune !

— Tant mieux.

Sous la froideur de son ton, elle perçut son soulagement. Et imagina soudain un moyen de faciliter les choses.

— J'arrive, chéri ! lança-t-elle à un personnage fictif.

— Vous n'êtes pas seule, apparemment.

— Non, en effet… Je suis au téléphone, Benny ! ajouta-t-elle en haussant la voix. J'arrive tout de suite.

Elle grimaça. Tout de même, elle aurait pu trouver mieux comme prénom.

Rou sortit de la cuisine en trottinant. Molly resserra sa prise sur le combiné.

— J'apprécie votre appel, Kevin, mais ce n'était pas nécessaire.

— Du moment que tout va…

— Tout est parfait, mais il faut que je vous laisse. Désolée pour le championnat. Et merci encore d'avoir appelé.

Tremblante, elle coupa la communication.

Elle venait de parler avec le père de son futur bébé.

Elle posa la main sur son abdomen. Elle n'avait pas encore totalement absorbé le fait qu'elle était enceinte. Quand ses règles avaient eu du retard, elle s'était convaincue que c'était à cause du stress. Puis ses seins étaient devenus hyper sensibles, et elle avait commencé à avoir des nausées. Deux jours plus tôt, elle s'était résolue à acheter un test de grossesse. Le résultat l'avait tellement paniquée qu'elle s'était ruée à la pharmacie s'en procurer un deuxième.

Pas d'erreur possible. Elle portait l'enfant de Kevin Tucker.

Ce n'était pas à lui qu'elle avait d'abord pensé, mais à Phoebe et à Dan. La famille était au centre de leur existence et jamais il ne leur serait venu à l'esprit d'élever un enfant l'un sans l'autre. La nouvelle allait les anéantir.

Quant à Kevin, elle avait su tout de suite qu'il ne devrait jamais l'apprendre. Il n'était qu'une victime, à elle de supporter les conséquences de son acte.

Lui taire son secret ne serait pas compliqué. La saison était finie, ils avaient peu de chances de se croiser. Elle se contenterait d'éviter le siège des Stars, dont l'entraînement reprendrait au cours de l'été. De toute façon, hormis quelques réceptions organisées par Phoebe et Dan, elle fréquentait rarement les joueurs. Kevin apprendrait un jour qu'elle avait eu un bébé, mais après son coup de fil, il supposerait qu'elle avait un homme dans sa vie.

Elle contempla le ciel par les fenêtres. Il n'était pas encore 18 heures, mais la nuit était déjà tombée. Elle s'allongea sur le canapé.

Elle n'avait jamais envisagé d'être mère célibataire. En fait, elle ne s'était jamais vraiment imaginée en mère tout court. À présent, elle ne songeait qu'à cela. L'insatisfaction qui l'avait toujours taraudée semblait s'être évaporée, la laissant avec l'étrange sensation que les choses étaient telles qu'elles devaient être. Finalement, elle allait avoir sa propre famille.

Rou lui lécha la main. Paupières closes, elle s'abandonna à sa rêverie. Un garçon ? Une fille ? Aucune importance. Elle avait passé suffisamment de temps avec ses nièces et son neveu pour savoir qu'elle serait une bonne mère, quoi qu'il arrive, et qu'elle aimerait son bébé pour deux.

Son bébé. Sa famille.

Elle s'étira, envahie par un bonheur incommensurable. Voilà ce qu'elle cherchait depuis tant d'années. Jamais elle ne s'était sentie aussi sereine. Même ses cheveux étaient en paix : ils avaient retrouvé leur couleur naturelle, châtain foncé.

Rou lui donna un petit coup de truffe.

— Tu veux tes croquettes, gredin ?

Elle se dirigeait vers la cuisine quand la sonnerie du téléphone retentit de nouveau. Les battements de son cœur s'accélérèrent, mais ce n'était que Phoebe.

— Dan et moi avions une réunion à Lake Forest. Nous sommes sur la route et il a faim. Tu viens dîner avec nous chez *Yoshi* ?

— Volontiers !

— Parfait. On passe te prendre dans une trentaine de minutes.

Molly raccrocha, consciente de la peine qu'elle allait leur infliger. Ils voulaient qu'elle vive ce qu'ils vivaient – un amour profond, inconditionnel. Mais tout le monde n'avait pas cette chance. Elle enfila son pull Dolce & Gabbana usé jusqu'à la corde par-dessus une jupe droite noire achetée au printemps à moitié prix. L'appel de Kevin l'avait déstabilisée, aussi alluma-t-elle le téléviseur. Depuis un certain temps, elle avait pris l'habitude de regarder les rediffusions de la série *Lace, Inc.*

Elle ignorait toujours quel était le lien entre Kevin et Lilly Sherman. Phoebe était peut-être au courant, mais Molly craignait de prononcer le nom de ce dernier, bien que sa sœur ignorât qu'ils s'étaient retrouvés ensemble à Door County.

Une page publicitaire suivit le générique, puis Lilly Sherman, alias Ginger Hill, apparut à l'écran en short blanc moulant, sa poitrine généreuse débordant d'un haut de maillot de bain vert pomme. Ses cheveux auburn cascadaient sur ses épaules, ses immenses anneaux en or effleuraient ses joues et son sourire séducteur promettait mille délices sensuelles.

Le champ s'élargit pour révéler les deux détectives sur la plage. Contrairement à sa collègue, Sable arborait un sobre maillot une pièce. Molly se rappela que les deux actrices avaient été amies à la ville.

La sonnette retentit. Elle éteignit le poste et, un instant plus, tard, ouvrait la porte pour accueillir sa sœur et son beau-frère. Phoebe l'embrassa.

— Tu es toute pâle, s'inquiéta-t-elle. Tu vas bien ?

— Nous sommes à Chicago en plein mois de janvier. Tout le monde est pâle.

Molly l'étreignit avec plus de force que de coutume. C'était Phoebe qui lui avait inspiré le personnage de Célia la poule, une habitante particulièrement maternelle du Bois des Rossignols.

— Salut, mamzelle Molly ! Tu nous as manqué, déclara Dan en la serrant contre lui.

Elle songea combien elle avait de la chance de les avoir tous les deux.

— Il ne s'est écoulé que deux semaines depuis le Nouvel An.

— Et cela fait deux semaines que tu n'es pas venue à la maison, rétorqua-t-il en jetant son manteau sur le canapé.

Molly prit celui de Phoebe et sourit. Dan s'obstinait à considérer que la véritable maison de Molly était chez eux.

— Tu te rappelles la première fois que nous nous sommes rencontrés ? J'ai essayé de te convaincre que Phoebe me battait.

— Difficile d'oublier. Tu m'as expliqué qu'elle n'était pas foncièrement méchante, juste un peu tordue.

— Ah ! C'était le bon vieux temps ! approuva Phoebe en riant.

Molly posa sur elle un regard affectueux.

— J'étais tellement odieuse ! C'est un miracle que tu ne m'aies *pas* flanqué une raclée.

— Les filles Somerville cherchaient chacune un moyen de survivre.

« L'une d'entre nous cherche toujours », songea Molly.

Rou, qui adorait Phoebe, s'installa sur ses genoux dès qu'elle s'assit.

— Je suis ravie d'avoir vu les illustrations de *Daphné fait une chute* avant que tu les envoies à l'éditeur, avoua celle-ci. La tête de Benny quand sa bicyclette dérape est irrésistible. Tu travailles sur une nouvelle aventure ?

Molly hésita.

— J'en suis encore au stade de la réflexion.

— Hannah a explosé de joie lorsque Daphné a pansé la blessure de Benny. Elle ne s'attendait pas que Benny lui pardonne.

— Daphné est une lapine très magnanime. Toutefois, tu as dû noter qu'elle se servait d'un ruban rose en guise de bandelette.

Phoebe éclata de rire.

— En tout cas, c'est un livre merveilleux, Molly. Tu as le don d'inclure dans tes histoires une leçon de vie tout en demeurant drôle. Je suis si contente que tu te sois mise à l'écriture.

— J'en rêvais depuis toujours. Je ne le savais pas, voilà tout.

— À propos, Dan, tu ne m'as pas dit que… commença Phoebe. Ah ! Il a dû aller aux toilettes.

— Je n'ai pas fait le ménage depuis deux jours. J'espère que la salle de bains n'est pas trop…

Molly s'interrompit et fit volte-face.

Trop tard. Dan revenait en brandissant les deux boîtes vides qu'il avait aperçues dans la corbeille. On aurait dit qu'il tenait des grenades dégoupillées.

Molly se mordit la lèvre. Elle n'avait pas prévu de leur révéler son secret dans l'immédiat. Ils n'étaient pas encore remis de leur échec dans le championnat de l'AFC, et n'avaient pas besoin d'une déception de plus.

Dan déposa l'un des boîtes devant Phoebe.

— Molly ? articula-t-elle.

— Je sais que tu as vingt-sept ans, Molly, enchaîna Dan, et nous respectons tous deux ta vie privée. Toutefois, je me dois de te demander une explication.

Il paraissait si bouleversé que Molly ne put le supporter. Il s'épanouissait dans son rôle de père et aurait encore plus de mal que Phoebe à admettre la situation.

— Assieds-toi, Dan, murmura Molly.

Il prit place aux côtés de son épouse. Instinctivement, Phoebe glissa sa main dans la sienne. Molly s'installa en face d'eux et afficha un sourire incertain.

— J'irai droit au but. J'attends un bébé.

Dan tressaillit et Phoebe s'appuya contre lui.

— Je suis consciente que c'est un choc pour vous et j'en suis navrée. Mais je ne regrette rien en ce qui concerne cet enfant.

— Dis-moi que tu vas te marier avant la naissance, souffla Dan.

— Non. Il n'y a pas de papa. C'est ainsi, vous allez devoir l'accepter une fois pour toutes.

Phoebe parut encore plus désemparée.

— Je... j'ignorais que tu avais un homme dans ta vie. En général, tu m'en parles.

Molly décida que le mieux était de rester sur la défensive.

— Je partage beaucoup de choses avec toi, Phoebe, mais pas tout.

— Qui est-ce ? demanda Dan.

— Je ne vous le dirai pas. C'est ma faute, pas la sienne. Je ne veux pas de lui dans mon existence.

— Tu as voulu de lui assez longtemps pour qu'il te fasse un enfant !

— Dan, je t'en prie, intervint Phoebe, qui ne s'était jamais laissé intimider par les éclats de son mari. Molly, ne prends pas de décision trop hâtive. De combien de semaines es-tu enceinte ?

— Six. Et je ne changerai pas d'avis. Il y aura juste le bébé et moi. Et vous deux, j'espère.

Dan se leva d'un bond et se mit à arpenter la pièce.

— Tu n'imagines pas dans quel pétrin tu te fourres !

Elle aurait pu lui signaler que des milliers de mères célibataires mettaient au monde des enfants chaque année. Elle aurait pu le traiter de ringard. Mais elle le connaissait suffisamment pour savoir qu'elle perdrait son temps. Elle se concentra sur l'aspect pratique de la situation.

— Je ne peux pas vous empêcher de vous inquiéter, mais n'oubliez pas que je suis mieux équipée que la plupart des femmes seules pour avoir un enfant. J'ai presque trente ans, j'adore les enfants et je suis émotionnellement stable.

Pour la première fois de sa vie, elle sentit que ça pourrait être vrai.

— Tu tires le diable par la queue, répliqua Dan, l'air pincé.

— Les ventes de *Daphné* augmentent régulièrement.

— Très lentement.

— Je peux écrire davantage d'articles. Je n'aurai pas à payer une nounou puisque je travaille chez moi.

— Un enfant a besoin d'un père, s'obstina-t-il.

Elle quitta son fauteuil et le rejoignit.

— L'important, c'est qu'il ait un homme bon et généreux dans son entourage, et j'espère que tu seras là pour cet enfant, car tu es le meilleur.

Touché, il l'enlaça.

— Nous ne voulons que ton bonheur.

— Je sais. C'est pourquoi je vous aime tant tous les deux.

— Je ne veux que son bonheur, répéta Dan à Phoebe alors qu'ils rentraient chez eux ce soir-là après un dîner tendu.

— C'est ce que nous voulons tous les deux. Molly est indépendante, et elle a pris sa décision. Il ne nous reste plus qu'à la soutenir.

— C'est arrivé début décembre, grommela Dan en étrécissant les yeux. Je te promets une chose, Phoebe, c'est que je vais démasquer le salaud qui lui a fait ça et lui arracher la tête.

Cependant, les semaines s'écoulèrent sans que Dan parvienne à découvrir la vérité. Il eut beau s'inventer des excuses pour téléphoner aux amis de Molly et leur soutirer des informations, personne ne se rappelait l'avoir vue en compagnie d'un homme en particulier. Il interrogea ses enfants, sans plus de succès. En désespoir de cause, il engagea un détective privé – sans en avertir son épouse, qui lui aurait dit de se mêler de ses affaires. Il y gagna une facture exorbitante et un dossier vide.

À la mi-février, Dan et Phoebe emmenèrent les enfants à Door County pour un week-end de motoneige. Ils invitèrent Molly à les accompagner, mais elle refusa sous prétexte qu'elle avait un papier à boucler pour *Nénettes*. Dan n'était pas dupe : il savait pertinemment qu'elle n'avait pas envie de supporter ses sermons.

Le samedi après-midi, il rentrait d'une promenade avec Andrew quand Phoebe les retrouva dans le vestibule.

Andrew s'éclipsa pour aller goûter et Dan contempla Phoebe en se disant que ce jean et ce pull lui seyaient particulièrement. Il s'apprêtait à l'enlacer quand elle lui montra un reçu de carte bancaire.

— J'ai trouvé ceci à l'étage.

Il l'examina et reconnut la signature de Molly.

— Cette facturette a été émise par la pharmacie du village, expliqua Phoebe. Regarde la date.

Il s'exécuta.

— Et alors ?

— Dan, c'est au moment où Kevin séjournait ici.

Kevin quitta le café et longea l'esplanade Cairns en direction de son hôtel. Les palmiers oscillaient sous la brise de février et les bateaux tanguaient doucement dans le port de plaisance. Après cinq jours de plongée dans la mer de Corail en compagnie des requins qui pullulaient autour du site de North Horn situé au nord de l'Australie, il était content de revenir à la civilisation.

La ville de Cairns, sur la côte nord-est du Queensland, était le point de ralliement de l'expédition. Kevin avait décidé de s'y attarder quelques jours afin de profiter de ses restaurants étoilés. Il était suffisamment loin de Chicago pour ne pas risquer de croiser un fan des Stars furieux de sa dernière prestation dans le championnat de l'AFC.

Une Australienne sexy en débardeur et short moulant lui décocha un sourire séducteur.

— Je vous fais visiter les lieux, Yankee ?

— Pas aujourd'hui, merci.

Elle parut déçue. Il aurait sans doute dû sauter sur l'occasion, mais il n'était pas vraiment intéressé.

On était en pleine saison de mousson et quelques gouttes de pluie s'abattirent sur lui. Autant en profiter pour s'entraîner dans la salle de gym de l'hôtel. Ensuite, il irait au casino jouer au black-jack.

Il avait regagné sa chambre et venait de se mettre en tenue de sport quand on frappa à sa porte. Il alla ouvrir.

— Dan ? Qu'est-ce que…

Le poing de Dan entra en contact avec sa mâchoire. Kevin tituba en arrière, trébucha contre le coin du canapé, et s'affala sur le sol.

L'adrénaline fusa dans ses veines. Il se redressa d'un bond, prêt à dépecer Dan. Puis il hésita, non parce que Dan était son patron, mais parce que la fureur qui se lisait sur ses traits indiquait un problème grave. Il s'obligea à baisser les bras.

— J'espère que tu as une bonne raison à me donner, siffla-t-il.

— Espèce de salaud ! Tu croyais vraiment t'en tirer comme ça ?

Le mépris de cet homme que Kevin respectait tant le décontenança.

— Me tirer de quoi ?

— Ça ne signifiait rien pour toi, pas vrai ? Pourquoi tu ne m'as pas dit que tu n'étais pas seul chez moi en décembre dernier ?

Les poils de sa nuque se hérissèrent. Kevin choisit ses mots avec soin.

— Ce n'était pas à moi d'en parler. Il me semblait que c'était plutôt à Daphné de…

— *Daphné ?*

Trop, c'était trop ! Kevin craqua.

— Ce n'est pas ma faute si ta cinglée de belle-sœur a déboulé sans prévenir !

— Tu ne connais même pas son prénom ?

Dan semblait prêt à lui sauter de nouveau dessus, et Kevin était dans un tel état qu'il ne souhaitait que cela.

— Arrête tout de suite ! Elle m'a dit qu'elle s'appelait Daphné.

— Mais oui, c'est ça, railla Dan. Figure-toi, connard, qu'elle s'appelle Molly, et qu'elle est enceinte de ton enfant !

Kevin eut la sensation de subir le placage le plus violent de sa vie.

— Qu'est-ce que tu racontes ?

— Je raconte que j'en ai par-dessus la tête des athlètes surpayés qui se croient en droit de pondre des gamins illégitimes comme autant de détritus.

Kevin en était malade. Quand il lui avait téléphoné, Molly lui avait assuré que leur nuit n'avait eu aucune conséquence néfaste. D'ailleurs, elle était avec son petit ami.

— Tu aurais pu au moins penser à mettre un foutu préservatif !

Le cerveau de Kevin se remit à fonctionner. Il n'était pas question qu'il serve de bouc émissaire dans cette affaire.

— J'ai parlé à Daph… à ta belle-sœur juste avant mon départ et elle m'a assuré que tout allait bien. Tu devrais peut-être avoir cette conversation avec son ami.

— Elle est un peu trop préoccupée pour en avoir un en ce moment.

— Elle ne t'a pas tout dit. Tu as fait tout ce trajet pour rien. Elle sort avec un certain Benny.

— Benny ?

— J'ignore depuis combien de temps ils sont ensemble, mais à mon avis, c'est lui le responsable.

— Benny n'est pas son ami, espèce d'andouille ! Benny est un putain de blaireau !

Kevin le fixa d'un air ahuri, puis fonça vers le frigo.

— On ferait peut-être bien de tout reprendre depuis le début, suggéra-t-il.

Molly gara sa Coccinelle derrière la BMW de Phoebe. En descendant de la voiture, elle contourna un monticule de neige boueuse recouverte de glace. Le nord de l'Illinois était en proie à une vague de froid qui semblait devoir durer, mais elle s'en fichait. Le mois de février était idéal pour se caler dans son canapé avec son ordinateur et son carnet à esquisses, ou pour rêvasser, tout simplement.

Molly était heureuse d'en avoir fini avec son discours, et ravie que Phoebe l'ait accompagnée pour la soutenir. Si elle adorait se rendre dans les écoles pour lire devant les élèves, les exposés en présence d'adultes la rendaient nerveuse, surtout quand son estomac lui jouait des tours.

Un mois s'était écoulé depuis qu'elle avait appris sa grossesse et le bébé devenait chaque jour plus réel. Elle n'avait pu résister à la tentation d'acheter une minuscule salopette en jean et attendait avec impatience de porter des vêtements de femme enceinte.

Elle suivit sa sœur à l'intérieur de la ferme en pierre. Celle-ci appartenait à Dan avant qu'il épouse Phoebe et il n'avait pas émis la moindre protestation quand Molly s'y était installée en même temps que sa jeune femme.

Rou se précipita vers elle pour l'accueillir, suivi par Kangou. Molly l'avait laissé ici le temps d'assister au déjeuner littéraire.

— Bonjour, mon Rou ! Salut, Kangou !

Les deux caniches roulèrent sur le dos pour qu'elle leur gratte le ventre. Tandis qu'elle s'exécutait, Phoebe plia son écharpe Hermès et la glissa dans la poche de la parka d'Andrew.

— Qu'est-ce qui t'arrive ? s'inquiéta Molly. Tu as été distraite tout l'après-midi.

— Distraite ? Que veux-tu dire ?

Molly récupéra le foulard et le lui tendit.

— Andrew ne se déguise plus en fille depuis l'âge de quatre ans.

— Oh, là, là ! Je suppose que…

Elle se tut tandis que Dan surgissait des profondeurs de la demeure.

— Que fais-tu ici ? s'étonna Molly. Phoebe m'a dit que tu étais en voyage.

— Je l'étais, répondit-il en embrassant sa femme. Je viens de rentrer.

— Tu as dormi tout habillé ?

— Le vol était interminable. Viens dans la salle de séjour, veux-tu, Molly ?

— Bien sûr.

Les chiens sur ses talons, elle le suivit dans la pièce que les Calebow avaient rajoutée à la bâtisse comme la famille grandissait. Elle était meublée de sièges confortables et équipée d'une chaîne stéréo haut de gamme.

— Où étais-tu ? Je croyais que tu…

Les mots moururent sur ses lèvres lorsqu'elle vit l'homme debout dans un coin. Les yeux vert émeraude qu'elle avait trouvés si attirants la fixaient avec une hostilité non dissimulée.

Son cœur se mit à battre. Ses vêtements aussi étaient fripés, et il avait un chaume de barbe. Il avait beau être bronzé, il n'avait pas l'air de quelqu'un qui rentrait de vacances. Au contraire, il paraissait dangereusement énervé et au bord de l'explosion.

Molly se rappela l'attitude étrange de Phoebe tout au long de l'après-midi et sa drôle d'expression quand elle s'était éclipsée, tout de suite après son discours, pour prendre un appel sur son portable. Cette réunion n'avait rien d'une coïncidence. Phoebe et Dan avaient découvert la vérité.

— Asseyons-nous, proposa Phoebe d'un ton ferme.

— Je préfère rester debout, rétorqua Kevin.

Partagée entre la fureur et la panique, Molly fut saisie d'un vertige.

— J'ignore ce qui se passe ici, mais je ne tiens pas à le savoir.

Elle pivota sur ses talons, mais Kevin vint se planter devant elle.

— N'y songe même pas, articula-t-il.

— Cette histoire ne vous concerne en rien.

— Ce n'est pas l'avis de tout le monde, riposta-t-il, le regard luisant de colère.

— Molly, asseyons-nous pour discuter, insista Phoebe. Dan est allé jusqu'en Australie chercher Kevin. Tu pourrais au moins...

— Quoi ? s'écria Molly. Tu es allé en Australie ?

Dan afficha la même expression intraitable que le jour où il lui avait interdit de se rendre à une soirée pyjama après le bal de fin d'année. Ou la fois où il avait refusé tout net qu'elle reporte d'une année ses études pour s'offrir un voyage, sac à dos, en Europe. Mais elle n'était plus une adolescente. C'en était trop.

— Tu n'avais pas le droit ! hurla-t-elle en se jetant sur lui.

Molly n'était pas d'une nature violente. Elle s'emportait rarement. Elle aimait les lapins et les forêts de contes de fées, les théières en porcelaine et les nuisettes en lin. Elle n'avait jamais frappé personne, encore moins un être cher. Pourtant, elle crispa le poing.

— Comment as-tu pu ? s'époumona-t-elle en frappant la poitrine de Dan.

— Molly ! glapit sa sœur.

Dan écarquilla les yeux de stupéfaction et Rou se mit à aboyer.

Dan recula, mais Molly se rua de nouveau sur lui, mue par un mélange de culpabilité, de rage et de peur.

— Ce n'étaient pas tes affaires !

— Molly, ça suffit ! intervint Phoebe.

— Je ne te le pardonnerai jamais !

— Molly !

— C'est ma vie ! continua-t-elle par-dessus les jappements frénétiques de Rou. Fichez-moi la paix, à la fin !

Un bras solide s'enroula autour de sa taille avant qu'elle flanque un autre coup à Dan. Rou hurla à la mort. Kevin la retint contre lui.

— Vous feriez mieux de vous calmer.

— Lâchez-moi ! répliqua-t-elle en lui donnant un coup de coude.

Il grogna, mais n'en fit rien.

Rou lui mordit la cheville.

Kevin brailla et Molly lui enfonça de nouveau son coude dans les côtes.

Kevin se mit à jurer.

Dan l'imita.

— Assez ! Pour l'amour du ciel !

Un bruit strident retentit.

5

Parfois, on a vraiment besoin de se
confier à un ami, mais tout le monde est
parti pour la journée.
La journée solitaire de Daphné

Molly eut l'impression que le son du sifflet que Phoebe serrait entre ses dents lui avait crevé les tympans.

— Assez ! répéta sa sœur en fonçant vers eux. Molly, pousse-toi ! Rou, lâche ! Kevin, bas les pattes ! Et maintenant, assis ! tous autant que vous êtes !

Kevin laissa retomber son bras. Dan se frotta la poitrine. Rou desserra la mâchoire.

Molly frisait le désespoir. Qu'avait-elle espéré accomplir ? Profondément humiliée, elle n'osait lever les yeux.

Cependant, elle était la seule responsable de ce qui était arrivé et elle ne pouvait se dérober. Prenant exemple sur les fans de Daphné, elle s'empara de son caniche comme s'il s'agissait d'un doudou et alla s'installer dans le fauteuil le plus éloigné possible. Compatissant, Rou la gratifia d'un coup de langue sur le menton.

Dan prit place sur le canapé, l'expression butée. Phoebe s'assit à côté de lui, l'air d'une girl de Las Vegas déguisée en maman. Quant à Kevin...

Sa colère était palpable. Il se planta devant la cheminée, les bras croisés, les mains calées sous ses aisselles comme s'il craignait de ne pas pouvoir les maîtriser.

Comment avait-elle pu s'amouracher d'un type aussi dangereux ?

Tout à coup, elle prit conscience de l'enjeu. Phoebe, Dan, Kevin... et elle. La créatrice de Daphné la lapine était seule face à la NFL – la Ligue nationale de football.

La seule stratégie possible était de lancer l'offensive. Elle passerait pour une garce, mais elle ne voyait que cette solution pour épargner Kevin.

— Soyons brefs. J'ai des choses à faire et cette histoire m'ennuie à mourir.

Dan haussa un sourcil. Phoebe soupira.

— Ça ne marchera pas, Molly. Nous savons que Kevin est le père de ton bébé. Il est ici pour parler de l'avenir.

Molly se tourna vivement vers Kevin. Il ne leur avait rien dit ! Jamais Phoebe ne lui aurait parlé ainsi si elle avait été au courant de ce qui s'était vraiment passé.

Le regard de Kevin demeura indéchiffrable.

Pourquoi s'était-il tu ? Phoebe et Dan l'auraient laissé tranquille s'il avait avoué la vérité.

— Mon avenir ne le concerne pas, commença Molly. La vérité, c'est que...

Kevin bondit vers elle.

— Prenez votre manteau. Nous allons faire un tour.

— Je n'ai pas vraiment...

— Immédiatement !

La perspective d'un tête-à-tête ne l'enchantait guère, mais ce serait plus facile pour elle de lui parler en l'absence de la mafia Calebow. Elle posa Rou par terre et se leva.

Le dos raide, Molly quitta la pièce au pas de charge. Kevin la rattrapa dans la cuisine, l'agrippa par le bras et l'entraîna dans la buanderie. Là, il s'empara du blouson de ski rose et lavande de Julie et de la parka de Dan. Il ouvrit la porte de derrière et la poussa dehors.

Molly enfila le vêtement et tenta de remonter la fermeture Éclair, en vain. Kevin ne prit pas la peine de fermer l'anorak de Dan bien qu'il fût en chemise à manches courtes et pantalon de toile. Sa rage suffisait sans doute à le réchauffer.

Ils se dirigèrent vers le chemin dallé qui menait au bois.

— Vous n'aviez pas l'intention de me le dire, attaqua-t-il.

— C'était inutile. En revanche, je vais le leur dire. C'est du reste ce que vous auriez dû faire lorsque mon beau-frère a débarqué. Vous avez écourté vos vacances pour rien.

— J'imagine sa réaction. « Je n'y suis pour rien. Ta précieuse belle-sœur m'a violé. » Il m'aurait cru sur parole.

— Il le croira quand j'aurai discuté avec lui. Je suis désolée de vous avoir causé ce… désagrément.

— Un désagrément ? Vous plaisantez ?

— Je…

— Dans votre monde de petite fille riche, il s'agit peut-être d'un simple désagrément, mais dans le monde réel…

— Je comprends ! Vous êtes la victime. C'est à moi d'affronter ce problème, pas à vous.

— Je ne suis la victime de personne, gronda-t-il.

— Vous avez été la mienne, je suis donc responsable des conséquences.

— Les conséquences, comme vous dites, sont une vie humaine.

Molly s'immobilisa et le dévisagea.

— J'en suis consciente. Croyez-moi, je n'avais rien planifié. Mais maintenant que je suis enceinte, j'ai très envie de cet enfant.

— Pas moi.

Elle tressaillit. Logique, bien sûr. Normal qu'il n'en veuille pas. Mais sa colère était telle qu'elle croisa les bras devant son ventre dans un geste protecteur.

— Dans ce cas, où est le problème ? Je n'ai pas besoin de vous, Kevin, je vous assure. J'apprécierais que vous oubliiez tout cela.

— Difficile.

Pour elle, c'était personnel, mais Kevin se voyait brusquement plongé dans une crise professionnelle. Sa passion pour les Stars n'était un secret pour personne. Phoebe et Dan étaient ses patrons et très influents au sein de la NFL.

— Dès que j'aurai avoué ma faute à Dan et à Phoebe, ils vous ficheront la paix. Cette histoire n'affectera en rien votre carrière.

Il étrécit les yeux.

— Vous ne leur en soufflerez pas un mot.

— Bien sûr que si !

— Motus et bouche cousue.

— C'est votre orgueil qui parle ? Parce que vous ne voulez pas que l'on sache que vous avez été une victime ? Ou parce que vous avez peur d'eux ?

— Vous ne savez rien de moi, articula-t-il.

— Possible, mais je fais la différence entre le bien et le mal. J'ai commis une faute et je ne vais pas l'aggraver en vous entraînant plus avant dans cette histoire. Je rentre et...

Il lui saisit le bras et la secoua.

— Écoutez-moi bien, parce que je suis en plein décalage horaire et que je ne le répéterai pas. J'ai fait un tas de choses dans ma vie dont je ne suis pas forcément fier, mais jamais je n'ai abandonné un enfant illégitime. Et ce n'est pas aujourd'hui que je vais commencer.

— Inutile de me conseiller d'avorter. Je refuserai.

— Loin de moi cette idée ! Nous allons nous marier.

Elle arrondit les yeux, sidérée.

— Je n'ai aucune envie de me marier !

— Nous sommes deux, et ce ne sera pas pour longtemps.

— Je ne...

— Taisez-vous. Vous m'avez dupé, ma chère. Désormais, c'est moi qui commande.

En général, Kevin aimait aller en discothèque, mais ce soir, il regrettait d'être venu. Sa confrontation avec les Calebow avait eu lieu la veille, pourtant il ne s'en était pas encore remis.

— Kevin ! Par ici ! lança une fille aux paupières pailletées et en robe transparente.

Ils étaient sortis deux semaines ensemble l'été précédent. Nina ? Nita ? Il ne s'en souvenait plus et s'en fichait.

— Kevin ! Salut, mon pote ! Je t'offre un verre ?

Il fit mine de ne pas les avoir entendus et se fraya un chemin à travers la foule pour regagner la sortie. Mauvaise idée. Il n'était pas en état de rencontrer ses amis, encore moins les fans désireux de deviser sur son match de championnat raté.

Il réclama son manteau au vestiaire, mais ne le boutonna pas. L'air glacial lui fit l'effet d'un coup de poing. La météo avait annoncé une chute brutale des températures. Classique en plein hiver à Chicago. Le voiturier l'aperçut et courut chercher son véhicule.

Dans une semaine, il serait marié. Au temps pour lui, qui s'était vanté de ne jamais mêler vie personnelle et vie professionnelle. Il remit un pourboire au jeune homme et se glissa derrière le volant de sa Ferrari.

Tu dois montrer l'exemple, Kevin. Les gens attendent des enfants d'un pasteur qu'ils suivent le droit chemin.

Il chassa de ses pensées les conseils du bon révérend John Tucker. S'il avait pris cette décision, c'était uniquement pour préserver sa carrière. Certes, la notion d'enfant illégitime lui était insupportable, mais pour qui ne l'était-elle pas ? Non, il ne se laissait pas influencer par les sermons de sa jeunesse. Il pensait au football.

Phoebe et Dan étaient lucides. Ils ne seraient pas surpris que cette union ne dure pas. Mais pour l'heure, il pourrait marcher la tête haute en leur présence. Quant à Molly Somerville, avec ses relations haut placées et sa moralité douteuse, jamais il n'avait haï quelqu'un à ce point.

Kevin, il y a le bien et il y a le mal. Tu peux soit traverser ton existence dans l'ombre, soit avancer en pleine lumière.

Ignorant les recommandations de John Tucker, il appuya sur l'accélérateur. Le bien ou le mal n'avaient rien à voir là-dedans. Il protégeait sa carrière, point final.

« Pas tout à fait », lui chuchota une petite voix intérieure. Il déboîta brutalement dans la voie de gauche, revint dans celle de droite, repartit vers la gauche. Il avait des envies de vitesse et de danger, mais l'endroit était mal choisi pour les assouvir.

Quelques jours après la confrontation, Molly retrouva Kevin pour remplir les formulaires de mariage. Puis ils se rendirent, séparément, à l'immeuble Hancock dans le centre-ville où ils signèrent leurs contrats de séparation de biens.

Kevin ignorait que Molly n'avait plus rien et elle se garda de le lui révéler. Il la prenait déjà pour une folle, pas la peine d'en rajouter.

Pendant que l'avocat leur décortiquait les documents, Molly décrocha. Elle n'avait pas discuté avec Kevin du rôle qu'il tiendrait dans la vie de son enfant et elle était trop déprimée pour aborder le sujet. Un problème de plus à résoudre.

Lorsqu'ils quittèrent le cabinet, elle rassembla son courage et tenta une fois de plus de le convaincre.

— Kevin, tout ceci est ridicule. Laissez-moi au moins avouer la vérité à Dan et à Phoebe.

— Vous m'avez juré de garder le silence.

— Je sais mais…

Son regard la glaça.

— J'aimerais croire que vous possédez un minimum de sens de l'honneur.

Elle détourna la tête. Pourquoi lui avait-elle donné sa parole ?

— Nous ne sommes plus dans les années 1950. Je n'ai pas besoin d'être mariée pour élever cet enfant. De nos jours, les mères célibataires ne sont plus des parias.

— Cette union ne sera qu'un inconvénient mineur pour vous comme pour moi. Êtes-vous égocentrique au point de refuser de mettre quelques semaines de votre existence entre parenthèses dans le but d'assainir cette situation ?

Elle n'apprécia guère son ton méprisant, pas plus que d'être traitée d'égocentrique, d'autant qu'il faisait tout cela uniquement pour rester en bons termes avec Dan et Phoebe. Mais il s'éloigna avant qu'elle ne puisse répliquer. Elle décida de laisser tomber. Elle pouvait lutter contre l'un d'entre eux, pas les trois ensemble.

Le mariage eut lieu quelques jours plus tard dans le salon des Calebow. Molly portait une robe blanche mi-longue que sa sœur lui avait offerte. Kevin était en costume anthracite et cravate assortie. Il avait l'allure d'un séduisant entrepreneur de pompes funèbres.

Tous deux avaient refusé d'inviter des amis à la cérémonie. Seuls Dan, Phoebe, les enfants et les chiens y assistaient donc. Les filles avaient décoré la salle de séjour de guirlandes en papier crépon blanc et affublé les animaux d'un nœud ivoire. Celui de Rou était attaché autour de son cou, celui de Kangou était perché sur sa houppe. Kevin les ignora ostensiblement, et Molly comprit qu'il était de ces hommes qui considèrent les caniches comme une menace à leur virilité. Pourquoi ne s'en était-elle pas rendu compte à Door County plutôt que de traquer les rots et les chaînes en or ?

Les yeux brillants, Hannah contemplait Kevin et Molly comme s'ils étaient les héros d'un merveilleux conte de fées. Pour elle, Molly feignit d'être heureuse alors qu'elle avait le cœur au bord des lèvres.

— Tu es si belle, soupira Hannah avant de se tourner vers Kevin. Toi aussi, tu es beau. Comme un prince.

Tess et Julie éclatèrent de rire. Hannah devint écarlate. Kevin, lui, se contenta d'esquisser un sourire et de lui serrer brièvement l'épaule.

— Merci, ma chérie.

— Nous allons commencer, annonça le juge.

Molly et Kevin s'avancèrent vers lui comme s'ils traversaient un champ de mines.

— Mes très chers amis, nous sommes réunis aujourd'hui...

Andrew s'échappa des jupes de sa mère pour s'immiscer entre les mariés.

— Andrew, reviens ici ! chuchota Dan en essayant de le rattraper.

Mais Kevin et Molly se saisirent simultanément des petites mains collantes pour le garder auprès d'eux.

C'est ainsi qu'ils furent unis pour le meilleur et pour le pire, sous une tonnelle improvisée de guirlandes en papier crépon, un gamin de cinq ans planté entre eux et un caniche gris fixant Kevin d'un œil torve.

Ils n'échangèrent pas un regard, même pendant le baiser qui fut sec et rapide, bouche fermée.

— Beurk ! commenta Andrew en grimaçant.

— Ils sont supposés s'embrasser, gros bébé, lança Tess.

— Je ne suis pas un bébé !

Molly se pencha pour l'étreindre avant qu'il s'emporte. Du coin de l'œil, elle vit Dan serrer la main de Kevin et Phoebe le prendre dans ses bras. Mal à l'aise, accablée de remords, Molly mourait d'impatience de prendre ses jambes à son cou.

Ils jouèrent à boire une coupe de champagne, mais ne purent avaler qu'une minuscule portion du gâteau.

— Allons-nous-en, lui grommela enfin Kevin à l'oreille.

Molly n'aurait pas à prétexter une migraine. Elle s'était sentie de plus en plus mal au fil de l'après-midi.

— Entendu.

Kevin annonça aux autres qu'ils préféraient prendre la route avant qu'il se mette à neiger.

— Bonne idée, approuva Phoebe. Je suis heureuse que vous ayez accepté notre proposition.

Molly s'efforça de faire bonne figure alors que la perspective d'un séjour en tête à tête avec Kevin dans la maison de Door County tenait du cauchemar.

— Vous pourrez en profiter pour vous découvrir l'un l'autre, ajouta Phoebe d'un ton faussement enjoué.

— J'en trépigne d'impatience, marmonna Kevin.

En dix minutes ils furent prêts. Molly fit ses adieux à Rou ; vu les circonstances, elle préférait le laisser chez sa sœur.

— Ma voiture est à la station-service Exxon, à quelques kilomètres d'ici, le prévint-elle, une fois dans la Ferrari. Tu tourneras à gauche en atteignant l'autoroute.

L'idée de passer sept heures avec lui dans un espace aussi confiné lui était insupportable. Kevin chaussa ses fameuses lunettes Revo.

— Je croyais qu'on s'était mis d'accord pour aller ensemble à Door County.

— Je préfère m'y rendre avec mon propre véhicule.

— À ta guise.

Kevin suivit ses instructions et ils atteignirent leur destination quelques minutes plus tard. Son bras frôla le ventre de Molly alors qu'il se penchait pour lui ouvrir la portière. Elle sortit son trousseau de clés de son sac et descendit.

Il démarra en trombe sans avoir dit un mot.

Elle pleura tout le long du chemin jusqu'à la frontière du Wisconsin.

Kevin fit un détour par son domicile, du côté d'Oak Brook, où il troqua son costume pour un jean et une chemise en flanelle. Il ramassa quelques CD d'un groupe de musiciens de jazz originaire de Chicago et un livre sur une expédition au sommet de l'Everest qu'il avait oublié de mettre dans sa valise. Il envisagea un instant de s'offrir un en-cas puisqu'il n'était pas pressé, mais il avait perdu l'appétit en même temps que sa liberté.

Sur la I-94 en direction du nord, il tenta de se remémorer les sensations qu'il avait éprouvées en nageant avec les requins un peu plus d'une semaine auparavant. Peine perdue. Les athlètes fortunés étaient une cible de prédilection pour les prédatrices et il s'était demandé si Molly était tombée enceinte exprès. Mais elle n'avait pas besoin d'argent. Non, elle avait simplement eu envie de coucher avec lui sans réfléchir aux conséquences éventuelles de son acte.

Il venait de traverser la ville de Sheboygan quand son portable sonna. C'était Charlotte Long, une amie de toujours de ses parents. Comme eux, elle avait passé tous ses étés dans la propriété du Michigan, et continuait à y retourner chaque année dès le mois de juin. Il était resté en contact avec elle jusqu'au décès de sa mère.

— Kevin, l'avocat de ta tante Judith vient de me rappeler.

— Épatant, grommela-t-il.

Il se rappela Charlotte en train de discuter avec son père et sa mère après l'office. Déjà à cette époque, il les considérait comme des vieux.

Avant sa naissance, l'existence tout entière de ses parents avait évolué autour de la paroisse de Grand Rapids dont son père était le pasteur. Ils n'avaient pas d'autres enfants et ignoraient comment se comporter avec ce petit garçon plein d'énergie qu'ils aimaient de tout leur cœur, mais ne comprenaient pas.

Cesse de te trémousser… Comment as-tu fait pour te salir à ce point ?… Pas si vite… Pas si fort… Le football, fiston ? Si tu te mettais plutôt au tennis ? J'ai une raquette dans le grenier.

Bon gré, mal gré, ils avaient assisté à tous ses matchs parce que c'était ce que faisaient de bons parents. Lorsqu'il les repérait dans les gradins, ils paraissaient anxieux et perplexes.

« Ils ont dû se demander comment ils s'étaient débrouillés pour pondre un pareil énergumène », avait dit Molly.

Elle avait peut-être tort sur tout le reste, mais sur ce point, elle avait parfaitement raison.

— Tu ne lui as pas téléphoné, enchaîna Charlotte d'un ton accusateur.

— À qui ?

— L'avocat de ta tante Judith. Concentre-toi, Kevin. Il veut te parler du domaine.

Il resserra les doigts sur le volant. Ces conversations le hérissaient et il faisait son possible pour les éviter. C'était là-bas que s'était creusé le fossé entre ses parents et lui.

À la fin des années 1800, son arrière-grand-père avait acquis un terrain qui, dès le début, avait servi de lieu de rassemblement estival pour les Méthodistes. Situé au bord d'un lac, il était doté de chalets et d'un autel autour duquel se tenaient les offices.

Durant sa jeunesse, Kevin avait été contraint d'y passer toutes ses vacances. Il avait toujours été le seul enfant.

— Tu es conscient que cette propriété te revient maintenant que Judith est décédée, continua Charlotte.

— Je n'en veux pas.

— Allons donc. Elle appartient à la famille Tucker depuis plus de cent ans. C'est une institution, tu ne vas tout de même pas y mettre un terme.

— Charlotte, c'est un gouffre financier. Tante Judith n'étant plus là, il n'y a personne pour l'entretenir.

— Tu vas prendre le relais. Tu n'as qu'à engager un régisseur.

— Je la mets en vente. Je dois m'occuper de ma carrière.

— Kevin, tu ne peux pas faire cela ! D'autant que les gens continuent à venir.

— C'est l'entrepreneur des pompes funèbres qui doit se frotter les mains.

— Pardon ? Oh, Seigneur... il faut que j'y aille sans quoi je vais arriver en retard à mon cours d'aquarelle.

Elle raccrocha avant qu'il ait le temps de lui annoncer la nouvelle de son mariage. Ce n'était pas plus mal. Cet échange n'avait fait qu'ajouter à sa mauvaise humeur.

Ah, ces étés, quel supplice ! Pendant que ses copains restaient chez eux jouer au base-ball, il devait se farcir une bande de vieillards et des milliers de règles.

Évite de sauter dans l'eau, mon cœur. Tu vas éclabousser des dames qui n'aiment pas se mouiller les cheveux... L'office débute dans une demi-heure, fiston. Va te changer.

Finalement, à l'âge de quinze ans, il s'était rebellé et avait failli leur briser le cœur.

Je ne retournerai pas là-bas et vous ne pouvez pas m'y forcer ! Je m'y ennuie à mourir. Je hais cet endroit. Si vous m'obligez à vous suivre, je fuguerai.

Ils avaient cédé et Kevin avait passé les trois étés suivants à Grand Rapids avec son ami Matt. Le père de celui-ci était jeune et robuste. Ancien joueur de football de l'équipe universitaire des Spartans, il leur lançait le ballon tous les soirs. Kevin le vénérait.

John Tucker avait fini par prendre sa retraite, puis l'autel avait brûlé, mettant fin à la mission religieuse des lieux. Tante Judith s'y était installée et avait loué les chalets à des touristes. Kevin n'y avait jamais remis les pieds.

Il venait de quitter l'autoroute quand il aperçut une Coccinelle sur le bas-côté. Les gravillons cliquetèrent sous le châssis de sa Ferrari tandis qu'il se garait juste derrière. Oui, c'était bien la voiture de Molly. Elle était penchée sur le volant.

Génial. Il ne manquait plus que cela ! Une femelle hystérique. De quel droit s'apitoyait-elle sur son sort ? C'était lui, le dindon de la farce !

Il faillit repartir, mais se ravisa en se disant qu'elle avait dû le repérer.

La douleur lui coupait le souffle, à moins que ce ne fût la peur. Molly savait qu'elle devait gagner un hôpital de toute urgence, mais elle n'osait pas bouger de crainte d'accélérer l'hémorragie et de perdre son bébé.

Elle avait attribué les premières contractions au fait qu'elle n'avait rien mangé de la journée. Puis un spasme l'avait saisie, si violent qu'elle avait dû s'arrêter au bord de la route.

Elle croisa les mains sur son ventre et se recroquevilla.

« Mon Dieu, je vous en supplie, ne me prenez pas mon enfant ! » pria-t-elle en silence.

— Molly ?

À travers un voile de larmes, elle reconnut Kevin derrière la vitre. Comme elle ne bougeait pas, il frappa.

— Molly, qu'y a-t-il ?

Elle essaya de lui répondre, mais en fut incapable.

— Déverrouille la portière, ordonna-t-il en remuant la poignée.

Elle voulut s'exécuter, mais une nouvelle crampe la terrassa. Poussant un gémissement, elle glissa les bras sous ses cuisses et les tint serrées.

— Appuie sur le bouton de fermeture !

Elle y parvint Dieu sait comment. Un souffle d'air froid l'assaillit comme Kevin ouvrait la portière.

— Qu'est-ce que tu as ?

La terreur lui nouait la gorge. Elle ne put que se mordre la lèvre inférieure et serrer les jambes encore plus fort.

— C'est le bébé ? insista-t-il.

Elle réussit à opiner.

— Tu crois que tu fais une fausse couche ?

Non ! Pas ça !

— Non, ce sont juste... des contractions, balbutia-t-elle.

Il était évident qu'il n'en croyait rien et elle lui en voulut.

— On va à l'hôpital, décréta-t-il.

Il contourna la voiture au pas de course, ouvrit la portière et se plia en deux pour la tirer sur le siège passager, mais elle s'affola :

— Non ! Arrête... il ne faut pas que je bouge !

— Je n'ai pas le choix. Je ne te ferai pas mal, je te le promets.

Il ne comprenait pas. Ce n'était pas à elle qu'il risquait de faire mal.

— Non...

Il ne l'écouta pas, la souleva et la transféra tant bien que mal sur l'autre siège. L'effort la laissa haletante.

Il courut jusqu'à la Ferrari, revint presque aussitôt avec son portable et une couverture qu'il déploya sur elle. Avant de se glisser derrière le volant, il ôta sa veste et la posa sur l'énorme tache de sang.

Tandis qu'il reprenait l'autoroute, elle retint un gémissement. Elle l'entendit discuter au téléphone... il tentait de localiser un hôpital. Les pneus de sa Coccinelle crissèrent dans un virage. Kevin conduisait comme un fou. *Mon Dieu, je vous en supplie...*

Elle n'aurait su dire combien de temps il leur fallut pour atteindre l'hôpital. Elle le vit ouvrir sa portière et se pencher sur elle. Cillant pour empêcher les larmes de couler, elle balbutia :

— S'il te plaît... je sais que tu me détestes mais... Aïe !... Il faut absolument que je garde les jambes serrées.

Il la dévisagea un instant, puis acquiesça.

Il la souleva sans effort, et franchit le seuil des Urgences. Un infirmier se précipita vers eux avec un fauteuil roulant.

— Non... si tu me poses... commença-t-elle.

— Par ici, monsieur ! appela l'infirmier.

— Montrez-moi où je dois l'emmener, répliqua Kevin.

— Je regrette, monsieur, mais...

— Vite !

Molly appuya la joue contre son torse et, l'espace d'un instant, eut la sensation que son enfant et elle étaient en sécurité. Cette impression s'évanouit dès qu'il pénétra dans le box et la déposa avec précaution sur la table d'examen.

— Je vous propose d'aller remplir le formulaire d'admission pendant que nous nous occupons d'elle, monsieur, fit une infirmière.

Il serra brièvement la main de Molly. Pour la première fois depuis son retour d'Australie, il paraissait inquiet plutôt qu'hostile.

— Je reviens tout de suite, murmura-t-il.

Aveuglée par la lumière des néons, elle se demanda comment il allait accomplir les formalités. Il ne connaissait ni sa date de naissance ni son deuxième prénom. Il ne savait rien d'elle.

L'infirmière était jeune et douce. Malheureusement, lorsque le médecin de garde arriva, Molly avait déjà perdu son bébé.

Kevin insista pour qu'on la mette sous observation jusqu'au lendemain, et parce qu'il était célèbre, il obtint gain de cause. Par la fenêtre de sa chambre privée, elle voyait le parking et une rangée d'arbres dénudés. Elle ferma les yeux pour ne pas entendre les voix.

Un interne s'adressait à Kevin de ce ton plein de déférence qu'adoptent la plupart des gens face à une célébrité.

— Votre épouse est jeune et en bonne santé, monsieur Tucker. Elle devra consulter son généraliste, mais je ne vois aucune raison pour que vous ne puissiez pas avoir un autre enfant.

Molly, elle, en voyait une.

Quelqu'un lui prit la main. L'infirmière ? Le médecin ? Kevin ? Aucune importance.

— Comment te sens-tu ? chuchota Kevin.

Elle fit mine de dormir.

Il resta auprès d'elle un long moment. Lorsqu'il s'éclipsa enfin, elle se tourna sur le côté et décrocha le téléphone.

Elle était un peu dans les vapes à cause des médicaments qu'on lui avait administrés, et dut s'y prendre à deux fois pour composer le numéro. En entendant Phoebe à l'autre bout de la ligne, elle se mit à pleurer.

— Viens me chercher, s'il te plaît...

Dan et Phoebe firent leur apparition peu après minuit. Molly pensait que Kevin s'en était allé, mais il avait dû s'endormir dans la salle d'attente car elle l'entendit parler avec Dan.

Phoebe lui caressa la joue. Phoebe la fertile qui avait mis au monde quatre enfants sans le moindre incident. Une larme tomba sur le bras de Molly.

— Ma chérie... je suis désolée.

Quand Phoebe la quitta pour aller interroger l'infirmière, Kevin prit sa place. Qu'attendait-il pour déguerpir ? Il n'était qu'un étranger ! Molly tourna la tête.

— Tu n'avais pas besoin de les appeler, dit-il calmement. Je t'aurais ramenée chez eux.

— Je sais.

Il s'était montré indubitablement gentil avec elle, aussi s'obligea-t-elle à le regarder. Dans ses yeux, elle décela de l'angoisse et de la fatigue, mais pas le moindre chagrin.

Dès son retour chez elle, elle déchira sa toute dernière création, *Daphné trouve un bébé lapin*, et jeta le tout aux ordures.

Le lendemain matin, la nouvelle de son mariage faisait la une des journaux.

6

Melissa la grenouille des bois était la meilleure amie de Daphné.
Le plus souvent, elle aimait se parer de perles et d'organdi.
Mais tous les samedis, elle y ajoutait un châle et faisait semblant d'être une star de cinéma.
Daphné s'égare

« Notre projecteur sur la célébrité de la semaine se braque sur la riche héritière Molly Somerville. Contrairement à sa sœur, la flamboyante Phoebe Calebow, propriétaire des Chicago Stars, Molly Somerville a toujours fait profil bas. Mais pendant que toutes les têtes étaient tournées ailleurs, la rusée Mlle Molly, qui s'est essayée à l'écriture de livres pour enfants, a réussi à séduire le plus beau parti de la ville, le délectable quaterback des Stars Kevin Tucker. Même leurs amis les plus proches sont tombés des nues en apprenant que le couple s'était uni lors d'une cérémonie privée au domicile des Calebow la semaine dernière. »

La chroniqueuse mondaine réarrangea ses traits botoxés en une expression soucieuse.

« Mais il semble que l'histoire d'amour ait mal tourné. De sources confidentielles, nous apprenons que la jeune mariée a fait une fausse couche presque aussitôt après la cérémonie et que le couple s'est déjà séparé. Un porte-parole des Stars indique qu'ils s'efforcent de surmonter leurs problèmes en toute discrétion et refusent de parler aux médias. »

Lilly Sherman éteignit le téléviseur d'un geste brusque et prit une profonde inspiration. Kevin avait épousé une héritière pourrie gâtée du Middle West. Les mains tremblantes, elle ferma les portes-fenêtres donnant sur le jardin de sa demeure située dans le quartier le plus chic de Brentwood puis ramassa le pashmina couleur café gisant au pied de son lit. Elle devait à tout prix se ressaisir avant d'atteindre le restaurant. Mallory McCoy avait beau être sa meilleure amie, ce secret n'appartenait qu'à elle.

Elle drapa le châle sur son tout nouveau tailleur en laine blanc cassé, s'empara d'un paquet-cadeau et se rendit dans l'un des tout nouveaux restaurants de Beverly Hills. Dès qu'elle fut installée à sa table, elle commanda un kir à la mûre puis, ignorant les regards des curieux, étudia le décor.

Un éclairage subtil illuminait les murs perle et quelques tableaux de qualité. La moquette était violet foncé, les nappes amidonnées d'une blancheur éclatante, les couverts en argent de style Art Déco. L'endroit idéal pour célébrer un anniversaire redouté. Son cinquantième. Personne n'était au courant, bien sûr. Même Mallory McCoy était persuadée qu'elle soufflait ses quarante-sept bougies.

Lilly n'avait pas eu droit au meilleur emplacement, mais elle avait tellement pris l'habitude de jouer les divas que personne ne s'en serait douté. Deux huiles des studios ICM occupaient une table bien en vue et elle faillit s'approcher pour se présenter. Rares étaient les hommes qui ne se rappelaient pas Ginger Hill de la série *Lace, Inc.* Mais il n'y avait rien de pire dans cette ville qu'une ex-actrice sexy en surpoids fêtant ses cinquante ans.

Elle se rassura en se disant qu'elle ne paraissait pas son âge. Ses yeux verts étaient toujours aussi vifs et ses cheveux auburn, plus courts qu'autrefois, toujours aussi brillants grâce aux doigts de fée de sa coloriste. Son visage était à peine ridé – un grand merci à Craig qui lui avait interdit de lézarder au soleil lorsqu'elle était plus jeune.

Elle avait vingt-cinq ans de moins que Craig, son séduisant mari et manager. Craig avait été son Pygmalion. Lorsqu'elle avait débarqué à Los Angeles, trente ans plus tôt, sans même son baccalauréat en poche, il lui avait appris à s'habiller, à marcher, à s'exprimer. Il l'avait poussée à se cultiver et avait transformé l'adolescente maladroite en l'un des sex-symbols les plus célèbres des années 1980. C'était à lui qu'elle devait son éducation et sa passion pour les arts.

Craig avait tout fait pour elle. Trop. Parfois, elle avait eu l'impression d'être engloutie par la force de sa personnalité. Même sur son lit de mort, il avait continué à se montrer autoritaire. Mais il l'avait vraiment aimée, et le seul regret de Lilly avait été de ne pas l'avoir aimé davantage.

Son regard se posa sur une toile admirable signée Keith Haring, l'un de ses peintres préférés, et aussitôt, elle se sentit plus calme.

Elle consulta sa montre. Mallory était en retard, comme à l'accoutumée. Durant les six saisons de tournage de *Lace, Inc.*, Mallory avait toujours été la dernière sur le plateau. En temps normal, Lilly ne s'en offusquait pas, mais aujourd'hui, cela lui laissait trop de temps pour penser à Kevin et au fait qu'il s'était séparé de sa riche héritière avant que l'encre sur leur acte de mariage ait le temps de sécher. La journaliste avait prétendu que Molly Somerville avait fait une fausse couche. Lilly se demanda ce que Kevin avait ressenti, et même, si le bébé était le sien.

Mallory se précipita vers elle. Elle n'avait pas pris un gramme depuis *Lace, Inc*. Et, contrairement à Lilly, avait réussi à poursuivre sa carrière en devenant la reine des miniséries. Malgré cela, elle n'avait pas le charisme de Lilly et son arrivée passa inaperçue. Lilly l'avait pourtant harcelée sans merci : « Tiens-toi droite, Mallory ! Déplace-toi comme si tu valais vingt mille dollars le cliché ! »

— Pardon ! Pardon ! Tu ne m'en veux pas, j'espère ? gazouilla Mallory. Bon anniversaire, ma chérie ! Tu auras ton cadeau tout à l'heure.

— Figure-toi qu'au bout de vingt ans d'amitié, j'ai fini par m'y habituer, répliqua Lilly en souriant.

— Incroyable ! Aucun de mes mariages n'a tenu aussi longtemps.

— Parce que je suis plus gentille que tes époux.

Mallory s'esclaffa. Le serveur vint lui demander ce qu'elle souhaitait boire et leur proposa une assiette d'amuse-bouche à grignoter tout en étudiant la carte.

— Ça te manque terriblement ?

Lilly comprit à quoi elle faisait allusion et haussa les épaules.

— Pendant la maladie de Craig, j'étais tellement épuisée que je ne songeais pas au sexe. Depuis son décès, je suis débordée.

« Et je suis si grasse que je n'ai pas envie de montrer mon corps », ajouta-t-elle à part soi.

— Tu es devenue très indépendante. Il y a deux ans, tu n'avais pas la moindre idée de l'état de tes finances, encore moins de la façon de les gérer. J'admire la façon dont tu as su te prendre en charge.

— Je n'avais pas le choix.

Les investissements judicieux de Craig lui permettaient de vivre confortablement sans travailler, sinon pour se donner un but. Elle avait récemment décroché un petit rôle dans un film potable, et s'en était sortie parce qu'elle était professionnelle jusqu'au bout des ongles, mais elle s'était sentie ridicule dans son personnage de mère sexy de l'acteur principal.

Elle rechignait à se voir happée par un métier pour lequel elle n'éprouvait plus aucune passion, mais elle ne savait rien faire d'autre, et depuis la disparition de Craig, elle avait besoin de s'occuper. Si seulement elle pouvait revenir en arrière, à ce moment crucial où elle s'était perdue en chemin !

Le serveur revint avec la boisson de Mallory et leur détailla la carte. Quand elles eurent passé leur commande, Mallory leva sa flûte de champagne.

— À ma meilleure amie. Bon anniversaire, et si mon cadeau ne te plaît pas, je te tue !

— Toujours aussi charmante, plaisanta Lilly.

Mallory posa devant elle une boîte rectangulaire enveloppée d'un papier à impression cachemire et entourée d'un ruban bordeaux. Lilly l'ouvrit et découvrit à l'intérieur un magnifique châle ancien en dentelle de fil d'or.

— Oh ! Il est superbe ! Où l'as-tu trouvé ?

— L'amie d'une amie qui importe des textiles rares. Il est d'origine espagnole. Fin du XIXe siècle.

À court de mots, Lilly posa la main sur celle de son amie.

— T'ai-je déjà dit combien ton amitié m'est précieuse ?

— Et réciproquement. J'ai une mémoire d'éléphant. Tu m'as soutenue pendant mon premier divorce, ces années abominables avec Michael…

— N'oublie pas l'épisode du lifting.

— Hé ! N'as-tu pas toi-même retouché tes paupières il y a quelques années ?

— J'ignore de quoi tu parles.

Elles échangèrent un sourire. Pour des actrices qui avaient bâti leur réputation sur leur sex-appeal, la chirurgie esthétique était quasiment une obligation. Cela dit, Lilly se demandait parfois pourquoi elle avait pris cette peine alors qu'elle était incapable de perdre ne serait-ce que dix kilos.

Le serveur apporta leurs plats, un aspic de homard poché entouré d'un filet de sauce mousseuse au safran pour Lilly, une tranche de saumon fine comme une feuille de papier agrémentée de câpres et d'une cuillerée de julienne de pomme pour Mallory. Lilly compara mentalement le nombre des calories de chacun.

— Cesse de ruminer. Tu es tellement obsédée par ta ligne que tu en oublies combien tu es belle.

Lilly éluda ce sermon bien intentionné en attrapant le sac cadeau suspendu à sa chaise. Le regard de Mallory se mit à briller.

— En quel honneur ? C'est *ton* anniversaire, Lilly !

— Une simple coïncidence. Je l'ai achevé ce matin, et j'étais impatiente de te l'offrir.

Mallory arracha les rubans et Lilly continua à siroter son kir en s'efforçant de masquer son inquiétude. L'avis de son amie comptait plus que tout. Qu'allait-elle penser de son premier coussin en patchwork ?

— Oh ! Ma chérie...

— Le dessin est un peu bizarre. Ce n'est qu'une expérience, s'empressa d'expliquer Lilly.

Elle s'était mise à cette activité artisanale pendant la maladie de Craig mais, vite lassée des motifs traditionnels, elle s'était lancée dans des créations plus personnelles. Le coussin qu'elle avait confectionné pour Mallory était une composition alambiquée comportant une dizaine de nuances de bleus et parsemée d'étoiles dorées.

— Pas du tout ! protesta Mallory. C'est ce que tu as fabriqué de plus beau jusqu'ici et je le chérirai toujours. Tu es une véritable artiste.

— N'exagérons rien. C'est juste un moyen de passer le temps.

— Continue sur ta lancée. Est-ce une coïncidence, ce choix des couleurs de ton équipe de football préférée ?

Lilly ne s'en était pas rendu compte.

— Je n'ai jamais compris comment tu avais pu devenir une telle fan de sport, enchaîna Mallory.

— J'aime les uniformes.

Lilly haussa les épaules et s'arrangea pour changer de sujet. Ses pensées, en revanche, n'en dévièrent pas.

Kevin, qu'as-tu fait ?

La cuisine épicée à souhait du chef Rick Bayless avait fait du *Frontera Grill* l'un des restaurants mexicains les plus appréciés de Chicago, et avant de se débarrasser de son argent, Molly y déjeunait souvent. Désormais, elle n'y venait que lorsqu'elle était invitée, en l'occurrence, par Helen Kennedy Schott, son éditrice.

—... nous aimons tous beaucoup les aventures de Daphné, mais nous avons quelques inquiétudes.

Molly devinait la suite. Elle avait remis *Daphné fait une chute* à la mi-janvier et aurait dû proposer à Helen au minimum une esquisse de son prochain livre. Mais *Daphné trouve un bébé lapin* avait fini dans la poubelle, et Molly souffrait de l'angoisse de la page blanche.

Depuis sa fausse couche, deux mois auparavant, elle n'avait pas écrit un mot, pas même pour *Nénettes*. Elle s'était étourdie en multipliant les interventions scolaires, s'efforçant de se focaliser sur les besoins d'enfants vivants au lieu du bébé qu'elle avait perdu. Contrairement aux adultes, ils se fichaient éperdument de savoir qu'elle était la future ex du quaterback le plus célèbre de Chicago.

Pas plus tard que la semaine précédente, la presse s'était une fois de plus penchée sur son cas.

Séparée du célèbre joueur des Chicago Stars, Kevin Tucker, l'héritière Molly Somerville se terre chez elle. Est-ce par ennui ou parce qu'elle panse ses plaies après l'échec de son mariage avec M. Football ? Elle boude les boîtes de nuit de Chicago où Tucker continue de se montrer, de ravissantes étrangères dans son sillage.

Cette fois, au moins, on ne l'accusait pas de « s'essayer à l'écriture ». Cette pique l'avait profondément blessée, bien que ces temps-ci, elle fût à court d'inspiration. Chaque matin elle se promettait de trouver une idée pour la prochaine histoire de Daphné ou un article pour *Nénettes*, et chaque matin, elle calait. Pendant ce temps, sa situation financière se dégradait. Elle avait absolument besoin de la deuxième avance due sur *Daphné fait une chute*, mais Helen ne l'avait pas encore approuvée.

Le décor du restaurant lui parut tout à coup clinquant, les bavardages des clients, assourdissants. Elle n'avait confié à personne son problème, encore moins à Helen.

— J'aimerais que la prochaine aventure soit vraiment unique. J'ai plusieurs idées, mais...

— Non, non ! l'interrompit Helen. Prenez votre temps. Nous comprenons. Vous venez de traverser une période difficile.

Alors pourquoi ce déjeuner ? Molly repoussa sa tortilla. Depuis sa fausse couche, elle avait perdu l'appétit.

— Je dois vous avertir que nous avons été sollicités par l'association ENAN, au sujet de vos ouvrages, enchaîna l'éditrice.

— Et pourquoi s'intéressent-ils à mes livres ? s'enquit Molly, ahurie.

— Je doute qu'ils s'y seraient intéressés si la presse n'avait autant parlé de vous depuis quelques semaines. Quoi qu'il en soit, ils m'ont appelée pour me faire part de leurs craintes.

— Quelles craintes ? Daphné n'a pas de vie sexuelle !

— Oui, enfin ça n'a pas empêché Jerry Falwell de virer Tinky Winky des Télétubbies sous prétexte qu'il était mauve et portait un sac.

— Daphné en a le droit ! C'est une fille.

Helen eut un sourire forcé.

— Le sac n'est pas en cause. Ils... se méfient d'éventuels sous-entendus homosexuels.

Par chance, Mallory n'était pas en train de manger, sans quoi elle se serait étouffée d'indignation.

— Dans mes livres ?

— Je le crains. Cependant, ils n'ont encore proféré aucune accusation. J'ai l'impression que votre mariage a attiré leur attention et qu'ils y ont vu une occasion de se faire de la publicité. Ils ont exigé un droit de regard préalable sur *Daphné fait une chute*, et dans la mesure où nous ne nous sentions pas menacés, nous leur avons envoyé une copie de la maquette. Une erreur.

— Qu'ont-ils pu trouver à redire ?

— Eh bien, ils ont signalé que vos illustrations comportaient beaucoup d'arcs-en-ciel. Et comme c'est un symbole de la *Gay Pride*…

— Dessiner des arcs-en-ciel est devenu un crime ?

— De nos jours, oui, apparemment. Leurs allégations sont absurdes, bien sûr, mais ce n'est pas tout. Par exemple, dans au moins trois de vos livres, Daphné embrasse Melissa.

— Elles sont les meilleures amies !

— Certes…

Comme Molly, Helen avait renoncé à manger. Elle s'appuya sur la table, les bras croisés.

— De plus, Daphné et Melissa se tiennent par la main en sautillant sur le Chemin des Pervenches. Le dialogue…

— C'est une chanson !

— Exact. Une chanson dont les paroles sont : « C'est le printemps ! C'est le printemps ! Nous sommes gaies ! Nous sommes gaies ! »

Pour la première fois depuis deux mois, Molly éclata de rire. Le sourire pincé de son éditrice la refroidit.

— Soyons sérieux : ils ne pensent tout de même pas que Daphné et Melissa sont…

— Il ne s'agit pas seulement de Daphné et de Melissa. Benny…

— Une seconde ! Même le plus paranoïaque des individus n'oserait pas accuser Benny d'homosexualité ! Il est si macho qu'il en est…

— Dans *Daphné plante des citrouilles*, il emprunte un rouge à lèvres.

— Pour se grimer, parce qu'il veut faire peur à Daphné ! Tout cela est grotesque !

— Nous sommes d'accord. D'un autre côté, il serait malhonnête de ma part de ne pas vous avouer que cette situation nous préoccupe. Nous pensons que cette association cherche à vous exploiter pour se faire connaître et qu'ils vont s'attaquer à *Daphné fait une chute*.

— Et alors ? Quand les groupes de marginaux ont taxé J.K. Rowling de satanisme dans sa série Harry Potter, son éditeur les a ignorés.

— Pardonnez-moi, Molly, mais Daphné n'est pas aussi connue que Harry Potter.

Quant à Molly, elle n'avait ni le pouvoir ni la fortune de J.K. Rowling. Ses espoirs d'obtenir une deuxième avance se réduisaient comme peau de chagrin.

— Écoutez, Molly, cette affaire est ridicule, j'en conviens, et nous sommes à cent pour cent avec vous. Mais nous sommes une petite maison, et je me dois de vous dire que les pressions sont de plus en plus fortes.

— Je suis certaine qu'elles cesseront dès que la presse se lassera de l'histoire de... de mon mariage.

— Cela peut prendre du temps. Les spéculations sont si nombreuses...

C'était le mystère autour de cette union qui éveillait la curiosité des journalistes, mais Molly se refusait à tout commentaire, de même que Kevin. Il ne l'appelait plus pour prendre de ses nouvelles depuis qu'elle lui avait demandé d'arrêter. De l'instant où il avait appris sa grossesse à celui de sa fausse couche, il s'était comporté de manière irréprochable, et elle avait honte du ressentiment qui l'envahissait dès qu'elle pensait à lui.

— Mieux vaut jouer la prudence, déclara Helen en sortant une enveloppe (trop large pour contenir un chèque) du dossier qu'elle avait posé sur la table. *Daphné fait une chute* n'étant pas encore imprimé, nous pouvons procéder aux modifications qu'ils suggèrent. Histoire d'éviter tout malentendu.

— Je ne veux rien changer.

— Je comprends, mais…
— Vous m'aviez dit que vous adoriez ce livre !
— Nous y croyons totalement. Les modifications en question sont mineures. Jetez-y un coup d'œil et réfléchissez. Nous en reparlerons la semaine prochaine.

Molly quitta le restaurant, folle de rage. En arrivant chez elle, cependant, sa colère s'était estompée, remplacée par une sensation de vide incommensurable. Elle jeta de côté l'enveloppe que lui avait remise Helen et alla se coucher.

Lilly portait le châle que lui avait offert Mallory. Appuyée à la balustrade d'une des terrasses arrondies du musée J. Paul Getty, elle admirait la vue sur les collines de Los Angeles. C'était une journée ensoleillée de mai et, en tournant la tête, elle apercevait Brentwood au loin. Elle pouvait même distinguer la toiture de sa maison. Elle l'avait adorée à l'époque où Craig l'avait achetée, mais à présent, elle s'y sentait à l'étroit. Comme presque tout le reste, ce bien appartenait davantage à Craig qu'à elle.

Elle retourna à l'intérieur du musée, mais ne prêta guère attention aux tableaux. C'était le complexe en lui-même qu'elle aimait, ce bouquet d'édifices ultramodernes avec leurs balcons et leurs angles imprévisibles. Dix fois, depuis la mort de Craig, elle était montée à bord du tramway qui transporte les touristes jusqu'au sommet de la colline. Ici, elle avait la sensation de se fondre dans les œuvres d'art.

Le magazine *People* paru le matin même proposait un article de deux pages sur Kevin et son mariage mystère. Elle avait aussitôt pris la fuite pour échapper à la tentation presque irrésistible de décrocher son téléphone et d'appeler Charlotte Long, sa seule source d'information concernant Kevin. Le mariage et la séparation dataient de trois mois, mais elle ne savait rien de plus qu'à l'époque. Si seulement elle pouvait s'adresser à Charlotte sans craindre que celle-ci n'en parle à Kevin !

En descendant l'escalier jusqu'à la cour, elle réfléchit à la manière dont elle allait occuper le reste de sa journée. On ne se bousculait pas à sa porte pour lui proposer un rôle en tête d'affiche. Elle n'avait pas envie d'attaquer un nouveau patchwork. Le mieux serait peut-être de passer outre ses angoisses et de contacter Charlotte Long. Mais jusqu'où était-elle prête à souffrir alors qu'elle n'envisageait aucune possibilité d'une fin heureuse ?

Si seulement elle pouvait le voir.

7

« Devrais-je avaler des cachets ?
se demanda Daphné.
Ou sauter du haut d'un très grand arbre ?
Ah ! si je pouvais mourir d'une
intoxication au monoxyde de carbone ! »
Daphné déprime
(notes pour un manuscrit impubliable)

— Je vais bien, répétait Molly à sa sœur chaque fois que celle-ci l'appelait.

— Si tu venais passer le week-end chez nous ? Je te promets que je ne laisserai traîner aucun exemplaire de *People*. Les iris sont splendides.

— Peut-être la semaine prochaine.

— Tu m'as déjà répondu cela la dernière fois.

— Bientôt, je te le promets. En ce moment, je suis très occupée.

C'était vrai. Molly avait repeint ses placards, collé ses photos dans des albums, trié ses dossiers et toiletté son chien. Elle avait tout fait, sauf travailler sur les modifications qu'elle avait fini par accepter parce qu'elle avait besoin d'argent.

Helen voulait qu'elle reprenne certains des dialogues de *Daphné fait une chute* ainsi que trois des illustrations. Dans les deux premières, Daphné et Melissa devaient être plus éloignées l'une de l'autre, et dans le troisième, Benny et ses amis devaient manger des sandwichs au fromage plutôt que des hot dogs. Elle devait aussi procéder à certaines altérations dans deux aventures plus anciennes avant réimpression. Molly n'avait touché à rien, non par principe (ce qu'elle regrettait), mais parce qu'elle était incapable de se concentrer.

Son amie Janine, toujours anéantie par la condamnation de l'ENAN à l'encontre de son propre livre, lui en voulait de ne pas avoir envoyé promener son éditeur. Mais Janine avait un mari pour payer les traites mensuelles.

— Les enfants te réclament, insista Phoebe.

— Je leur téléphonerai ce soir.

Elle tint sa parole, et ses conversations avec les jumelles et Andrew se déroulèrent normalement. Mais Hannah la bouleversa.

— C'est à cause de moi, n'est-ce pas, tante Molly ? chuchota-t-elle. C'est pour ça que tu ne viens plus. Parce que la dernière fois, je t'ai dit que j'étais triste que ton bébé soit mort.

— Ma chérie...

— Je ne savais pas que je ne devais pas en parler. Je ne dirai plus rien, plus jamais, je te le jure !

— Tu n'as rien à te reprocher, trésor. Je viendrai ce week-end. On s'amusera bien.

Cependant, le séjour fut pénible. L'amour dont sa famille faisait montre envers elle la déchirait. Elle repartit dès qu'elle le put.

Juin arriva. Molly s'installa dix fois à sa table de travail, mais son stylo en général si agile refusait de bouger. Elle chercha des idées pour *Nénettes*, mais son esprit était aussi vide que son compte en banque.

Au fil des jours, elle perdit pied. Un voisin déposa devant sa porte un sac rempli du courrier qui débordait de sa boîte aux lettres. La pile de linge sale augmenta, la poussière s'installa. Elle attrapa un rhume et eut un mal fou à s'en débarrasser.

Un vendredi matin, elle eut si mal à la tête qu'elle dut annuler une intervention scolaire et se recoucher. Elle ne trouva la force de se lever que pour sortir Rou et s'obliger à avaler une tartine grillée.

Le lundi matin, sa migraine s'était dissipée, mais les effets secondaires de son rhume lui avaient sapé son énergie. Une fois de plus, elle se fit porter pâle. Sa boîte à pain était vide, elle n'avait plus de céréales. Elle dénicha une boîte de fruits au sirop dans un placard.

Le mardi matin, alors qu'elle somnolait dans son lit, un coup de sonnette depuis le hall d'entrée la fit sursauter. Rou se mit au garde-à-vous. Molly s'enfonça sous la couette. Elle se rendormait quand quelqu'un cogna à sa porte. L'oreiller qu'elle plaqua sur sa tête et les aboiements de Rou ne suffirent pas à étouffer la voix profonde et familière.

— Ouvre ! Je sais que tu es là !

L'abominable Kevin Tucker.

Elle éternua et se boucha les oreilles, mais Rou continuait à aboyer et Kevin, à frapper. Caniche à la noix ! Odieux bonhomme ! Les voisins allaient se plaindre. Elle s'arracha du lit en jurant.

— Qu'est-ce que tu veux ?

— Ouvre-moi. J'ai à te parler.

— Je n'ai pas envie de parler.

Elle s'empara d'un mouchoir en papier et se moucha.

— Peu importe. Si tu ne veux pas que l'immeuble soit au courant de ta vie privée, je te conseille d'ouvrir.

Elle s'exécuta à contrecœur, regrettant de ne pas être armée. Kevin se tenait sur le seuil, superbe, corps musclé, cheveux brillants et yeux lançant des éclairs. Le cœur de Molly se mit à battre à vive allure.

— Tu as une mine atroce, lâcha-t-il en enjambant le chien et en refermant le battant.

Elle tituba jusqu'au canapé.

— Rou, tais-toi !

L'animal obéit, l'air offensé.

— Tu as vu un médecin ?

— C'est inutile. Mon rhume est presque fini.

— Et un psy ? insista-t-il en allant ouvrir les fenêtres.

— Ah, non, pas ça ! l'arrêta-t-elle. Tu peux partir ?

Tandis qu'il jetait un regard circulaire, elle remarqua la vaisselle sale entassée dans l'évier, le peignoir sur l'accoudoir d'un fauteuil, la poussière sur les meubles.

— Tu as raté le rendez-vous avec l'avocat hier.

— Quel rendez-vous ?

Elle passa la main dans ses cheveux emmêlés. Une demi-heure plus tôt, elle avait trouvé le courage de se brosser les dents, mais elle ne se rappelait pas avoir pris une douche. Sa chemise de nuit était grise.

— L'annulation ? Je suppose que tu n'as pas reçu la lettre, ajouta-t-il, sarcastique, en avisant le sac Crate & Barrel bourré de courrier dans l'entrée.

— Je suppose que non. Tu ferais mieux de t'en aller. Je suis sans doute encore contagieuse.

— Je prends le risque.

Il s'approcha d'une des fenêtres, contempla le parking.

— Jolie vue.

Elle ferma les yeux et s'assoupit.

Jamais de sa vie Kevin n'avait vu un être aussi pathétique. Cette femme au visage pâle et à la chevelure hirsute qui sentait la transpiration et reniflait sans arrêt était son épouse. Difficile de croire qu'elle était la fille d'une danseuse. Il aurait dû laisser à son avocat le soin de régler le problème, mais il était hanté par la détresse qu'il avait lue dans son regard lorsqu'elle l'avait supplié de l'aider à serrer les jambes comme si cela pouvait suffire pour retenir le bébé dans son ventre.

Je sais que tu me détestes mais…

Il ne la détestait plus tant que cela, pas après l'avoir vue lutter en vain pour garder son enfant. En revanche, il détestait ce qu'il ressentait, comme s'il avait une responsabilité vis-à-vis d'elle. Le stage de remise en forme débutait dans moins de deux mois. Il devait concentrer toute son énergie sur la saison à venir. Il la contempla avec ressentiment.

Tu dois montrer l'exemple, Kevin.

Il s'écarta de la fenêtre. Quelle idée d'avoir choisi un appartement aussi petit, elle qui croulait sous les millions ! Peut-être était-ce pour des raisons pratiques. Elle possédait probablement au moins trois autres résidences, toutes dans des pays chauds.

Il s'installa à l'autre bout du canapé et l'examina d'un œil critique. Elle avait perdu au moins cinq kilos depuis sa fausse couche. Ses cheveux avaient poussé et perdu leur éclat soyeux. Elle n'avait pas pris la peine de se maquiller, et avec ces cernes, on aurait dit qu'elle avait servi de punching-ball à une brute.

— J'ai eu une conversation intéressante avec ton voisin, commença-t-il.

— Je te promets d'appeler l'avocat à la première heure demain matin si tu t'en vas.

— Il m'a reconnu immédiatement.

— Tu m'étonnes !

Elle n'avait pas complètement perdu son sens de la repartie. Le ressentiment de Kevin s'intensifia.

— Il paraît que tu ne vides plus ta boîte aux lettres depuis plusieurs semaines.

— Je ne reçois rien d'intéressant.

— Il paraît aussi que tu n'es sortie de chez toi que jeudi soir, pour promener ton pitbull.

— Cesse d'insulter mon caniche. Je me remets d'un rhume, voilà tout.

Certes, elle avait le nez rouge, mais Kevin n'était pas convaincu que c'était tout. Il se leva.

— Allons, Molly. Se terrer comme tu le fais n'est pas normal.

— Parce que tu es un expert en matière de comportement normal ? Tu n'étais pas en train de nager avec les requins quand Dan est allé te chercher en Australie ?

— Tu souffres peut-être d'une dépression.

— Merci, docteur Tucker. À présent, dehors !

— Tu as perdu un bébé, Molly.

Elle se leva d'un bond, et son expression farouche lui en dit plus qu'il ne souhaitait en savoir.

— Sors d'ici, sinon j'appelle la police !

Il aurait pu s'exécuter. Après tout, il avait déjà assez de soucis comme ça avec toute la publicité qu'avait suscitée l'article dans le magazine *People*. Et le seul fait de se trouver en présence de Molly lui remuait les entrailles. Si seulement il pouvait oublier sa détresse quand elle avait compris qu'elle allait perdre son bébé !

— Habille-toi. Tu viens avec moi.

Décontenancée par l'amplitude de sa propre rage, elle eut une hésitation. Elle ne réussit qu'à émettre un croassement pitoyable :

— Tu as fumé la moquette ?

Furieux contre lui-même, il gravit l'escalier qui menait à la mezzanine, le pitbull sur les talons pour s'assurer qu'il n'allait pas voler les bijoux de sa maîtresse.

— Soit tu t'habilles, soit tu m'accompagnes comme tu es, déclara-t-il en se penchant par-dessus la balustrade. Auquel cas, tu risques fort de te voir imposer une quarantaine par les services de Santé publique.

Elle se recoucha sur le divan.

— Tu perds ton temps.

Le supplice ne durerait que quelques jours, se rassura-t-il. Il était déjà d'une humeur massacrante à l'idée de devoir se rendre au domaine. Autant en rajouter une couche en l'emmenant avec lui.

Il s'était promis de ne jamais y retourner, mais il n'avait pas le choix. Depuis des semaines, il se disait qu'il pouvait vendre la propriété sans la revoir. Mais lorsqu'il s'était vu incapable de répondre aux questions de son homme d'affaires, il s'était rendu compte que la seule solution était d'aller là-bas afin de vérifier par lui-même à quel point elle était délabrée.

L'avantage, c'était qu'il se débarrasserait de deux corvées en même temps. Il réglerait le dossier de la propriété tout en poussant Molly à se secouer. À elle de décider si elle voulait ou non s'en sortir. Quant à lui, il aurait la conscience tranquille.

Il découvrit une valise au fond de l'armoire et commença à ouvrir les tiroirs de la commode. Si le désordre régnait dans la cuisine, ici, tout était impeccablement rangé. Il prit au hasard quelques shorts et tee-shirts, ajouta une poignée de lingerie, un jean, une paire de sandales et une de baskets. Deux ou trois robes légères attirèrent son regard. Il les jeta par-dessus le tout. Mieux valait en emporter trop que de l'entendre geindre parce qu'elle n'avait rien à se mettre.

Attrapant un vieux sac à dos, il se mit à la recherche de la salle de bains pour le remplir de quelques produits cosmétiques et autres objets de toilette. Puis, avec un soupir, il fonça dans la cuisine en quête de nourriture pour le chien.

— J'espère que tu as prévu de tout remettre en place, fit-elle, debout devant le réfrigérateur, son cerbère dans les bras.

— Tu veux te laver d'abord, ou tu préfères qu'on roule toutes vitres baissées ?

— Tu es sourd ? Je ne suis pas un joueur débutant à qui tu peux donner des ordres.

— Tu as deux solutions. Soit tu viens avec moi maintenant, soit je te dépose chez ta sœur. Je doute qu'elle apprécie de te voir dans cet état, conclut-il en la fixant d'un œil féroce.

— S'il te plaît, laisse-moi tranquille, murmura-t-elle.

— Je sélectionne quelques livres dans ta bibliothèque pendant que tu te douches.

8

Une jeune fille intelligente ne monte jamais en voiture avec un inconnu, si beau soit-il.
« L'enfer du stop », paru dans *Nénettes*

Molly grimpa avec Rou sur la banquette arrière de l'élégant 4 × 4 que Kevin conduisait à la place de sa Ferrari. Elle cala l'oreiller qu'elle avait emporté derrière sa nuque et tenta de dormir. Sans succès. Tandis qu'ils fonçaient sur l'autoroute, elle ne cessa de se demander pourquoi elle n'avait pas ouvert son courrier. Si elle s'était présentée au cabinet de l'avocat, à l'heure qu'il était, elle ne serait pas dans cette voiture.

Son refus obstiné de parler à Kevin lui parut tout à coup ridicule. Du reste, sa migraine s'était dissipée, et elle était curieuse de savoir où ils allaient. Elle caressa son chien.

— Tu connais notre destination ou est-ce un enlèvement improvisé ?

Kevin l'ignora.

Ils roulèrent en silence pendant plus d'une heure, jusqu'à ce qu'il s'arrête dans une station-service pour faire le plein. Alors qu'il remplissait le réservoir, un fan s'approcha pour lui demander un autographe. Molly équipa Rou de sa laisse et l'emmena se dégourdir les pattes, puis elle alla aux toilettes. En se séchant les mains, elle aperçut son reflet dans la glace. Kevin avait raison. Elle avait une tête à faire peur. Elle s'était lavé les cheveux, mais s'était contentée de les peigner avec les doigts. Son teint était blême, et ses yeux cernés.

Elle ouvrit son sac pour y chercher un tube de rouge à lèvres, puis se ravisa. Le courage lui manquait. Elle envisagea un instant d'appeler des amis pour qu'ils viennent la chercher, mais y renonça, de peur que Kevin ne s'empresse de prévenir Dan et Phoebe de son état de santé. Ils s'inquiétaient déjà beaucoup pour elle, elle ne voulait pas leur causer davantage de soucis.

À son retour, Kevin n'était pas dans le 4 × 4. Si elle restait derrière, elle ne pourrait pas lui parler. Elle y installa donc Rou et prit place à l'avant. Il émergea de la boutique avec un sachet en plastique et une tasse de café en polystyrène. Une fois au volant, il posa le gobelet dans l'alvéole conçu à cet effet, puis sortit du sac une bouteille de jus d'orange et la lui tendit.

— J'aurais préféré un café.

— Tant pis.

La bouteille était fraîche et Molly s'aperçut soudain qu'elle avait terriblement soif, mais lorsqu'elle voulut l'ouvrir, elle en fut incapable tant elle était faible. Contre toute attente, ses yeux se voilèrent de larmes.

Sans un mot, il la lui prit des mains, dévissa le bouchon, et la lui rendit.

Comme il redémarrait, elle ravala un sanglot et murmura :

— Ça sert d'avoir des muscles.

— Si tu veux que je t'écrase des cannettes de bière vides, je suis à ta disposition.

Elle fut surprise de s'entendre rire.

Kevin reprit l'autoroute. Sur leur gauche s'étendaient des dunes de sable. Elle ne voyait pas l'eau, mais il devait y avoir des bateaux sur le lac et même quelques cargos en chemin pour Chicago ou Ludington.

— Aurais-tu l'amabilité de me dire où nous allons ?

— Dans le nord-ouest du Michigan. Un trou perdu appelé Wind Lake.

— Moi qui rêvais d'une croisière dans les Caraïbes !

— Le domaine dont je t'ai parlé.

— Celui où tu passais tes vacances quand tu étais enfant ?

— Oui. Mon père l'avait légué à ma tante, mais elle est décédée il y a quelques mois et j'ai eu la malchance d'en hériter à mon tour. Je vais le vendre, mais je dois d'abord faire un état des lieux. Je te préviens, c'est rustique.

— Je n'ai aucune envie de camper. Tu vas devoir faire demi-tour et me ramener chez moi.

— Crois-moi, nous n'y resterons pas longtemps. Deux jours tout au plus.

— Ça m'est égal. Le camping, ce n'est plus mon truc. On m'a envoyée pendant des années en colonie, et je me suis promis de ne plus jamais remettre ça.

— Qu'est-ce qui te déplaisait tant ?

— Toutes ces activités organisées. Les sports, enchaîna-t-elle en se mouchant. Pas une minute pour lire, pour penser.

— Tu n'es pas une grande sportive, devina-t-il.

Une nuit, elle s'était éclipsée de sa tente et avait ramassé toutes les balles, tous les ballons dans la cabane réservée à l'équipement – volley, foot, tennis, base-ball. Elle avait dû effectuer une demi-douzaine d'allers-retours pour les emporter jusqu'au lac et les jeter à l'eau. Les moniteurs n'avaient jamais démasqué la coupable. Personne n'avait soupçonné Molly Somerville, si intellectuelle et si calme.

— Je suis plus douée que Phoebe.

Kevin eut un frémissement.

— Les gars se souviennent encore de la dernière fois qu'elle a joué au base-ball lors du pique-nique des Stars.

Molly n'avait pas assisté à la scène, mais n'avait aucun mal à l'imaginer.

Il déboîta dans la voie de gauche et poursuivit avec une pointe d'ironie :

— Je ne pense que quelques semaines chaque année dans une colo pour gosses de riches soient si traumatisantes que ça.

— Tu as probablement raison.

Sauf qu'elle y avait passé toutes ses vacances depuis l'âge de six ans.

Une année (elle avait onze ans), suite à une épidémie de rougeole, on avait renvoyé tous les enfants chez eux. Son père était furieux. N'ayant trouvé personne pour la garder, il avait dû l'emmener avec lui à Las Vegas, où il l'avait confinée dans une suite jouxtant la sienne avec une caissière en guise de baby-sitter. Une ravissante créature qui passait ses journées à regarder la télévision et ses nuits dans le lit de Bert.

— Tu as remarqué que la vitesse est limitée ?

— Tu as peur ?

— Je devrais, mais à force de monter en voiture avec Dan, je suis blindée.

Et puis, quelle importance ? Elle se rendit abruptement compte que l'avenir ne l'intéressait pas. Elle n'avait même plus la force de s'inquiéter de son compte en banque vide ni du fait que l'éditrice de *Nénettes* ne sollicitait plus ses services.

— Je préfère t'avertir, dit-il en ralentissant. Le terrain est situé au milieu de nulle part, les bungalows sont tellement anciens qu'ils doivent être en ruine, l'endroit est plus insipide qu'une musique d'ascenseur et les pensionnaires ont soixante-dix ans minimum. Si tu as fini ton jus d'orange, j'ai acheté des crackers au fromage.

— J'adore, mais je n'ai pas faim.

— Tu sembles avoir sauté beaucoup de repas ces temps-ci.

— Merci de l'avoir remarqué. Si je perds encore trente kilos, je serai peut-être aussi mince que tes poules de luxe.

— Concentre-toi sur ta dépression. Au moins, j'aurai la paix.

Elle esquissa un sourire. Kevin avait une qualité : il la traitait sans ménagement, contrairement à Dan et à Phoebe. Elle appréciait qu'on la considère comme une adulte.

— Je vais faire une sieste, annonça-t-elle.

— Bonne idée.

Elle ne parvint pas à s'assoupir. Paupières closes, elle essaya de réfléchir à son prochain livre, mais son esprit refusait de s'aventurer dans le Bois des Rossignols.

Après avoir quitté l'autoroute, Kevin s'arrêta devant une épicerie/restaurant. Quelques minutes plus tard, il jetait un sac en papier sur les genoux de Molly.

— Tu crois pouvoir avaler un sandwich ?

— Peut-être. À condition de me concentrer.

À l'intérieur du sac, elle découvrit une généreuse portion de poisson fumé, un beau morceau de cheddar, un pain de seigle noir, un couteau en plastique et quelques serviettes en papier. Elle réussit à confectionner deux tartines pour lui et une plus petite pour elle dont elle donnerait le reste à Rou.

Ils se dirigeaient vers le centre de l'État. Les yeux à moitié clos, elle regarda défiler vergers en fleurs et silos. Le soleil se couchait quand ils bifurquèrent vers le nord.

Ils se parlèrent à peine. Kevin écoutait ses CD. Il aimait le jazz, du be-bop des années 1940 au fusion. Malheureusement, il aimait aussi le rap. Et au bout d'un quart d'heure à tenter d'ignorer les commentaires sexistes de Tupac, elle enfonça le bouton d'éjection, saisit le disque et le jeta par la fenêtre.

Quand Kevin criait, ses oreilles devenaient écarlates, découvrit-elle.

La nuit était presque tombée lorsque, après avoir traversé la jolie ville de Grayling, ils empruntèrent une nationale qui semblait mener nulle part. Ils traversèrent bientôt une épaisse forêt.

— Au XIXe siècle, l'industrie du bois a littéralement rasé la région, expliqua-t-il. Les arbres ont repoussé, mais il y a des endroits assez sauvages. Les villes sont petites et dispersées.

— On est encore loin ?

— Un peu plus d'une heure, mais je ne veux pas arriver de nuit. Il paraît qu'il y a un motel convenable dans les parages. Rien à voir avec le Ritz, évidemment.

Molly se recroquevilla sur elle-même. De temps en temps, les phares d'une voiture venant à contresens les aveuglaient, créant des ombres mystérieuses sur les pommettes de Kevin. Elle eut un frisson d'appréhension et ferma les yeux.

Elle ne les rouvrit que lorsqu'il se gara devant un motel aux murs recouverts de fausses briques et d'aluminium. Comme il sortait de la voiture, elle faillit s'assurer qu'il comptait bien louer des chambres séparées, mais le bon sens la retint.

À raison, car il revint avec deux clés.

Tôt le lendemain matin, elle fut réveillée par des coups à la porte et des aboiements.

— Serpentards ! marmonna-t-elle.

— On part dans trente minutes, annonça Kevin de l'autre côté du battant.

— Au secours ! grommela-t-elle dans son oreiller.

Elle se traîna jusqu'à la douche et trouva même la force de se coiffer. Quant au rouge à lèvres, ce serait pour une autre fois. Elle avait l'impression de souffrir d'une gueule de bois colossale.

Lorsqu'elle émergea enfin, il faisait les cent pas devant la voiture. Le rayon de soleil qui l'éclaboussait révéla une bouche pincée et une expression morose. Pendant que Rou se soulageait sur un buisson, Kevin ramassa la valise de Molly et la jeta dans le coffre.

Aujourd'hui, il portait un tee-shirt bleu des Stars et un short gris clair. Une tenue banale, mais qu'il arborait avec la confiance de ceux qui sont nés beaux.

Elle chercha ses lunettes de soleil dans son sac, puis lui jeta un regard empli de ressentiment.

— Ça t'arrive de la mettre en veilleuse ? lâcha-t-elle.

— Pardon ?

— Je faisais allusion à ta laideur fondamentale.

— Je ferais peut-être mieux de te déposer dans une maison de fous plutôt que de t'emmener à Wind Lake.

— À ta guise. Un café, c'est possible ?

Elle chaussa ses lunettes, mais le verre n'était pas assez foncé pour estomper l'éclat de son agaçante beauté.

— Dans la voiture, mais tu as mis si longtemps à te préparer qu'il doit être froid.

Il était brûlant et elle en but une gorgée avec plaisir.

— Je n'ai trouvé que des fruits et des beignets. Dans ce sac, ajouta-t-il, d'un ton bougon.

Il y avait aussi des beignets, mais elle n'avait pas faim et décida de se concentrer sur le paysage. Depuis le pont enjambant la rivière Au Sable, elle vit des falaises d'un côté et une forêt de l'autre. Une aigrette volait au-dessus de l'eau. Érables et chênes côtoyaient pins, cèdres et bouleaux. Ici et là, des rayons de soleil transperçaient la voûte formée par les feuillages. La nature paraissait sereine. Molly aurait aimé l'être aussi, mais elle en avait perdu l'habitude.

Kevin poussa un juron et braqua pour éviter un écureuil. Plus ils se rapprochaient de leur destination, plus sa mauvaise humeur s'intensifiait. Elle aperçut un panneau indiquant la bifurcation pour Wind Lake, mais il ne ralentit pas.

— C'est la ville. Le domaine est de l'autre côté du lac.

Ils roulèrent encore quelques kilomètres jusqu'à l'apparition d'un élégant panneau vert et blanc bordé d'or.

Domaine de Wind Lake
Chambres d'hôtes
Depuis 1894

Kevin fronça les sourcils.

— Cette pancarte paraît neuve. Personne ne m'a jamais parlé de chambres d'hôtes. Judith devait loger des touristes dans le bâtiment principal.

— Et alors ?

— La bâtisse est sombre et humide. J'ai du mal à croire que qui que ce soit ait envie d'y dormir.

Il s'engagea dans l'allée gravillonnée qui sinuait sur cinq cents mètres entre les arbres.

Lorsqu'il s'arrêta, Molly retint son souffle. Elle s'attendait à des bâtiments délabrés. Au lieu de quoi, ils se trouvaient dans un village digne d'un conte de fées.

Autour d'une petite place ombragée se dressaient des bungalows aux couleurs évoquant une boîte de bonbons : menthe, mandarine et caramel, café rehaussé de citron et de groseille, pêche agrémentée de myrtille et de cassonade. Des frises dentelées en bois ornaient le rebord des toitures et des colonnes sculptées supportaient des vérandas pas plus larges qu'un lit de camp. À une extrémité de la place se dressait un charmant belvédère.

Les parterres de fleurs étaient envahis de mauvaises herbes et l'allée méritait un surplus de gravillons. L'ensemble donnait une impression de négligence, mais récente. Certains des chalets étaient ouverts. Un couple de personnes âgées émergea du premier, et Molly repéra un homme avec une canne près du belvédère.

— Ces gens ne devraient pas être là ! s'exclama Kevin. J'avais demandé qu'on annule toutes les locations pour l'été.

— On a dû oublier de les avertir, dit Molly en scrutant les alentours.

Un étrange sentiment de déjà-vu l'envahit. Inexplicable, puisqu'elle n'avait jamais mis les pieds dans un endroit pareil.

Un peu plus loin, elle repéra un espace pique-nique avec, juste derrière, une plage en forme de croissant, et encore au-delà, un ruban d'eau avec un rideau d'arbres en toile de fond. Des canoës et des barques étaient retournés près d'un ponton.

Elle ne fut pas étonnée de constater que la plage était déserte. La matinée était ensoleillée, mais à cette latitude, l'eau était sûrement glaciale.

— Tu noteras que la moyenne d'âge s'élève à plus de soixante-dix ans, grommela Kevin en appuyant sur l'accélérateur.

— Il est tôt. L'école n'est pas finie.

— Il en sera ainsi jusqu'à la fin du mois de juillet. Bienvenue dans mon enfance.

Il s'éloigna de la place pour emprunter une allée étroite parallèle au lac. Molly vit d'autres maisonnettes, toutes de style gothique rural, dominées par un véritable joyau d'architecture victorienne.

Ce ne pouvait être la bâtisse sombre et humide que Kevin lui avait décrite. Des touches de saumon, de jaune citron et de vert mousse égayaient les dentelles de bois ornant la galerie extérieure, les pignons et les colonnettes. La large véranda s'étirait sur deux côtés, de part et d'autre d'une tourelle. Deux pots en terre cuite plantés de pétunias flanquaient la double porte d'entrée percée de vitres givrées, incrustées d'un motif de fleurs et de vignes entrelacées. Les rocking-chairs arboraient des coussins assortis au décor. Molly eut la sensation d'être plongée dans un autre monde.

— Je n'en reviens pas ! s'écria Kevin en jaillissant de la voiture. La dernière fois que je suis venu, c'était une ruine !

— Aujourd'hui, c'est une splendeur.

Elle sursauta comme il claquait sa portière, puis décida de le suivre. Rou en profita pour aller se soulager dans les buissons. Les mains sur les hanches, Kevin contempla la façade.

— Depuis quand l'a-t-elle transformée en maison d'hôtes ?

À cet instant, la porte s'ouvrit et une femme qui approchait les soixante-dix ans sortit. Quelques mèches folles s'échappaient de ses cheveux gris-blond retenus par une barrette. Elle était grande, imposante, avait une bouche large, des pommettes saillantes et un regard bleu vif. Un tablier saupoudré de farine protégeait son pantalon kaki et son chemisier blanc à manches courtes.

— Kevin ! s'exclama-t-elle en se hâtant vers lui pour l'étreindre vigoureusement. J'étais sûre que tu viendrais !

Elle se tourna vers Molly.

— Je suis Charlotte Long. Mon mari et moi venions ici chaque été. Il est mort il y a huit ans, mais je continue à séjourner dans le bungalow « Petits pains et poissons ». Kevin perdait sans arrêt ses ballons dans mes rosiers.

— Mme Long était une amie de mes parents et de ma tante, ajouta Kevin.

— Mon Dieu, comme Judith me manque ! soupira Charlotte. Et vous êtes ?

Molly lui tendit la main.

— Molly Somerville.

— Ma foi… on ne peut plus lire un magazine sans tomber sur un article à propos de ton mariage, marmonna-t-elle en se tournant vers Kevin. N'est-il pas un peu tôt pour voir quelqu'un d'autre ? Le pasteur Tucker serait très déçu de constater que tu ne fais pas plus d'efforts pour te réconcilier avec ta femme.

— Euh, Molly est ma…

Le mot resta coincé dans sa gorge. Molly compatit, mais sous aucun prétexte elle ne le prononcerait elle-même.

— Molly est ma… femme, parvint-il à articuler.

De nouveau, Molly se vit scruter par ces yeux bleus.

— Tant mieux. Mais alors pourquoi vous présentez-vous sous votre nom de jeune fille ? Tucker est un patronyme solide. Le pasteur Tucker, le père de Kevin, était un des hommes les plus remarquables que j'aie jamais connus.

— Je n'en doute pas, répondit Molly. Il se trouve que Somerville est aussi mon nom de plume. J'écris des livres pour enfants.

La désapprobation de Charlotte Long s'évapora.

— J'ai toujours eu envie d'écrire pour les enfants. Quel bonheur ! Vous savez, de son vivant, la mère de Kevin craignait qu'il ne se marie avec une de ces top models qui fument de l'herbe et couchent avec n'importe qui.

Kevin s'étrangla.

— Eh, toi, le chien ! continua Charlotte. Sors des lobélies de Judith !

Elle se tapota la cuisse et Rou abandonna les fleurs pour trottiner jusqu'à elle. Se penchant, elle lui caressa le menton.

— Mieux vaut le surveiller. On a des coyotes par ici.

L'expression de Kevin devint calculatrice.

— Ils sont gros ?

Molly lui adressa un regard de reproche.

— Rou ne s'éloigne jamais de la maison.

— Dommage.

— Bon ! Je vous laisse ! La liste des pensionnaires et de leurs dates de séjour est sur l'ordinateur de Judith. Les Pearson devraient arriver d'une minute à l'autre. Ce sont des passionnés d'ornithologie.

Kevin blêmit sous son bronzage.

— Des pensionnaires ? Qu'est-ce que…

— J'ai demandé à Amy de rafraîchir l'ancienne chambre de Judith, celle que tes parents utilisaient. Les autres sont louées.

— Amy ? Attends une…

— Amy et Troy Anderson, poursuivit-elle. Lui, c'est l'homme à tout faire. Ils viennent de se marier bien qu'elle n'ait que dix-neuf ans et lui, vingt. J'ignore pourquoi ils étaient si pressés.

Charlotte entreprit de dénouer son tablier.

— Amy est chargée du ménage, mais ces deux-là sont tellement amoureux qu'ils en oublient tout le reste. Il faudra les talonner.

Elle fourra le tablier dans les mains de Molly.

— Heureusement que vous êtes là, Molly. Je n'ai jamais été une bonne cuisinière et les clients s'en plaignent.

Molly fixa le tablier. Kevin se rua vers Charlotte qui s'éloignait déjà.

— Une seconde ! Le domaine est fermé. Toutes les réservations ont été annulées.

Elle le dévisagea avec mépris.

— Comment oses-tu, Kevin ? Certaines de ces personnes viennent depuis quarante ans. Et Judith a dépensé toutes ses économies pour rénover les chalets et transformer la maison. Sais-tu combien coûte une annonce dans la revue *Victoria* ? Sans compter ce garçon du village, Collins, qui lui a demandé presquc millc dollars pour lui créer un site Internet.

— Un site Internet ?

— Si tu ne t'en sers pas, tu as tort. C'est un outil merveilleux.

— J'utilise Internet ! protesta Kevin. Mais j'aimerais savoir pourquoi les gens continuent à venir alors que j'ai fermé le domaine.

— Ma foi, parce que je les y ai encouragés. C'est ce qu'aurait voulu Judith. Je m'acharne à te l'expliquer. Sais-tu qu'il m'a fallu presque une semaine pour joindre tout le monde ?

— Tu les as appelés ?

— J'ai aussi envoyé des mails, répliqua-t-elle fièrement. Je n'ai eu aucun mal à m'y mettre. N'aie pas peur, Kevin, ta femme et toi vous en sortirez très bien. À condition d'offrir un petit déjeuner copieux, la plupart des pensionnaires se contentent de peu. Les menus et recettes sont dans le cahier bleu de Judith, à la cuisine. Ah ! Et envoie Troy réparer les toilettes du chalet *Verts pâturages*. Elles fuient.

Sur ce, Charlotte fila. Kevin était vert.

— Dis-moi que c'est un cauchemar.

Les yeux rivés sur une Honda Accord neuve qui remontait l'allée, Molly murmura :

— Je crains que tu ne sois parfaitement réveillé.

Kevin suivit la direction de son regard et jura. Épuisée, Molly se laissa choir sur la première marche de l'escalier afin de profiter pleinement du spectacle. Rou accueillit le couple d'un jappement.

— Nous sommes les Pearson, annonça la femme – la soixantaine mince, mais le visage rond. Je suis Betty et voici mon mari, John.

Kevin demeurant muet, Molly les présenta :

— Molly Somerville. Et voici Kevin, le nouveau propriétaire.

— Ah, oui ! Nous avons entendu parler de vous. Vous jouez au base-ball, il me semble ?

Kevin s'affaissa contre un lampadaire.

— Au basket, rétorqua Molly. Mais il est trop petit pour la NBA, du coup ils l'ont évincé.

— Mon époux et moi-même n'apprécions guère le sport. Nous avons été très tristes d'apprendre le décès de Judith. Une femme charmante. Une encyclopédie en matière d'oiseaux de la région. Nous sommes à l'affût d'une Paruline de Kirtland.

John Pearson pesait au moins cent kilos de plus que sa femme et son menton tremblotait.

— Nous espérons que vous ne changerez pas trop les menus, enchaîna-t-il. La confiture de Judith est sans égale. Quant à son gâteau chocolat et cerises…

Il fit une pause qui valait tous les commentaires.

— Vous servez toujours le thé à 17 heures ?

Molly attendit que Kevin réponde, mais il semblait avoir perdu l'usage de la parole.

— Il est possible que nous ayons un peu de retard aujourd'hui, dit-elle prudemment.

9

Daphné habitait le plus joli bungalow du Bois des Rossignols.
Il était niché un peu à l'écart dans un bosquet, ce qui était bien pratique car elle pouvait jouer de la guitare sans que personne se plaigne.
Daphné s'égare

Son portable collé à une oreille, le combiné du sans-fil de la maison plaqué sur l'autre, Kevin arpentait le vestibule en aboyant des ordres, d'une part à son homme d'affaires, et d'autre part, à sa secrétaire ou sa femme de ménage. Derrière lui, un imposant escalier en noyer s'élevait jusqu'à un palier, puis virait à angle droit. Les balustrades étaient poussiéreuses et le tapis aurait mérité un bon coup d'aspirateur. Une urne remplie de plumes de paon trônait sur le pilastre à l'étage.

Étourdie par ses allées et venues incessantes, Molly décida d'explorer les lieux. Rou sur les talons, elle commença par inspecter le salon. Le canapé et les fauteuils étaient recouverts d'un ravissant tissu jaune et rose. Lithographies botaniques et scènes pastorales encadrées ornaient les murs crème, et les fenêtres étaient pourvues de rideaux de dentelle blancs. Des chandeliers en cuivre, une jardinière chinoise et une collection de boîtes en cristal se disputaient le manteau de la cheminée. Malheureusement, le cuivre était mat, le cristal terne et les tables, poussiéreuses. Un tapis oriental pelucheux ajoutait à l'impression de laisser-aller.

Il en était de même dans la salle de musique et la salle à manger, où trônaient une table de style Queen Anne et dix chaises. Ici, une baie vitrée offrait une vue généreuse sur le lac et la forêt. Du vivant de Judith, les immenses vases en cristal sur la console avaient dû contenir des gerbes de fleurs fraîches. À présent, le dessus en marbre croulait sous les restes du petit-déjeuner.

Molly franchit une porte à l'extrémité de la pièce et pénétra dans une cuisine à l'ancienne, au carrelage bleu et blanc, et aux placards en bois surmontés d'une collection de brocs en faïence. Une table de ferme équipée d'une plaque de marbre servait d'espace de travail. Bols, coquilles d'œufs, tasses à mesurer et un bocal ouvert de baies rouges séchées encombraient la surface. Le fourneau moderne, digne d'un restaurant, était sale, et le lave-vaisselle, grand ouvert.

Pour les repas en petit comité, une autre table en chêne était placée devant les fenêtres, et entourée de chaises aux coussins multicolores. À l'arrière de la maison, le jardin, ceint de chaque côté par la forêt, descendait en pente douce jusqu'au lac.

Elle jeta un coup d'œil dans l'office bien approvisionné qui embaumait les épices, puis pénétra dans une petite pièce adjacente qui devait servir de bureau, à en juger par l'ordinateur dernier cri posé sur la table de bistrot. Lasse de déambuler, elle s'assit et l'alluma. Vingt minutes plus tard, la voix de Kevin lui parvint.

— Molly ! Bon sang, où es-tu ?

Elle l'ignora et ouvrit un autre fichier. Mais il arriva au pas de charge.

— Pourquoi ne me réponds-tu pas ?

Elle repositionna la souris tandis qu'il s'approchait derrière elle. Il était temps de mettre les choses au clair.

— Je ne réponds jamais aux rugissements.

— Je ne rugissais pas ! Je...

Comme il se taisait, elle leva les yeux, curieuse de savoir ce qui avait attiré son attention. Dehors, une très jeune femme en short ultra-court noir et débardeur moulant fonçait à travers le jardin, pourchassée par un homme tout aussi jeune. Elle se retourna, éclata de rire, le nargua. Il lui cria quelques mots. Elle souleva son haut, révélant ses seins nus.

— Waouh ! glapit Kevin.

Molly se sentit rougir.

L'homme la saisit par la taille et l'entraîna dans les bois. Il s'adossa contre un vieil érable et elle lui sauta aussitôt au cou, enroulant les jambes autour de sa taille.

Molly regarda les amants se dévorer, le cœur battant la chamade. Kevin bougea derrière elle et son corps s'enflamma.

Le jeune homme pivota, plaquant sa dulcinée contre le tronc de l'arbre, glissa la main sous son tee-shirt.

Molly éprouva des fourmillements dans les seins. Elle voulut se détourner, mais s'en découvrit incapable. Apparemment, Kevin n'en avait pas la force non plus car il s'était figé.

— Je crois que nous venons d'apercevoir Amy et Troy Anderson, murmura-t-il d'une voix rauque.

Amy était menue, toute en jambes, un chouchou violet dans les cheveux. Troy avait les cheveux châtains, coupés en brosse. Il était mince et beaucoup plus grand qu'elle.

— Ils vont faire l'amour sous nos yeux, dit Kevin, ahuri.

Molly retomba sur terre. Elle se leva d'un bond et tourna le dos à la fenêtre.

— Pas devant moi.

Kevin la dévisagea sans mot dire. Molly se rappela que s'ils avaient eu une relation intime, elle ne savait rien de lui.

— Ça devient un peu trop *hot* pour toi ?

— Le voyeurisme, ce n'est pas mon truc, riposta-t-elle.

— Voilà qui me surprend de la part d'une femme qui aime se jeter sur des proies innocentes.

Le temps n'avait pas atténué sa honte. Elle ouvrit la bouche pour s'excuser une fois de plus mais l'œil luisant de Kevin l'arrêta dans son élan. Avec stupéfaction, elle se rendit compte qu'il n'avait pas envie de la voir ramper. Il préférait une bonne dispute.

— Uniquement quand je suis soûle, lâcha-t-elle, à court d'inspiration.

— Es-tu en train de me dire que tu l'étais ce soir-là ?

— Complètement. Vodka sur glace. Sans quoi je ne me serais jamais comportée de cette manière.

Il jeta un coup d'œil par la fenêtre, puis revint à elle.

— Je ne me souviens pas que tu étais soûle.

— Tu dormais.

— En revanche, je me rappelle que tu as prétendu être somnambule.

— Je n'allais pas t'avouer que j'avais un problème avec l'alcool !

— Et maintenant, tu ne l'as plus ?

— Penser « vodka » suffit à me donner la nausée.

Il la parcourut d'un lent regard.

— Tu sais ce que je pense ?

— Je ne veux pas le savoir.

— Je pense que tu n'as pas pu résister à la tentation.

— Si ça t'amuse.

Il se déplaça légèrement pour avoir une meilleure vue sur ce qui se passait dehors, puis tressaillit.

— Ça va faire mal, commenta-t-il.

— C'est dégoûtant, dit-elle alors qu'elle mourait d'envie de se retourner. Arrête de les regarder.

— Intéressant, continua-t-il en inclinant la tête de côté. Ils aiment braver les interdits, on dirait.

N'y tenant plus, Molly fit volte-face. Pour découvrir que les oiseaux s'étaient envolés.

Kevin eut un ricanement moqueur.

— Si tu sors en courant, tu auras peut-être le temps de voir la fin.

— Tu te trouves drôle ? Eh bien, voici quelque chose de plus divertissant encore. En me plongeant dans les dossiers de tante Judith, j'ai découvert que la maison d'hôtes affichait complet jusqu'en septembre. La plupart des chalets sont loués aussi. Tu n'imagines pas le prix que les gens sont prêts à payer pour passer leurs vacances ici.

— Montre-moi ça.

Il s'approcha de l'ordinateur.

— À toi l'honneur. Pendant ce temps, je vais chercher un endroit où m'installer.

Occupé à scruter l'écran, il ne réagit pas même lorsqu'elle récupéra la feuille sur laquelle elle avait noté les noms des bungalows vacants.

Elle prit les clés correspondantes accrochées au mur près du bureau, les fourra dans sa poche et se rendit dans la cuisine. Elle n'avait rien mangé, aussi se servit-elle au passage une part du cake aux baies rouges de Charlotte. Dès la première bouchée, elle constata que celle-ci avait raison de dire qu'elle n'était pas bonne cuisinière. Elle jeta le reste dans la poubelle.

Parvenue dans le vestibule, la curiosité l'emporta sur la fatigue et elle gravit l'escalier pour inspecter le reste de la maison. Rou la suivit de près tandis qu'elle explorait les chambres toutes différentes les unes des autres.

Elle repéra un nid rempli de billes de verre sur une pile d'authentiques cartons à chapeaux, un assortiment de flacons d'apothicaire près d'une cage à oiseaux en fil de fer, des broderies encadrées, des enseignes en bois, de magnifiques vases qui auraient dû contenir des bouquets de fleurs fraîches. Elle remarqua aussi des lits défaits, des corbeilles à papier pleines, des baignoires crasseuses au bord desquelles traînaient des serviettes sales. De toute évidence, Amy Anderson préférait faire des galipettes dans les bois avec son mari plutôt que de s'occuper du ménage.

Au bout du couloir, elle poussa la porte de l'unique chambre libre. La preuve : elle était impeccable. Ce devait être celle de Judith Tucker car plusieurs photos de la famille étaient disposées sur la coiffeuse. Elle occupait un coin de la demeure, dont la tourelle. Molly imagina Kevin endormi sous la tête de lit sculptée. Il était tellement grand qu'il devrait se coucher en travers.

Elle se remémora la nuit où elle s'était glissée près de lui sous la couette. Elle s'empressa de chasser cette image de son esprit et redescendit. En émergeant sur la véranda, un délicieux mélange de parfums de pins et de fleurs l'assaillit.

Elle se serait volontiers installée dans un rocking-chair pour faire la sieste, mais comme elle n'avait aucune intention de partager la chambre de tante Judith avec Kevin, elle devait se dénicher un logement.

— Viens, Rou. Allons visiter les chalets disponibles.

L'un des fichiers de l'ordinateur comprenait un plan sur lequel était indiqué chacun des bungalows. En se rapprochant de la place, elle nota de petites enseignes peintes à la main près des portes d'entrée : *Trompette de Gabrielle, Lait et miel, Verts pâturages, Bonne nouvelle.*

En passant devant *L'Échelle de Jacob*, elle aperçut un bel homme efflanqué qui arrivait par le bois. Il était nettement plus jeune que les résidents qu'elle avait vus jusque-là – une petite cinquantaine d'années. Elle le salua d'un signe de tête et il lui rendit son salut.

Elle se dirigea vers *L'Arbre de vie*, une maisonnette corail enjolivée de touches prune et lavande. Comme *L'Agneau de Dieu*, elle était vide. Toutes deux avaient leur charme, mais Molly, qui voulait davantage d'intimité, s'en détourna pour gagner les chalets plus isolés, perchés le long de l'allée parallèle au lac.

Étrange, cette impression de déjà-vu. Lorsqu'elle passa devant la maison d'hôtes, Rou courut devant elle, s'immobilisa pour renifler une touffe de mouron des oiseaux, puis inspecter un carré d'herbe. Tout au bout du chemin, Molly repéra exactement ce qu'elle cherchait. *Lys des champs*.

La minuscule maison avait été fraîchement repeinte en jaune pâle, ses colonnettes et sa frise en bleu ciel et rose. Molly se sentit oppressée : on aurait dit une nursery.

Elle gravit les marches. La porte moustiquaire grinçait. Elle inséra la clé dans la serrure et entra.

Le décor était merveilleusement désuet. Une toile recouvrait le canapé au tissu délavé. Un coffre défoncé servait de table basse. Une lampe sur pied se dressait près d'une commode en sapin. Une odeur de moisi imprégnait l'atmosphère, mais les murs blancs et les rideaux en dentelle donnaient une impression d'espace.

Sur la gauche, la cuisine comprenait un fourneau à gaz, une table à abattants et deux chaises. Un coup d'œil dans le placard révéla un amas disparate de poteries et d'assiettes en faïence, de verres et de tasses. Sa gorge se noua devant un service pour enfants Jeannot Lapin, et elle se détourna.

La salle de bains était équipée d'une baignoire sur pied et d'un lavabo d'une autre époque. Un tapis en lirette protégeait le plancher rustique et quelqu'un avait peint au pochoir un motif de vignes près du plafond.

Molly compta deux chambres, l'une exiguë, l'autre suffisamment vaste pour accueillir un lit double en fer forgé et une commode.

À l'arrière, sur la galerie protégée par des moustiquaires, elle découvrit plusieurs sièges en rotin alignés le long du mur et un hamac.

Soudain épuisée, elle s'y allongea. Au-dessus d'elle, le plafond était peint en jaune, comme l'extérieur du bungalow, et les moulures, en bleu et rose. Quel endroit merveilleux ! songea-t-elle.

Elle ferma les yeux et s'endormit presque instantanément.

Le cerbère accueillit Kevin en grognant et en montrant les dents.

— Ne commence pas ! Je ne suis pas d'humeur.

Il contourna le chien pour aller déposer la valise de Molly dans la chambre, puis se rendit dans la cuisine. Elle n'y était pas, mais Charlotte Long lui avait assuré l'avoir vue entrer dans ce chalet, et il finit par la trouver, endormie dans le hamac. Son chien de garde le dépassa vivement pour se mettre en position. Kevin la contempla.

Elle paraissait frêle et sans défense, la main calée sous la joue, une boucle brune en travers du front. Ses cils étaient épais, mais pas assez pour masquer les cernes sous ses yeux, et il s'en voulut de l'avoir malmenée. Cela dit, il avait le sentiment qu'elle détesterait être dorlotée. Non pas qu'il en eût envie. Il lui en voulait encore trop.

Le regard de Kevin s'attarda sur son corps. Elle portait un pantacourt rouge et un chemisier sans manches jaune à col Mao. Lorsqu'elle était éveillée, il avait du mal à imaginer qu'elle était la fille d'une danseuse de cabaret. Endormie, c'était une autre histoire. Il admira la finesse de ses chevilles, le galbe de ses jambes, les courbes subtiles de ses hanches. Sa poitrine se soulevait à un rythme régulier, et dans l'ouverture du chemisier, il aperçut un bout de dentelle noire. Il dut se retenir pour ne pas le déboutonner.

Sa réaction le dégoûta. Dès son retour à Chicago, il appellerait une ex. Tout indiquait qu'il était en manque de sexe.

Le clébard avait dû déchiffrer ses pensées parce qu'il se mit à aboyer.

Molly souleva les paupières, puis tressaillit. Elle voulut se redresser, mais le hamac bascula.

Kevin la rattrapa à temps et l'aida à se mettre debout.

— Ça t'arrive de réfléchir avant d'agir ? lança-t-il.

Elle repoussa ses cheveux.

— Que veux-tu ?

— La prochaine fois que tu décideras de disparaître, préviens-moi.

Elle bâilla.

— Je t'ai averti, mais tu étais trop occupé à lorgner les seins de Mme Anderson pour m'écouter.

Il tira un fauteuil en rotin et s'y assit.

— Ces deux-là sont totalement inutiles. Dès qu'on tourne le dos, ils se sautent dessus.

— Ils viennent de se marier, fit-elle valoir.

— Oui, eh bien, nous aussi.

Que répondre à cela ? Elle prit place sur la balancelle en métal, terriblement inconfortable car dénuée de ses coussins.

— En tout cas, reprit-il, Amy soutient son mari.

— La façon dont il l'a plaquée contre cet arbre…

— Ils font face au monde ensemble. Ils se serrent les coudes. Ils forment une équipe.

— Ta subtilité me fascine.

— J'ai besoin d'aide.

— Je n'entends rien de ce que tu dis.

— Apparemment, je suis condamné à rester ici jusqu'à la fin de l'été. Je vais engager quelqu'un pour prendre le relais dès que je le pourrai, mais d'ici là…

— D'ici là, rien, coupa-t-elle en se levant. Je refuse. Demande aux fougueux amants de te donner un coup de main. Ou, pourquoi pas, à Charlotte Long ?

— Elle déteste faire la cuisine et ne s'est sacrifiée que par respect pour Judith. D'ailleurs, les quelques pensionnaires que j'ai rencontrés s'en sont plaints. J'ai proposé de les rembourser, mais lorsqu'il s'agit de leurs vacances, les gens deviennent complètement irrationnels. Ils veulent le remboursement en plus de tout ce que l'annonce dans la revue *Virginia* leur promettait.

— *Victoria.*

— Peu importe. Ce que je veux dire, c'est que nous allons devoir rester dans ce trou paumé plus longtemps que prévu.

Un trou paumé ? Pas aux yeux de Molly. L'endroit était charmant, mais elle eut beau tenter de se convaincre que la perspective de prolonger leur séjour l'enchantait, elle ne ressentit rien.

— Pendant que tu te reposais, je suis allé en ville pour passer une annonce dans le journal local. Malheureusement, c'est un hebdomadaire et le prochain numéro sort dans une semaine. J'ai passé le mot à quelques autochtones, mais je doute de l'efficacité de cette initiative.

— Tu penses que nous sommes là pour une semaine ?

— Je crains que oui, à moins de trouver quelqu'un d'ici là.

Elle se rassit sur la balancelle.

— Tu vas devoir gérer la maison d'hôtes durant tout ce temps, observa-t-elle.

Il étrécit les yeux.

— Tu sembles oublier que tu as juré de me soutenir.

— Pas du tout !

— As-tu prêté attention aux serments que tu prononçais lors de la cérémonie ?

— Le moins possible, admit-elle. Je n'ai pas l'habitude de formuler des promesses que je ne peux pas tenir.

— Moi non plus, mais jusqu'ici, j'ai tenu parole.

— Pour le meilleur et pour le pire ? railla-t-elle. Ça m'étonnerait.

— Ce n'est pas ce à quoi nous nous sommes engagés, rétorqua-t-il, les bras croisés, les mains sous les aisselles.

Un sentiment de malaise la submergea.

— Tu devrais peut-être me rafraîchir la mémoire.

— Je fais allusion au texte que Phoebe a rédigé pour notre mariage. En résumé : toi, Molly, m'acceptais pour mari, du moins pour un temps. Tu me promettais respect et considération. Tu remarqueras qu'il n'était pas question d'amour ni d'éternité. Tu t'engageais à ne pas dire du mal de moi et à me soutenir dans tous nos projets communs.

Molly se mordit la lèvre. Phoebe avait cherché avant tout à protéger le bébé.

Elle se ressaisit.

— D'accord, tu es un athlète formidable. Côté respect, pas de souci. Et hormis à Phoebe, à Dan et à Rou, je ne dis jamais du mal de toi.

— J'en pleure d'émotion. Et pour l'aspect « soutien » ?

— Cela concernait… tu le sais pertinemment, bredouilla-t-elle. Phoebe n'avait certainement pas prévu de me forcer à t'aider à gérer une maison d'hôtes.

— N'oublie pas les bungalows. Et un serment sacré, c'est exactement cela.

— Tu m'as littéralement enlevée hier, et maintenant, tu tentes de m'exploiter !

— Pour quelques jours seulement. Une semaine tout au plus. À moins que ce ne soit trop demander à une riche héritière ?

— C'est ton problème, pas le mien.

Kevin la fixa longuement, puis son expression se fit glaciale.

— Je suppose que tu as raison, lâcha-t-il finalement.

Il n'était pas homme à solliciter les autres, et elle regretta sa mesquinerie, mais elle ne se sentait pas la force de jouer le jeu.

— C'est juste que… je ne suis pas en forme depuis quelques semaines et je…

— Laisse tomber, coupa-t-il avant de tourner les talons. Je me débrouillerai seul.

Molly arpenta le chalet, furieuse contre elle-même. Il avait apporté sa valise. Elle l'ouvrit, mais ne la vida pas, préférant regagner la véranda et admirer le paysage.

Ces serments de mariage… Elle s'était préparée à rompre les plus traditionnels d'entre eux. Même les couples qui s'aimaient avaient du mal à s'y tenir. Mais ceux-là – ceux que Phoebe avait rédigés – étaient différents. Ces promesses, une personne honorable devrait pouvoir les respecter.

Kevin l'avait fait.

— Merde !

Rou leva la truffe.

— Je n'ai pas envie d'être entourée d'inconnus, voilà tout.

La vérité, c'était qu'elle n'avait pas envie d'être avec *lui*.

Elle consulta sa montre, constata qu'il était presque 17 heures.

— Rou, je vais devoir prendre sur moi.

Dix pensionnaires étaient rassemblés pour prendre le thé dans le salon jaune et rose, mais Molly imaginait mal comment la revue *Victoria* aurait pu accorder son label de qualité. Sur la console s'alignaient un paquet de biscuits Oréo ouvert, une bouteille de jus de raisin, une cafetière, des gobelets en polystyrène et un bocal contenant ce qui semblait être du thé en poudre. Malgré cela, les hôtes semblaient heureux.

Les Pearson se tenaient debout derrière deux vieilles dames perchées sur le canapé. À l'autre bout de la pièce, deux couples aux cheveux blancs bavardaient tranquillement. Les doigts des femmes étincelaient de bagues. L'un des hommes arborait une moustache tombante, l'autre était en pantalon de golf jaune citron et chaussures vernies blanches. Il y avait aussi un ménage plus jeune, des quinquagénaires qui semblaient sortis tout droit d'une publicité Ralph Lauren. Mais c'était Kevin qui prenait toute la place. Planté près de la cheminée, il incarnait si bien son rôle de seigneur du château que son short et son tee-shirt au logo des Stars auraient pu être un jodhpur et une redingote.

—... donc, le président des États-Unis est dans la loge d'honneur, les Stars ont quatre points de retard, il ne reste plus que sept secondes au chronomètre et je viens de me fouler le genou.

— Ce devait être atrocement douloureux, susurra la baby-boomer.

— La douleur, on ne la ressent qu'après.

— Je me rappelle ce match ! s'écria le mari. Vous avez fini par le remporter de trois points !

Kevin secoua la tête avec modestie.

— J'ai eu de la chance, Chet.

Molly leva les yeux au ciel. On n'atteignait pas le sommet en comptant uniquement sur la chance. Kevin était là où il était parce qu'il était le meilleur. Son numéro de gentil garçon épatait peut-être les hôtes, mais Molly n'était pas dupe.

Elle l'observa. Son sens de l'autodiscipline forçait le respect. Personne ne se serait douté qu'il n'avait aucune envie d'être là. Elle avait oublié qu'il était fils de pasteur et elle avait eu tort. Kevin accomplissait son devoir quelles que soient les circonstances. Ainsi le jour où il l'avait épousée.

— C'est incroyable ! s'esbaudit Mme Chet. En choisissant une maison d'hôtes au fin fond du Michigan, nous étions loin d'imaginer que nous y serions reçus par le célèbre Kevin Tucker.

Kevin la gratifia d'un sourire. Molly faillit la mettre en garde : inutile de flirter avec lui, elle n'avait aucune chance puisqu'elle n'avait pas un accent étranger.

— J'aimerais connaître votre avis sur la conscription, dit Chet en rajustant le pull bleu marine drapé sur ses épaules.

— Je vous propose de boire une bière sur la véranda plus tard dans la soirée.

— Je me joindrais volontiers à vous, intervint Moustache tombante, imité par Pantalon jaune.

— Avec plaisir, répliqua gracieusement Kevin.

John Pearson engloutit le dernier Oréo.

— Maintenant que Betty et moi vous connaissons personnellement, nous allons nous intéresser à votre équipe. Vous, euh... vous n'auriez pas par hasard localisé l'un des cakes de Judith dans le congélateur ?

— Aucune idée, avoua Kevin. À ce propos, je dois vous présenter d'avance mes excuses pour le petit-déjeuner de demain. Je ne sais rien préparer d'autre que des pancakes à base de mélange déshydraté. Si vous préférez vous en aller, je comprendrai. Mon offre de doubler le montant de votre remboursement tient toujours.

— Il n'est pas question pour nous de quitter un endroit aussi merveilleux ! roucoula Mme Chet. Quant au petit-déjeuner, ne vous inquiétez pas. Je me ferai un plaisir de vous donner un coup de main.

Rassemblant son courage, Molly franchit le seuil de la pièce.

— Ce ne sera pas nécessaire, intervint-elle. Vous êtes ici pour vous détendre et je crois pouvoir vous promettre que vous mangerez mieux demain.

Si elle s'attendait que Kevin se jette à ses pieds pour la remercier, il s'empressa de la détromper.

— Voici la femme dont je suis séparé, Molly.

Molly voulut s'en offusquer, mais au fond, elle était soulagée de ne pas avoir à jouer les jeunes mariés éperdument amoureux.

— Votre époux a un remarquable sens de l'humour, déclara John Pearson en s'avançant. Nous serons enchantés que vous fassiez la cuisine pour nous, madame Tucker.

— Appelez-moi Molly, je vous en prie. À présent, si vous voulez bien m'excuser, je vais vérifier les provisions à l'office. Vos chambres ne sont pas faites, mais Kevin s'en chargera d'ici l'heure du coucher.

Na ! Monsieur Je-suis-le-plus-fort n'aurait pas toujours le dernier mot.

Sa satisfaction se volatilisa à l'instant où elle poussa la porte de la cuisine, surprenant les jeunes amants en pleine action contre le réfrigérateur. Elle recula vivement, et heurta Kevin.

— Oh ! Pour l'amour du ciel ! gronda-t-il en jetant un coup d'œil.

Amy et Troy s'écartèrent précipitamment. Molly allait détourner les yeux, mais Kevin fonça sur eux. Il fusilla du regard Amy dont les cheveux s'étaient détachés et qui reboutonnait samedi avec dimanche.

— Je croyais vous avoir demandé de laver la vaisselle.

— Oui, eh bien, euh…

— Troy, vous deviez tondre la pelouse.

Ce dernier se débattait avec sa braguette.

— Justement, je m'apprêtais à…

— Je sais ce que vous vous apprêtiez à faire, et ce n'est pas ainsi que la pelouse sera tondue, croyez-moi !

Troy afficha une moue boudeuse et marmonna vaguement.

— Vous disiez ? aboya Kevin.

— Il y a, euh… trop de boulot pour ce qu'on est payés.

— À savoir ?

Troy lui annonça un chiffre et Kevin le doubla aussitôt.

— Cool !

— Seulement il y a un hic, reprit Kevin. Vous allez devoir travailler vraiment. Amy, ma chère, n'imaginez pas une seconde vous en aller ce soir avant que toutes les chambres de nos hôtes soient impeccables. Troy, vous avez rendez-vous avec la tondeuse. Des questions ?

Comme ils secouaient la tête à l'unisson, Molly remarqua des suçons identiques dans leur cou. Son estomac se noua.

Troy se dirigea vers la sortie et Amy le suivit d'un regard langoureux.

Que ce devait être bon de s'aimer autant ! Molly se réprimanda intérieurement en prenant conscience qu'elle était jalouse. Ces deux-là vivaient une passion que le destin s'obstinait à lui refuser.

10

« C'est beaucoup trop dangereux ! »,
s'exclama Daphné.
« Justement, c'est ça qui est amusant »,
répliqua Benny.
Daphné s'égare

Quelques heures plus tard, Molly admirait l'espace douillet qu'elle s'était créé sur la véranda de son bungalow. Elle avait équipé la balancelle de ses coussins à rayures bleues et jaunes, et les fauteuils en rotin des leurs, en chintz. La petite table à abattants de la cuisine avait trouvé sa place le long de la moustiquaire ainsi que les deux chaises. Elle avait posé dessus un vieil arrosoir en cuivre. Demain, elle le remplirait de fleurs fraîches.

Avec les quelques provisions qu'elle avait rapportées de la maison d'hôtes, elle se prépara un en-cas – tartines grillées et œufs brouillés –, puis s'installa sur la véranda pour le déguster. Pendant que Rou ronflait à ses pieds, elle contempla le coucher du soleil sur le petit bout de lac visible à travers les arbres. Soudain, elle perçut un bruissement signalant l'approche d'un être humain. Chez elle, elle aurait pris peur. Là, elle se cala dans son siège et attendit. Malheureusement, il s'agissait de Kevin.

— D'après la brochure, le petit-déjeuner est servi entre 7 et 9 heures, annonça-t-il. Qui se lève à une heure pareille en vacances ?

Il déposa un réveil sur la table, puis jeta un coup d'œil sur les reliefs de son repas.

— Tu aurais pu venir avec moi manger un hamburger en ville, bougonna-t-il.

— Merci, mais je ne mange pas de viande.

— Tu es végétarienne comme ta sœur ?

— Je suis moins stricte qu'elle. Elle n'avale rien qui possède un visage. Je n'avale rien qui possède un *joli* visage. En fait, c'est une excellente manière de s'assurer d'une alimentation saine.

— J'en déduis que tu trouves les vaches jolies, rétorqua-t-il, ouvertement sceptique.

— J'adore les vaches.

— Et les cochons ?

— Tu as vu le film *Babe* ?

— Je ne te demanderai pas ce que tu penses des moutons.

— J'apprécie ta discrétion. Il en va de même pour les lapins ajouta-t-elle avec un frémissement. Les poulets et les dindons me touchent moins, je m'en offre donc de temps en temps. J'aime aussi le poisson.

Il s'assit en face d'elle et observa le chien, qui s'était mis à grogner.

— Voilà peut-être enfin un sujet dont nous pouvons discuter. Certains animaux, par exemple, me hérissent le poil.

Elle eut un sourire doucereux.

— Il est reconnu que les hommes qui ont horreur des caniches sont ceux-là mêmes qui broient les membres d'êtres humains dans les bennes à ordures.

— Uniquement quand je m'ennuie.

Elle rit, mais se ressaisit bien vite en réalisant qu'il jouait de son charme et qu'elle avait failli tomber dans le piège. Était-ce censé être sa récompense pour avoir accepté de lui donner un coup de main ?

— Je ne comprends pas pourquoi tu détestes cet endroit. Le lac est magnifique. Natation, promenades en bateau, randonnées... que reproches-tu à ces activités ?

— Quand on est môme et qu'on doit assister à l'office tous les jours, c'est moins drôle. Et puis, la puissance des moteurs étant réglementée, impossible de faire du ski nautique.

— Ou du jet-ski.

— Pardon ?

— Rien, rien. Tu n'avais pas de camarades ?

— Parfois un des petits-enfants de certains pensionnaires débarquait pour quelques jours. C'était le point d'orgue de l'été. Comme par hasard, la moitié du temps, il s'agissait d'une fille.

— La vie est dure !

Il fit basculer sa chaise sur les deux pieds arrière.

— Tu sais vraiment cuisiner ou tu improvisais ?

— J'improvisais mentit-elle, histoire de le rendre nerveux.

Ses talents laissaient sans doute à désirer au quotidien, mais elle était experte en pâtisserie. Les biscuits à oreilles de lapin étaient sa spécialité.

— Génial !

Les pieds avant de la chaise heurtèrent bruyamment le sol.

— Dieu qu'on s'ennuie ici ! Allons marcher au bord du lac avant la tombée de la nuit.

— Je suis trop fatiguée.

— Tu n'as rien fichu de la journée. Viens ! insista-t-il en lui agrippant le poignet pour l'obliger à se lever. Je ne me suis pas entraîné depuis deux jours, je deviens dingue.

Elle se libéra.

— Va t'entraîner. Personne ne te retient.

— Je dois retrouver mon fan-club sur la véranda d'ici peu. Quant à toi, un peu d'exercice te fera le plus grand bien. Godzilla, tu restes ici !

Molly ne lui opposa qu'une résistance de principe bien qu'elle fût épuisée.

— Je veux que mon chien nous accompagne.

— Si je t'affirmais que l'herbe était verte, tu me contredirais, commenta-t-il en l'entraînant à sa suite.

— Je refuse d'être gentille avec mon ravisseur.

— Pour quelqu'un qui a été enlevé, tu ne cherches pas vraiment à t'enfuir.

— J'aime bien être ici.

À mesure qu'ils se rapprochaient du lac, le sentier s'élargit, bifurqua le long du lac, puis se rétrécit de nouveau au pied d'une pente abrupte menant au sommet d'une falaise rocheuse. Kevin indiqua la direction opposée.

— Par là-bas, il y a des marais, et derrière le terrain, un pré traversé par un ruisseau.

— Le Pré de Bobolink.

— Quoi ?

— C'est un... Rien.

C'était le nom du pré à la lisière du Bois des Rossignols.

— De là-haut, on a une belle vue sur la ville.

— Je n'aurai jamais la force de grimper jusque-là.

— On s'arrêtera à mi-chemin.

Elle savait qu'il mentait. Toutefois, ses jambes étaient plus solides que la veille. Elle décida de le suivre.

— De quoi vivent les habitants de la région ?

— Du tourisme, essentiellement. Le poisson abonde, mais l'endroit est si isolé qu'on n'y a jamais développé cette activité comme ailleurs. Le terrain de golf est convenable, mais ce sont surtout les pistes de randonnée qui attirent les clients.

— Je suis contente de voir que personne n'a gâché le paysage en construisant un énorme complexe hôtelier.

La pente était de plus en plus raide et Molly avait du mal à respirer. Kevin prit rapidement de l'avance sur elle, ce qui ne la surprit guère. Ce qui la surprit, en revanche, c'est qu'elle continue l'ascension.

— On ne peut pas dire que tu sois dans une forme olympique ! lança-t-il depuis le sommet. Tu as besoin d'une bouteille d'oxygène ?

Elle soufflait trop fort pour lui répondre.

Lorsqu'elle le rejoignit enfin, elle fut récompensée de ses efforts. Il faisait encore suffisamment jour pour apercevoir la ville à l'autre extrémité du lac. Des bateaux tanguaient dans le petit port et le clocher de l'église jaillissait vers un ciel teinté de rose.

Kevin désigna un bouquet de demeures luxueuses situées plus près d'eux.

— Ce sont des résidences secondaires. La dernière fois que je suis venu, il n'y avait que des arbres, mais pour le reste, rien n'a changé.

— Le panorama est splendide.

— Mouais… Autrefois, je venais ici pour plonger.

— Un peu dangereux pour un enfant, non ?

— Justement, c'est ce qui m'amusait.

— Tes parents devaient être des saints. Ils ont dû se faire des cheveux gris à force de te…

Les mots moururent sur ses lèvres. Kevin était trop occupé à ôter ses chaussures pour l'écouter. Instinctivement, elle s'avança vers lui, mais il était trop tard. Il se propulsa dans les airs, tout habillé.

Elle poussa un cri et s'approcha du bord à temps pour voir son corps fendre la surface de l'eau. Avec à peine une éclaboussure.

Elle patienta, mais il ne remontait pas. Paniquée, elle plaqua la main sur sa bouche, scruta le lac Il n'était nulle part visible.

— Kevin !

Il réapparut enfin, et elle se remit à respirer normalement. Avant de retenir son souffle tandis qu'il levait le visage vers le ciel : il affichait une expression triomphante.

Elle serra les poings et hurla :

— Espèce d'imbécile ! Tu es complètement malade !

Faisant du surplace, il la regarda, un grand sourire aux lèvres.

— Tu vas me dénoncer à ta grande sœur ?

Elle tremblait si fort qu'elle tapa du pied.

— Tu ignorais s'il y avait assez de fond pour plonger !

— La dernière fois, je n'ai eu aucun problème.

— Et c'était quand, la dernière fois ?

— Il y a environ dix-sept ans.

— Tu es vraiment un crétin !

— Je suis vivant, non ? Allez, un peu de cran ! Rejoins-moi. L'eau est délicieuse.

— Tu plaisantes ? Jamais de la vie.

— Tu ne sais pas plonger ?

— Bien sûr que si. Je suis allée en colo neuf ans de suite !

— Je parie que tu es nulle.

— Tu te trompes.

— Serais-tu une mauviette ?

On aurait dit que l'alarme incendie s'était déclenchée en elle. Elle ne prit même pas la peine d'enlever ses sandales.

Pendant toute la durée de sa chute, elle tenta de hurler. Son plongeon fut nettement moins gracieux que celui de Kevin et provoqua beaucoup plus d'éclaboussures. Lorsqu'elle remonta à la surface, il la dévisagea d'un air stupéfait.

— Nom d'un chien ! souffla-t-il.

Puis il se mit à vociférer :

— À quoi tu joues là ?

— Elle est glaciale ! Tu m'as menti !

— Si jamais tu recommences une co…

— Tu m'as lancé un défi !

— Si je t'avais défié d'avaler une fiole de poison, tu aurais été assez stupide pour le faire ?

Molly ignorait si elle était furieuse contre lui ou contre elle-même.

— Regarde-moi ! Je me comporte de façon normale quand j'ai des gens autour de moi !

— C'est pour ça que je t'ai trouvée terrée dans ton appartement comme une crevette pourrie ?

— Au moins, j'y étais en sécurité, alors qu'ici, je risque d'attraper une pneumonie. Me pousser à plonger du haut d'une falaise, c'est ton idée d'une thérapie ?

Elle claquait des dents et ses vêtements mouillés la gênaient.

— Je ne m'attendais pas que tu le fasses !

— Je suis zinzin, rappelle-toi !

— Molly...

— Molly la Folie !

— Je n'ai jamais dit...

— C'est ce que tu penses. Molly la désaxée ! Molly la dingue ! Complètement azimutée ! Bonne pour l'asile. Une petite fausse couche de rien du tout et elle pète les plombs !

Elle s'étrangla. Les mots lui avaient échappé malgré elle, alors qu'elle s'était promis de ne plus jamais évoquer cet épisode.

Un long silence suivit cette tirade. Quand Kevin le brisa enfin, elle décela une note de pitié dans sa voix.

— Rentrons nous réchauffer.

Il se mit à nager en direction de la rive. Molly s'était mise à pleurer, elle resta donc où elle était.

Ayant atteint la berge, il tourna la tête vers elle.

— Viens, Molly, dit-il doucement. Il est temps de sortir. Il fait presque nuit.

Le froid lui avait engourdi les membres mais pas le cœur. Un immense sentiment de chagrin l'envahit. Elle aurait voulu couler à pic et ne jamais remonter.

— Tu t'en fiches, n'est-ce pas ?

— Tu cherches à me provoquer, répliqua-t-il sans méchanceté. Viens. Tu claques des dents.

— Je sais que tu t'en fiches. Et je le comprends.

— Molly, cesse de te flageller.

— Nous aurions eu une petite fille. Je leur ai posé la question.

— Je l'ignorais.

— Je l'ai appelée Sarah.
— Tu es fatiguée. Ce n'est pas le moment.
Elle secoua la tête, contempla le ciel. Son but n'était pas de condamner Kevin, simplement de lui expliquer ce qu'elle ressentait.
— La perdre ne signifiait rien pour toi, continua-t-elle.
— Je n'y ai pas réfléchi. Ce bébé n'était pas aussi réel pour toi que pour moi. Pardonne-moi.
Molly se tut. Elle n'avait pas le droit de le condamner parce qu'il n'avait pas partagé sa souffrance. Normal. Il ne l'avait pas invitée dans son lit, il n'avait pas voulu d'enfant, il ne l'avait pas porté en lui.
— C'est moi qui devrais te présenter mes excuses. Je n'ai pas voulu être méchante. Je ne contrôle plus mes émotions. Je n'aborderai plus jamais ce sujet. Je te le promets, conclut-elle en repoussant ses cheveux mouillés.
— Sors de l'eau, à présent, insista-t-il avec douceur.
Lorsqu'elle le rejoignit, il s'était assis sur un rocher plat. Il la hissa vers lui, dégoulinante, anéantie. Il tenta d'alléger l'atmosphère.
— Moi au moins, j'ai ôté mes chaussures avant de plonger. Les tiennes se sont envolées. Je les aurais volontiers repêchées, mais j'étais en état de choc.
La pierre avait retenu un peu de la chaleur du jour.
— Aucune importance. C'étaient de vieilles sandales.
Sa toute dernière paire de Manolo Blahnik. Vu sa situation financière actuelle, elle serait forcée de les remplacer par des tongs.
— Tu en rachèteras demain, fit-il en se levant. Rentrons avant que tu tombes malade. Si tu partais devant ? Je vais récupérer mes chaussures.
Il ne tarda pas à la rattraper, et ils marchèrent un moment en silence.
— Le truc, c'est que...
Comme il s'interrompait, elle lui jeta un coup d'œil.
— Quoi ?
— Laisse tomber, marmonna-t-il, l'air préoccupé.

— Comme tu voudras.

— Après ta fausse couche… je… je me suis interdit de penser au bébé.

Molly pouvait le concevoir, mais en entendant cet aveu, elle se sentit encore plus seule. Il hésita. Elle n'était pas habituée à le voir ainsi. Il était toujours si sûr de lui. Il s'éclaircit la gorge.

— Comment tu l'imagines ?

Le cœur de Molly se serra. Une vague de tristesse la submergea, mais la douleur était piquante, comme un antiseptique sur une coupure. Ses poumons se gonflèrent, se rétractèrent, se gonflèrent de nouveau. À sa grande surprise, elle constata qu'elle respirait toujours, que ses jambes lui obéissaient. Les criquets avaient entonné leur chorale nocturne. Un écureuil s'ébrouait dans les feuillages.

— Eh bien… Si elle t'avait ressemblé, elle aurait été superbe. Et très intelligente, si elle m'avait ressemblé.

— Et audacieuse. Superbe, dis-tu ? Merci pour le compliment.

— Comme si tu ne le savais pas, riposta-t-elle.

Son humeur s'allégeait. Elle se frotta le nez du revers de la main.

— Comment en es-tu venue à penser que tu étais si intelligente ? voulut-il savoir.

— Je suis diplômée de l'université Northwestern. *Summa cum laude*. Et toi ?

— Je suis diplômé.

Elle sourit, mais elle n'était pas prête à clore la conversation sur Sarah.

— Je ne l'aurais jamais envoyée en colonie de vacances.

— Je ne l'aurais jamais obligée à assister quotidiennement à l'office chaque été.

— Ça fait beaucoup, en effet.

— Neuf ans de colo, c'est énorme.

— Elle aurait peut-être été maladroite et lente à l'apprentissage.

— Pas Sarah.

Une minuscule capsule de chaleur enveloppa le cœur de Molly. Kevin ralentit. Il scruta les arbres, glissa la main dans sa poche.

— Ce n'était pas le bon moment pour elle de naître, je suppose.

— Non, en effet, chuchota Molly.

11

« Nous allons avoir des invités ! annonça Célia la poule. Préparons-leur des gâteaux, des tartes et des flans ! »
Daphné met tout sens dessus dessous

Molly avait réglé la sonnerie du réveil que Kevin lui avait laissé à 5 h 30, et dès 7 heures, une délicieuse odeur de muffins aux myrtilles se répandit à travers tout le rez-de-chaussée de la maison d'hôtes. Sur la console de la salle à manger, elle avait placé une pile d'assiettes en faïence jaune ornées en leur milieu d'une feuille de ginkgo, des serviettes en papier vert foncé, des gobelets à eau en verre pressé et des couverts en argent plus ou moins assortis. Une plaque de viennoiseries extraites du congélateur était au four, et sur le marbre de travail, d'épaisses tranches de pain trempaient dans un mélange d'œufs battus, de cannelle et de vanille.

Pour la première fois depuis des mois, Molly était affamée, mais elle n'avait pas eu le temps de manger. Préparer le petit-déjeuner pour une dizaine d'hôtes payants était autrement plus compliqué que de confectionner des biscuits en forme de lapin pour les enfants Calebow. Éloignant le cahier de recettes de Tante Judith de son appareil à pain perdu, elle s'efforça d'en vouloir à Kevin (qui dormait comme un bienheureux), mais s'en découvrit incapable. En reconnaissant l'existence du bébé la veille, il lui avait fait un cadeau.

Elle n'était plus seule à supporter le poids de sa fausse couche. Elle s'était réveillée sur un oreiller sec. Sa dépression ne guérirait pas spontanément, mais elle était prête à envisager la possibilité d'être de nouveau heureuse.

Kevin apparut en traînant les pieds alors qu'elle venait de servir à John Pearson une deuxième portion de pain perdu. Le regard trouble, il avait l'air de souffrir d'une gueule de bois monumentale.

— Ton pitbull a tenté de m'acculer dans un coin de l'entrée.

— Il ne t'aime pas.

— Je l'avais remarqué.

Molly se rendit compte qu'il manquait quelque chose mais quoi ? Ah ! L'hostilité. La colère de Kevin à son endroit semblait s'être évanouie.

— Désolé d'être en retard. Je t'avais dit hier soir de me tirer du lit si je n'étais pas levé à ton arrivée.

Pour rien au monde elle ne pénétrerait dans la chambre à coucher de Kevin Tucker, surtout maintenant qu'il ne semblait plus la considérer comme son ennemie mortelle. Elle inclina la tête vers les bouteilles d'alcool vides dans la poubelle.

— Sacrée soirée, ironisa-t-elle.

— Ils voulaient tous discuter de la conscription, un sujet a mené à un autre. En tout cas, les gens de leur génération lèvent bien le coude.

— Cela ne semble pas avoir affecté l'appétit de M. Pearson.

Kevin regarda les tranches qui doraient dans la poêle.

— Je croyais que tu ne savais pas cuisiner ?

— J'ai téléphoné à Martha Stewart. Si quelqu'un veut du bacon ou des saucisses, ce sera à toi de les frire.

— À cause de Babe ?

— Oui et j'en suis fière. Par ailleurs, tu vas t'occuper du service, ajouta-t-elle en lui tendant la cafetière.

— Dix ans en compétition NFL et voilà à quoi j'en suis réduit.

En dépit de ses plaintes, Kevin fut sidéré de la vitesse à laquelle s'écoula l'heure suivante. Il remplit les tasses, apporta les plats, débarrassa les assiettes vides, divertit les hôtes et se régala même de quelques pancakes. Molly était un véritable cordon-bleu, et elle le fusilla du regard lorsqu'il lui annonça qu'après mûre réflexion, il avait décidé de l'engager.

Cette réaction le rassura. La confrontation de la soirée précédente semblait l'avoir apaisée, et elle avait récupéré un zeste d'énergie. Lui avait passé la nuit à fixer le plafond de sa chambre. Jamais plus il ne pourrait considérer ce bébé comme une abstraction. Depuis la veille, il avait un prénom. Sarah.

Charlotte Long fit un saut pour demander à Molly si elle avait besoin d'aide et ne se fit pas prier pour manger deux muffins. Les viennoiseries étaient légèrement brûlées, mais le pain perdu était exquis, et tout le monde semblait content. Molly finissait son petit-déjeuner quand Amy apparut.

— Désolée, marmonna-t-elle. Je n'ai pas pu partir avant au moins 23 heures, hier.

Molly repéra un nouveau suçon juste au-dessus de la clavicule. À sa grande honte, elle éprouva un nouveau pincement de jalousie.

— Vous avez bien travaillé. La maison est déjà plus nette. Si vous vous attaquiez à la vaisselle ?

Amy s'approcha de l'évier et entreprit de remplir la machine. Deux barrettes en forme d'étoiles de mer roses retenaient ses cheveux. Elle s'était maquillé les yeux avec soin, mais n'avait pas pris la peine de mettre du rouge à lèvres. À moins que Troy ne l'eût déjà dévoré.

— Votre mari est vraiment mignon, commença-t-elle. Je ne m'intéresse pas au football, mais j'ai entendu parler de lui. D'après Troy, il est le troisième meilleur quaterback de la NFL.

— Le meilleur tout court. Il faut juste qu'il maîtrise un peu mieux ses talents.

Amy s'étira et son débardeur mauve remonta au-dessus de son nombril.

— Il paraît que vous venez de vous marier. C'est génial, non ?

— Un rêve devenu réalité, répliqua Molly, pince-sans-rire.

Apparemment, Amy ne lisait pas le magazine *People*.

— Nous, on est mariés depuis trois mois et demi.

« Comme nous, songea Molly. Sauf que nous, on ne passe pas notre temps à se peloter. »

— Tout le monde nous a dit qu'on était trop jeunes, mais on ne voulait pas attendre plus longtemps. Troy et moi, on est chrétiens. On ne croit pas au sexe avant le mariage.

— En somme, vous rattrapez le temps perdu ?

— C'est tellement cool !

Amy afficha un large sourire et Molly le lui retourna.

— Je préférerais que vous évitiez de rattraper ledit temps perdu pendant vos horaires de travail.

Amy rinça une jatte.

— Mouais. Mais qu'est-ce que c'est dur !

— L'esclavagiste va sans doute vous surveiller de près aujourd'hui. Je vous propose de faire le ménage des chambres dès que vous en aurez terminé ici.

— Oui, soupira Amy. Si vous voyez Troy, vous pourrez lui dire que je l'aime et tout et tout ?

— Certainement pas.

— Vous avez raison, c'est idiot. Ma sœur dit que je devrais me montrer plus distante sinon il va me prendre pour acquise.

Molly se remémora l'expression adoratrice de Troy.

— Je ne pense pas que vous ayez à vous en inquiéter pour l'instant.

Quand Molly émergea de la cuisine, Kevin avait disparu, sans doute pour soigner sa gueule de bois. Elle prépara du thé glacé, puis téléphona à Phoebe pour lui expliquer la situation. La perplexité de sa sœur ne l'étonna guère, mais elle ne pouvait lui expliquer que Kevin l'avait obligée à le suivre sans lui avouer dans quel état pitoyable il l'avait trouvée. Elle se contenta de prétexter qu'il avait besoin d'aide et qu'elle-même avait besoin de grand air. Phoebe se mit à glousser comme Célia la poule, et Molly raccrocha aussi vite que possible.

Malgré un coup de fatigue après avoir confectionné le fameux cake au citron de tante Judith, Molly ne résista pas à la tentation de rafraîchir le salon. Elle remplissait une coupe en verre d'un mélange de fleurs séchées quand Rou se mit à aboyer. Molly sortit, vit une femme descendre d'une Lexus bordeaux et se tourner vers la place. Kevin avait-il vérifié sur l'ordinateur si de nouveaux arrivants étaient attendus aujourd'hui ? Ils allaient devoir améliorer leur organisation.

Tunique perle, pantacourt bronze, sandales sculptées signées McQueen, tout ce qu'elle portait était élégant et cher. Lorsque l'inconnue pivota vers elle, Molly la reconnut aussitôt : Lilly Sherman.

Ayant eu l'occasion de rencontrer moult célébrités au fil des ans, Molly ne se laissait pas facilement intimider, mais face à Lilly Sherman, elle demeura sans voix. Tout, chez elle, respirait le glamour. Molly s'attendait presque à voir des paparazzis jaillir des bois.

Perchées sur sa tête, ses lunettes de soleil de couturier retenaient les cheveux auburn qui étaient devenus sa marque de fabrique. Ils étaient plus courts qu'à l'époque où elle incarnait le personnage de Ginger Hill, mais cette coiffure un peu désordonnée n'en était pas moins sexy. Elle avait le teint pâle, la peau aussi lisse que la porcelaine, et une silhouette voluptueuse. Molly pensa à toutes les filles souffrant d'anorexie qu'elle avait connues. Autrefois, les femmes aspiraient à un corps comme celui de Lilly et ne s'en portaient pas plus mal.

Tandis que Lilly s'approchait de la véranda, Molly nota combien le vert de ses yeux était étonnamment vibrant – plus qu'à l'écran. Quelques ridules en marquaient les coins, mais elle paraissait âgée d'à peine quarante ans. L'énorme diamant à sa main gauche étincela quand elle se pencha pour caresser Rou. Molly mit quelques instants à digérer le fait que Lilly Sherman était en train de grattouiller son chien.

— C'est le bout du monde ! s'exclama Lilly de sa voix rauque et sensuelle.

— Un peu isolé, en effet.

Lilly se redressa et s'avança vers Molly avec cette attitude de politesse neutre que les célébrités adoptent pour maintenir leurs fans à distance. Puis son regard se durcit.

— Je suis Lilly Sherman. Quelqu'un pourrait-il porter mes valises ?

Aïe ! Elle avait dû lire l'article de la revue *People*. Elle n'était pas là en amie.

Molly fit un pas de côté tandis que Lilly gravissait les marches.

— Nous sommes en pleine réorganisation. Avez-vous une réservation ?

— Je n'aurais pas fait tout ce chemin sans avoir pris cette précaution. J'ai eu Mme Long au téléphone il y a deux jours et elle m'a dit que vous aviez une chambre de disponible.

— Sans doute, mais j'ignore laquelle. À propos, je vous admire beaucoup.

— Merci, répliqua l'actrice d'un ton si froid que Molly regretta son compliment.

Lilly observa le caniche qui s'efforçait de l'impressionner avec son rictus à la Bruce Willis.

— Mon chat est dans la voiture. Mme Long m'a assuré que cela ne posait aucun problème, mais votre chien me paraît du genre féroce.

— Il frime. Rou ne sera peut-être pas très content, mais il ne lui fera aucun mal. Faites donc les présentations pendant que je me renseigne pour votre chambre.

Molly s'éclipsa en se demandant si Kevin était au courant de la venue de la star. Avaient-ils été amants ? Lilly paraissait trop intelligente et son anglais était impeccable. Tout de même...

Molly grimpa à l'étage au pas de course et trouva Amy en train de récurer une baignoire.

— Une cliente vient d'arriver, mais j'ignore où l'installer. Des départs sont-ils prévus ?

Amy se releva et fixa Molly d'un drôle d'air.

— Non mais il reste le grenier. Personne n'y a séjourné cette saison.

— Le grenier ?

— Il est bien aménagé.

Molly se voyait mal reléguer Lilly Sherman sous les toits. Amy se remit à sa tâche.

— Euh, Molly, si vous avez envie de... de parler, vous pouvez vous confier...

— De parler ?

— En nettoyant la suite de Kevin, j'ai remarqué que vous n'y aviez pas dormi.

Molly ne voulait pas de sa pitié.

— Nous sommes séparés, Amy. Ne vous inquiétez pas pour nous.

— Je suis vraiment désolée. Mais franchement, si c'est à cause du sexe, je pourrais répondre à vos questions... vous donner des conseils.

— C'est inutile.

Molly se précipita à l'étage supérieur où elle découvrit une vaste mansarde. Les meubles anciens étaient chaleureux, et le matelas du lit à baldaquin semblait de bonne qualité. À une extrémité, on avait percé une large fenêtre pour donner plus de lumière. Molly l'ouvrit en grand avant d'inspecter la minuscule salle de bains. Un peu rustique, décida-t-elle, mais elle avait le mérite d'exister, et si Lilly Sherman n'aimait pas, elle pouvait toujours partir.

Elle pria Amy de préparer la chambre, puis redescendit à toute allure. Kevin demeurait toujours invisible.

Sur la véranda, Lilly caressait un imposant félin roux pendant que Rou boudait sous un rocking-chair. Il se leva d'un bond dès que Molly apparut et la gratifia d'un regard peiné avant de se réfugier à l'intérieur. Molly afficha un sourire courtois.

— J'espère que votre chat ne l'agressera pas.

— Ils ont gardé leurs distances, assura Lilly. Je vous présente Marmelade, plus connue sous le nom de Marmie.

L'animal avait des poils longs, des yeux dorés, et était presque aussi gros qu'un raton laveur.

— Bonjour, Marmie. Vas-y doucement avec Rou, d'accord ?

Marmie miaula.

— Je crains qu'il ne nous reste plus que la chambre du grenier, enchaîna Molly. Elle est agréable, mais elle n'en est pas moins sous les toits, et la salle de bains mérite un coup de neuf. Peut-être préféreriez-vous un de nos bungalows ? Ils ne sont pas encore tous loués.

— J'aime autant la maison, et je suis certaine que ce sera parfait.

Lilly étant forcément une habituée des quatre étoiles, Molly en doutait.

— Je suis Molly Somerville.

— Oui, je vous ai reconnue. Vous êtes l'épouse de Kevin.

— Nous sommes séparés. Je suis simplement venue l'aider pendant quelques jours.

— Je vois.

À en juger par son expression, elle ne voyait rien du tout.

— Je vais vous préparer du thé glacé en attendant.

Elle revenait avec son plateau quand elle aperçut Kevin qui traversait la place. Il s'était changé, et avait revêtu un jean délavé, des baskets usées et un vieux tee-shirt noir aux manches déchiquetées. Un marteau dépassait de sa poche, signe a) qu'il s'était remis de sa gueule de bois ou b) qu'il avait un seuil de douleur élevé. Vu tous les coups qu'il s'était pris au fil des ans, ce devait être la réponse b). Vu qu'il prétendait détester cet endroit, Molly se demanda quelle mouche l'avait piqué de se mettre au bricolage. L'ennui, probablement. Ou son sens aigu du devoir.

— Hé, Daphné ! Tu m'accompagnes en ville acheter des fournitures ?

De l'entendre l'appeler de nouveau Daphné la fit sourire.

— Nous avons une nouvelle cliente, annonça-t-elle.

— Épatant ! Il ne manquait plus que ça.

Pivotant vers Lilly, qui s'était levée de son rocking-chair, Molly découvrit que la diva s'était volatilisée, cédant la place à une femme vulnérable, au visage blême.

— Vous ne vous sentez pas bien ? s'inquiéta-t-elle en posant son plateau.

Lilly eut un mouvement imperceptible de la tête.

Kevin posa le pied sur la marche du bas et releva les yeux.

— J'ai pensé qu'on pourrait...

Il se figea. Ils avaient eu une liaison. À présent, Molly en était certaine. Malgré la différence d'âge, Lilly demeurait une très belle femme. Elle était venue récupérer Kevin. Et Molly n'était pas prête à le lui céder. Ce constat la stupéfia. Son vieux béguin refaisait-il surface ?

— Que fais-tu ici ? gronda-t-il.

Lilly ne cilla pas.

— Bonjour, Kevin.

Elle amorça un geste du bras, comme si elle avait envie de le toucher mais n'osait pas.

— Je suis ici en vacances, murmura-t-elle, hésitante.

— Pas question.

— J'ai une réservation. Je reste.

Kevin tourna les talons et s'éloigna au pas de charge.

Lilly pressa les doigts sur sa bouche et ses yeux se voilèrent de larmes. Molly ressentit de la pitié, mais déjà Lilly se ressaisissait.

— Je reste ! répéta-t-elle.

— Très bien, fit Molly, avant d'ajouter : Kevin et vous semblez avoir partagé beaucoup de choses.

Lilly s'assit dans un rocking-chair et le chat sauta sur ses genoux.

— Je suis sa tante.

Au soulagement qu'éprouva Molly succéda un curieux désir de protéger Kevin.

— Votre relation semble laisser à désirer.

— Il me déteste, souffla Lilly. Il me hait, alors que moi, je l'aime plus que tout être au monde... Sa mère, Maida, était ma sœur aînée, expliqua-t-elle en s'emparant du verre de thé glacé.

— Kevin m'a dit que ses parents étaient âgés.

— Oui. Maida a épousé John Tucker l'année de ma naissance. Elle était comme une seconde mère pour moi. J'ai grandi dans la maison voisine de la sienne.

Molly eut la sensation que Lilly se confiait à elle non parce qu'elle voulait la mettre au courant, mais simplement pour ne pas s'effondrer.

— Je me rappelle avoir lu que vous étiez très jeune lorsque vous êtes partie pour Hollywood.

— Maida a suivi John lorsqu'il a été muté à Grand Rapids. Je ne m'entendais pas avec ma mère et la situation s'est vite détériorée. J'ai fugué et fini par atterrir à Hollywood.

Elle se tut. Mais la curiosité de Molly n'était pas assouvie.

— Vous vous en êtes bien sortie, commenta-t-elle.

— Cela a pris du temps. J'étais un peu tête brûlée et j'ai commis de nombreuses erreurs. Certaines sont irréparables.

— Moi aussi, j'ai été élevée par ma sœur aînée, mais elle n'est apparue dans ma vie que lorsque j'avais quinze ans.

— Cela aurait peut-être été mieux que ça se passe ainsi pour moi. Je l'ignore. Certains d'entre nous sont nés pour semer la zizanie, je suppose.

Molly aurait voulu lui demander pourquoi Kevin se montrait si hostile à son égard, mais Amy apparut à cet instant précis. Elle était soit trop jeune, soit trop nombriliste pour reconnaître la star.

— La chambre est prête.

— Je vous y conduis. Amy, voulez-vous prendre la valise de Mlle Sherman dans sa voiture, s'il vous plaît ?

Molly craignait que Lilly ne se plaigne de la modestie de sa chambre. À tort.

— En empruntant le chemin que vous voyez là, expliqua-t-elle en indiquant la fenêtre, il y a une jolie promenade à faire le long du lac, mais vous le savez peut-être déjà. Vous êtes déjà venue ?

Lilly posa son sac sur le lit.

— Je n'ai jamais été invitée.

Molly eut un mauvais pressentiment. Dès qu'Amy apparut avec la valise, elle s'excusa.

Au lieu de regagner son chalet pour faire une sieste, elle se rendit dans la salle de musique. Elle s'attarda devant le secrétaire, laissa courir sa main sur la plume d'oie, l'encrier, la pile de papier à lettres à en-tête. Puis elle s'assit pour réfléchir.

Quand la pendule sonna l'heure, elle décida qu'il était temps d'aller trouver Kevin.

Elle commença par la plage où Troy réparait le ponton.

— Vous avez vu Kevin ?

— Pas depuis un moment. Vous avez vu Amy ?

— Elle a presque terminé les chambres.

— On... euh... on essaie de tout finir au plus vite pour pouvoir rentrer tôt.

« Afin de vous jeter l'un sur l'autre », devina-t-elle.

— Aucun problème.

Troy parut aussi reconnaissant que Rou quand elle le grattait sous le menton.

Molly se dirigea vers la place, puis se laissa guider par des martèlements furieux jusqu'au bungalow baptisé

« Paradis ». Accroupi sur le toit, Kevin se défoulait sur des tuiles neuves.

Elle glissa les pouces dans les poches arrière de son short.

— Tu prévois toujours de faire un tour en ville ? lança-t-elle.

— Plus tard, peut-être. Elle est partie ?

— Non.

— Elle ne peut pas rester ici.

— Elle avait une réservation. Je pouvais difficilement la chasser.

— Nom de nom, Molly ! éructa-t-il en continuant de taper comme un sourd. Je veux que tu... *Pan !...* te débarrasses d'elle ! *Boum !*

— Tu veux bien descendre une minute ?

Pan !

— Pourquoi ?

— Parce qu'à force de lever la tête, je suis en train d'attraper un torticolis, et que j'aimerais te parler.

Pan ! Pan !

— Eh bien, ne lève pas la tête !... *Pan ! Pan !...* Ou ne parle pas !

Elle s'assit sur une pile de tuiles, histoire qu'il comprenne qu'elle ne bougerait pas de là. Il fit mine de l'ignorer, mais au bout de quelques minutes, il lâcha un juron et posa son marteau.

Elle le regarda descendre l'échelle. Élancé, jambes musclées. Jolies fesses. Il lui coula un regard noir en posant le pied à terre, mais il semblait davantage agacé qu'hostile.

— Alors ?

— Que peux-tu me dire sur Lilly ?

— Je ne l'aime pas.

— C'est ce que j'ai cru comprendre. Elle a oublié de t'envoyer un cadeau à Noël dans ton enfance ?

— Je ne veux pas d'elle ici, point final.

— Apparemment, elle n'a aucune intention de s'en aller.

Il plaqua les mains sur ses hanches.

— C'est son problème.

— Dans la mesure où tu ne veux pas d'elle ici, c'est aussi le tien.

Il repartit vers l'échelle.

— Tu peux t'occuper seule de leur thé à la noix ? lança-t-il.

Une fois de plus, elle eut un mauvais pressentiment. Quelque chose clochait.

— Kevin, attends !

Il pivota vers elle, impatient.

— Lilly m'a dit qu'elle était ta tante.

— Oui, et alors ?

— Quand elle t'a regardé, j'ai eu une impression bizarre.

— Cesse de tourner autour du pot, Molly. J'ai du boulot.

— Elle t'aime.

— Elle ne me connaît même pas.

Molly se mordit la lèvre. Elle regrettait d'avoir entamé cette discussion mais son instinct lui interdisait de faire marche arrière.

— Lilly n'est pas ta tante, Kevin. Je pense que c'est ta mère.

12

« Des caramels au chocolat ! »
Benny claqua des lèvres.
« J'adore les caramels ! »
Daphné vous salue

Kevin blêmit.

— Comment le sais-tu ? Personne n'est au courant !

— Je l'ai deviné.

— Je n'en crois rien. Elle te l'a dit. La salope !

— Pas du tout. Mais ses yeux sont exactement de la même couleur que les tiens.

— Et cela t'a suffi ?

— J'ai noté deux ou trois autres détails.

L'amour qu'elle avait décelé dans son regard lorsqu'elle avait observé Kevin n'était pas celui d'une tante vis-à-vis de son neveu. Et Lilly lui avait donné quelques indices.

— Elle m'a raconté qu'elle avait quitté le domicile familial très jeune et qu'elle avait commis des erreurs. Je savais que tes parents étaient âgés. Je me suis fiée à mon instinct.

— Sacré instinct.

— Je suis écrivain. Du moins, je l'étais. Nous avons tendance à être assez intuitifs.

Il jeta son marteau à terre.

— Je me tire d'ici.

Elle le suivrait. Il l'avait soutenue la veille, elle n'allait pas l'abandonner maintenant.

— Si on allait plonger du haut du promontoire ? suggéra-t-elle.

Il s'immobilisa et la fixa.

— Tu plaisantes ?

« Évidemment ! rétorqua-t-elle en silence. Tu me prends pour une idiote ? »

— Non, pourquoi ?

Il la dévisagea un long moment.

— D'accord.

C'était exactement ce qu'elle avait craint, mais il était trop tard pour revenir en arrière. Si elle essayait de se dérober, il la traiterait de mauviette.

Une heure et demie plus tard, elle s'allongeait sur la pierre plate, haletante. Tandis que la chaleur remontait à travers ses vêtements mouillés, elle songea que le pire n'était pas de plonger. Elle se débrouillait bien et ça l'avait même amusée. Le plus dur, c'était de gravir la pente pour réitérer l'expérience.

Elle l'entendit arriver mais, contrairement à elle, il n'était pas essoufflé. Elle s'empressa de fermer les yeux. Si elle les ouvrait, elle le verrait torse nu – cette fois, il s'était déshabillé. Elle avait eu peur (ou espéré ?) qu'il ne perde son caleçon bleu marine.

Elle s'efforça de contrôler son imagination. C'était à cause de ce genre de fantasme qu'elle se retrouvait dans des situations impossibles. Du reste, il était peut-être temps de se rappeler que Kevin ne s'était pas révélé un amant mémorable. Loin de là.

Non, là, elle était injuste. Il s'était trouvé doublement désavantagé. D'une part, elle l'avait arraché à un sommeil profond, et d'autre part, elle ne l'attirait pas.

Certaines choses ne changeraient jamais. S'il semblait avoir surmonté son mépris vis-à-vis d'elle, rien n'indiquait qu'il la trouvât sexuellement irrésistible – ou seulement potable.

Enfin ! Le seul fait d'y penser prouvait qu'elle était sur la voie de la guérison.

Il se laissa tomber près d'elle, puis s'allongea à plat dos.

— Finis les saltos, Molly. Je suis sérieux. Tu étais trop près des rochers.

— Je n'en ai tenté qu'un et je savais exactement où j'en étais.

— Je ne le répéterai pas.

— Seigneur ! J'ai l'impression d'entendre Dan.

— Je n'ose même pas imaginer sa réaction s'il t'avait vue.

Ils restèrent ainsi un moment, dans un silence étonnamment amical. Molly avait les muscles douloureux, mais elle se sentait détendue.

Daphné prenait le soleil sur la pierre plate quand Benny surgit en courant. Il pleurait.

— *Qu'est-ce que tu as, Benny ?*

— *Rien ! Va-t'en !*

Molly émergea brusquement de sa torpeur. Daphné et Benny ne s'étaient pas parlé dans sa tête depuis presque quatre mois ! Sans doute un coup de veine. Elle se roula sur le côté, face à Kevin. Elle ne voulait pas gâcher le bon moment qu'ils venaient de passer ensemble, mais il avait besoin d'aide pour régler son problème avec Lilly comme elle, pour surmonter la perte de Sarah.

Il gardait les paupières closes. Molly nota que ses cils étaient plus foncés que ses cheveux, déjà secs au niveau des tempes. Elle appuya le menton sur la main.

— Tu as toujours su que Lilly était ta mère biologique ?

Il n'ouvrit pas les yeux.

— Mes parents me l'ont dit quand j'avais six ans.

— Ils ont eu raison... Elle devait être terriblement jeune. Elle paraît à peine quarante ans aujourd'hui.

— Elle en a cinquante.

— Incroyable !

— Un pur produit de Hollywood. Des tonnes de chirurgie plastique.

— Tu as eu l'occasion de la voir souvent dans ton enfance ?

— À la télévision.

— Jamais en chair et en os ?

Au loin, un pic-vert tambourinait sur un tronc d'arbre. Un faucon survola le lac.

— Elle a débarqué un jour lorsque j'avais seize ans. Les affaires ne devaient pas aller bien fort dans la ville des paillettes.

Il ouvrit les yeux et se redressa en position assise. Molly crut qu'il allait se lever et s'éloigner mais il se contenta de contempler le lac.

— En ce qui me concerne, je n'ai eu qu'une mère, Maida Tucker. J'ignore à quoi joue la reine des bimbos en venant ici, mais je refuse de la suivre sur ce terrain.

— Le mieux serait peut-être de parler avec elle, suggéra Molly. Ainsi tu sauras ce qu'elle cherche.

— Je m'en fiche.

Il se mit debout, s'empara de son jean et l'enfila.

— Quelle semaine de merde !

Pour lui peut-être, mais pas pour Molly. Elle ne s'était pas sentie aussi sereine depuis des mois. Il se repeigna machinalement avec les doigts et reprit plus doucement :

— Tu veux toujours faire un tour en ville ?

— Bien sûr !

— En partant tout de suite, on pourra être de retour aux alentours de 17 heures Tu te chargeras du thé, n'est-ce pas ?

— Oui. Mais tôt ou tard, il faudra que tu affrontes Lilly.

L'expression de Kevin trahit une multitude d'émotions.

— Je le ferai, mais je choisirai le lieu et le moment.

Debout à la fenêtre de sa chambre sous les combles, Lilly regarda Kevin s'en aller avec l'héritière du football. Le mépris qu'il manifestait à son égard lui nouait la gorge. Son petit garçon… Le bébé qu'elle avait mis au monde alors qu'elle-même sortait à peine de l'enfance. Le fils qu'elle avait confié à sa sœur afin qu'elle l'élève comme le sien.

Elle avait pris la bonne décision, la réussite de Kevin en était la preuve. Quelles auraient été ses chances s'il avait eu pour mère une adolescente de dix-sept ans inculte et paumée qui rêvait de devenir une star ?

Elle lâcha le rideau et se percha au bord du lit. Elle avait rencontré le père le jour où elle était descendue du car à Los Angeles. Il avait grandi sur un ranch dans l'Oklahoma et cherchait un boulot de cascadeur. Ils avaient partagé une chambre dans un motel miteux par souci d'économie. Jeunes, pleins d'énergie, ils dissimulaient leur peur de l'inconnu en faisant l'amour entre deux disputes. Il avait disparu avant d'apprendre qu'elle était enceinte.

Elle avait réussi à décrocher un emploi de serveuse. L'une de ses collègues plus âgées, Becky, l'avait prise en pitié et autorisée à dormir sur son canapé. Mère célibataire, Becky n'avait pas la patience, après une longue journée de travail, de répondre aux exigences de sa gamine de trois ans. Les cris et les gifles pleuvaient. Deux semaines avant la naissance prévue de Kevin, Lilly avait téléphoné à Maida pour lui raconter ses déboires. Les Tucker s'étaient immédiatement rendus à Los Angeles.

Ils étaient restés auprès d'elle jusqu'à l'accouchement et lui avaient même proposé de rentrer dans le Michigan avec eux. Mais elle ne pouvait pas faire marche arrière et sentait, à leur façon de se regarder, qu'ils n'y tenaient guère.

À l'hôpital, Lilly avait profité de chaque occasion pour serrer le nourrisson sur son cœur et lui chuchoter des mots d'amour. Elle avait vu le visage de sa sœur s'éclairer dès qu'elle le soulevait dans ses bras et le regard de John briller d'envie. Ils feraient les meilleurs parents du monde, et elle leur en était profondément reconnaissante tout en leur en voulant. Jamais elle n'oublierait l'instant tragique où ils étaient repartis avec son fils. Deux semaines plus tard, elle avait rencontré Craig.

Lilly ne remettait pas en cause sa décision d'abandonner Kevin à sa sœur et à son beau-frère, mais le prix à payer était trop élevé. Pendant trente-deux ans, elle avait fait face mais ni son mariage ni sa carrière n'avaient suffi à combler le vide dans son cœur. Quand bien même elle aurait pu avoir d'autres enfants, les regrets auraient continué à la ronger.

Elle n'avait plus dix-sept ans et il était temps pour elle de découvrir, une fois pour toutes, si elle pouvait avoir une place dans son existence. Elle se contenterait de ce qu'il pourrait lui offrir. Une carte de Noël une fois par an. Un sourire. Un signe indiquant qu'il avait cessé de la haïr. Chaque fois qu'elle avait essayé de le contacter depuis le décès de Maida, il l'avait repoussée brutalement. Mais peut-être n'avait-elle pas suffisamment essayé.

Elle pensa à Molly et frémit. Lilly n'avait aucun respect pour les femmes qui jetaient leur dévolu sur les hommes célèbres. À Hollywood, elle en avait vu des dizaines. Des créatures fortunées qui trompaient leur ennui en séduisant des personnalités. Molly l'avait piégé avec sa grossesse et sa position de sœur cadette de Phoebe Calebow.

Lilly se leva. Elle n'avait pas pu protéger Kevin durant son enfance et sa jeunesse. Elle allait se rattraper.

Wind Lake était un village typiquement touristique – charmant en son centre et plutôt minable autour. Restaurants et boutiques de souvenirs flanquaient la rue principale, parallèle au lac. Il y avait aussi une marina, un magasin de vêtements de marque et une auberge.

Kevin se gara et Molly descendit de voiture. Avant de partir, elle avait pris une douche, s'était recoiffée et légèrement maquillée. Comme elle ne possédait plus qu'une paire de baskets, elle avait renoncé à mettre une robe, optant plutôt pour un short gris et un haut noir.

Comme il contournait le véhicule, Kevin la parcourut du regard, puis l'examina avec plus d'attention. Réprimant un frisson, Molly se demanda s'il appréciait ce qu'il voyait ou s'il était en train de la comparer (défavorablement) à ses copines des Nations Unies.

Et alors ? Elle était satisfaite de son corps et de son visage. Du reste, elle se fichait de ce qu'il pensait.

— Si tu veux remplacer tes sandales, ils en vendent là, fit-il en indiquant une boutique.

— Je préfère jeter un coup d'œil dans celle qui vend des accessoires de plage. J'ai des goûts simples, ajouta-t-elle en remontant ses lunettes de soleil à neuf dollars.

— Ne me dis pas que tu fais partie de ces multimillionnaires radines ?

Après un bref instant de réflexion, elle décida d'aller droit au but.

— En fait, je ne suis pas multimillionnaire.

— Tout le monde sait que tu es une riche héritière.

— Oui, eh bien…

Elle se mordit la lèvre et Kevin soupira.

— Pourquoi ai-je l'impression que tu vas m'annoncer un truc complètement loufoque ?

— Tout dépend de ta perspective.

— Vas-y. Je suis tout ouïe.

— Je suis fauchée.

— Fauchée ?

— Laisse tomber, tu ne comprendrais pas.

Elle s'éloigna. Il la rattrapa alors qu'elle traversait la rue. Il paraissait agacé, ce qui l'irrita.

— Tu as tout flambé, c'est ça ? Ce qui explique que tu vives dans un appartement aussi petit.

Elle pivota vers lui au beau milieu de la chaussée.

— Non, je n'ai pas dilapidé ma fortune. J'ai dépensé un peu d'argent la première année mais, crois-moi, il m'en restait beaucoup.

Il la saisit par le bras et l'entraîna jusqu'au trottoir d'en face.

— Que s'est-il passé ?

— Tu n'as rien de mieux à faire que de me harceler ?

— Pas vraiment. Investissements douteux ? Tu as tout misé sur la viande de crocodile végétarienne ?

— Très drôle.

— Tu as inondé le marché de pantoufles à oreilles de lapins ?

— Que dirais-tu de ceci : j'ai tout parié sur le dernier match des Stars et un imbécile a fait perdre son équipe.

— C'était un coup bas.

Elle prit une longue inspiration.

— J'ai tout donné il y a quelques années. Et je ne le regrette pas.

Il cligna des yeux, puis s'esclaffa.

— Donné ?

— Tu es sourd ?

— Non, vraiment. La vérité.

Elle le foudroya du regard et pénétra dans le magasin.

— Je rêve ! Tu ne plaisantes pas ! s'exclama-t-il en la poursuivant. Combien ?

— Bien plus que ce que tu possèdes dans ton portefeuille, camarade.

Il sourit.

— Allez ! Tu peux me le dire.

Elle fonça vers un bac rempli de sandales en plastique fluo.

— Plus de trois millions ? insista-t-il.

L'ignorant, elle sélectionna les moins clinquantes.

— Moins de trois ?

— Motus et bouche cousue. Et maintenant, fiche-moi la paix.

— Si tu me le dis, je t'emmène en face et tu pourras t'acheter tout ce que tu veux avec ma carte bancaire.

— Excellent !

Elle rejeta les sandales et se précipita vers la sortie. Il la devança pour lui tenir la porte.

— Tu cèdes déjà ? Où est ton orgueil ?

— Tu as vu ces horribles claquettes ? De toute façon, je sais combien tu as empoché la saison dernière.

— Heureusement que nous avons signé ce contrat de mariage. Moi qui croyais qu'on protégeait ta fortune, mais nom d'un petit bonhomme, ironie du sort, c'est la mienne qu'on préservait. Qui l'eût cru ? conclut-il avec un sourire étincelant.

Elle accéléra le pas.

— Je te parie que je peux faire fondre ta carte bancaire en moins de trente minutes.

— Plus de trois millions ?

— Je te répondrai après avoir fini mes courses.

Elle adressa un sourire à un couple de passants âgés.

— Si tu mens, je reprends tout.

— Il n'y a pas un miroir quelque part où tu pourrais t'admirer ?

— Je n'ai jamais connu de femme aussi accro à mon physique.

— Toutes les femmes le sont. Elles font semblant d'être fascinées par ta personnalité.

— Franchement, tu mérites une fessée.

— Ce n'est pas toi qui me l'infligeras.

— Quelle peste tu fais !

Enchantée, elle pénétra dans la boutique. Un quart d'heure plus tard, elle en ressortait avec deux paires de sandales. Ce n'est qu'en remettant ses lunettes de soleil qu'elle nota que Kevin avait lui aussi un sac au logo du magasin.

— Qu'est-ce que tu as acheté ? s'enquit-il.

— Tu as besoin d'un maillot de bain.

— Tu m'en as choisi un ?

— Pour la taille, je me suis fié à mon instinct.

— Quelle sorte de maillot ?

— Seigneur ! Si on m'offrait un cadeau, je serais content, pas suspicieux.

— Si c'est un string, tu peux le rendre tout de suite.

— Enfin, est-ce que je t'insulte ainsi ? répliqua-t-il tandis qu'ils remontaient la rue principale.

— Je suis sûre que c'est ce que portent toutes tes conquêtes.

— Tu essaies de détourner mon attention, mais ça ne marchera pas.

Ils longèrent la vitrine d'un confiseur. Un minuscule jardin public jouxtait le bâtiment. Kevin désigna l'un des deux bancs devant le parterre d'hortensias.

— L'heure est venue de cracher le morceau, Daphné. Ta fortune. Tu as dû attendre ta majorité pour mettre la main dessus, non ?

— En effet, mais j'étais encore à l'université, et Phoebe m'interdisait d'y toucher. Elle m'a même déclaré que si je voulais y mettre le nez avant d'avoir obtenu mon diplôme, il faudrait que je la traîne devant les tribunaux.

— Futée.

— Dan et elle m'avaient toujours tenu la bride haute. Du coup, le jour où j'ai touché mon pactole, j'ai agi de manière assez prévisible. J'ai couru m'acheter une voiture, j'ai emménagé dans un appartement luxueux, j'ai rempli mes armoires de vêtements de marque – ça, ça me manque. Mais au bout d'un moment, mon existence d'héritière oisive a perdu de son éclat.

— Pourquoi est-ce que tu n'as pas pris un boulot ?

— C'est ce que j'ai fait, mais la situation me pesait. Cette fortune, je n'en avais pas gagné un *cent*. Si elle m'avait été transmise par un autre biais que Bert Somerville, peut-être que j'aurais réagi différemment. Mais là, j'avais la sensation qu'il fourrait le nez dans ma vie, et ça m'était insupportable. Pour finir, j'ai décidé de tout placer dans une fondation. Et si tu le dis à qui que ce soit, je te jure que tu le regretteras.

— Tu as tout donné ?

— Jusqu'au dernier sou.

— Combien ?

Elle tripota nerveusement le cordon de son short.

— Je préfère garder ça pour moi. Tu me prends déjà pour une cinglée.

— Je n'aurai aucun souci pour rendre ces sandales.

— Quinze millions de dollars, d'accord ?

Il la fixa d'un air sidéré.

— Tu as donné quinze millions de dollars ?

Elle opina.

— En effet, tu es folle ! s'écria-t-il, avant d'éclater de rire.

— Probablement, admit-elle. Mais je n'ai pas regretté ce geste un seul instant.

Quoique, en ce moment, elle en récupérerait volontiers une partie pour payer les traites de son loft.

— Ça ne te manque pas du tout ?

— Non. Sauf pour les vêtements, comme je te l'ai dit. À propos, merci pour les sandales. Je les adore.

— De rien. En fait, ton histoire me réjouit tellement que la prochaine fois, je t'offrirai une nouvelle tenue.

— Marché conclu !

— Cela me brise le cœur de voir une femme se donner tant de peine pour respecter ses résolutions.

Elle se mit à rire.

— Kevin ! Salut ! s'écria une voix teintée d'un accent germanique.

Levant les yeux, Molly vit une blonde élancée se diriger vers eux, un petit carton blanc à la main. Elle portait un tablier rayé bleu et blanc sur un pantalon noir et un tee-shirt à col en V. Elle était jolie, cheveux cascadant sur les épaules, yeux noisette, maquillage soigné. Elle devait avoir deux ou trois ans de plus qu'elle.

— Tiens, Christina ! fit-il en se levant, un sourire bien trop charmeur aux lèvres.

Ladite Christina lui tendit le carton arborant le logo du confiseur.

— J'ai eu l'impression que tu appréciais nos caramels, hier soir. Voici un petit cadeau de bienvenue. Notre boîte échantillon.

— Merci beaucoup. Christina, je te présente Molly. Christina est la propriétaire de la confiserie, expliqua-t-il. Je l'ai rencontrée hier quand je suis venu en ville manger un hamburger.

Elle n'avait pas du tout la tête de l'emploi. Un crime contre la nature, songea Molly.

— Enchantée, fit Christina.

— De même, fit Molly, qui n'était pas charitable au point d'ignorer l'expression curieuse de Christina. Je suis l'épouse de Kevin, ajouta-t-elle.

— Ah ! fit l'autre, visiblement déçue.

— Nous sommes séparés, intervint Kevin. Molly écrit des livres pour enfants.

— Vraiment ? J'ai toujours rêvé d'en écrire un. Peut-être pourriez-vous me donner quelques conseils un de ces jours.

Molly afficha une expression agréable, mais neutre. Une fois, une seule, elle aimerait rencontrer quelqu'un qui ne rêve pas d'écrire un livre pour enfants. Les gens s'imaginaient que c'était facile sous prétexte que c'était court. Ils n'avaient aucune idée de la complexité de la tâche.

— Je regrette que vous vendiez le domaine, Kevin. Vous allez nous manquer… Ah ! Une cliente. Il faut que j'y aille. Lors de votre prochaine visite, passez goûter notre Forêt Noire.

Dès qu'elle eut disparu, Molly se tourna vers lui.

— Tu ne peux pas vendre !

— Je t'ai dit dès le départ que c'était mon intention.

Exact, mais à présent, elle ne concevait pas qu'il puisse se débarrasser d'un bien qui faisait partie de lui, de sa famille, et auquel elle s'était étrangement attachée en quelques jours à peine.

Il se méprit sur son silence.

— Ne t'inquiète pas. Nous ne resterons pas jusqu'à la signature. Dès que j'aurai trouvé un repreneur, nous partirons.

Sur le chemin du retour, Molly se réfugia dans un silence songeur. Les racines de Kevin étaient ici. Il avait perdu ses parents, il n'avait pas de fratrie, et ne semblait pas enclin à accueillir Lilly dans sa vie. La maison dans laquelle il avait grandi appartenait à l'Église. Il ne possédait rien qui le relie au passé en dehors du domaine. Le vendre serait une erreur.

La place apparut, et soudain, Molly éprouva une sensation de paix. Charlotte Long balayait sa véranda, un vieil homme passait sur un tricycle, un couple bavardait sur un banc. Molly s'imprégna de ce décor de conte de fées.

Elle comprit enfin ce sentiment de déjà-vu qui l'avait frappée à son arrivée. Elle avait posé le pied dans le Bois des Rossignols.

Plutôt que de se diriger vers le lac où elle risquait de croiser des promeneurs, Lilly emprunta l'étroit sentier menant dans les bois. Elle avait troqué sa tenue de ville pour un pantalon et un tee-shirt légers, mais elle avait trop chaud et regretta de ne pas être assez mince pour se mettre en short.

Elle atteignit un pré et entendit le murmure d'un ruisseau. Comme elle scrutait les alentours pour le repérer, son regard s'arrêta sur un objet si incongru qu'elle cligna des yeux.

Un siège de restaurant en chrome et vinyle rouge.

Que fabriquait-il là ? Elle s'en approcha, et repéra, juste derrière, le cours d'eau qui serpentait entre fougères et rochers couverts de mousse. L'assise du fauteuil était propre et le métal étincelait sous le soleil. De toute évidence, quelqu'un l'avait déposé là récemment. Mais pourquoi ? Il était en équilibre précaire sur une grosse pierre, et lorsqu'elle le toucha, il vacilla.

— Laissez ça !

Elle fit volte-face, et découvrit un grand costaud accroupi à la lisière du pré.

Elle porta la main à sa gorge.

Derrière elle, le siège tomba dans le ruisseau.

— Merde !

L'inconnu aux épaules de déménageur se leva d'un bond. Il avait le visage buriné et renfrogné du méchant des westerns de série B. Il ne lui manquait qu'une barbe naissante.

Ses cheveux étaient le rêve (ou le cauchemar ?) de tout styliste de Hollywood : épais, les tempes grisonnantes, un peu trop longs. Ses chaussettes vrillaient au-dessus de ses tennis usées. Quant à son regard – sombre et mystérieux –, il ferait saliver n'importe quel directeur de casting !

Toutes ces pensées se bousculaient dans son esprit alors qu'elle aurait dû n'en avoir qu'une : « Cours ! »

Il vint vers elle. Son bermuda kaki dévoilait des jambes solides et bronzées, sa chemise en jean aux manches retroussées des avant-bras musclés.

— Savez-vous combien de temps il m'a fallu pour disposer ce siège exactement comme je le voulais ?

Elle recula.

— Vous avez peut-être du temps à perdre, répliqua-t-elle.

— Vous vous trouvez drôle ?

— Non, non, admit-elle en continuant de reculer. Pas du tout.

— Cela vous amuse de gâcher une journée entière de travail ?

— De travail ?

Il fronça les sourcils, puis :

— Que faites-vous ?

— Pardon ?

— Ne bougez pas, nom d'un chien ! Et arrêtez de trembler !

— Je ne tremble pas !

— Pour l'amour du ciel, je ne vais pas vous faire de mal, grommela-t-il en retournant ramasser quelque chose qu'il avait laissé sur le sol.

Lilly en profita pour battre en retraite vers le sentier.

— Je vous ai dit de ne pas bouger !

Il brandissait une sorte de cahier. Lilly le toisa.

— Vous êtes bien mal élevé.

— Gaspillage d'énergie. Je viens ici pour être tranquille. Est-ce trop demander ?

— Absolument pas. Je m'en vais de ce pas.

— Là-bas ! aboya-t-il en indiquant le ruisseau.

— Pardon ?

— Asseyez-vous là-bas !

— Certainement pas, protesta-t-elle, agacée.

— Vous venez de ficher en l'air un après-midi de boulot. Le moins que vous puissiez faire pour vous racheter, c'est de poser pour moi.

Ce n'était donc pas un cahier qu'il avait à la main, mais un carnet à dessins. Il était peintre.

— Si je m'en allais ?

— Je viens de vous dire de vous asseoir ! Là, sur ce rocher, face au soleil.

— Non merci, je préfère éviter. C'est mauvais pour le teint.

— Pour une fois dans ma vie, j'aimerais rencontrer une belle femme qui ne soit pas vaniteuse.

— Merci pour le compliment, riposta-t-elle, mais j'ai franchi le seuil de la beauté il y a dix ans et vingt kilos.

— Ne soyez pas puérile, rétorqua-t-il en sortant un crayon de la poche de sa chemise. Relevez le menton. Parfait. Mon Dieu, vous êtes vraiment très belle.

Le ton était si désintéressé qu'elle en fut offusquée.

— Vous avez raison, je suis vaniteuse, dit-elle dans le seul but de le provoquer. C'est pourquoi je ne resterai pas ici une seconde de plus.

Il continua à travailler, impassible.

— Je n'aime pas que mes modèles bavardent pendant que je travaille.

— Je ne suis pas votre modèle, rétorqua-t-elle en se détournant.

— Comment voulez-vous que je me concentre si vous bougez sans arrêt ?

— Écoutez-moi bien : que vous puissiez ou non vous concentrer est le cadet de mes soucis.

Il plissa le front, puis finit par refermer son carnet.

— Rendez-vous ici demain matin. Disons 7 heures. Ainsi, le soleil ne vous incommodera pas.

L'irritation de Lilly céda la place à l'amusement.

— Pourquoi pas 6 h 30 ?

— Vous me traitez de haut, pas vrai ?

— Grossier et perspicace. Un mélange fascinant.

— Je vous paierai.

— Vous n'en avez pas les moyens.

— J'en doute.

Avec un sourire, elle pivota en direction du chemin.

— Vous savez qui je suis ? lança-t-il.

— Je le devrais ?

— Je suis Liam Jenner, nom de nom !

Elle tressaillit. Liam Jenner. Le J.D. Salinger des peintres américains. Seigneur… que fabriquait-il ici ?

— Mettons-nous d'accord pour 7 heures, insista-t-il.

— J… je vais y réfléchir.

Liam Jenner ! Quel odieux personnage ! Mais il voulait qu'elle pose pour lui. Si seulement elle avait eu trente ans de moins…

13

La journée solitaire de Daphné

Daphné posa son marteau et recula pour admirer le panneau qu'elle venait de clouer à sa porte d'entrée :

INTERDIT AUX BLAIREAUX !

Elle l'avait peint le matin même.

— Montez sur l'escabeau pour vérifier l'étagère du haut, voulez-vous, Amy ? demanda Kevin depuis l'office. Je vais dégager ces cartons.

Dès leur retour du village, Kevin avait sollicité l'aide d'Amy pour établir un inventaire des provisions. Depuis dix minutes, elle ne cessait de jeter des regards entre la pièce où il travaillait et le comptoir de la cuisine où Molly préparait le thé. Pour finir, elle craqua :

— C'est amusant, n'est-ce pas, que Molly et vous vous soyez mariés à peu près en même temps que Troy et moi ?

Molly disposa une première tranche de quatre-quarts sur le plat. Kevin éluda la question.

— Molly aura besoin de cassonade demain matin. Vous en voyez, là-haut ?

— Deux paquets. J'ai lu un bouquin sur le mariage…

— Quoi d'autre ?

— Des sachets de raisins secs et un machin de levure. Bref, dans ce livre, on explique que parfois, les jeunes couples ont du mal à s'adapter à leur nouvelle vie.

— Est-ce qu'il reste des flocons d'avoine ?

— Une petite boîte. Troy trouve que le mariage, c'est formidable.

— Quoi d'autre ?

— Des casseroles et d'autres trucs. Plus de nourriture. En tout cas, vous pourriez discuter avec Troy, il pourrait peut-être vous aider.

Un long silence suivit et Molly ne put s'empêcher de sourire.

— Ce serait bien d'inspecter le contenu du congélateur, déclara enfin Kevin.

Sans lui, le thé s'avéra nettement moins drôle. Mme Chet – Gwen de son prénom – ne chercha pas à dissimuler sa déception lorsque Molly lui annonça qu'il avait un autre engagement. Elle aurait peut-être recouvré sa bonne humeur en apprenant que Lilly Sherman serait des leurs, mais Lilly demeura invisible.

Molly préparait ses ustensiles pour le petit-déjeuner du lendemain quand Kevin entra par la porte de derrière, les bras chargés de sacs d'épicerie. Il contourna Rou, qui prenait son élan pour lui dévorer les chevilles et posa le tout sur le plan de travail.

— Pourquoi fais-tu cela ? Où est Amy ?

— Rou, assez ! Je viens de la laisser partir. Elle était en manque de Troy et commençait à geindre.

À peine avait-elle prononcé ces mots, qu'elle aperçut Amy qui se dirigeait en courant vers son mari, qui avait dû la flairer dans le vent, car il avait surgi de nulle part.

— Les voilà qui recommencent, marmotta Kevin.

Leurs retrouvailles furent plus passionnées qu'une publicité pour un parfum. Tandis que Troy couvrait le décolleté d'Amy de baisers, elle renversa la tête en arrière.

Et un suçon de plus !

Molly referma une boîte en plastique d'un geste sec.

— S'il continue comme ça, elle va avoir besoin d'une transfusion de sang, commenta-t-elle.

— Elle ne semble pas s'en plaindre. Certaines femmes aiment que leur homme appose sa marque sur leur peau.

La manière dont il la regardait la troubla. Elle s'en voulut aussitôt.

— Et certaines femmes considèrent cela comme une tentative pathétique de domination de la part d'un mec peu sûr de lui.

— C'est une possibilité, concéda-t-il avec un sourire avant de ressortir.

Tout en déchargeant le coffre, il lui proposa d'aller dîner en ville, mais elle déclina l'invitation. Inutile de tenter le diable. Elle regagna son chalet, très fière de son sens de la discipline.

Le soleil ressemblait à un énorme gâteau au citron et Daphné se rendit compte qu'elle avait faim. « Des haricots verts ! pensa-t-elle. Parsemés de quelques feuilles de pissenlit. Et pour le dessert, un cheese-cake aux fraises. »

C'était la deuxième fois de la journée que ses personnages venaient la titiller. Peut-être était-elle prête à se remettre au travail – ou du moins, à écrire, du moins à revoir les illustrations dont lui avait parlé Helen.

Elle pénétra dans le bungalow, et découvrit que le réfrigérateur et les placards étaient pleins. Force lui était de reconnaître que Kevin se mettait en quatre pour elle. Gênée de constater qu'il lui plaisait de plus en plus, elle s'appliqua à recenser tous ses défauts : il était superficiel et égocentrique ; il conduisait une Ferrari et détestait les caniches ; et c'était un séducteur. Sauf qu'il ne l'avait pas draguée. Loin de là.

Parce qu'elle ne l'attirait pas.

Elle laissa échapper un cri de désespoir. Quelle idiote ! Puis elle se prépara un dîner conséquent qu'elle dévora jusqu'à la dernière miette.

Après quoi, elle s'installa dans la véranda avec le bloc-notes qu'elle avait déniché dans un tiroir. Était-ce si terrible que cela de représenter Daphné et Melissa sans qu'elles ne se tiennent la main ? Après tout, ce n'était qu'un livre pour enfants. Les libertés civiles l'Amérique ne dépendaient pas de la distance qui séparait Daphné et Melissa.

Son crayon se mit à bouger, d'abord hésitant, puis de plus en plus rapide. Mais l'esquisse qui en résulta n'était pas du tout celle qu'elle avait prévue. Contre toute attente, Molly avait dessiné Benny dans l'eau, fourrure dégoulinante, bouche béante tandis que Daphné plongeait du haut d'une falaise, oreilles au vent, les pans de son blouson en jean déployés comme des ailes et une paire de sandales Manolo Blahnik s'envolant de ses pattes arrière...

Molly fronça les sourcils et songea à toutes les histoires abominables qu'elle avait entendues au sujet de jeunes paralysés après un plongeon imprudent. Quelle sorte de message cette image transmettrait-elle à des marmots ?

Elle arracha la feuille et la froissa. Voilà le genre de problème que les gens qui rêvaient d'écrire des livres pour les enfants n'envisageaient jamais.

Une fois de plus, son inspiration la trahissait. Au lieu de se creuser la tête au sujet de Daphné et de Benny, elle se mit à penser à Kevin et au domaine. Sous aucun prétexte il ne devait le vendre. Il prétendait s'y être ennuyé dans son enfance, mais peut-être était-ce simplement parce qu'il n'avait pas de camarades avec qui jouer ?

Elle décida de se promener jusqu'à la place. Elle reproduirait quelques-uns des chalets, juste pour s'amuser. En chemin, Rou se précipita vers Charlotte Long et tenta de l'impressionner en faisant le mort. La plupart des locataires étaient sortis profiter de la douceur du soir. Ici, au Bois des Rossignols, la vie s'écoulait plus lentement...

Soudain, le belvédère attira son attention.

« Je vais organiser un goûter ! J'inviterai tous mes amis, nous mettrons de jolis chapeaux et nous nous régalerons de glaçage au chocolat en disant : "Ma chère, quelle journée ma-gni-fique !" »

Molly s'assit en tailleur sur le drap de bain qu'elle avait emporté avec elle et se mit à l'ouvrage. Plusieurs couples passèrent et s'arrêtèrent pour l'observer, mais ils appartenaient à une autre génération et se gardèrent de la déranger. Tout en dessinant, elle se remémora les colonies de vacances de son enfance. L'ombre d'une idée se forma dans son esprit, pas un goûter mais...

Elle se figea. À quoi bon ? Elle devait encore deux aventures de Daphné à sa maison d'édition, mais Helen refuserait de les lire tant qu'elle n'aurait pas effectué les modifications exigées pour *Daphné fait une chute*.

Les lumières étaient allumées lorsqu'elle regagna son bungalow, mais elle ne s'inquiéta pas outre mesure. Rou se mit aussitôt à aboyer et se rua vers la porte de la salle de bains. Elle n'était pas fermée et il la poussa de la truffe.

— Du calme, fit Molly.

Elle franchit le seuil, et demeura clouée sur place. Kevin prenait un bain, jambes croisées sur le rebord, un livre entre les mains, un cigarillo fiché au coin de la bouche.

— Qu'est-ce que tu fiches dans ma baignoire ?

Il était complètement immergé, mais n'avait pas pris la peine d'utiliser du bain moussant, elle préféra donc ne pas s'approcher.

Il ôta le cigarillo de sa bouche. Aucune volute de fumée ne s'en échappait et Molly se rendit compte qu'en fait, c'était un bâton de chocolat ou de réglisse.

Il eut le culot de s'énerver.

— À ton avis ? Tu pourrais frapper, non ?

— C'est Rou qui est entré... Pourquoi n'utilises-tu pas ta propre baignoire ?

— Je déteste partager une salle de bains.

Elle n'osa pas lui faire remarquer que c'était précisément ce qu'il était en train de faire.

— D'où vient cette friandise ? demanda-t-elle.

— Du village. Et je n'en ai acheté qu'une seule.

— Sympa.

— Il te suffisait de demander.

— Comme si je pouvais deviner que tu allais t'offrir des confiseries ? Je parie que tu gardes quelque part une boîte de caramels, cadeau de la jolie *Fräulein*.

— Ferme la porte en sortant. À moins que tu ne veuilles te joindre à moi ?

— Merci, mais ça me paraît un peu petit.

— Petit ? Ce n'est pas mon impression, mon ange.

— Grrrr !

Le ricanement de Kevin la poursuivit tandis qu'elle tournait les talons et claquait la porte. *Serpentard !* Elle pénétra dans la plus petite des deux chambres. Comme prévu, il y avait déposé sa valise. Elle poussa un soupir et appuya les doigts sur ses tempes. La migraine était de retour.

Daphné posa sa guitare électrique et ouvrit la porte. Benny se tenait sur le seuil. Il paraissait terrifié.

— Je peux me servir de ta baignoire, Daphné ?

— Pourquoi ?

— Comme ça.

Il avait mis une bouteille de sauvignon à rafraîchir dans le réfrigérateur. Molly s'en versa un verre et sortit sur la véranda. Un frisson la parcourut, mais elle n'eut pas le courage de retourner à l'intérieur chercher un pull.

Elle était sur la balancelle lorsqu'il apparut, en grosses chaussettes et peignoir de satin bordeaux à rayures verticales noires. Du genre de ceux qu'une maîtresse offre à son amant. Affreux, décida Molly.

— Si nous organisions un goûter sous le belvédère avant de partir ? suggéra-t-elle. On pourrait inviter tous les locataires des bungalows.

— En quel honneur ?

— Pour le plaisir.

— Un vrai bonheur, railla-t-il.

Il s'assit et étendit les jambes devant lui. Il sentait le dentifrice et une eau de toilette de marque.

— Je ne tiens pas à ce que tu t'installes ici, Kevin.
— Moi, si.

— *Je peux dormir chez toi, Daphné ?*
— *Je suppose que oui, mais pourquoi ?*
— *Parce que chez moi, il y a un fantôme.*

— Tu ne vas pas pouvoir éviter Lilly indéfiniment.
— Je ne me cache pas. Je prends mon temps.
— Je ne connais rien en matière d'annulation de mariage, mais ceci pourrait compromettre la nôtre.
— C'est le cas depuis le début. D'après ce que m'a expliqué mon avocat, les critères exigés pour obtenir une annulation sont la fausse déclaration ou la coercition. Je me suis dit que tu pourrais plaider cette dernière. Je ne m'y opposerais pas.
— Mais le fait que nous soyons ici ensemble semble le démentir.
— Dans ce cas, on entamera une procédure de divorce. Ce sera un peu plus long, mais le résultat sera le même.
Molly se leva.
— Il n'empêche, je ne tiens toujours pas à ce que tu t'installes ici.
— Ce chalet m'appartient.
— J'ai des droits en tant que locataire.
— J'ai l'impression que ma présence te rend nerveuse, risqua-t-il d'une voix dangereusement douce.
— Oui, c'est ça, riposta-t-elle avant de bâiller ostensiblement.
— Je vois que tu bois du vin. Tu n'as pas peur de me sauter de nouveau dessus dans mon sommeil ?
— Oups ! Un instant d'égarement. Et je ne m'en suis même pas rendu compte !
— Ou peut-être crains-tu que je ne te saute dessus.
Faussement nonchalante, elle alla essuyer les miettes qu'elle avait laissées sur la table.
— Quelle idée ! Je ne t'attire pas.
— Qu'en sais-tu ? murmura-t-il après un bref silence.

Le cœur de Molly fit un bond.

— Ô mon Dieu ! Moi qui étais convaincue que ma maîtrise de l'anglais te rebutait !

— Tu n'es qu'une insolente.

— Désolée, mais j'aime les hommes plus profonds.

— En somme, tu me trouves superficiel ?

— Parfaitement ! Mais ce n'est pas grave puisque tu es riche et séduisant.

— Tu te trompes !

— Cochez les cases : ce qui compte le plus dans la vie de Kevin Tucker, c'est...

— Le football est mon métier. Cela ne me rend pas superficiel pour autant.

— En deuxième, troisième et quatrième positions, c'est le football, le football et – tiens donc ! – le football.

— Je suis le meilleur, et je n'ai pas à m'en excuser.

— En cinquième position, c'est... Attends un peu ! Les femmes !

— Celles qui se taisent, ce qui t'exclut du lot.

Elle s'apprêtait à riposter du tac au tac quand elle eut un éclair de génie.

— J'ai compris ! Toutes ces étrangères... Tu ne veux pas d'une femme avec qui tu peux vraiment communiquer. Cela risquerait de contrecarrer ta principale obsession.

— Tu délires. Je ne cesse de te le répéter : je sors aussi avec des Américaines.

— Et je te parie qu'elles sont interchangeables. Belles, pas trop futées, et dès qu'elles deviennent un tantinet exigeantes, jetables.

— C'était la belle époque.

— Au cas où tu ne t'en serais pas rendu compte, je viens de t'insulter.

— Au cas où tu ne t'en serais pas rendu compte, je viens de t'insulter en retour.

— Tu n'as aucune envie de rester sous le même toit que moi, j'en suis sûre. Je suis beaucoup trop... exigeante, minauda-t-elle avec un sourire.

— Tu ne te débarrasseras pas de moi aussi facilement. En fait, vivre ensemble pourrait présenter certains avantages.

Il se leva et la contempla avec une telle intensité qu'elle eut des visions de corps ruisselants de transpiration et de draps froissés. Puis il glissa la main dans sa poche, brisant le sortilège (qui n'était sans doute que le fruit de sa folle imagination). Il sortit une feuille de papier froissée. La gorge de Molly se noua.

— J'ai trouvé ceci dans la corbeille... C'est lui, le blaireau ? s'enquit-il en pointant le doigt sur Benny.

Elle hocha la tête avec lenteur.

— Pourquoi avoir jeté ce dessin ?

— Par sécurité.

— Pardon ?

— Parfois, je m'inspire de ma propre vie.

— En effet.

Elle haussa les épaules et voulut récupérer le dessin.

— Non, fit-il en écartant la main. Il est à moi, maintenant. Il me plaît. Je ferais mieux d'aller m'habiller, ajouta-t-il en pivotant vers la porte.

— Excellente idée, car tu ne peux pas rester ici.

— Oh, mais si, je reste ! Je vais juste faire un tour en ville. Tu peux m'accompagner si tu veux, ajouta-t-il avec un sourire narquois.

— C'est gentil, mais mon allemand est rouillé et l'excès de chocolat me donne des boutons.

— Serais-tu jalouse, par hasard ?

— Rappelle-toi simplement, *liebling*, que le réveil sonnera à 5 h 30 demain matin !

Elle l'entendit rentrer aux alentours de 1 heure du matin, aussi prit-elle un malin plaisir à frapper à sa porte aux aurores. Il avait plu pendant la nuit, mais ils étaient trop groggy pour admirer le ciel teinté de rose et humer les parfums de la nature fraîchement lavée. Tandis qu'ils remontaient l'allée, Kevin bâillait, et Molly s'efforçait de poser un pied devant l'autre en évitant les flaques. Seul, Rou était enchanté de commencer la journée.

Molly prépara des pancakes aux myrtilles et Kevin remplit une coupe de fruits plus ou moins bien coupés en ronchonnant. Lorsque Marmie apparut, il lança :

— D'où vient ce chat ?

Molly éluda la question.

— Elle s'appelle Marmie. Elle est arrivée hier.

Rou geignit et rampa sous la table. Kevin s'empara d'un torchon pour s'essuyer les mains.

— Salut, toi, roucoula-t-il en s'agenouillant pour caresser le félin.

Marmie se frotta contre lui.

— Je croyais que tu détestais les animaux.

— J'adore les animaux. Qu'est-ce qui te fait croire le contraire ?

— Mon chien ?

— Ça, un chien ? Pardon, pardon ! Je l'avais pris pour un déchet industriel.

— Serpentard ! siffla Molly en refermant le bocal de farine.

— De quoi m'as-tu traité ?

— C'est une référence littéraire. Tu ne comprendrais pas.

— Harry Potter. Et je n'apprécie guère qu'on m'insulte.

Cette réponse agaça Molly. Elle avait de plus en plus de mal à se convaincre que Kevin n'était qu'un beau gosse.

Les Pearson furent leurs premiers clients. John Pearson engloutit une demi-douzaine de pancakes et une jolie portion d'œufs brouillés. Le séjour de Chet et de Gwen s'achevait, et lorsqu'elle jeta un coup d'œil dans la salle à manger, Molly vit Gwen couver Kevin des yeux. Un peu plus tard, elle entendit du bruit dans le vestibule. Elle éteignit le fourneau et s'y précipita. L'homme renfrogné qu'elle avait entrevu sur la place le premier jour s'en prenait à Kevin.

— Elle est rousse. Grande. Très belle. Quelqu'un m'a dit l'avoir aperçue ici hier après-midi.

— Que lui voulez-vous ?

— Nous avions rendez-vous.

— Quel genre de rendez-vous ?

— Elle est ici, oui ou non ?

— Il me semblait bien avoir reconnu ces braillements ! s'exclama Lilly du haut de l'escalier. Bonjour !

Kevin la salua d'un bref signe de tête et se réfugia dans la salle à manger.

Lilly se ressaisit et Molly s'interrogea. Lilly semblait connaître l'homme qui la réclamait. Comment était-ce possible ?

— Il est 8 h 30, grommela-t-il. Nous devions nous retrouver à 7 heures.

— J'ai réfléchi un moment, puis décidé que je préférais m'offrir une grasse matinée, rétorqua Lilly.

Il la fusilla du regard tel un lion revêche.

— Allons-y. Je vais perdre la lumière.

— Si vous la cherchez, vous la retrouverez. En attendant, je vais prendre mon petit-déjeuner.

Il fronça les sourcils et Lilly se tourna vers Molly, l'air glacial.

— Puis-je manger à la cuisine ?

— Bien sûr ! Vous pourriez peut-être vous y installer tous les deux ? J'ai préparé des pancakes aux myrtilles.

— Vous avez du café ? aboya la brute.

Molly avait toujours eu un faible pour les individus qui se fichaient de l'approbation des autres – sans doute parce qu'elle avait passé tant de temps à tenter de gagner celle de son père. Ce grincheux la fascinait, d'autant qu'il était encore très séduisant pour son âge.

— À profusion, répondit-elle.

— Bon, d'accord.

Se sentant vaguement coupable, Molly s'adressa à Lilly :

— N'hésitez pas à utiliser la cuisine à votre guise. Je comprends que vous préfériez éviter vos fans de bon matin.

— Quels fans ? demanda le grincheux.

— Je suis relativement connue, expliqua Lilly.

— Ah ! Bon, si vous tenez absolument à manger, pouvez-vous au moins vous dépêcher ?

Lilly pivota vers Molly, probablement dans le seul but de le provoquer, lui.

— Cet individu qui ne pense qu'à lui est Liam Jenner. Monsieur Jenner, voici Molly, l'épouse de mon... de mon neveu.

— Monsieur Jenner ? balbutia Molly, époustouflée. Vous n'imaginez pas combien je suis heureuse de vous rencontrer ! J'admire vos œuvres depuis des années. Je n'en reviens pas que vous soyez ici ! Je... Dans la photo que l'on publie toujours, vous avez les cheveux beaucoup plus longs. Certes, elle date de plusieurs années mais... pardonnez-moi, je... c'est juste que j'aime énormément votre travail.

Jenner foudroya Lilly du regard.

— Si j'avais voulu lui révéler mon nom, je m'en serais chargé moi-même.

— Quelle chance pour nous ! s'exclama Lilly à l'intention de Molly. Nous avons enfin un gagnant pour notre élection au titre de Monsieur Charme.

— Ce n'est pas grave, commença Molly. Je comprends. Je suis sûre que beaucoup de gens tentent de violer votre intimité, mais...

— Laissez donc tomber l'adulation et conduisez-moi jusqu'à vos pancakes.

— Euh... par ici, monsieur, fit Molly.

Dans la cuisine, elle invita Lilly et Liam à s'attabler dans le coin-repas, puis se rua sur les œufs brouillés qu'elle avait abandonnés dans leur poêle et les fit glisser dans une assiette. Kevin apparut sur le seuil, mais ne posa aucune question.

— Alors, ces œufs ?

— Les voici. Ils sont un peu trop cuits. Si Mme Pearson s'en plaint, fais-lui ton grand numéro. Peux-tu me rapporter la verseuse à café ? Je sers aussi ici. Voici Liam Jenner.

Kevin le salua d'un signe de tête.

— J'ai appris en ville que vous aviez une maison sur le lac.

— Et vous, vous êtes Kevin Tucker.

Pour la première fois, Jenner sourit, et Molly fut stupéfaite par la transformation. Très sexy, songea-t-elle. Lilly ne manqua pas de la remarquer, elle aussi, mais ne parut pas aussi impressionnée que Molly.

Il se leva pour serrer la main de Kevin.

— J'aurais dû vous reconnaître. Je suis les Stars depuis des années. La saison dernière a été plutôt réussie.

— Elle aurait pu être meilleure.

— On ne peut pas gagner à tous les coups.

Pendant que la conversation se poursuivait, Molly porta les œufs brouillés aux Pearson et revint avec le café. Kevin s'était adossé contre un meuble, face à Jenner.

—... et il paraît que les visiteurs viennent à Wind Lake dans l'espoir de vous apercevoir, disait-il. Apparemment, vous avez contribué à l'avènement du tourisme local.

— Pas par choix, commenta Jenner. Dès que la nouvelle s'est répandue, toutes sortes d'imbéciles ont débarqué.

Lilly remua son café.

— Vous ne semblez guère apprécier vos admirateurs, monsieur Jenner.

— C'est ma célébrité qui les attire, pas mon travail. Ils me couvrent de compliments, mais les trois quarts d'entre eux n'ont jamais vu un seul de mes tableaux.

Molly se sentit visée.

— *Mamie in Earnest*, 1968, aquarelle, énonça-t-elle en versant son appareil à pancakes dans la poêle. Une œuvre complexe aux lignes épurées. *Tokens*, 1971, aquarelle en demi-sec. Les critiques l'ont laminée, mais ils avaient tort. Entre 1996 et 1998, vous vous êtes consacré à votre série *Déserts*. Du point de vue stylistique, ces toiles sont un pastiche – éclectisme postmoderne, classicisme avec un zeste d'impressionnisme.

— Molly est diplômée de l'université Northwestern. *Summa cum laude*, précisa Kevin avec un sourire. Elle écrit des livres sur les lapins. En ce qui me concerne, j'ai un faible pour un de vos paysages – j'ignore quand vous l'avez peint et ce qu'en ont pensé les critiques – dans lequel on distingue un enfant dans le fond.

— Personnellement, j'aime *Street Girl*, intervint Lilly. Une silhouette féminine solitaire dans une rue, chaussures rouges usées, le regard désespéré. Elle s'est vendue pour plus de vingt-deux mille dollars il y a dix ans.

— Vingt-quatre…

— Vingt-deux. C'est moi qui l'ai achetée.

Liam Jenner resta sans voix. Pas longtemps.

— Que faites-vous dans la vie ?

Lilly but une gorgée de café avant de lui répondre :

— Autrefois, je résolvais des crimes.

— Lilly Sherman est une actrice célèbre, monsieur Jenner, intervint Molly.

Il s'adossa à sa chaise et l'examina avant de murmurer :

— Cette affiche ridicule. Je m'en souviens, à présent. Vous portiez un Bikini jaune.

— Oui, eh bien… depuis, l'eau a coulé sous les ponts.

— Tant mieux. Ce Bikini était indécent.

Lilly parut surprise, puis indignée.

— Comparé à ceux que l'on peut voir aujourd'hui, ce maillot était très couvrant.

— Vous auriez dû être nue.

— Sur ce, je vous laisse ! décréta Kevin en quittant la pièce.

Pour rien au monde Molly n'aurait raté la suite de cet échange. Elle leur présenta à chacun une assiette de pancakes.

— Nue ? protesta Lilly. Jamais de la vie ! Un jour, j'ai renoncé à une petite fortune en refusant de poser pour *Playboy*.

— Quel rapport avec *Playboy* ? Je parle d'art, pas de provocation… Mmm ! Excellent, ce petit-déjeuner, Molly. Laissez tomber cette maison et venez faire la cuisine chez moi.

— En fait, je ne suis pas cuisinière, je suis écrivain.

— Les livres pour enfants, répondit-il, sa fourchette en l'air. J'ai pensé à en écrire… Mais je doute qu'il y ait un marché pour mes idées.

— Pas si elles comportent des nus, répliqua Lilly.

Molly gloussa. Jenner lui coula un regard noir.

— Désolée, murmura-t-elle.

Elle se mordit la lèvre puis laissa échapper un grognement disgracieux.

L'expression de Jenner devint encore plus féroce. Elle s'apprêtait à riposter quand elle vit qu'il se retenait de sourire. Ainsi, Liam Jenner n'était pas aussi revêche qu'il le prétendait. De plus en plus intéressant…

— Emportez votre tasse de café avec vous, ordonna-t-il à Lilly. Et ce qui reste de votre repas. Il est temps d'y aller.

— Je n'ai jamais promis de poser pour vous. Je ne vous aime pas.

— Personne ne m'aime. Et bien sûr que vous allez poser pour moi, ajouta-t-il, sarcastique. Les gens font la queue pour jouir d'un tel honneur.

— Peignez plutôt Molly. Elle a des yeux magnifiques !

Jenner étudia Molly, qui cilla, soudain intimidée.

— Ils sont extraordinaires, murmura-t-il. Quant à son visage, il est intéressant, mais elle n'a pas vécu suffisamment pour qu'il soit franchement fascinant.

— Je vous signale que je suis là ! lâcha Molly.

Jenner haussa un sourcil, puis reporta son attention sur Lilly.

— Est-ce moi où êtes-vous d'une nature obstinée ?

— Il ne s'agit pas d'obstination. Je cherche simplement à protéger votre réputation d'artiste infaillible. Si j'avais vingt ans, peut-être…

— Quel intérêt de vous peindre à vingt ans ? coupa-t-il, sincèrement perplexe.
— Ça me paraît évident.
Jenner la fixa un long moment, puis secoua la tête.
— Bien sûr. Notre obsession nationale pour la maigreur. N'êtes-vous pas un peu âgée pour céder à cette mode absurde ?
Lilly afficha un sourire étincelant et se leva.
— Certes. Merci pour tout, Molly. Bonne journée, monsieur Jenner.
Il la suivit des yeux tandis qu'elle sortait. Molly se demanda s'il avait noté la tension dans ses épaules. Elle l'abandonna à ses pensées le temps qu'il termine son café. Lorsqu'il eut fini, il rassembla la vaisselle et la porta jusqu'à l'évier.
— Je n'ai pas mangé de pancakes aussi délicieux depuis des années. Combien je vous dois ?
— Pardon ?
— C'est un établissement commercial, lui rappela-t-il.
— Oui, mais… rien du tout. Ce fut un plaisir pour moi.
— Je vous remercie, fit-il avant de se détourner.
— Monsieur Jenner ?
— Liam, je vous en prie.
— Passez prendre le petit-déjeuner quand vous voudrez. Vous n'aurez qu'à utiliser la porte de derrière.
Il opina.
— Merci. Il se pourrait que je revienne.

14

« Viens jusqu'au bord de l'eau, Daphné,
dit Benny. Je ne t'éclabousserai pas. »
Daphné met tout sens dessus dessous

— Tu as des idées pour ton prochain bouquin ? demanda Phoebe le lendemain au téléphone.

Molly rechignait à aborder ce sujet, mais après avoir passé dix bonnes minutes à éluder les questions de Célia la poule concernant Kevin, elle était soulagée de parler d'autre chose.

— Quelques-unes. Mais je te rappelle que *Daphné fait une chute* est le premier d'une commande de trois ouvrages. Mon éditeur n'acceptera aucun nouveau manuscrit tant que je n'aurai pas apporté les modifications demandées pour le premier.

Inutile de préciser qu'elle n'avait pas encore commencé, bien qu'elle eût emprunté la voiture de Kevin dans la matinée pour aller acheter des fournitures en ville.

— Les revendications de cette association sont grotesques.

— Je suis d'accord, mais je suis obligée d'en tenir compte. Je n'ai pas la télévision dans mon bungalow. Du nouveau de ce côté-là ?

— Pas plus tard qu'hier soir. La nouvelle législation sur les droits des homosexuels en discussion au Congrès leur a valu énormément de temps d'antenne.

Phoebe observa une pause de mauvais augure, puis :

— Molly, ils ont pris Daphné comme exemple.

— Je n'en reviens pas ! Pourquoi font-ils cela ? Si encore j'étais une auteure célèbre !

— Nous sommes à Chicago et tu es l'épouse du quaterback le plus célèbre de la ville. Ils utilisent ce lien pour obtenir l'attention des médias. Tu es toujours mariée avec Kevin, n'est-ce pas ?

— Provisoirement. La prochaine fois, rappelle-moi de m'adresser à un éditeur un peu plus courageux.

Elle regretta aussitôt ces paroles, car elle ne valait guère mieux. Cela dit si elle voulait pouvoir payer ses factures, elle n'avait guère le choix.

— Où en es-tu côté finances ? s'enquit Phoebe comme si elle avait deviné ses pensées. Je sais que tu n'as pas…

— Tout va bien.

Parfois, Molly en voulait à sa sœur qui avait le don de tout transformer en or. Phoebe était fortunée, belle et psychologiquement stable. Molly était pauvre, banale et avait frisé la dépression nerveuse. Phoebe avait surmonté d'incroyables obstacles pour devenir l'une des propriétaires les plus puissantes au sein de la NFL. Molly était incapable de défendre ses animaux fictifs contre une attaque injuste et stupide.

Après avoir raccroché, elle bavarda avec quelques-uns des hôtes, puis s'occupa de changer les serviettes de bain pendant que Kevin installait un couple de retraités en provenance de Cleveland dans l'un des chalets. Sa tâche achevée, elle regagna son propre chalet pour revêtir le maillot qu'il lui avait offert et aller se baigner.

La température approchait les trente degrés, mais l'eau ne s'était pas encore réchauffée, et la plage était déserte. Rou trempa les pattes, puis décida qu'il préférait chasser les hérons. S'armant de tout son courage, Molly plongea.

Elle refit surface et se mit à nager vigoureusement sur le côté. Elle aperçut Kevin sur la place. Elle était consciente de prendre un risque, mais il l'entendrait hurler si elle sentait qu'elle allait couler.

Elle effectua plusieurs allers-retours en dos crawlé sans trop s'éloigner du bord. Lorsqu'elle chercha de nouveau Kevin des yeux, il n'avait pas bougé.

Il semblait s'ennuyer.

Elle agita le bras. Il lui répondit sans enthousiasme.

Kevin observait Molly en attendant la livraison d'une nouvelle benne à ordures. Il avait eu tort de lui acheter ce maillot. Il dévoilait beaucoup trop de ce joli corps qu'il avait de plus en plus de mal à ignorer. Mais il avait été séduit par la couleur, ce rouge presque identique à celui de ses cheveux le jour où ils s'étaient rencontrés.

Elle n'avait plus la même allure à présent. Quatre jours seulement s'étaient écoulés depuis qu'il l'avait récupérée dans un état lamentable, mais elle prenait de nouveau soin de sa personne. Il avait l'impression de la voir revenir à la vie. Sa chevelure était d'un beau châtain noisette, son teint plus lumineux, et ses yeux plus pétillants, surtout quand elle cherchait à l'agacer.

Ce regard... rebelle. Il semblait être le seul à comprendre le message. Phoebe et Dan ne voyaient que Molly l'intello, éprise d'enfants, de lapins excentriques et de chiens ridicules. Ils n'étaient pas conscients de son mal-être.

Dans l'avion pour Chicago, Dan lui avait raconté qu'elle prenait tout au sérieux, que gamine, elle n'avait jamais commis la moindre bêtise. Il avait vanté ses qualités, élève brillante, citoyenne modèle, il s'était émerveillé de sa maturité. Dan se trompait. Molly avait conservé une âme d'enfant. Pas étonnant qu'elle réussisse dans son job !

Elle le considérait comme un irresponsable. Lui n'aurait jamais renoncé à une fortune de quinze millions de dollars. Non, c'était elle qui prenait des risques.

Tous ces étés en colonie de vacances avaient fait d'elle une nageuse émérite fort gracieuse, dotée d'une silhouette élancée et ferme... Il se ressaisit et s'obligea à penser plutôt au don qu'elle avait de le faire rire.

Ce qui ne l'empêchait pas d'être pénible. Elle se permettait de lui donner des leçons de morale alors qu'il avait la tête sur les épaules.

Il scruta le lac, mais ne la vit pas. Il guetta l'apparition du maillot rouge. Rien. De plus en plus tendu, il s'avança d'un pas. Soudain, sa tête surgit au loin, minuscule. Juste avant de disparaître de nouveau, elle trouva la force de crier.

— Au secours !

Il se mit à courir.

Molly retint son souffle le plus longtemps possible, puis refit surface. Comme prévu, il s'était jeté à l'eau tout habillé.

Elle agita les bras pour s'assurer qu'il l'avait bien repérée avant de s'immerger dans les profondeurs et de s'éloigner vers la droite. Un coup bas, mais pour le meilleur. Un Kevin qui s'ennuyait était un Kevin malheureux, et il était grand temps qu'il s'amuse à Wind Lake. Peut-être serait-il moins enclin à vendre le domaine.

Elle remonta. Il se dirigeait vers la gauche. Elle prit sa respiration et replongea.

Alors que Daphné coulait pour la troisième fois, Benny...

À supprimer.

Alors que Benny coulait pour la troisième fois, Daphné se mit à nager de plus en plus vite...

Être sauvé par Daphné servirait de leçon à Benny, décida Molly. Il avait eu tort d'aller se baigner seul.

— Au secours !

Kevin, qui se trouvait à une quinzaine de mètres, pivota, cheveux collés au front.

— Tiens bon, Molly !

— Vite ! J'ai une crampe !

Elle piqua vers le fond, fonça en direction de la rive, puis jaillit à la surface. Kevin la localisa instantanément. Elle était tellement occupée à admirer la puissance de son crawl qu'elle faillit oublier de s'enfoncer de nouveau sous l'eau.

La main de Kevin lui frôla la cuisse, puis s'accrocha au bas de son Bikini. Il tira dessus pour l'attirer à lui, et le lien qui maintenait les deux triangles craqua. Déjà il enroulait le bras autour de sa taille et la hissait à la surface.

La culotte du maillot resta où elle était.

Comme Kevin la ramenait vers la plage, Molly se demanda comment elle avait pu se fourrer dans une situation pareille.

— Ça va ? s'enquit-il.

Elle lui avait visiblement fait très peur. Elle s'en sentait vaguement coupable, mais eut tout de même la présence d'esprit de cracher et de tousser. Il n'était pas du tout essoufflé et, l'espace d'un instant, elle s'octroya le luxe de se détendre, savourant la sensation de ce corps qui travaillait à la place du sien. Mais rester décontractée alors qu'elle était fesses nues n'était pas facile.

— Je… j'ai eu une crampe.

— Quelle jambe ?

— Arrête… Arrête-toi une minute, s'il te plaît.

Il ralentit l'allure et la tourna vers lui sans la lâcher. Il était furieux.

— Tu n'aurais jamais dû te baigner seule. Tu aurais pu te noyer !

— Je… c'était idiot.

— Quelle jambe ?

— La gauche. Mais c'est passé. Je peux la bouger, à présent.

— Je l'examinerai sur la rive.

— Ça va. Je t'assure que je peux…

Il ne fit pas attention à elle et se remit à nager. Elle but la tasse, commença à tousser.

— Cesse de bouger, bon sang ! s'énerva-t-il.

Elle s'efforça de se libérer.

— On a pied maintenant, je peux marcher.

Il la lâcha. Elle avait de l'eau jusqu'au menton.

— Tu pourrais montrer plus de gratitude, grommela-t-il. Je viens de te sauver la vie.

Il était d'une humeur de chien, mais au moins, il ne s'ennuyait plus.

— Merci.

— Tu as déjà eu des crampes de ce genre ?

— Jamais.

— Pourquoi traînes-tu la patte ?

— J'ai froid. Je dois être en état de choc. Tu veux bien me prêter ton tee-shirt ?

— Bien sûr.

Il continua de la tirer vers la plage. Elle freina des quatre fers.

— Maintenant, s'il te plaît ?

— Maintenant ?

Il s'immobilisa. Le maillot mettait en valeur ses seins sur lesquels il laissa errer son regard. Un flot de sensations envahit Molly.

— J'aimerais le mettre avant de sortir, dit-elle d'un ton aussi dégagé que possible.

— Ce sera plus facile sur le sable, rétorqua-t-il en s'arrachant à sa contemplation pour se remettre en marche.

— Arrête ! Je t'en supplie. Je… j'ai un petit problème…

— Je ne te le fais pas dire. Tu es complètement cinglée.

— Passe-moi ton tee-shirt.

Au lieu de l'enlever, il la dévisagea d'un air soupçonneux.

— Quel genre de problème ?

— Il semble que j'aie… J'ai très froid. Pas toi ? Je… continua-t-elle après s'être raclé la gorge… J'ai perdu le bas de mon maillot.

Naturellement, sa première réaction fut de baisser les yeux.

— Comment c'est arrivé ?

— En fait, c'est toi. Quand tu m'as secourue.

— Je t'ai arraché ton slip ?

— Oui.

— J'ai toujours été doué avec les femmes, répliqua-t-il avec un grand sourire.

— Peu importe. Passe-moi ton putain de tee-shirt !

La cuisse de Kevin effleura la hanche de Molly. Par accident ?

— Si je comprends bien, tu as les fesses nues. Voilà qui présente un dilemme intéressant.

— Pas du tout.

— Nous sommes confrontés à l'essence du vrai capitalisme, ici même, toi et moi, Dieu bénisse l'Amérique !

— Qu'est-ce que tu… ?

— Le capitalisme pur et dur. J'ai un objet que tu convoites…

— La crampe me reprend.

— La question est, enchaîna-t-il, les yeux sur sa poitrine : Que vas-tu me donner en échange ?

— Je te sers de cuisinière depuis trois jours.

— Mouais. Les sandales que tu as achetées n'étaient pas données. Selon moi, elles valent au moins trois jours aux fourneaux.

— Je ne resterai pas une journée de plus si tu ne me files pas ton tee-shirt immédiatement !

— Jamais je n'ai rencontré une femme aussi peu reconnaissante, murmura-t-il en le lui tendant enfin. Fesses nues…

Son sourire s'élargit.

Elle l'ignora et tenta d'enfiler le vêtement, mais le coton mouillé et l'eau glacée compliquaient l'exercice.

— Ce serait plus simple si tu sortais, lui fit-il remarquer d'un ton taquin.

Son humour de potache ne méritait pas une réponse. Elle réussit enfin à s'habiller, tira sur l'ourlet pour l'allonger le plus possible et marcha jusqu'à la place qui, Dieu merci, était déserte.

Kevin resta là où il était, le cœur battant. Molly n'avait pas pensé qu'un tee-shirt blanc trempé devenait quasiment transparent. Taille de guêpe, hanches aux courbes voluptueuses, jolies jambes...

Il avala sa salive en découvrant son adorable petit postérieur.

Une chance que l'eau soit glaciale, car cette vision l'avait littéralement enflammé. Et il ne l'avait vue que de dos !

Ce à quoi il allait remédier très vite.

Molly l'entendit se rapprocher. Tout à coup, il fut auprès d'elle, la dépassa et pivota pour lui faire face. Elle se sentit soudain nerveuse. Kevin tirait distraitement sur le devant de son jean.

— Au fond, je n'ai plus tant de mal que ça à croire que ta mère était danseuse.

Molly baissa les yeux et laissa échapper un glapissement. Écartant le tee-shirt trempé qui lui collait au corps, elle se mit à courir en direction de son bungalow.

— Euh... Molly ? La vue est tout aussi intéressante de dos. Et il y a du monde.

En effet, les Pearson venaient d'apparaître, à peine visibles derrière leurs transats, sacs de plage et glacière.

Molly ne pouvait pas compter sur la coopération de Kevin pour regagner son chalet, elle se réfugia donc dans les bois en tirant le tee-shirt dans tous les sens.

— Si on te jette un poisson, cria-t-il, c'est parce que tu te dandines comme un manchot !

— Si on te demande de braire, c'est parce que tu te comportes comme un...

— Épargne-moi tes compliments, Daphné. Les gars de la voirie viennent d'arriver avec la nouvelle benne à ordures.

— N'oublie pas de fermer le couvercle une fois que tu seras dedans !

Elle accéléra le pas et atteignit sa destination sans autre incident. Une fois à l'intérieur, elle pressa les mains sur ses joues brûlantes et s'esclaffa.

Kevin, lui, ne riait pas. « Ça ne peut pas durer », se disait-il. Quelle ironie ! Il était marié, pourtant il ne profitait pas du principal avantage qu'offrait le mariage.

La question étant : qu'avait-il l'intention de faire à ce sujet ?

15

Daphné s'aspergea d'un nuage de son parfum préféré, Eau de Fraisier. Puis elle se tapota les oreilles, rajusta ses moustaches et mit sa tiare toute neuve.
Daphné plante des citrouilles

Après sa baignade dans le lac, Molly se doucha et se changea, puis déambula jusqu'à la véranda. Son regard se posa sur le sac de fournitures qu'elle avait achetées le matin même. Il était grand temps de retravailler ses dessins.

Toutefois, plutôt que de s'installer à la table, elle s'assit sur la balancelle avec le carnet dont elle s'était servie la veille pour esquisser Daphné plongeant du haut de la falaise. Elle contempla l'horizon. Enfin, elle se mit à écrire.

— Mme Mallard organise une colonie de vacances de l'autre côté du Bois des Rossignols, annonça Daphné un après-midi à Benny, Melissa, Célia la poule et le copain de Benny, Rocky le raton laveur. Nous sommes tous invités !

— Je déteste les colonies de vacances, grommela Benny.

— Je pourrai mettre mes lunettes de soleil de star ? s'enquit Melissa.

— Et s'il pleut ? caqueta Célia.

Lorsqu'elle s'arrêta enfin, Molly avait rédigé le début de *Daphné va en colonie de vacances*. Peu importait qu'elle n'ait noirci que deux pages, que son inspiration risque de s'envoler d'une minute à l'autre ou que son éditrice refuse de lui acheter cet ouvrage tant qu'elle ne s'était pas soumise aux modifications exigées pour *Daphné fait une chute*. Le fait d'avoir réussi à aligner plus de deux mots la rassurait.

Une odeur de cire d'abeille l'accueillit à son entrée dans la maison d'hôtes. On avait passé l'aspirateur sur les tapis, les vitres étincelaient, et sur la table du salon étaient disposées assiettes à dessert et tasses en porcelaine. La stratégie de Kevin qui consistait à séparer les amants tant qu'ils n'avaient pas terminé leurs tâches semblait efficace.

Surgissant avec une montagne de serviettes propres, Amy s'émerveilla devant la robe légère jaune canari que Molly avait customisée en agrémentant l'ourlet de quatre rangées de rubans multicolores.

— Vous êtes superbe ! s'exclama-t-elle. Joli maquillage. De quoi attirer l'attention de Kevin.

— Ce n'est pas mon but.

Amy caressa le suçon à la base de son cou.

— J'ai un nouveau parfum dans mon sac. Il rend Troy complètement fou quand j'en mets... eh bien... vous savez où. Vous en voulez ?

Pour éviter de l'étrangler, Molly battit en retraite dans la cuisine.

Il était trop tôt pour sortir les scones aux abricots et le cake au caramel qu'elle avait confectionnés dans la matinée. Elle ramassa son caniche et s'assit sur une chaise près de la fenêtre. Il se blottit contre elle, une patte sur son bras.

— Tu te plais ici autant que moi, Rou ?

Il la gratifia d'un coup de langue affirmatif.

Elle laissa errer son regard sur le jardin qui descendait en pente douce jusqu'au lac. Ces quelques jours dans ce qu'elle considérait désormais comme le Bois des Rossignols l'avaient ressuscitée. Et Kevin y était pour quelque chose, devait-elle admettre. Il était entêté et insolent – exaspérant –, mais il lui avait redonné le goût de vivre.

Il avait beau la traiter d'intello, il n'était pas en reste. Comme plusieurs athlètes de son entourage (Dan, Cal Bonner et Bobby Tom Denton) la passion de Kevin pour son sport s'accompagnait d'un intérêt certain pour la culture que son comportement imbécile dissimulait mal.

Loin d'elle, l'idée de le comparer à Dan. Dan aimait les chiens, par exemple. Et les enfants. Et par-dessus tout, Phoebe.

Elle poussa un soupir. Troy avait enfin nettoyé les plates-bandes. Les lilas étaient en fleurs, les iris s'épanouissaient et les pivoines allaient bientôt éclore.

Un mouvement attira son attention et elle aperçut Lilly sur un banc. Elle crut d'abord qu'elle était en train de lire, puis se rendit compte qu'elle cousait. Elle songea au dédain avec lequel cette femme la traitait. Lui en voulait-elle personnellement ou sa réaction était-elle due à la mauvaise publicité qui avait entouré son mariage ? Après une brève hésitation, Molly se leva et sortit.

Lilly avait pris place aux abords d'un jardin d'herbes aromatiques. N'était-il pas étrange que cette diva ait accepté sans se plaindre de dormir sous les toits ? Un chandail Armani nonchalamment drapé sur les épaules, elle affichait une expression sereine. Cette femme était un mystère. Malgré sa froideur, Molly ne parvenait pas à la détester, non par nostalgie pour *Lace, Inc.*, mais parce qu'il fallait un sacré courage pour rester au domaine en dépit de l'hostilité de Kevin.

Marmie somnolait à ses pieds, auprès d'un énorme panier à couture. Rou l'ignora et alla saluer sa maîtresse, qui se pencha pour lui tapoter le crâne. Molly constata qu'elle travaillait sur un patchwork comme elle n'en avait encore jamais vu. Au lieu des motifs géométriques traditionnels, Lilly avait imaginé une composition subtile de courbes et de tourbillons dans un camaïeu de verts enjolivé ici et là d'une touche de lavande ou de bleu.

— C'est magnifique ! Je ne vous connaissais pas ce talent.

Le regard de Lilly la glaça.

— Ce n'est qu'un hobby.

— Vous êtes douée. Que fabriquez-vous ?

— Sans doute un couvre-lit, répondit Lilly à contrecœur. D'ordinaire, je m'attaque à des pièces plus petites, comme des coussins, mais ce jardin semble requérir une création plus dramatique.

— Vous représentez le jardin ?

— Uniquement la partie réservée aux herbes aromatiques. J'ai commencé hier.

— Vous l'exécutez d'après un dessin ?

— Non.

— Comment pouvez-vous élaborer un thème aussi compliqué à main levée ?

— Je réunis des bouts de tissus qui me plaisent, puis je sors ma paire de ciseaux et j'avise au fur et à mesure. Parfois, le résultat est un désastre.

Molly comprenait parfaitement. Elle fonctionnait de la même manière – deux ou trois phrases de dialogue, une esquisse. Elle ne savait jamais où son projet la mènerait avant d'être plongée dedans.

— Où vous procurez-vous les étoffes ?

— J'en ai toujours un carton plein dans le coffre de ma voiture. J'achète beaucoup de restes, mais là, j'éprouve le besoin d'utiliser des textiles qui ont une histoire. Je vais devoir dénicher un magasin qui vend des vêtements vintage.

Molly fixa la plantation d'herbes aromatiques.

— Dites-moi ce que vous voyez.

Elle s'attendait que Lilly l'envoie promener, mais ses bonnes manières l'emportèrent sur son irritation.

— C'est la lavande qui a d'abord attiré mon attention. L'une de mes plantes préférées, expliqua Lilly, l'enthousiasme pour son ouvrage en cours prenant le dessus sur son aversion pour Molly. Il faudrait éclaircir la menthe, elle va finir par tout étouffer. Le thym lutte pour la survie.

— Où est le thym ?

— Là. Ces feuilles minuscules. Il est vulnérable pour le moment, mais il peut être aussi agressif que la menthe. Simplement, il se répand de façon plus subtile.

Lilly leva les yeux et accrocha le regard de Molly, qui comprit le sous-entendu.

— Vous pensez que le thym et moi avons quelque chose en commun ?

— Et vous ?

— J'ai de nombreux défauts, mais la subtilité n'est pas mon fort.

— Cela reste à prouver.

Molly s'avança de quelques pas.

— J'essaie de vous détester autant que vous me détestez, mais c'est difficile. Vous étiez mon héroïne quand j'étais enfant.

— Comme c'est mignon.

— Et puis, vous aimez mon chien. Et j'ai l'impression que vous me reprochez mon mariage plus que ma personnalité.

Lilly se raidit. Molly décida d'aller droit au but.

— Je sais quel est votre véritable lien avec Kevin.

Les doigts de Lilly se figèrent sur son aiguille.

— Je suis étonnée qu'il vous l'ait révélé. D'après Maida, il n'en parle jamais.

— Il ne m'a rien révélé. J'ai deviné.

— Vous êtes perspicace.

— Il vous a fallu du temps avant de venir le voir.

— Après l'avoir abandonné, vous voulez dire ?

— Non.

— Mais vous l'avez pensé. Quelle sorte de femme abandonne son enfant, puis tente ensuite de s'insinuer dans sa vie ?

— Vous n'avez rien à vous reprocher. Vous lui avez trouvé un bon foyer.

— Maida et John avaient toujours rêvé d'avoir un enfant, et ils l'ont aimé comme leur propre fils dès sa naissance. Il n'empêche que je l'ai abandonné trop facilement.

— Molly !

Lilly se figea tandis que Kevin apparaissait au coin de la maison, le chat dans les bras. Il s'arrêta net en découvrant Lilly.

— Quelqu'un a laissé sortir la chatte.

— C'est moi, répondit Lilly. Elle était avec moi il y a encore quelques minutes. Elle a dû t'entendre arriver.

— Elle est à toi ?

— Oui.

Il posa Marmie par terre comme si elle était tout à coup devenue radioactive et tourna les talons.

Lilly se leva, et Molly décela dans ses prunelles une lueur à la fois désespérée et profondément touchante.

— Veux-tu savoir qui était ton père ? lança-t-elle à brûle-pourpoint.

Kevin s'immobilisa et le cœur de Molly se serra à la pensée de toutes les questions qu'elle-même s'était posées au sujet de sa mère. Il pivota lentement. Lilly se tritura les mains.

— Il s'appelait Dooley Price. Ce n'était probablement pas son véritable prénom. Il avait dix-huit ans, il était grand et maigre, il avait vécu toute sa vie sur un ranch dans l'Oklahoma. Nous nous sommes rencontrés à la gare routière le jour où nous sommes tous deux arrivés à Los Angeles... Ses cheveux étaient aussi clairs que les tiens, mais ses traits, plus épais. Tu me ressembles davantage. Je doute que cela te fasse plaisir, ajouta-t-elle en baissant la tête. Dooley était très athlétique. Il avait participé à plusieurs rodéos et même gagné de l'argent. Il était persuadé qu'il allait faire fortune en devenant cascadeur. Je ne me rappelle rien de plus – encore un mauvais point pour moi. Je crois qu'il fumait des Marlboros et qu'il adorait les friandises, mais c'était il y a fort longtemps et je confonds peut-être avec un autre. Nous avions rompu quand j'ai découvert que j'étais enceinte. J'ignorais comment le contacter... Quelques années plus tard, j'ai lu dans un journal qu'il s'était tué en exécutant une cascade en voiture.

Kevin demeura de marbre. Il refusait de se laisser émouvoir. Molly compatissait. Sensible à la détresse des gens, Rou vint se frotter contre les chevilles de Kevin.

— Vous avez une photo de lui ? s'enquit Molly, sachant que Kevin ne poserait jamais la question.

Elle chérissait l'unique photo qu'elle possédait de sa mère comme un trésor précieux.

Lilly eut un geste impuissant et secoua la tête.

— Nous n'étions que des gamins – deux adolescents paumés. Kevin, je suis désolée.

Il la dévisagea avec froideur.

— Il n'y a pas de place pour toi dans mon existence. Comment te le faire comprendre une bonne fois pour toutes ? Je veux que tu t'en ailles.

— Je sais.

Les deux animaux le suivirent tandis qu'il s'éloignait. Lilly se tourna vers Molly, les yeux brillants de larmes.

— Je ne partirai pas !

— Vous avez raison.

Leurs regards se rencontrèrent et, l'espace d'un éclair, Molly eut l'impression que le mur entre elles s'était fissuré.

Une demi-heure plus tard, alors que Molly disposait ses derniers scones aux abricots dans un panier en osier, Amy vint lui annoncer que Troy et elle dormiraient dans la chambre que Kevin avait libérée en allant s'installer dans son bungalow.

— Il faut quelqu'un pour surveiller la maison, et Kevin nous a promis un supplément. Cool, non ?

— Épatant.

— Bon, on ne pourra pas faire de bruit, mais…

— Apportez-moi la confiture, voulez-vous ? l'interrompit Molly.

Mais Amy avait de la suite dans les idées.

— Vous savez, je pense que les choses pourraient s'arranger entre Kevin et vous si vous… faisiez un petit effort. Je ne plaisantais pas, pour le parfum. Le sexe compte énormément pour les hommes, et si vous utilisiez un peu de…

Molly lui fourra le panier entre les mains et courut dans le salon.

Lorsqu'elle regagna son chalet, Kevin y était déjà, avachi sur le canapé, Rou à ses côtés. Les pieds posés sur la table basse, il était en train de lire.

— J'aime bien ce Benny.

Le cœur de Molly se serra en avisant ses ouvrages empilés près de lui.

— Où les as-tu trouvés ? s'enquit-elle.

— En ville, hier soir. Dans un magasin pour enfants – ils vendent surtout des vêtements, mais aussi quelques jouets et des bouquins. Ceux-ci étaient en vitrine. Quand j'ai dit à la propriétaire que tu séjournais au domaine, elle était surexcitée. Ce Benny…

— Ce sont des livres pour enfants. Quel intérêt pour toi ?

— Je suis curieux. En ce qui concerne Benny, donc, plusieurs détails me rappellent quelqu'un. Par exemple…

— Vraiment ? Merci. Benny est un pur produit de mon imagination, mais je m'efforce de donner à mes personnages des traits de caractère auxquels les lecteurs peuvent s'identifier.

— Oui, eh bien, je me reconnais en Benny, déclara-t-il en contemplant le dessin de Benny chaussé de lunettes de soleil qui ressemblaient fort à ses Revo. Un truc qui m'échappe… La propriétaire de la boutique m'a raconté que l'une de ses clientes a insisté pour qu'elle les retire de la vitrine sous prétexte qu'ils sont pornographiques. C'est quoi cette histoire ?

Rou descendit enfin du canapé pour venir la saluer. Elle se pencha pour le caresser.

— Tu as déjà entendu parler d'ENAN ?

— Oui. Un groupe d'illuminés qui s'en prend aux gays et aux lesbiennes.

— Exactement. Pour l'heure, ils en veulent à Daphné.

— Pardon ?

— Ils taxent la série de propagande pour l'homosexualité.

Kevin s'esclaffa.

— Ce n'est pas drôle. Ils avaient ignoré mes publications jusqu'à notre mariage, mais après tous ces articles parus dans la presse à notre sujet, ils ont décidé de sauter à bord du train publicitaire et de s'attaquer à moi.

Elle poursuivit en lui rapportant sa conversation avec Helen et les modifications qu'exigeait sa maison d'édition.

— J'espère que tu l'as envoyée balader.

— Ce n'est pas si facile. J'ai un contrat, et ils suspendent la diffusion de *Daphné fait une chute* tant que je ne leur aurai pas envoyé de nouvelles illustrations. Du reste, éloigner Daphné et Melissa de quelques centimètres, ce n'est pas la fin du monde.

Elle omit de mentionner qu'en attendant, ils retenaient son avance.

— Alors pourquoi n'as-tu rien fait ?

— J'ai des soucis avec... j'ai eu le syndrome de la page blanche. Mais depuis que je suis ici, ça va mieux.

— Du coup, tu vas t'y mettre ? fit-il d'un ton désapprobateur qui déplut à Molly.

— Je suppose que oui.

Elle se leva pour aller chercher une bouteille de vin blanc dans le réfrigérateur.

— Tu te remets à boire ? lâcha Kevin qui l'avait suivie.

— Tu es assez fort pour me repousser si je dérape, répliqua-t-elle avec un sourire.

Il accepta le verre qu'elle lui tendait et, d'un accord tacite, ils sortirent sur la véranda. La balancelle grinça tandis que Kevin y prenait place aux côtés de Molly.

— Tu as du talent, tu sais. Je ne suis pas étonné que les enfants adorent tes livres. Quand tu dessines Benny, tu as remarqué combien...

— Qu'est-ce qui se passe entre mon caniche et toi ? coupa-t-elle.

— Aucune idée, répliqua-t-il en fusillant du regard Rou, qui s'était couché sur ses pieds. Il m'a suivi jusqu'ici depuis la maison d'hôtes. Pourtant, je ne l'y ai pas encouragé, crois-moi.

Molly se souvint de la manière dont le chien avait perçu le désarroi de Kevin dans le jardin. Apparemment, ils étaient devenus copains, sauf que Kevin n'était pas encore au courant.

— Comment va ta jambe ? s'enquit-il soudain.

— Ma jambe ?

— Pas d'effets secondaires suite à la crampe ?

— Euh... j'ai mal. Très mal. Une douleur sourde, persistante. Je vais devoir prendre du paracétamol. Mais je suis sûre que ça ira mieux demain.

— Défense de te baigner seule à l'avenir, compris ? Je suis sérieux. Tu as pris des risques inconsidérés... Et pendant que nous y sommes, évite de trop te rapprocher de Lilly.

— Tu n'as pas à t'inquiéter pour cela. Au cas où tu ne l'aurais pas remarqué, je ne lui plais guère. Toutefois, je trouve que tu devrais écouter ce qu'elle a à te dire.

— Pas question. Il s'agit de ma vie, Molly, à laquelle tu ne connais rien.

— Faux. Moi aussi, je suis orpheline.

— Passé vingt et un ans, on n'est plus orphelin.

— Ma mère est morte quand j'avais deux ans. Je sais ce que c'est que de se sentir déconnecté de ses racines.

— Nos cas diffèrent, s'entêta-t-il. Laisse tomber les comparaisons. J'ai eu deux parents formidables. Pas toi.

— J'ai eu Phoebe et Dan.

— Tu étais déjà adolescente. Avant cela, tu t'es élevée plus ou moins toute seule.

Il détournait délibérément la conversation, mais elle se garda de le lui signaler.

— Avec Danielle Steele.

— Qu'est-ce que tu racontes ?

— J'étais fan de cette auteure et je savais qu'elle avait un tas d'enfants. Je faisais semblant d'être l'un d'entre eux. Tu souris... On peut trouver cela pathétique, mais j'étais assez fière de ma créativité.

— En effet, c'est original.

— Ensuite, je fantasmais une mort douce pour Bert, après quoi j'apprenais par magie qu'il n'était pas vraiment mon père. Mon véritable père était...

— Laisse-moi deviner. Bill Cosby.

— Bruce Springsteen. Épargne-moi tes commentaires, d'accord ?

— Pourquoi veux que je commente alors que Freud a déjà fait le boulot ?

Molly fronça le nez et ils restèrent un moment silencieux.

— Je maintiens que tu devrais laisser une chance à Lilly de s'expliquer.

— En quel honneur ?

— D'une part, elle ne s'en ira pas tant que tu refuseras de parler avec elle. D'autre part, cette histoire te hantera jusqu'à la fin de tes jours.

Il posa son verre.

— Je pense que ton obsession à analyser mon passé est un prétexte pour ne pas t'enfermer dans tes propres névroses.

— Possible.

Il se leva.

— Si on allait dîner en ville ?

Elle avait passé trop de temps en sa compagnie aujourd'hui, mais la perspective de passer la soirée seule pendant qu'il reluquait l'Allemande aux confiseries la déprimait.

— Pourquoi pas ? fit-elle. Je vais chercher un pull.

En se dirigeant vers sa chambre, elle se répéta ce qu'elle savait déjà. Sortir avec lui était une mauvaise idée, de même que boire un verre avec lui sur la véranda.

Bien que se fichant de ce qu'il pensait d'elle, elle opta pour un châle, plus élégant avec sa robe qu'un pull. En le sortant du tiroir de la commode, elle aperçut sur sa table de chevet un objet qui ne lui appartenait pas.

— Argh !

Kevin se précipita dans la pièce.

— Qu'y a-t-il ?

— Regarde-moi ça ! s'écria-t-elle en indiquant le flacon de parfum. Cette espèce de… de traînée se mêle de tout !

— Qu'est-ce que tu racontes ?

— Amy m'a laissé son parfum ! Mords-moi ! glapit-elle en pivotant brutalement vers lui, l'air furieux.

— Pourquoi t'en prendre à moi ? Je n'y suis pour rien.

— Je sais ! Mords-moi. Je veux un suçon, juste là, précisa-t-elle en posant l'index juste au-dessus de sa clavicule.

— Tu veux un suçon ?

— Tu es sourd ?

— Juste abasourdi.

— Je ne peux demander cela à personne d'autre, et je ne supporte plus d'endurer les conseils conjugaux d'une nymphomane de dix-neuf ans. Un suçon y mettra un terme.

— Décidément, tu n'es qu'une gamine !

— Vas-y ! Moque-toi de moi. Elle n'est pas condescendante avec toi comme elle l'est avec moi.

— Pas question.

— Parfait. Je solliciterai quelqu'un d'autre.

— Certainement pas !

— Aux grands maux les grands remèdes. Je vais voir Charlotte Long.

— C'est dégoûtant.

— Charlotte a vu les tourtereaux à l'œuvre. Elle comprendra.

— Ce sera embarrassant vis-à-vis des clients, non ?

— Je mettrai des chemisiers et je remonterai le col.

— Que tu rabattras dès que tu seras en présence d'Amy.

— D'accord, je ne suis pas fière de moi. Mais si je n'agis pas très vite, je vais l'étrangler.

— Elle est jeune. Quelle importance ?

— Très bien. Oublie ça.

— Pour que tu coures dans les bras de Charlotte Long ? Je ne crois pas non.

Elle avala sa salive.

— Tu acceptes ?

— J'ai l'impression que je n'ai pas le choix.

Youpi ! Elle ferma les yeux et lui offrit son cou. Son cœur commença à battre à grands coups sourds. À quoi jouait-elle ?

À rien, apparemment, car il ne la toucha pas.

Elle rouvrit les yeux et cilla.

— Tu… euh, tu pourrais te dépêcher ?

Il ne la toucha pas, mais il ne s'éloigna pas non plus. Seigneur ! Qu'il était beau ! Pourquoi n'avait-il pas la peau fripée et une bouée autour de la taille ?

— Qu'est-ce que tu attends ? insista-t-elle.

— Je n'ai pas fait un suçon à une fille depuis mes quatorze ans.

— Ça ne s'oublie pas, il suffit de se concentrer.

— La concentration n'est pas mon problème.

À en juger par la lueur qui vacillait dans ses prunelles, il s'interrogeait sur sa santé mentale. Molly se calma d'un coup. Elle devait maintenant s'extirper d'une situation délicate.

— Oh, laisse tomber.

Elle tourna les talons pour s'en aller, mais il lui attrapa le bras.

— Je n'ai pas dit que je ne le ferai pas. J'ai simplement besoin de m'échauffer un peu.

Ses pieds auraient pris feu que Molly aurait été incapable de bouger. Un frémissement la parcourut tandis qu'il lui effleurait le cou d'une caresse.

— Vas-y.

— Je suis un athlète professionnel, reprit-il d'une voix rauque en traçant un S sur sa gorge. Un échauffement bâclé engendre des blessures.

— N'est-ce pas le but du jeu ? Une… blessure ?

Il ne répondit pas et elle cessa de respirer quand sa bouche frôla le coin de la sienne.

Il l'attira à lui avec douceur, mais à son contact, elle s'enflamma. Elle voulait un baiser, un vrai, mais il laissa ses lèvres descendre jusqu'à son cou. Puis il s'apprêta à faire précisément ce qu'elle lui avait demandé.

« J'ai changé d'avis ! faillit-elle lui crier. Je t'en supplie, ne me mords pas ! »

Il n'en fit rien. Il lui taquina la gorge jusqu'à ce qu'elle se mette à respirer par saccades, et malgré son désir de le repousser, elle en fut incapable. Puis il cessa de la titiller et l'embrassa.

Un vertige la saisit et le monde se mit à tourbillonner. Ses bras s'étaient refermés sur elle tout naturellement. Leurs langues se frôlèrent.

Ce fut l'un de ces baisers dont on rêve dans les moments de solitude. Un baiser langoureux. Un baiser qui semblait tellement aller de soi qu'elle ne voyait aucune raison pour que ça ne soit pas le cas.

Il enfouit la main dans ses cheveux et pressa le bassin contre elle. Molly perçut son excitation et en fut ravie. Il posa la main sur son sein. Puis il lâcha un juron.

— Merde !

Molly fit un bond en arrière. Kevin foudroyait Rou, qui s'était accroché à son mollet.

— Fiche le camp, sale clébard !

Molly retomba brutalement sur terre. Quelle mouche l'avait piquée de s'offrir à ce sexe symbole ? Elle ne pouvait même pas l'accuser d'avoir profité de la situation puisque c'était elle qui l'avait initiée.

— Rou, arrête ! ordonna-t-elle en écartant le caniche.

— Tu ne lui coupes jamais les ongles, à ton cerbère ?

— Il ne t'attaquait pas. Il voulait jouer.

— Ah, oui ? Eh bien, moi aussi !

Un silence de plomb les enveloppa. Molly attendait qu'il détourne le regard, mais il s'y refusait, aussi le regarda-t-elle droit dans les yeux. Elle aurait volontiers disparu dans un trou de souris mais il semblait prêt à passer le reste de la soirée ainsi.

— L'affaire se complique, déclara-t-il enfin.

— Pas pour moi. À propos, tu embrasses plutôt bien.

Il réprima un sourire.

— Continue à lutter, Daphné. Bon ! On va dîner ou on s'occupe de ton suçon ?

— Laisse tomber le suçon. Parfois, le remède est pire que la maladie.

— Et parfois, les battantes se transforment en couardes.

Elle ne remporterait pas la partie. Inutile d'insister. Elle arbora son air de riche héritière fauchée, s'empara du châle et le drapa sur ses épaules.

Le décor du restaurant de l'auberge de Wind Lake évoquait celui d'un ancien relais de chasse. Des rideaux à motifs indiens encadraient les fenêtres, longues et étroites, et les murs rustiques étaient ornés de raquettes, de pièges divers et de têtes empaillées de cerfs ou d'élans. Molly se concentra sur le canoë en écorce de bouleau suspendu au plafond.

Kevin, toujours aussi habile à déchiffrer ses pensées, indiqua les trophées d'un signe de tête.

— À New York, il y avait un restaurant spécialisé dans le gibier exotique – kangourou, tigre, steaks d'éléphant. Un jour, des amis m'y ont emmené pour déguster des « lionburgers ».

— C'est ignoble ! Qui est assez cinglé pour manger Simba ?

— Pas moi, répliqua-t-il en riant. J'ai commandé des pommes de terre sautées et une tarte aux noix de pécan.

— Tu me provoques. Arrête.

— Tout à l'heure, tu ne t'en offusquais pas.

Elle tripota le pied de son verre à vin.

— C'était l'alcool.

— C'était le désir.

Elle ouvrit la bouche pour lui lancer une repartie cinglante, mais il la devança.

— Épargne ta salive, Daphné. Il est temps pour toi d'affronter certaines réalités. Primo, nous sommes mariés. Deuzio, nous vivons sous le même toit…

— Pas par choix en ce qui me concerne.

—… Tertio, nous sommes tous deux chastes provisoirement.

— La chasteté ne peut être provisoire, c'est un style de vie à long terme. Crois-moi, j'en sais quelque chose.

Elle n'avait pas eu l'intention de prononcer ces derniers mots à voix haute. Ou peut-être que si. Elle piqua sa fourchette dans une rondelle de carotte dont elle n'avait pas envie. Kevin cessa de manger pour l'examiner avec attention.

— Tu plaisantes, n'est-ce pas ?

— Évidemment ! Tu as cru que j'étais sérieuse ?

Il se frotta le menton.

— Tu ne plaisantes pas.

— Est-ce que tu aperçois la serveuse ? J'aimerais commander mon dessert.

— Si tu m'expliquais ?

— Non.

Il patienta. Elle tripota une autre rondelle de carotte du bout de sa fourchette, puis haussa les épaules.

— Je me pose des questions.

— *Time Magazine* aussi. Cesse de tourner autour du pot.

— D'abord, dis-moi où tu penses que cette conversation va nous mener.

— Tu le sais. Directement dans la chambre à coucher.

— Les chambres, rectifia-t-elle. La tienne et la mienne. Et il ne faut pas que ça change.

— Il y a deux jours, j'en aurais convenu. Mais nous savons tous deux que si Godzilla n'était pas intervenu, nous serions nus comme des vers en ce moment même.

Elle frissonna.

— Tu ne peux pas l'affirmer.

— Écoute, Molly, l'annonce dans les journaux ne paraît pas avant jeudi prochain. Nous sommes samedi. Il faudra compter deux ou trois jours pour les entretiens d'embauche. Et un ou deux de plus pour mettre le nouveau gérant au courant. Cela fait beaucoup de nuits.

Elle renonça à feindre de manger.

— Kevin, les aventures sans lendemain ne m'intéressent pas.

— Tien, c'est curieux ! Je me rappelle un soir de février...

— Je m'étais amourachée de toi, d'accord ? Un béguin stupide qui a dégénéré.

— Un béguin ? répéta-t-il, amusé. Quel âge as-tu, douze ans ?

— Cesse de faire l'idiot.

— Ainsi, tu en pinçais pour moi ?

Il eut un sourire semblable à celui de Benny quand il croyait avoir le dessus sur Daphné. Celle-ci détestait cela et Molly aussi.

— J'ai l'impression que Daphné aussi en pince pour Benny, enchaîna-t-il.

— Pas du tout ! Il est abominable avec elle !

— Si elle exprimait ses sentiments, il serait peut-être plus gentil.

— Tu plaisantes ? Non, bredouilla-t-elle en cherchant un moyen de réorienter la conversation, le sexe, tu peux le trouver n'importe où, mais nous partageons une amitié, et c'est plus important.

— Une amitié ?

— Oui.

— Tu as sans doute raison. Peut-être est-ce justement ce qui m'excite. Je n'ai encore jamais fait l'amour avec une amie.

— Tu es fasciné par l'interdit, voilà tout.

— Je ne vois pas en quoi cela te serait interdit. J'ai beaucoup plus à perdre que toi.

— D'où tiens-tu cela ?

— Voyons, Molly, réfléchis. Tu connais mon dévouement à ma carrière. Les membres les plus proches de ta famille sont mes employeurs, et ces temps-ci, je marche sur des œufs avec eux. Raison pour laquelle je tiens toujours mes relations féminines à l'écart de l'équipe. J'évite même les pom-pom girls des Stars.

— Pourtant, tu es prêt à coucher avec la sœur de ta patronne.

— Je le répète : j'ai tout à perdre. Toi, rien.

« Sauf mon petit cœur fragile », songea-t-elle.

— La vérité, c'est que quelques nuits d'ébats amoureux pourraient t'aider dans ta carrière, continua-t-il.

— Pince-moi, je rêve !

— Ce serait le meilleur moyen de reprogrammer ton subconscient afin de ne plus transmettre de messages secrètement homosexuels dans tes bouquins.

Elle leva les yeux au ciel et il sourit.

— Kevin, sois sincère. Si nous étions à Chicago, tu ne songerais pas une seconde à faire l'amour avec moi. Mets-toi à ma place : ce n'est pas très flatteur.

— J'y songerais si nous étions ensemble du matin au soir comme ici.

À cet instant, la serveuse s'approcha pour leur demander s'ils étaient mécontents des plats auxquels ils avaient à peine touché. Kevin la rassura et elle lui adressa un sourire éclatant avant de poursuivre la conversation comme s'ils se connaissaient depuis toujours. Les gens réagissaient ainsi avec Dan et Phoebe, aussi Molly était-elle accoutumée à ce genre d'interruption. Mais cette fille était mignonne et pulpeuse, aussi trouva-t-elle son intervention agaçante. Quand elle s'éloigna enfin, Kevin se cala dans son siège et revint sur un point de leur discussion qu'elle aurait préféré oublier.

— Cette période de chasteté... depuis quand dure-t-elle ?

Molly prit tout son temps pour découper un minuscule bout de poulet.

— Un certain temps.

— Et il y a une raison particulière ?

Elle mâcha soigneusement comme si elle réfléchissait à sa réponse au lieu de chercher un moyen de changer de sujet. À court d'inspiration, elle feignit la grandeur et le mystère.

— C'est un choix personnel.

— Encore une manifestation de ton numéro de petite fille sage auquel tout le monde croit sauf moi ?

— Je suis une petite fille sage !

— Tu es une enfant gâtée.

— Pourquoi une femme vertueuse doit-elle à tout prix se justifier ? Ou du moins, semi-vertueuse – ne va pas t'imaginer que j'étais vierge avant de perdre la tête avec toi.

— Parce que nous sommes amis, rappelle-toi. Les amis se confient l'un à l'autre. Tu en sais plus sur moi que n'importe qui.

Cet aveu la décontenança. Elle s'efforça d'afficher une attitude pieuse en posant les coudes sur la table, les mains croisées comme en prière.

— Faire de la discrimination sexuelle n'a rien de honteux, risqua-t-elle.

D'une certaine façon, il la comprenait mieux que les siens, et il haussa les sourcils, signe qu'elle ne l'avait guère impressionné.

— Je suis… Je sais que de nombreuses personnes considèrent le sexe avec nonchalance. Je ne suis pas de celles-là. C'est trop important.

— Je ne te contredirai pas.

— Parfait. Fin de la discussion.

— J'en suis heureux.

Était-ce son imagination ou détectait-elle une certaine satisfaction dans son expression ?

— Heureux de quoi ? D'avoir profité d'un stade rempli de femmes faciles pendant que je serrais les cuisses ? C'est ce que j'appelle avoir deux poids, deux mesures.

— Je n'en suis pas fier. Ce sont mes chromosomes X. D'ailleurs, mes conquêtes sont loin de remplir un stade.

— Mettons les choses au clair : je ne suis pas de celles qui couchent sans s'engager. Par conséquent, il vaudrait mieux que tu retournes dormir à la maison d'hôtes.

— Techniquement parlant, Daphné, je suis engagé vis-à-vis de toi, et il me semble que je mérite quelque chose en retour.

— Le sexe n'est pas une marchandise. On ne peut pas le négocier.

— Selon qui ? rétorqua-t-il avec un sourire diabolique. J'ai vu de magnifiques vêtements dans cette boutique de luxe, et je peux être très généreux avec ma carte bancaire.

— Décidément, je peux être fière de moi : l'auteure d'histoires pour enfants devenue catin en un éclair.

Il s'esclaffa, mais son éclat de rire fut interrompu par l'arrivée d'un couple.

— Excusez-moi, vous êtes bien Kevin Tucker ? Mon épouse et moi sommes des fans…

Molly but tranquillement son café pendant que Kevin s'occupait de ses admirateurs. Cet homme la faisait fondre, inutile de prétendre le contraire. Si elle n'avait été attirée que par son physique, il aurait été moins dangereux, mais son charme et son impertinence la prenaient en traître. Quant à leur baiser…

Stop ! Elle émergeait à peine d'une dépression, elle n'allait pas y replonger tête la première. Il lui suffisait de se rappeler que Kevin cherchait à tromper son ennui avec quelques parties de jambes en l'air. La vérité, c'était que n'importe quelle femme aurait fait l'affaire, et qu'elle était là, à portée de main. Néanmoins, elle ne pouvait plus le nier : elle avait de nouveau le béguin.

Quelle idiote !

Kevin reposa le dernier tome des aventures de Daphné que Molly avait tenté, sans succès, de cacher dès leur retour au bungalow. Il n'en revenait pas ! La moitié de sa vie récente s'étalait dans ces pages. En version expurgée, certes, mais tout de même...

Benny le blaireau, c'était lui ! Son vélo rouge... son jet-ski... cet accident très mineur de saut en parachute carrément exagéré... Sans oublier Benny qui dévalait une pente en snowboard, chaussé d'une paire de Revo ! Il devrait lui intenter un procès !

Sauf qu'il était flatté. Elle écrivait merveilleusement et les histoires étaient excellentes – adaptées à l'époque et pleines d'humour. Un seul détail le chiffonnait : la lapine finissait toujours par l'emporter sur le blaireau. Quelle sorte de message Molly adressait-elle aux petits garçons ? Et même aux grands ?

Il s'enfonça dans le canapé et coula un regard noir sur la porte de la chambre qu'elle avait refermée derrière elle. Sa bonne humeur s'était volatilisée. Pourquoi cette attitude alors que, de toute évidence, elle était attirée par lui ?

La réponse était simple : elle le provoquait. Elle voulait qu'il la supplie, histoire de recouvrer sa fierté. Pour elle, il s'agissait d'affermir son pouvoir. Elle prenait plaisir à se montrer mignonne et drôle, à lui donner envie de passer du temps avec elle, à se pomponner, à porter des vêtements juste assez sexy pour éveiller le désir. Puis, lorsqu'il s'apprêtait à la déshabiller, elle s'écartait vivement et déclarait qu'elle ne croyait pas au sexe sans *engagement*. Tu parles !

Il avait besoin de prendre une douche – bien froide –, mais il n'avait à sa disposition qu'une baignoire miniature. Pourquoi tant de simagrées ? Elle avait refusé ses avances au dîner, mais quand il l'avait embrassée, son corps tout entier avait dit oui. Ils étaient mariés ! C'était lui qui prenait tous les risques, pas elle !

Sa politique qui consistait à ne jamais mêler le travail et le plaisir venait de lui exploser à la figure. Un sentiment de dégoût l'envahit lorsqu'il constata qu'il était incapable de détourner le regard de cette porte. Il était Kevin Tucker, nom de nom, il n'avait pas à supplier une femme de le rejoindre dans son lit alors que tant d'autres faisaient la queue pour capter son attention.

Ça suffisait ! Désormais, il se consacrerait uniquement à ses affaires. Il s'occuperait du domaine et s'entraînerait afin d'être au top lors du stage de remise en forme. Quant à cette gamine gâtée qui se trouvait être sa femme… Jusqu'à ce qu'ils regagnent Chicago, il n'aurait qu'un mot d'ordre : bas les pattes !

16

« *Les parents de mon petit ami étaient absents pour la soirée et il m'a invitée chez lui. Dès que j'ai franchi la porte, j'ai su ce qui allait se passer...* »
« La chambre de mon petit ami »,
pour *Nénettes*

Lilly s'en voulait d'avoir accepté, mais comment aurait-elle pu refuser une invitation chez Liam Jenner pour admirer sa collection privée ? Il ne l'avait pourtant pas proférée aimablement. Lilly rentrait de sa promenade matinale quand Amy lui avait tendu le combiné du téléphone.

— Si vous voulez voir mes toiles, venez chez moi cet après-midi à 14 heures, avait-il aboyé. Pas plus tôt. Je travaille, je ne vous ouvrirai pas.

Sans doute avait-elle vécu trop longtemps à Los Angeles : la grossièreté de Jenner lui apparaissait rafraîchissante ! Tandis qu'elle suivait ses indications pour rejoindre sa maison, elle songea à quel point elle s'était accoutumée aux compliments vides de sens et aux flatteries. Elle en avait presque oublié qu'il existait des gens qui exprimaient leurs véritables pensées.

Elle repéra la boîte aux lettres turquoise dont il lui avait parlé, perchée de travers sur un poteau en métal ancré dans un pneu de tracteur rempli de béton. Juste derrière, dans le fossé, un sommier aux ressorts rouillés et une plaque tordue de tôle ondulée dissimulaient presque le panneau *Interdit d'entrer*.

Elle bifurqua et ralentit, car la route était criblée de nids-de-poule. Elle s'apprêtait à abandonner et à parcourir le reste du chemin à pied quand la piste disparut au profit d'une allée gravillonnée. La maison apparut un instant plus tard, et elle en eut le souffle coupé.

C'était une superbe construction moderne en pierre, béton blanc et verre. Une œuvre signée Liam Jenner, incontestablement. En descendant de voiture pour gagner la niche abritant l'entrée, elle se demanda où il avait déniché un architecte suffisamment patient pour travailler avec lui.

Elle consulta sa montre. Elle avait précisément une demi-heure de retard. Comme prévu.

La porte s'ouvrit. Elle s'attendait à ce qu'il lui reproche son retard, et fut vaguement déçue lorsqu'il se contenta de la saluer d'un signe de tête et de s'effacer pour la laisser entrer.

En face, Lilly découvrit un gigantesque mur de verre bâti en panneaux irréguliers, partagé en deux par une étroite passerelle en métal, à quatre mètres de hauteur. La vue sur le lac, les falaises et la forêt était spectaculaire.

— Quelle maison extraordinaire ! s'exclama-t-elle.

— Merci. Voulez-vous quelque chose à boire ?

La proposition était cordiale, mais Lilly était surtout impressionnée qu'il ait troqué son short et sa chemise maculés de peinture pour un pantalon gris et une chemise en lin noir. Ironiquement, cette tenue élégante ne faisait que souligner la rudesse de ses traits.

Elle déclina son offre.

— En revanche, j'aimerais beaucoup visiter les lieux.

— D'accord.

La bâtisse comportait deux parties, la plus vaste était réservée à la salle de séjour, la cuisine, la bibliothèque et la salle à manger, l'autre, aux chambres. La passerelle menait à une tour en verre où Liam avait installé son atelier. Elle aurait bien voulu qu'il l'y emmène, mais il se contenta de lui montrer la suite parentale, un espace d'une sobriété presque monacale.

Les œuvres d'art étaient splendides, et Liam en parlait avec passion et discernement. Tous les plus grands peintres contemporains étaient représentés. Sauf Liam Jenner.

Lilly attendit qu'ils aient regagné le séjour pour l'interroger.

— Pourquoi n'avez-vous accroché aucune de vos toiles ?

— Je n'aime pas les regarder en dehors de mon atelier.

— Pourtant, elles égaieraient merveilleusement le décor.

Il la dévisagea un long moment. Puis son visage s'adoucit d'un sourire.

— Vous êtes une vraie fan, n'est-ce pas ?

— J'en ai peur. J'ai enchéri sur l'un de vos tableaux il y a quelques mois – *Composition //3*. Mon homme d'affaires m'a obligée à abandonner à deux cent cinquante mille.

— Indécent, n'est-ce pas ?

Il paraissait tellement content de lui qu'elle éclata de rire.

— Vous devriez avoir honte ! s'exclama-t-elle. Il ne valait pas plus de deux cent mille dollars. Et je commence à me rendre compte que je déteste vous faire des compliments. Vous êtes vraiment odieux.

— Ça me facilite la vie.

— Cela garde le monde à distance.

— Mon intimité m'est précieuse.

— Ce qui explique que vous ayez édifié cette magnifique demeure au fin fond du Michigan plutôt qu'à Big Sur ou au Cap d'Antibes.

— Vous me connaissez déjà très bien.

— Vous vous comportez en diva. On m'a sûrement harcelée davantage que vous, mais je n'en suis pas pour autant devenue ermite. Savez-vous que je ne peux aller nulle part sans que l'on me reconnaisse ?

— Mon cauchemar.

— Pourquoi ?

— Je traîne des casseroles.

— Racontez-moi.

— C'est une histoire terriblement ennuyeuse. Elle ne vous intéressera pas.

— Au contraire ! insista-t-elle en s'asseyant sur le canapé.

Il la fixa un instant, puis poussa un soupir.

— Les critiques m'ont découvert juste avant mon vingt-sixième anniversaire.

Il fourra les mains dans ses poches et s'approcha de la baie vitrée.

— Du jour au lendemain, je suis devenu une célébrité – j'étais invité partout, interviewé par les magazines nationaux. Les gens me jetaient littéralement leur argent.

— J'ai connu cela.

Il revint s'installer en face d'elle, et Lilly éprouva une sensation de malaise tant sa présence était envahissante. Comme Craig.

— Ça m'est monté à la tête et j'ai commencé à croire toutes ces balivernes. Ça aussi, vous l'avez connu ?

— J'ai eu de la chance. Mon mari m'a aidée à garder les pieds sur terre.

Trop, songea-t-elle. Craig n'avait jamais compris qu'elle avait davantage besoin de ses compliments que de ses critiques.

— Pas moi. J'ai oublié que ce que l'on louait, c'était mon travail, pas l'artiste. J'ai fait la fête au lieu de peindre. J'ai trop bu. J'ai développé un goût immodéré pour la coke et la liberté sexuelle.

— Sauf que la liberté sexuelle n'existe pas.

— Pas quand on est marié avec une femme que l'on aime. Seulement, je justifiais mon comportement, voyez-vous, parce qu'elle, je l'aimais, alors que les autres ne signifiaient rien pour moi. Je me suis réfugié derrière le fait qu'elle vivait une grossesse difficile et que le médecin m'avait conseillé de la laisser tranquille jusqu'après la naissance.

Lilly perçut une pointe de mépris dans sa voix. Cet homme était encore plus dur envers lui-même qu'envers les autres.

— Naturellement, ma femme a découvert le pot aux roses et m'a quitté. Une semaine plus tard, elle accouchait d'un bébé mort-né.

— Oh, Liam…

— L'histoire se termine bien. Elle a épousé un directeur de magazines et a trois enfants en bonne santé. Quant à moi… j'ai appris à faire la différence entre ce qui est important et ce qui ne l'est pas.

— Vous vivez à l'écart depuis cette époque ?

— Non, admit-il avec un sourire. J'ai des amis, Lilly. Des amis sincères.

— Des personnes que vous connaissez depuis des années, devina-t-elle. Les nouveaux venus ne sont pas les bienvenus… N'avez-vous pas omis de me faire visiter un espace qui compte tout particulièrement pour vous ? enchaîna-t-elle après une pause.

Il s'enfonça dans son siège, l'air agacé.

— Vous voulez voir mon atelier.

— Je me doute que vous ne l'ouvrez pas à n'importe qui, mais…

— Nul n'y entre en dehors de moi et, parfois, d'un modèle.

— Je comprends. Cependant, si je pouvais y jeter un coup d'œil, je vous en serais très reconnaissante.

Une lueur vacilla dans ses yeux.

— Reconnaissante jusqu'à quel point ?

— Que voulez-vous dire ?

— Au point d'accepter de poser pour moi ?

— Vous avez de la suite dans les idées !

— Cela fait partie de mon charme.

S'ils avaient été à la maison d'hôtes ou au bord du ruisseau, elle aurait pu refuser, mais pas ici, si près de ce lieu mystérieux où il créait tant de merveilles.

— J'ai du mal à imaginer que vous puissiez avoir envie de dessiner une has-been trop grasse de quarante-cinq ans, mais si c'est le prix à payer, alors ma réponse est oui.

— Parfait. Suivez-moi.

Il se leva vivement et se dirigea vers l'escalier en béton qui menait à la passerelle. Sur la première marche, il se retourna.

— Vous n'êtes pas grasse. Et vous avez plus de quarante-cinq ans.

— Faux !

— Vous avez retouché vos yeux, mais la chirurgie esthétique ne peut rien pour effacer l'expérience de la vie qu'on y déchiffre. Vous avez presque cinquante ans.

— Quarante-sept.

Il la toisa.

— Vous poussez ma patience à bout.

— Un rien vous exaspère, grommela-t-elle.

Il faillit sourire.

— Vous voulez visiter mon atelier, oui ou non ?

— Je suppose que oui.

Une fois sur la passerelle, elle jeta un coup d'œil au salon en dessous.

— J'ai l'impression de marcher sur un fil.

— Vous vous y habituerez.

Sous-entendu : elle reviendrait. Elle s'empressa de faire une mise au point.

— Je poserai pour vous aujourd'hui, mais c'est tout.

— Cessez de m'irriter, gronda-t-il.

Il avait atteint l'extrémité de la passerelle et se retourna vers elle, les bras croisés.

— Rappelez-moi pourquoi je tiens tant à découvrir votre atelier.

— Parce que je suis un génie. Il suffit de me poser la question.

— Taisez-vous et laissez-moi passer.

Il laissa échapper un rire grave fort plaisant, et s'écarta.

— Oh, Liam ! souffla-t-elle en portant la main à sa bouche.

La pièce, de forme étrange – trois des cinq côtés étaient incurvés –, semblait suspendue au-dessus des arbres. Le mur situé au nord était tout en verre. Au-dessus de leurs têtes, les puits de lumière étaient équipés de stores ajustables selon le moment de la journée. Les éclaboussures de peinture sur les murs, les meubles et le sol en pierre calcaire faisaient de l'espace une œuvre d'art contemporain en soi. Lilly éprouva la même sensation que lorsqu'elle pénétrait à l'intérieur du musée Getty.

Des tableaux inachevés reposaient sur des chevalets ou contre les cloisons. Lilly fut saisie d'un vertige. Elle n'était jamais allée à l'université, mais elle s'intéressait à l'art depuis des années. Elle n'avait rien d'une novice. Pourtant, elle avait du mal à cataloguer les œuvres les plus récentes qui s'étalaient sous ses yeux. On y décelait l'influence des expressionnistes, du Pop art, des minimalistes. Mais seul Liam Jenner avait l'audace de superposer le sentimental par-dessus ces styles décidément dénués de sentiments.

Elle s'attarda sur la monumentale Madone à l'enfant qui occupait presque tout un pan de mur. Ses yeux s'emplirent de larmes qu'elle ne pouvait s'autoriser à verser. Comment avait-elle pu se laisser engloutir par les attentes de Craig ? Comment avait-elle pu abandonner son fils ? Face à cette œuvre, elle prenait conscience tout à coup de la négligence dont elle avait fait preuve à l'égard de tout ce qu'elle aurait dû considérer comme sacré.

Jenner posa la main sur son épaule, un geste qui parut à Lilly à la fois naturel et nécessaire. Ravalant un sanglot, elle dut se retenir pour ne pas se blottir contre lui.

— Ma pauvre Lilly, murmura-t-il. Vous avez gâché votre vie encore plus que moi, la mienne.

Elle ne lui demanda pas comment il le savait, mais elle comprit que toutes ces peintures étaient des reflets de cet homme – de son intensité féroce, de son intelligence, de sa sévérité, de la sensibilité qu'il s'efforçait de dissimuler. Contrairement à elle, Liam Jenner ne faisait qu'un avec son travail.

— Asseyez-vous, dit-il doucement. Comme vous êtes.

Elle se laissa conduire jusqu'à une chaise en bois à l'autre bout de l'atelier. Il lui caressa l'épaule, puis recula pour s'emparer d'une des toiles vierges près de sa table de travail. Avec n'importe quel autre homme, elle se serait sentie manipulée, mais la manipulation était étrangère à Jenner. Il était simplement submergé par le besoin de créer, et pour des raisons qu'elle ne s'expliquait pas, elle en était la cause.

Et s'en moquait. Le regard sur la Madone, elle réfléchit à son existence, si riche par certains côtés, si misérable par d'autres. Plutôt que de se concentrer sur ce qu'elle avait perdu – son fils, son identité, le mari qu'elle avait à la fois aimé et détesté – elle songea aux dons qu'elle avait reçus du ciel : intelligence et curiosité, beauté physique au moment où elle en avait le plus besoin – et tant pis si celle-ci se ternissait avec l'âge ; ici, au bord de ce lac, cela ne lui semblait plus si important.

Petit à petit, ses pensées l'entraînèrent ailleurs, et elle revit le patchwork qu'elle avait commencé. Le jardin d'herbes aromatiques était une métaphore pour la femme qui vivait désormais en elle – une femme plus mûre, qui voulait guérir et soigner plutôt que séduire, une femme aux nuances subtiles plutôt qu'à la beauté éclatante. Elle n'était plus celle qu'elle avait été, mais ne comprenait pas encore celle qu'elle était devenue. La clé de ce mystère se trouvait dans son ouvrage.

Un sursaut d'énergie l'assaillit. Il lui fallait à tout prix son panier à couture et son carton d'étoffes. Maintenant !

Si elle les avait, elle trouverait la réponse. Elle se leva brusquement.

— Il faut que j'y aille.

Absorbé dans son travail, Liam ne sembla pas l'avoir entendue. Puis il afficha une expression douloureuse.

— Oh, non ! Ce n'est pas possible !

— Je vous en prie. Je... je reviens tout de suite. J'ai besoin de quelque chose dans ma voiture.

Il s'écarta de sa toile, se passa la main dans ses cheveux, laissant une traînée de couleur sur son front.

— Je vais vous le chercher.

— Dans le coffre. Le panier. Et le carton. Je... Allons-y ensemble.

Ils coururent le long de la passerelle, tous deux pressés d'en finir pour revenir à l'essentiel. Elle chercha son sac où elle avait rangé ses clés. En vain.

— Quelle idée de verrouiller votre voiture ! rugit-il. Nous sommes au beau milieu de nulle part !

— Je vis à Los Angeles ! rétorqua-t-elle.

— Tenez !

Il ramassa le sac qui était tombé sous une table et commença à fouiller dedans.

— Donnez-moi ça ! fit-elle en le lui prenant des mains.

— Dépêchez-vous !

Il lui agrippa le coude et la poussa vers la porte. En chemin, elle réussit à mettre la main sur son trousseau. Elle se dégagea de son étreinte et ouvrit le coffre.

Elle sanglotait presque de soulagement lorsqu'elle s'empara du panier et du carton.

Ils remontèrent à toute allure jusqu'à l'atelier où ils arrivèrent, haletants d'émotion plus que de fatigue. Elle se laissa tomber sur la chaise. Il se rua vers son chevalet. Ils échangèrent un regard. Et se sourirent.

Ce fut un instant exquis. Il ne lui avait posé aucune question, n'avait pas montré le moindre dédain en découvrant ce qui l'avait mise dans un tel état. Il comprenait son besoin de créer et réciproquement.

Rassérénée, elle se mit au travail.

Le crépuscule tomba. Les lumières de l'atelier s'allumèrent, chacune placée de manière à éclairer sans engendrer d'ombres. Les ciseaux de Lilly cliquetaient. Son aiguille volait au-dessus des morceaux de tissu qu'elle rassemblait au point de bâti en attendant de pouvoir les coudre à la machine.

Du bout des doigts, Liam lui effleura sa nuque. Elle ne l'avait pas vu quitter son chevalet. Une traînée de rouge maculait sa chemise noire, une tache d'orange s'accrochait à son pantalon, ses cheveux étaient en désordre.

Un frémissement la parcourut tandis qu'il touchait le premier bouton de sa blouse vaporeuse mandarine. La regardant droit dans les yeux, il le libéra de sa boutonnière. Puis il s'attaqua au deuxième.

— S'il vous plaît, chuchota-t-il.

Lilly ne tenta pas de l'arrêter, ni lorsqu'il écarta les pans de son chemisier, ni même lorsqu'il entreprit de dégrafer le devant de son soutien-gorge. Elle se contenta de baisser la tête sur son ouvrage, et le laissa faire.

Il libéra ses seins, tellement plus lourds que dans sa jeunesse. Elle l'autorisa à ajuster son vêtement comme il le souhaitait. Il abaissa une manche jusqu'à son coude, puis l'autre. Et retourna à son chevalet.

Poitrine dénudée, Lilly poursuivit son projet.

Un peu plus tôt, elle avait cru que son patchwork évoquerait l'instinct nourricier plutôt que la séduction. À présent, tout se compliquait. Elle avait cru que sa sexualité s'était éteinte pour toujours, mais la flamme qui venait de s'allumer en elle lui apprenait qu'il n'en était rien.

Elle se pencha avec précaution pour fouiller dans son carton, et en extirpa une pièce de velours d'un pourpre profond et sensuel, nuancé d'ombres plus foncées. La couleur mystérieuse de l'intimité féminine. L'étoffe frôla ses seins dont les pointes durcirent aussitôt. Elle s'inclina de nouveau en quête d'un tissu encore plus sombre qui servirait de cœur secret.

Elle y ajouterait de minuscules cristaux de rosée.

Un juron étouffé la fit sursauter. Liam la contemplait, le visage luisant de sueur, les bras ballants, son pinceau à ses pieds.

— J'ai peint des centaines de nus. C'est la première fois que…

Il secoua la tête, décontenancé.

— Je ne peux pas.

Un flot de honte la submergea. Son patchwork glissa à terre comme elle se levait. Elle remonta les pans de sa blouse et les serra l'un contre l'autre.

— Non ! protesta-t-il en venant vers elle. Pas ça.

Le feu dans son regard prit Lilly de court. Il plongea les mains dans le chemisier qu'elle venait de refermer, s'empara de ses seins et y nicha le visage. Elle lui agrippa les bras lorsque sa bouche se referma sur la pointe durcie de l'un d'eux.

Une telle explosion de passion devrait être réservée aux jeunes, mais ils ne l'étaient plus ni l'un ni l'autre. Comme il s'attaquait à la ceinture de sa jupe, elle le repoussa. Elle voulait qu'il la voie telle qu'elle avait été autrefois, pas telle qu'elle était aujourd'hui.

— Lilly…

— Je suis désolée…

Liam Jenner avait horreur de la couardise. Il glissa les mains sous sa jupe, lui ôta son slip, puis tomba à genoux et pressa sa figure entre ses cuisses. Elle les écarta légèrement, sentit la caresse de son haleine chaude.

Il la tira à lui, prit son visage entre ses mains et l'embrassa – baisers exquis d'un homme qui connaît bien les femmes.

Puis il l'allongea sur le sol. Jambes repliées, Lilly s'abandonna, savourant l'enthousiasme avec lequel il se régalait de son intimité. L'orgasme, d'une puissance extraordinaire, la prit par surprise. Le temps qu'elle recouvre ses esprits, il s'était déshabillé.

Il était mince et musclé. Elle lui tendit les bras, et il s'enfonça en elle. Enfouissant les doigts dans ses cheveux, elle s'offrit à lui, les jambes enroulées autour de sa taille.

Autour d'eux, les peintures semblèrent tourbillonner, les couleurs, se liquéfier. Fondus l'un dans l'autre, grisés de désir, ils prolongèrent le plaisir jusqu'à l'extase.

Lilly revint à elle lentement. Elle était couchée sur lui, sa jupe remontée jusqu'à la taille. Elle était ensorcelée. Cet homme l'avait envoûtée au même titre que ses œuvres.

— Je suis trop vieux pour faire l'amour sur le sol, grogna-t-il.

Elle s'écarta vivement et tenta de se couvrir.

— Pardon. Je... je suis si lourde. Je vous ai écrasé.

— Ne recommencez pas.

Il se roula sur le côté, grimaça, se releva. Contrairement à elle, il ne semblait pas pressé de se rhabiller. Refusant de le regarder, elle rabaissa sa jupe, repéra son slip.

— Écoutez-moi attentivement, Lilly Sherman. J'ai travaillé avec des centaines de modèles au cours des ans, mais jamais je n'ai été obligé de m'arrêter de peindre pour en séduire une.

Elle faillit riposter qu'elle n'en croyait rien, mais Liam Jenner détestait les simagrées.

— C'était... c'était fou, reprit-il. Vous avez un corps magnifique. Voluptueux et extravagant, exactement comme devrait l'être celui de toute femme. Avez-vous noté la façon dont la lumière nimbait votre peau ? Vos seins ? Ils sont splendides, Lilly. Gros. Rebondis. Généreux... Vos mamelons... enchaîna-t-il en les caressant des pouces, les yeux brillant de passion. Ils me font penser à des averses. Des averses d'un lait riche et doré... Elles se répandent sur le sol... se transforment en rivières... des rivières scintillantes coulant à flots pour nourrir des continents entiers de terre asséchée.

Quel homme étrange, excessif !

— Votre corps, Lilly... vous ne voyez donc pas ? C'est le corps qui a donné naissance à la race humaine.

Ces paroles allaient à l'encontre de tout ce que l'on prêchait dans l'univers de Lilly. Les régimes. Le déni. Le dégoût de la chair féminine. Le culte de la jeunesse et de la minceur.

De la cupidité.

De l'enlaidissement.

De la peur.

L'espace d'un éclair, elle entrevit la vérité. Elle avait évolué dans un monde si terrifié par le pouvoir mystique de la Femme que la seule solution était d'en oblitérer la source – la forme naturelle de son corps.

— Je... Il faut que je m'en aille, bredouilla-t-elle, le cœur battant.

Elle ramassa sa culotte, la jeta dans son panier, rassembla ses tissus.

— Je... je n'aurais jamais dû...

Il sourit.

— Vous craignez de tomber enceinte ?

— Non. C'est autre chose.

— Ni vous ni moi ne sommes du genre à coucher à droite à gauche. Nous avons tous deux appris à nos dépens combien le sexe est important.

— Et ça, c'était quoi ? s'indigna-t-elle en pointant le doigt vers le sol.

— De la passion, rétorqua-t-il tranquillement. Montrez-moi donc ce à quoi vous travaillez.

Présenter un vulgaire projet d'artisanat à un génie comme Liam Jenner ? Jamais de la vie ! Secouant la tête, elle se dirigea vers la porte, mais juste avant de l'atteindre, elle s'immobilisa et se retourna.

Il l'observait. Il avait une tache de peinture bleue à l'intérieur de la cuisse. Il était nu et splendide.

— Vous aviez raison. J'ai cinquante ans !

La réponse de Liam la poursuivit jusqu'à sa voiture.

— Trop vieille pour être lâche !

17

Daphné prépara le strict nécessaire : un tube d'écran solaire, une paire de brassards rouge vif, une boîte de pansements, ses céréales croustillantes préférées, un sifflet, des crayons de couleur, un livre pour chaque jour, des jumelles de théâtre, un ballon de plage, un seau et une pelle en plastique, et enfin, un grand morceau de papier bulle à éclater si elle s'ennuyait.

Daphné va en colonie de vacances

Lorsque le mardi arriva, entre les affres de l'écriture de *Daphné va en colonie de vacances* et ses tentatives pour divertir Kevin, Molly était épuisée. Celui-ci ne lui avait pourtant rien demandé. En fait, depuis leur dîner en tête à tête du samedi soir, il se montrait taciturne et faisait de son mieux pour l'éviter. Il avait même eu le culot de se comporter comme si elle s'imposait à lui ! Pour le convaincre de l'accompagner ce jour-là, elle avait dû menacer de se mettre en grève.

Elle aurait mieux fait de le laisser tranquille, mais elle en était incapable. Le seul moyen de le persuader de renoncer à vendre le domaine était de lui prouver que ce lieu n'avait plus rien à voir avec celui qu'il avait connu enfant. Malheureusement, jusqu'à présent, elle avait échoué. L'heure était donc venue d'accélérer le processus. Résignée, elle se leva.

— Regarde, Kevin ! Dans les arbres, là-bas !

— Que fais-tu, Molly ? Assieds-toi !

Elle sautilla comme une gamine surexcitée.

— N'est-ce pas une Paruline de Kirtland ?

— Arrête !

Ce qui devait arriver arriva : le canoë se retourna.

— Merde !

En tombant à l'eau, Molly repensa au baiser qu'ils avaient échangé trois jours auparavant. Depuis, Kevin gardait ses distances, et les rares fois où ils s'étaient trouvés ensemble, il s'était montré à peine courtois. Dès qu'elle lui avait annoncé son refus de coucher avec lui, il s'était désintéressé d'elle. Si seulement...

« Si seulement quoi ? s'interrogea-t-elle. Si seulement il tambourinait à la porte de ta chambre tous les soirs en te suppliant de changer d'avis ? Dans tes rêves, oui ! »

L'attitude de Kevin affectait son inspiration. Pas plus tard que ce matin, Daphné avait confié à son amie Melissa la grenouille que Benny était particulièrement sexy ! Molly avait jeté son cahier sur la table d'un geste dégoûté.

Elle nagea sous l'embarcation, remonta à la surface pour reprendre sa respiration dans la poche d'air sous la coque retournée.

Elle savait comment attirer l'attention de Kevin : il lui suffisait de se déshabiller. Mais elle voulait davantage qu'une aventure sans lendemain. Elle voulait...

Un ami. Or, s'ils couchaient ensemble, c'en serait fini de cette relation qui s'était établie entre eux avant qu'il se mette à bouder dans son coin.

Une fois de plus, elle eut recours à la méthode Coué en se disant qu'il était sans doute un piètre amant. Certes, il embrassait bien, mais ce n'était pas un sensuel. Il ne prenait jamais le temps de savourer un plat. Il n'aimait pas spécialement le vin et semblait indifférent à une assiette joliment présentée. Ses manières à table étaient irréprochables, mais il mangeait essentiellement pour survivre.

Le problème était simple : coucher avec lui était un fantasme, et elle n'était pas prête à vendre son âme pour cela. Elle ne voulait pas d'une liaison. Elle voulait quelque chose de profond. Une amitié, se rappela-t-elle.

Elle était en train d'imaginer une illustration dans laquelle deux oreilles de lapin surgiraient tout à coup sous le canoë renversé quand la tête de Kevin fit surface juste à côté d'elle. Il faisait trop sombre pour déchiffrer son expression, mais sa voix était empreinte de colère.

— Je me doutais que je te trouverais ici !

— J'ai été désorientée.

— C'est incroyable ce que tu manques de coordination !

Il la saisit par le bras et l'entraîna derrière lui.

Ils émergèrent en plein jour. La journée était magnifique. Le soleil brillait et un nuage solitaire glissant dans le ciel se reflétait sur l'eau. Kevin, cependant, paraissait furieux.

— Qu'est-ce qui t'a pris ? Quand tu m'as obligé à t'accompagner, tu m'as assuré que tu étais experte en matière de canoë.

Faisant du surplace, elle se félicita d'avoir abandonné ses baskets sur le ponton.

— C'est la vérité. Lors de ma dernière colo, j'étais chargée des sorties avec les enfants de six ans.

— Ils sont encore vivants ?

— Pourquoi t'emportes-tu ? Tu adores nager.

— Pas quand je porte une Rolex !

— Je t'en offrirai une neuve.

— Mais oui, bien sûr. Je n'avais pas envie de t'accompagner. J'avais du boulot. Durant tout le week-end, chaque fois que je me mettais au travail, tu t'es débrouillée pour m'interrompre sous un prétexte quelconque. Et ce matin, tu m'as harcelé pour que je joue à la balle avec ton caniche !

— Rou a besoin d'exercice.

Quant à Kevin, il avait besoin d'un compagnon de jeux.

Depuis trois jours, il était au comble de l'agitation. Au lieu de s'abandonner au charme de l'endroit et de s'efforcer de se réconcilier avec son héritage, il passait son temps à jouer du marteau. D'un instant à l'autre, il allait monter dans sa voiture et s'en aller pour toujours.

Cette pensée la déprima. Elle n'avait aucune envie de partir, pas tout de suite. Cet endroit avait quelque chose de magique.

Kevin se dirigea vers la proue.

— Qu'est-ce qu'on est censé faire maintenant ? aboya-t-il.

— Tu peux toucher le fond ?

— Nous sommes au milieu d'un putain de lac ! Évidemment que je ne peux pas toucher le fond.

— Notre moniteur nous a enseigné une technique pour retourner un canoë. Toutefois…

— Comment ?

— J'avais quatorze ans. Je ne m'en souviens plus.

— Alors pourquoi en parler ?

— Je réfléchissais à voix haute.

Ils finirent par retourner le canoë, essentiellement grâce à la force brute de Kevin, mais la coque était à moitié remplie d'eau. N'ayant rien à leur disposition pour écoper, ils furent condamnés à regagner la rive lestés de ce poids supplémentaire. Molly était à bout de souffle lorsqu'ils hissèrent enfin l'embarcation sur la plage.

— Regarde à droite, Kevin ! M. Morgan ! fit Molly en indiquant le comptable assis sur un transat.

— Tu ne vas pas remettre ça ?

— Je pense que tu devrais le suivre…

— Tais-toi ! Il n'a pas l'air d'un serial killer ! glapit Kevin en se débarrassant de son tee-shirt trempé.

— Je suis très intuitive et il a le regard fuyant.

— Je pense que tu as perdu la tête, marmonna-t-il. J'ignore comment je vais expliquer cela à ta sœur – qui est aussi ma patronne, je te le rappelle.

— Tu t'inquiètes trop.

Il pivota vers elle, les yeux brillant de colère.

— Écoute-moi bien, Molly ! Ça suffit ! J'ai mieux à faire que de perdre ainsi mon temps.

— Tu n'as pas perdu ton temps. Tu…

— Je ne suis pas ton pote, d'accord ? Tu ne veux pas qu'on couche ensemble ? Parfait. C'est ton droit. Mais ne t'attends pas à ce que je sois ton camarade de jeux. À partir de maintenant, tu me fiches la paix !

Il s'éloigna au pas de charge, et le cœur de Molly se serra.

En colonie de vacances, on devrait s'amuser, mais Daphné était triste. Depuis qu'elle avait renversé leur canoë, Benny était fâché contre elle. Il ne fronçait plus le nez, ne tirait plus la langue, ne rotait plus pour attirer son attention. Il préférait faire des grimaces à Cecily, une lapine de Berlin qui lui offrait des caramels et n'avait aucun sens de la mode.

Molly posa son cahier et se rendit dans le salon en emportant avec elle la toute dernière boîte de confiseries. Elle la vida dans une coupe en verre qui contenait encore quelques miettes des friandises de la veille. Quatre jours s'étaient écoulés depuis l'épisode du canoë, et chaque matin, elle découvrait une nouvelle boîte sur le comptoir de la cuisine du bungalow. Inutile de se demander où Kevin avait passé la soirée de la veille. *Serpentard !*

Il avait tout fait pour lui échapper… sauf se réinstaller dans la maison d'hôtes. Son aversion pour Lilly l'emportait sur son aversion pour elle. Aucune importance, puisqu'ils ne faisaient plus que se croiser.

Déprimée, elle engloutit un chocolat. On était samedi et la maison d'hôtes affichait complet pour le week-end.

Elle gagna le vestibule, redressa la pile de brochures sur la console. L'annonce était parue et Kevin avait consacré sa matinée à interroger deux candidats pendant qu'elle-même accueillait les clients.

Émergeant sur la véranda, elle aperçut Lilly agenouillée à l'ombre, en train de planter les derniers impatiens qu'elle avait achetés pour garnir les plates-bandes vides. Molly se garda d'intervenir : Lilly lui avait avoué que le jardinage la relaxait. Et en effet, elle paraissait moins tendue, bien que Kevin continuât à l'ignorer.

Marmie releva la tête et cligna des yeux. Rou étant à l'intérieur avec Amy, le chat vint se frotter contre les jambes de Molly. Elle préférait les chiens, mais Marmie avait su la conquérir et toutes deux avaient développé une affection distante. Molly se pencha pour la prendre dans ses bras. Lilly tapota la terre.

— J'aimerais que vous évitiez d'encourager Liam à venir prendre le petit-déjeuner.

— Je l'aime bien, avoua Molly.

« Et vous aussi », ajouta-t-elle à part soi.

— Comment est-ce possible ? Il est grossier, arrogant et égoïste.

— Il est aussi amusant, intelligent et terriblement sexy.

— Je ne m'en étais pas rendu compte.

— Je vous crois.

Lilly haussa les sourcils, mais Molly ne se laissa pas intimider. Ces derniers temps, l'actrice semblait oublier qu'elle était l'ennemi. Peut-être ne correspondait-elle pas tout à fait à l'image que Lilly se faisait d'une héritière pourrie gâtée.

Tous les matins, Liam Jenner franchissait le seuil de la cuisine pour prendre son petit-déjeuner avec Lilly. Ils se chamaillaient tout en mangeant, mais semblaient le faire surtout pour prolonger le moment. Quand ils ne se querellaient pas, ils abordaient toutes sortes de sujets, de la peinture à leurs voyages en passant par leurs observations sur la nature humaine. Ils avaient de nombreux points communs et étaient de toute évidence très attirés l'un par l'autre. Même si Lilly s'en défendait.

— Je parie qu'il est encore plus beau nu, lança Molly, par pure provocation.

— Molly !

Elle se figea en voyant Kevin piquer un sprint en direction de la place. Aussitôt après avoir terminé ses entretiens d'embauche, il avait enfilé un short et un tee-shirt pour effectuer son footing quotidien. Même lorsqu'ils servaient le repas ensemble, il lui adressait à peine la parole. Comme l'avait souligné Amy, il bavardait davantage avec Charlotte Long qu'avec Molly.

Toute la semaine, Lilly s'était accommodée de la froideur de Kevin. Soudain, elle planta sa truelle dans le sol.

— Figurez-vous que votre mari a poussé ma patience à bout, lâcha-t-elle.

Bienvenue au club.

Molly le regarda ralentir, baisser la tête et plaquer les mains dans le bas de son dos. Marmie l'avait repéré, elle aussi, et se tortilla dans les bras de Molly, qui lui coula un regard noir. Elle était jalouse. Jalouse de l'affection que Kevin portait à un chat ! Elle se rappela la manière dont il avait caressé le félin, ses longs doigts s'enfonçant dans sa fourrure... Elle en avait la chair de poule.

Elle était absolument furieuse contre lui, réalisa-t-elle. Elle lui en voulait d'avoir passé la matinée à questionner des inconnus pour leur confier la gestion du domaine. Et de quel droit se comportait-il comme s'ils étaient bons amis, puis la rejetait-il sous prétexte qu'elle refusait de coucher avec lui ?

Prise d'une impulsion, elle posa Marmie au pied d'un arbre. Un écureuil remua dans les branchages, et la chatte se mit à grimper le long du tronc.

— Qu'est-ce que vous... commença Lilly.

— Vous n'êtes pas la seule à en avoir assez ! s'exclama Molly. Kevin !

Il pivota.

— On a besoin de ton aide ! C'est Marmie.

Il se précipita vers elles.

— Qu'est-ce qui lui arrive ?

— Elle est coincée là-haut et refuse de descendre. La pauvre est terrifiée !

Lilly leva les yeux au ciel, mais demeura muette. Kevin scruta les feuillages.

— Marmie ! Viens, ma minette. Descends... Saute dans mes bras.

— On a tout tenté, intervint Molly. Tu vas devoir aller la chercher... mais si tu préfères, je peux m'en charger.

— Pas question.

Il attrapa une branche et se hissa dessus. Molly jubilait.

— Tu vas t'écorcher les mollets ! Si tu tombes, tu risques de te blesser gravement ! Je t'en supplie, c'est trop dangereux !

— Tu couines plus fort que le chat !

— Je vais appeler Troy à la rescousse.

— Bonne idée. La dernière fois que je l'ai vu, il était sur le ponton. Prends ton temps !... Viens, Marmie. Par ici, ma jolie.

La branche sur laquelle s'était réfugié le félin était relativement solide, mais Kevin pesait son poids. Et si elle cassait ? S'il se blessait bel et bien ? Cette fois, l'inquiétude de Molly fut sincère :

— N'avance plus, Kevin. Tu es trop lourd.

— Ça t'ennuierait de te taire !

Molly retint son souffle tandis qu'il se mettait à califourchon sur la branche et s'avançait prudemment tout en s'efforçant de rassurer Marmie. Il l'avait presque atteinte quand elle se releva et entreprit de redescendre.

« Traîtresse ! » songea Molly. Marmie toucha le sol et fonça vers Lilly, qui la ramassa en adressant un regard entendu à Molly. Toutefois, elle ne dit rien à Kevin, lorsqu'il les rejoignit.

— Combien de temps est-elle restée là-haut ? s'enquit-il, l'air soupçonneux, avant de se pencher pour examiner une écorchure sur son mollet.

— J'ai un onguent à la cuisine, répondit-elle.

— Je vais le chercher, intervint Lilly.

— Je n'ai pas besoin de toi, grogna Kevin.

— J'en ai par-dessus la tête de ton attitude, rétorqua-t-elle, les dents serrées. Et j'en ai assez de patienter. Nous allons parler maintenant.

Elle posa le chat. Pris de court, Kevin resta sans voix. Lilly pointa le doigt vers le bois.

— Nous avons suffisamment repoussé cette conversation. Suis-moi ! À moins que tu ne sois un lâche ? Vous, ajouta-t-elle à l'intention de Molly, je vous interdis de toucher à mon chat !

— Bien, madame.

Lilly et Kevin s'éloignèrent.

Lilly entendit les pas de Kevin crisser sur les aiguilles de pin derrière elle et en fut soulagée : au moins, il la suivait. Trois décennies de culpabilité étouffèrent le sursaut de rage qui lui avait enfin donné le courage de provoquer cette confrontation. Elle était à bout. Liam la tourmentait en débarquant chaque matin. Molly n'entrait pas dans la case qu'elle lui avait attribuée. Kevin la considérait comme sa pire ennemie. C'en était trop.

Elle s'immobilisa brutalement et pivota vers lui.

— Je ne te demanderai pas pardon de t'avoir abandonné !

— Pourquoi n'en suis-je pas étonné ?

— Tu peux ricaner autant que tu voudras, mais t'es-tu posé une seule fois la question de savoir où tu en serais aujourd'hui si je t'avais gardé ? Quelles chances aurais-tu eues de réussir ta vie en grandissant dans un appartement infesté de cafards auprès d'une adolescente immature qui avait de grands rêves, mais aucune idée quant à la manière de les réaliser ?

— Aucune. Tu as eu raison.

— Absolument. Je t'ai confié à un couple qui t'a aimé dès l'instant de ta naissance. J'ai fait en sorte que tu habites une jolie maison avec un jardin et que tu aies de quoi manger à ta faim !

Il fixa le lac au loin, morose.

— Je ne le nie pas. Tu as bientôt fini, parce que j'ai des choses à faire.

— Tu ne comprends donc pas ? Il m'était impossible de venir te voir !

— Ce n'est pas grave.

Elle voulut s'approcher de lui, se retint.

— Si, ça l'est. Et je sais que c'est la raison pour laquelle tu me détestes autant. Tu ne m'en veux pas de t'avoir abandonné, tu m'en veux de ne jamais avoir répondu à tes lettres où tu me suppliais de te rendre visite.

— Je m'en souviens à peine. J'avais quoi... six ans ? Tu crois que cela me préoccupe encore aujourd'hui ? fit-il avec une indifférence affectée. Je ne te hais pas, Lilly. Je ne me soucie pas à ce point de toi.

— Ces courriers, je les ai encore. Tous. Ils sont trempés de mes larmes.

— Tu me brises le cœur.

— J'avais terriblement envie de te voir, Kevin, mais je n'en avais pas le droit.

— Première nouvelle.

Enfin, elle avait toute son attention.

— Tu n'avais pas six ans. Tu as commencé à m'écrire quand tu en avais sept. La première lettre était manuscrite en lettres capitales sur une feuille à lignes jaune. Je l'ai toujours.

Elle l'avait relue si souvent que le papier était usé.

CHER TANTE LILLY,

JE SAIS QUE TU EST MA VRAI MAMAN ET JE T'AIME BEAUCOUP. POURRAIS-TU VENIR ME VOIR ? J'AI UN CHAT. IL S'APPELLE SPIKE. IL A 7 ANS, LUI AUSSI.

JE T'EMBRASSE,

KEVIN

P.S. : NE DIT PAS À MA MÈRE QUE J'AI ÉCRIT. ELLE POURRAIT PLEURER.

— Tu m'en as adressé dix-huit sur une période de quatre ans.

— Je ne m'en souviens pas.

— Maida et moi étions convenus d'un arrangement.

— De quelle sorte ?

— Je n'ai pas choisi Maida et John au hasard, crois-moi. Nous avons longuement discuté. Et j'ai rédigé des listes interminables. Ils ont dû me promettre de ne jamais te donner de fessées – ils ne l'auraient du reste pas fait. Je leur ai dit qu'ils ne devaient pas critiquer tes goûts en matière de musique quand tu serais adolescent et qu'ils devaient te laisser te faire pousser les cheveux si cela te chantait. Je venais de fêter mes dix-huit ans, ne l'oublie pas, précisa-t-elle avec un sourire contrit. J'ai même tenté de les convaincre de t'offrir une décapotable rouge pour ton seizième anniversaire, mais ils ont refusé.

Pour la première fois, il lui rendit son sourire – oh, c'était à peine une ébauche, mais tout de même ! Lilly cligna des yeux, déterminée à aller jusqu'au bout de sa démarche sans verser une larme.

— En revanche, il y a une chose sur laquelle j'ai tenu bon : je voulais que tu puisses poursuivre tes rêves, quels qu'ils soient, même s'ils n'étaient pas d'accord. Ils ne supportaient pas ta passion pour le football. Ils craignaient que tu ne te blesses. Mais j'ai insisté, et ils n'ont jamais cherché à te barrer la route. À une seule condition...

Elle baissa les yeux.

— Laquelle ?

— Je devais accepter de ne jamais te voir.

Elle se mordit la lèvre.

— L'adoption ouverte n'existait pas à l'époque, ou du moins, si c'était le cas, je l'ignorais. Ils m'ont expliqué que c'était le meilleur moyen de te protéger et je les ai crus. Ils m'ont promis de te révéler l'identité de ta mère biologique dès que tu serais en âge de comprendre et m'ont envoyé des centaines de photos au fil des ans. Mais je n'avais pas le droit de te rendre visite. Tant que Maida et John étaient en vie, tu ne devais avoir qu'une seule mère.

— Tu as enfreint ta parole une fois, murmura-t-il. J'avais seize ans.

— Un accident, murmura-t-elle en se dirigeant vers un gros rocher. Quand tu as commencé à jouer dans l'équipe de ton lycée, je me suis dit que c'était l'occasion de te voir sans rompre ma promesse. Je prenais l'avion tous les vendredis pour Grand Rapids afin d'assister à tes matchs. Je me déguisais pour passer incognito. J'emportais une paire de jumelles de théâtre et je ne te quittais pas des yeux. Je guettais l'instant où tu enlèverais enfin ton casque. Tu n'imagines pas combien je détestais ce truc.

La journée était chaude, mais elle eut un frisson.

— Tout s'est bien passé jusqu'à ce que tu sois en première. C'était le dernier match de la saison, et un an s'écoulerait avant que je revienne. J'ai décidé de passer en voiture devant la maison.

— J'étais en train de tondre la pelouse.

Elle opina.

— C'était l'été indien et tu transpirais à grosses gouttes. J'étais tellement émue que je n'ai pas vu la voiture des voisins garée le long du trottoir.

— Tu as éraflé le côté.

— Et tu t'es précipité. Quand tu m'as reconnue, tu m'as regardée comme si tu me détestais.

— J'étais sous le choc.

— Maida n'a jamais mentionné cet épisode, j'en ai déduit que tu ne leur en avais pas parlé.

— Elle est morte depuis un an. Pourquoi avoir attendu tout ce temps pour me raconter cela ?

Elle le dévisagea, secoua la tête.

— Combien de fois t'ai-je appelé dans ce but, Kevin ? Tu refusais systématiquement de m'écouter.

— Ils auraient dû me dire qu'ils t'interdisaient de me voir.

— Tu leur as posé la question ?

En guise de réponse, il haussa les épaules.

— John aurait peut-être cédé, mais pas Maida, reprit-elle. Nous en avons discuté au téléphone. Elle était plus âgée que les mères de tes copains, ne l'oublie pas, et elle savait qu'elle n'était pas le genre de maman drôle que tous les enfants rêvent d'avoir. Cela sapait sa confiance en elle. Du reste, tu avais un sacré caractère. Crois-tu vraiment que tu aurais continué de vivre ta vie comme avant si tu avais su à quel point j'avais envie de te voir ?

— J'aurais pris le premier car pour Los Angeles.

— Et tu aurais brisé le cœur de Maida.

Elle marqua une pause dans l'espoir qu'il viendrait à elle, qu'il la serrerait dans ses bras et que toutes ces années perdues se volatiliseraient. Au lieu de quoi, il s'accroupit pour ramasser une pomme de pin, et murmura :

— Nous avions une télévision au sous-sol. J'y descendais chaque semaine regarder ton émission. Je mettais le volume au plus bas, mais ils le savaient. Ils ne me l'ont jamais reproché.

— Je ne les imagine pas le faire.

— Que suis-je censé faire de tout cela, à présent ?

Le fait qu'il pose la question prouvait qu'il n'était pas prêt à lui donner quoi que ce soit. Elle ne pouvait pas le toucher, ne pouvait pas lui dire qu'elle n'avait jamais cessé de l'aimer.

— Je suppose que c'est à toi de décider.

Il hocha la tête, jeta la pomme de pin à terre.

— Maintenant que tu m'as parlé, est-ce que tu vas repartir ?

— Je vais finir de planter les fleurs que j'ai achetées. Je reste quelques jours encore.

Le prétexte était mince, mais Kevin acquiesça.

— Je vais prendre une douche.

Il ne lui avait pas ordonné de s'en aller sur-le-champ. Il ne lui avait pas rétorqué qu'il était trop tard pour une réconciliation. Lilly décida que, pour l'heure, c'était suffisant.

Kevin trouva Molly sur la balancelle, un cahier sur les genoux. Profondément ébranlé par les révélations de Lilly, il s'attarda sur le seuil de la véranda et la contempla. Elle n'avait pas dû l'entendre car elle ne leva pas les yeux. D'un autre côté, vu son comportement de ces derniers jours, peut-être avait-elle tout simplement décidé de l'ignorer. Mais comment voulait-elle qu'il réagisse quand elle s'obstinait à pondre toutes ces aventures loufoques sans se douter à quel point sa proximité l'affectait ?

Se rendait-elle compte de l'effet qu'elle produisait sur lui lorsqu'elle s'ébrouait dans le lac, vêtue du maillot noir une pièce qu'il lui avait acheté pour remplacer le Bikini ? Ne comprenait-elle donc pas qu'elle le rendait fou de désir ?

Pour un peu, il lui aurait arraché son cahier, l'aurait jetée sur son épaule et transportée dans la chambre. Il préféra se réfugier dans la salle de bains et remplir la baignoire d'eau froide. Il se lava rapidement et enfila une tenue propre. Toute la semaine, il avait multiplié les activités. En vain. Il avait beau entreprendre des travaux de menuiserie et de peinture, s'entraîner quotidiennement et rallonger ses footings, il ne pensait qu'à elle. Si Lilly n'avait pas été là, il serait retourné s'installer dans la maison d'hôtes.

Un sentiment de désespoir le submergea. Il envisagea de se rendre en ville soulever de la fonte dans le minuscule gymnase de l'auberge. Au lieu de quoi, il rejoignit Molly sur la véranda. Cette fois, elle leva les yeux et le dévisagea d'un air soucieux.

— Tout va bien ?

Il haussa les épaules.

— Nous avons discuté.

Elle ne se laissa pas impressionner par sa fausse nonchalance.

— Et alors ?

— J'ai écouté ce qu'elle avait à me dire.

Molly patienta.

— Elle m'a révélé certains détails… Des choses que je n'imaginais pas.

— À savoir ?

Il se contenta d'énumérer les faits, sans laisser voir son désarroi. Lorsqu'il eut terminé, elle opina.

— Je vois.

Si seulement il pouvait en dire autant !

— Il ne te reste plus qu'à admettre que tu t'es trompé à son sujet.

Il fourra les mains dans ses poches.

— J'ai l'impression qu'elle veut quelque chose de moi. Je ne peux pas… Suis-je censé éprouver soudain un élan d'amour pour elle ? Parce que ce n'est pas le cas !

Molly mit un long moment avant de répondre.

— Je doute qu'elle s'attende à un retournement immédiat de la situation. Tu pourrais peut-être commencer par apprendre à la connaître. Elle fabrique des patchworks et elle a beaucoup de talent. Mais elle n'en a pas conscience.

— Mouais… J'en ai assez de tourner en rond. Je connais un endroit à une trentaine de kilomètres d'ici. Allons-y.

Une escapade à deux, voilà précisément ce qu'il tentait d'éviter depuis vendredi.

Il vit tout de suite qu'elle allait refuser. Comment le lui reprocher ? D'un autre côté, il ne se sentait pas le courage de rester seul. Il lui prit son cahier des mains et la hissa sur ses pieds.

— Tu verras, ça va te plaire.

Une heure plus tard, ils survolaient la rivière De Sable à bord d'un élégant planeur allemand.

18

Les fantasmes sexuels n'ont rien d'anormal. C'est même une façon saine de passer le temps en attendant qu'apparaisse le prince charmant.
« Ma vie sexuelle secrète »,
pour *Nénettes*

— C'est bien que Kevin ait enfin décidé de passer du temps avec vous. Peut-être qu'il acceptera une thérapie de couple, déclara Amy en disposant des tranches de roulé aux fraises sur un plat en porcelaine.

— Nous n'avons pas besoin de thérapie de couple, aboya Kevin en franchissant le seuil, Marmie sur ses talons.

Ils rentraient de leur aventure en planeur et ses cheveux étaient en bataille.

— Ce dont nous avons besoin, c'est de ce gâteau. Il est 17 heures et nos hôtes attendent leur thé.

À contrecœur, Amy se dirigea vers la salle à manger.

— Peut-être que si…

— Le gâteau ! gronda Kevin.

Amy gratifia Molly d'un regard indiquant qu'elle avait fait de son mieux, mais que la pauvre était condamnée à une vie sans sexe. Puis elle disparut.

— Tu as raison, marmotta Kevin. Elle est exaspérante. J'aurais dû te faire ce suçon.

Molly, qui n'avait aucune envie d'aborder ce sujet, se concentra sur son plateau. Elle n'avait pas eu le temps de se changer ni de se recoiffer. Kevin s'approcha d'elle et elle s'efforça de rester de marbre.

— Au cas où cela t'inquiéterait, Daphné... Mes oreilles se sont à peu près remises de ce hurlement.

— Tu fonçais droit sur les arbres. Et je n'ai pas hurlé. J'ai miaulé.

— Sacré miaulement. D'autant que nous n'avions rien à craindre.

— Nos clientes t'attendent avec impatience, riposta-t-elle en lui remettant le plateau.

Il grimaça et s'éclipsa en compagnie de Marmie.

Molly sourit. Elle n'aurait pas dû être surprise que Kevin soit un pilote de planeur expérimenté, elle aurait toutefois préféré qu'il le lui signale avant le décollage. En dépit de cet après-midi passé ensemble, ça n'allait pas mieux entre eux. Il n'avait pas dit un mot sur ses entretiens de la matinée et elle n'avait pas osé l'interroger. D'autre part, il était étrangement nerveux. Lorsqu'elle l'avait frôlé par mégarde, il avait effectué un bond de côté comme si elle l'avait brûlé. S'il ne supportait pas sa présence, pourquoi l'avait-il invitée ?

Elle connaissait déjà la réponse. Après sa confrontation avec Lilly, l'idée de rester seul lui avait paru insupportable.

La femme à l'origine des tourments de Kevin apparut dans la cuisine. Elle semblait mal à l'aise et Molly ressentit de la pitié pour elle. Sur le chemin du retour, elle avait tenté de lui parler de Lilly, mais Kevin s'était empressé de changer de sujet.

Elle se remémora son éclat dans le bungalow. « Suis-je censé éprouver soudain un élan d'amour pour elle ? Parce que ce n'est pas le cas ! » Kevin n'aimait pas les attachements profonds. Son habileté à maintenir les gens à distance était redoutable, réalisait-elle. Curieusement, Liam Jenner était moins renfermé que lui.

— Désolée pour cette histoire du chat, dit Molly. J'ai agi sur une impulsion. Kevin a besoin d'imprévu. J'aimerais tant qu'il se plaise ici et renonce à vendre le domaine.

Lilly opina, puis s'éclaircit la voix.

— Vous a-t-il rapporté notre conversation ?

— Oui.

— Ça n'a pas été un grand succès.

— Ça n'a pas été non plus un échec cuisant.

Une lueur d'espoir dansa dans les prunelles de Lilly.

— Je l'espère.

— Le football, c'est beaucoup plus simple que les relations personnelles.

— Je vous dois des excuses, murmura Lilly en tripotant ses bagues.

— En effet.

— J'ai été injuste envers vous. J'en suis consciente.

— Je suis d'accord.

— Je m'inquiète pour lui.

— Et des dégâts que la riche héritière pourrait infliger à ses fragiles sentiments, c'est cela ?

Lilly baissa les yeux sur Rou, qui venait de quitter son refuge sous la table.

— Au secours, Rou ! J'ai peur d'elle.

Molly s'esclaffa. Lilly sourit puis redevint grave.

— Je regrette de vous avoir mal jugée, Molly. Je sais que vous tenez à lui, et je ne vous imagine pas lui faire du mal de façon délibérée.

Si Lilly apprenait les circonstances dans lesquelles ils s'étaient mariés, sans doute changerait-elle d'avis. Mais Molly avait promis à Kevin de ne rien dire à personne.

— Au cas où vous ne vous en seriez pas encore rendu compte, je suis de votre côté. Kevin a besoin de vous.

— Vous n'imaginez pas ce que vos paroles signifient pour moi, avoua Lilly. Je vais prendre le thé avec les autres.

— Vraiment ? Ils vont vous harceler !

— Je me débrouillerai, affirma Lilly en se redressant. J'en ai assez de me cacher. Votre mari va devoir m'accepter une fois pour toutes.

— Bravo !

Quand Molly entra dans le salon avec une assiette de cookies et une deuxième théière, Lilly bavardait aimablement avec les autres. Elle ne cessait de regarder Kevin, qui veillait soigneusement à ne pas lui rendre ses regards. Comme s'il craignait de tomber dans un piège s'il lui montrait le moindre signe d'affection.

Dans son enfance, Molly avait appris à se méfier des gens qui se repliaient sur eux-mêmes, et la réserve de Kevin la déprimait. Le plus sage aurait été de louer une voiture et de rentrer immédiatement à Chicago.

Une femme âgée originaire d'Ann Arbor, et arrivée un peu plus tôt, l'aborda.

— Il paraît que vous écrivez des livres pour enfants.

— Plus vraiment, répondit-elle sombrement en pensant aux corrections qu'elle n'avait toujours pas faites et à la traite qu'elle ne pourrait pas payer.

— Ma sœur et moi en avons toujours rêvé, mais nous voyageons tellement que nous n'en trouvons pas le temps.

— Il ne s'agit pas seulement de trouver le temps, intervint Kevin, juste derrière elles. Ce n'est pas aussi facile qu'on le croit.

Molly était si surprise qu'elle faillit en lâcher son assiette.

— Les enfants veulent une histoire qui se tienne, poursuivit-il. Ils veulent rire ou avoir peur ou apprendre quelque chose sans avoir l'impression qu'on les gave d'informations. C'est ce que Molly réussit à merveille. Par exemple, dans *Daphné s'égare*…

Il enchaîna en décrivant avec une précision troublante les techniques que Molly employait pour séduire ses lecteurs.

Plus tard, lorsqu'il la rejoignit dans la cuisine, elle lui adressa un sourire.

— Merci d'avoir défendu mon métier.

— Les gens sont bêtes.

D'un signe de tête, il désigna les victuailles qu'elle avait préparées en prévision du petit-déjeuner du lendemain.

— Tu n'es pas obligée de cuisiner autant. Je t'ai déjà expliqué que je pouvais passer commande à la boulangerie du village.

— Je sais. Ça m'amuse.

Il laissa errer son regard sur ses épaules nues et son haut en dentelle. Un frémissement la parcourut.

— Tu sembles adorer cet endroit, observa-t-il. Que sont devenus tes mauvais souvenirs de colonie de vacances ?

— C'est ainsi que j'ai toujours imaginé mes vacances.

— Entourée de vieux ? s'enquit-il en s'emparant d'un cookie et en mordant dedans. Tu as de drôles de goûts.

Elle refusait de se disputer avec lui à ce sujet. À la place, elle décida de lui poser la question qui l'avait tracassée tout l'après-midi.

— Tu ne m'as pas parlé de tes entretiens d'embauche.

Il se renfrogna.

— Ils se sont moins bien déroulés que prévu. Le premier a été un grand chef à une époque, mais aujourd'hui, il boit. Quant à la femme, elle a posé tellement de conditions que je l'ai éliminée d'emblée.

Les espoirs de Molly furent de courte durée :

— Je reçois une candidate demain après-midi. Au téléphone, elle m'a paru parfaite. Se déplacer un dimanche ne semblait pas la gêner. Deux jours devraient suffire pour la former. Je pense que nous pourrons partir mercredi au plus tard.

— Youpi, grommela Molly.

— Ne me dis pas que tu vas regretter de ne plus tomber du lit à 5 h 30 du matin ?

Dans le couloir, Amy gloussa.

— Troy, arrête !

Les jeunes mariés s'apprêtaient à partir. Tous les jours après le thé, ils rentraient précipitamment chez eux où, d'après Molly, ils devaient s'ébattre bruyamment avant de revenir pour la nuit.

— Quelle chance nous avons, murmura-t-elle. À présent tous deux vont nous sermonner sur nos incompétences sexuelles.

— Pas question !

Sans prévenir, Kevin la saisit par les bras et la plaqua contre le réfrigérateur avant de réclamer ses lèvres.

De sa main libre, il souleva la jambe de Molly et l'enroula autour de sa hanche. De l'autre, il lui palpa les seins. Comme s'il en avait le droit.

« C'est pour la frime », se dit-elle en s'abandonnant.

La porte de la cuisine s'ouvrit brutalement, leur rappelant la présence de témoins. Naturellement, c'était le but du jeu. Kevin s'écarta de quelques centimètres.

— Fichez le camp !

Amy laissa échapper un petit cri. La porte retomba lourdement. Il y eut un bruit de pas précipités.

— Je... je crois que ça a marché, souffla Molly.

— Oui, approuva Kevin avant de l'embrasser de nouveau.

— Molly, je... Oh, pardon !...

De nouveau, la porte claqua. Cette fois, c'était Lilly.

— Allons-nous-en d'ici, décréta Kevin en s'écartant à regret.

— Je ne pense pas que...

— Cesse de penser, Molly. Je suis ton mari, nom de nom, et il est grand temps que tu te comportes comme une épouse.

— Comme une... Que veux-tu... ?

Mais Kevin était un homme d'action et il en avait assez des parlotes. L'attrapant par le poignet, il la tira vers la porte.

Elle n'en revenait pas. Il allait l'obliger à... faire l'amour avec lui ! Non !

À force de regarder les émissions d'Oprah à la télévision, elle savait pertinemment comment elle était censée réagir en pareille situation. Hurler à pleins poumons, se laisser tomber sur le sol et flanquer des coups de pied à son agresseur.

— Non, chuchota-t-elle.

Kevin ne l'écoutait pas. Il la traîna à travers le jardin, le long du sentier parallèle au lac. S'il ne l'avait pas tenue d'une main ferme, elle aurait trébuché.

— Euh... Kevin...

— Tais-toi ou je jure que je te prends ici même.

Oui, il s'agissait bien d'une relation forcée. *Le ciel soit loué !*

Molly était épuisée à force de réfléchir, elle en avait assez de lutter contre son désir. Certes, se convaincre que la décision ne venait pas d'elle augurait mal de sa maturité. D'autant que Kevin n'avait rien d'un prédateur sexuel. Mais à vingt-sept ans, elle n'était pas encore la femme qu'elle rêvait d'être. À trente ans, elle saurait se prendre en charge. En attendant, à lui l'initiative !

Cahin-caha, ils passèrent devant *Jésus tout-puissant*, *L'Arche de Noé* et *Lys des champs*.

Molly se rappela la piètre performance de Kevin en tant qu'amant et se promit de ne pas lui en parler, ni pendant ni après. Il n'était pas d'un naturel égoïste. Comment pouvait-il s'y connaître en matière de préliminaires, lui qui avait toujours toutes les femmes à ses pieds ? De toute façon, une partie de jambes en l'air lui ferait le plus grand bien, à elle, décida-t-elle. En outre, les rêves fiévreux qui hantaient ses nuits s'effaceraient enfin au profit de la triste réalité.

Il ouvrit la porte du chalet et la poussa devant lui.

Elle n'avait pas le choix. Il était plus grand, plus fort, et pouvait devenir violent.

Faux. Elle se laissait emporter par son imagination.

— Tu ne vas pas me sortir les salades habituelles, j'espère ? Parce que j'en ai ma claque ! Nous ne sommes plus des enfants. Nous sommes deux adultes sains de corps et d'esprit et nous avons envie l'un de l'autre.

Qu'attendait-il pour la tirer jusqu'au lit ? Sinon par les cheveux, au moins par le bras !

— Je prends tous les préservatifs dont nous allons avoir besoin… Je te conseille d'emmener ton joli postérieur dans la chambre.

Elle s'exécuta sans protester. En aucun cas elle ne devait se laisser aller à prendre cet épisode au sérieux. Elle était la belle esclave forcée de s'offrir à l'homme impitoyable (mais magnifique) qui la possédait. Elle devait se déshabiller avant qu'il ne la batte !

Elle enleva son tee-shirt, ses sandales, son short. Lorsqu'elle releva la tête, son seigneur se tenait sur le seuil, l'air vaguement désarmé comme s'il avait du mal à croire en sa chance. Ha !

Elle était en slip et soutien-gorge. Levant le menton, elle lui adressa un regard de défi. Elle lui céderait son corps, mais jamais son âme !

Il fit un pas vers elle, sûr de lui. Normal. Elle l'aurait été, elle aussi, si elle avait eu une armée de gardes postés autour de la maison, prêts à exécuter l'esclave en cas d'insoumission.

Il s'immobilisa devant elle et l'examina de haut en bas. Ses yeux luisaient de désir. Et si elle le décevait ? Un maître aussi intraitable ne se contenterait pas d'une simple soumission. Il exigerait sa coopération. Au diable son orgueil, elle devait le satisfaire !

Elle encadra son visage de ses mains, s'inclina légèrement et pressa ses lèvres innocentes sur sa bouche cruelle… cruelle… cruellement douce.

Un soupir lui échappa et elle le taquina du bout de la langue. Il glissa les mains dans son dos, dégrafa son soutien-gorge.

La saisissant par les épaules, il reprit le contrôle de leur baiser. Puis il arracha son soutien-gorge et le jeta de côté.

— Molly…

Elle n'avait pas envie d'être Molly. Si elle était Molly, elle se rhabillerait immédiatement, car Molly n'était pas autodestructrice.

Elle n'était qu'une esclave et elle baissa la tête tandis qu'il s'écartait pour contempler sa poitrine nue. Il ôta son tee-shirt et elle ferma les yeux quand il l'attira contre son torse nu de conquérant.

Un flot de sensations l'envahit tandis qu'il déposait une pluie de baisers au creux de sa gorge, sur ses seins. Elle lui appartenait tout entière. Ses jambes se dérobaient sous elle. Elle avait terriblement envie de lui, mais elle éprouvait le besoin de s'accrocher à son fantasme.

Maître et esclave... À son service. Surtout ne pas le fâcher. Le laisser... Oh, oui ! Le laisser explorer de ses lèvres son nombril, son ventre, glisser les pouces sous l'élastique de son slip.

« Concentre-toi ! s'ordonna-t-elle. Imagine cette bouche cruelle, ces yeux perçants ! La terrible sanction si tu ne capitules pas devant ton maître... ton... »

— Il y a un lapin sur ton slip !

Comment entretenir son fantasme en entendant ce rire rauque ?

— Et alors ?

— Rien... je m'étonne.

— Cadeau de Phoebe. Une surprise.

— Pour une surprise... Tu en as d'autres du même style ?

Elle reprit son souffle.

— Peut-être... quelques-uns.

Il lui pétrit les fesses.

— Tu en as un avec un blaireau ?

Elle en avait un. L'adorable Benny.

— Si tu pouvais... cesser de... parler et poursuivre ta conquête.

— Ma conquête ?

— Laisse tomber.

Elle poussa un soupir tandis qu'il introduisait la main entre ses cuisses.

Avant qu'elle comprenne ce qui lui arrivait, ils étaient nus sur le lit, trop impatients pour rabattre la couette.

Le jeu devint sérieux beaucoup trop vite. Il la saisit par les épaules et l'attira sur lui. Elle prit son visage entre ses mains et l'embrassa dans l'espoir de freiner son enthousiasme.

— Tu es si douce… murmura-t-il contre sa bouche.

Impossible de le divertir. Il lui écarta les genoux et la cala sur ses hanches. Molly se prépara à l'assaut et se mordit la lèvre pour ne pas crier : « Prends ton temps, pour l'amour du ciel, et cesse de te comporter comme si l'arbitre venait de siffler les deux dernières minutes ! »

Elle s'était promis de ne pas le critiquer, elle se contenta donc d'enfoncer les dents dans la chair de son épaule.

Il émit un grognement – de douleur ou de plaisir –, et l'instant d'après, elle se retrouva sur le dos.

— Tu veux la jouer à la dure ?

Contre cent kilos de muscles ? Pas vraiment, non.

Elle voulut lui expliquer qu'elle tentait simplement de détourner son attention pour le modérer dans son élan, mais il lui enserra les poignets et plongea sur ses seins.

Aaaaaah ! Quelle exquise torture ! Elle priait pour que ça ne s'arrête jamais !

Il lui mordilla la pointe d'un sein, puis de l'autre, explora son ventre, frôla son pubis et descendit plus bas, jusqu'à l'intérieur de ses cuisses. Elle se tortilla, s'efforçant de guider ses doigts fébriles jusqu'à son intimité, mais il était trop occupé à la tourmenter, à taquiner ses points sensibles. Elle avait entendu dire que certaines femmes atteignaient ainsi l'orgasme mais n'y avait jamais cru.

Quelle naïveté !

L'onde de choc la prit de court, la transperça, la propulsa au septième ciel. En entendant son écho, elle sut qu'elle avait crié.

Il ralentit le rythme et elle frémit de la tête aux pieds, pantelante, s'efforçant de comprendre ce qui venait de lui arriver.

Il lui caressa l'épaule, lui embrassa le lobe de l'oreille.

— Tu es un peu rapide sur la détente, non ? chuchota-t-il.

Elle en fut mortifiée. Plus ou moins. Car elle ne regrettait rien. Ç'avait été si bon. Tellement inattendu.

— Un accident, articula-t-elle. Et maintenant, à ton tour.

— Je ne suis pas pressé… Contrairement à certaines personnes.

Molly était persuadée du contraire. Elle voulut le faire basculer sur le dos, il l'en empêcha.

— Si tu te reposais quelques minutes ? suggéra-t-il.

Se reposer ?

— Oh ! Je n'ai pas du tout envie de…

Il entreprit de la couvrir d'une traînée de baisers, avant de la prendre avec sa bouche.

Elle retint son souffle, enfouit les doigts dans ses cheveux. Et se cabra comme la vague du plaisir déferlait de nouveau en elle.

Cette fois, lorsqu'elle fut calmée, il ne la taquina pas. Il attrapa le préservatif dont elle avait oublié l'existence, se redressa au-dessus d'elle et la contempla de ses yeux si verts. Sa peau était brûlante, et le soleil de fin d'après-midi qui inondait la pièce nimbait son corps de nuances dorées. Elle sentit ses muscles tressaillir sous ses paumes et s'offrit à lui.

Il la pénétra lentement, langoureusement, en lui chuchotant des mots doux. Sa délicatesse l'émut, et elle accepta son intrusion sans difficulté.

Il commença à se mouvoir en elle sans hâte. C'était exquis, mais très vite, elle se rendit compte qu'elle voulait davantage. Elle voulait qu'il se lâche, qu'il succombe totalement à son désir. Enroulant les jambes autour de sa taille, elle l'encouragea.

Il ne se le fit pas dire deux fois.

Il était trop grand pour elle, trop fort, trop féroce… Absolument parfait.

Le soleil explosa et, ensemble, ils s'envolèrent vers la jouissance suprême.

Il n'avait jamais fait l'amour à une femme qui portait des slips ornés de lapins. Cela dit, dans ce domaine, Molly n'était pas comme les autres – à bien des égards. Son enthousiasme, sa générosité… Pourquoi s'en étonnait-il ?

Kevin lui caressa la hanche en songeant au bonheur qu'il venait de connaître. Elle avait peut-être une âme d'enfant, mais elle était femme jusqu'au bout des ongles.

Quant à lui, il était dans un sacré pétrin. En un après-midi, il avait détruit tout ce qu'il avait tenté d'accomplir en l'ignorant. Il tenta de se remémorer les raisons pour lesquelles il l'avait tenue à distance. Primo, ils allaient bientôt divorcer – ce qui contrarierait sa sœur qui se trouvait être la propriétaire de l'équipe qu'il avait l'intention d'emmener jusqu'au Super Bowl cette année-là.

Mais pour l'heure, il préférait ne pas y penser.

— Au fond, tu n'es pas si mauvais que cela. En tant qu'amant, j'entends.

Il esquissa un sourire, mais opta pour le sarcasme.

— Je sens venir un moment de tendresse. Tu veux un mouchoir ?

— Ce que je veux dire, c'est que… Eh bien, la dernière fois…

— Ne me raconte pas.

— Je n'avais que cela comme élément de comparaison.

— Pour l'amour du…

— Je sais, c'est injuste. Tu dormais. Tu n'étais pas consentant. Je ne l'ai pas oublié.

Il la serra contre lui, et s'entendit déclarer :

— Il serait peut-être temps.

— Pardon ? fit-elle en relevant la tête.
— C'est du passé. Et je t'ai pardonné.
Les yeux de Molly se remplirent de larmes.
— Tu plaisantes, n'est-ce pas ?
— Pas du tout.
— Oh ! Kevin, je…
Comme il n'était pas d'humeur à discuter, il lui refit l'amour.

19

Absolument !
« Les athlètes n'ont-ils qu'une seule idée en tête ? » (notes en vue d'un article pour *Nénettes*)

Assise sous le belvédère, Molly rêvassait au lieu de préparer sur la place le goûter auquel elle avait invité tous les pensionnaires et locataires. Après le petit-déjeuner, elle était allée en ville acheter un gâteau supplémentaire et des sodas, mais en fait de délices, elle ne pensait qu'à celles partagées la veille avec Kevin.

Une portière de voiture claqua, lui arrachant un sursaut. Elle leva les yeux et vit le parangon qu'il venait d'interviewer s'installer au volant d'une vieille Crown Victoria. Molly l'avait aperçue à son arrivée et l'avait détestée d'emblée. Un seul coup d'œil aux lunettes de lecture suspendues à une chaîne autour de son cou suffisait pour deviner que cette femme ne brûlait jamais le moindre cake.

Kevin apparut sur le porche. Machinalement, Molly lui fit signe, puis s'en voulut de paraître trop empressée. Si seulement elle pouvait se comporter comme ces créatures mystérieuses qui maîtrisent un homme d'un battement de cils ou d'un regard incandescent. Mais elle ne l'était pas, et de toute façon, Kevin n'était pas homme à se laisser maîtriser.

Tandis qu'elle le regardait, un flot de sensations envahit Molly. Désormais, ce corps magnifique, elle le connaissait par cœur. Un frisson la parcourut. Elle était certaine qu'il avait pris plaisir à lui faire l'amour la veille – et n'était pas mécontente de ses propres prouesses –, mais elle savait aussi que cet interlude ne signifiait pas la même chose pour lui que pour elle. Il s'était montré si... tendre, si brutal, si passionné. Plus encore que dans son imagination. Jamais elle ne s'était à ce point entichée d'un homme.

Kevin s'immobilisa brusquement. Molly nota tout de suite ce qui avait attiré son attention. Un garçon de neuf ans se tenait à la lisière de la place, un ballon dans les mains. Il s'appelait Cody. Ses parents l'avaient présenté à la jeune femme la veille, alors qu'elle leur confiait les clés du chalet *Prés verdoyants*.

Kevin ignorait probablement son existence. Entre leur expédition en planeur et leurs ébats, il n'avait pas eu l'occasion de le croiser, et elle n'avait pas songé à lui en parler.

Remis de sa surprise, il rejoignit l'enfant, Rou sur ses talons. Molly était trop loin pour entendre ses paroles, mais il avait dû les présenter, car Cody se raidit comme la plupart des gamins en présence d'un athlète connu.

Kevin lui ébouriffa les cheveux, puis lui prit doucement le ballon. Il le fit passer plusieurs fois d'une main dans l'autre, redit quelques mots, et indiqua la place. Cody le fixa d'un air ahuri, puis il piqua un sprint pour recevoir sa toute première passe du grand Kevin Tucker.

Molly sourit. Avec plusieurs décennies de retard, Kevin avait enfin un compagnon de jeu au domaine de Wind Lake.

Rou s'en mêla, leur mordillant les chevilles et leur barrant le chemin, mais ni l'un ni l'autre ne parut s'en soucier. Cody était un peu lent et d'une maladresse émouvante, mais Kevin continua de l'encourager.

— Tu as un bon bras pour un garçon de douze ans.

— Je n'ai que neuf ans.

— Alors bravo !

Cody sourit de toutes ses dents et redoubla d'efforts. Il accéléra pour attraper le ballon et tenta sans succès d'imiter le geste de Kevin en le lui renvoyant.

Au bout d'une demi-heure, il se fatigua, mais Kevin était trop occupé à réécrire le passé pour s'en rendre compte.

— Bravo, Cody ! Détends le bras et accompagne ton mouvement avec le corps !

Cody fit de son mieux, mais il s'était mis à jeter de fréquents coups d'œil à son bungalow. Kevin, lui, ne pensait qu'à s'assurer que l'enfant ne souffrirait pas comme lui d'une solitude insupportable.

— Molly ! cria-t-il. Tu as vu comme il lance bien ?

— Oui.

Cody traînait la patte et même Rou semblait las. Mais Kevin demeurait entièrement concentré sur le jeu.

Molly s'apprêtait à intervenir quand les trois frères O'Brian – six, neuf et onze ans – émergèrent des bois derrière le chalet *L'Échelle de Jacob*.

— Hé, Cody ! Va mettre ton maillot ! On peut aller à la plage !

Le visage de Cody s'illumina.

Kevin parut abasourdi. Elle aurait dû le prévenir que certaines des familles arrivées la veille avaient des enfants.

Vaguement mal à l'aise, Cody serra son ballon contre sa poitrine.

— C'était bien de jouer avec vous, monsieur Tucker mais… euh… je dois rejoindre mes amis. Si ça ne vous ennuie pas ? ajouta-t-il en s'éloignant à reculons. Si… si vous ne trouvez personne d'autre avec qui jouer, je peux revenir plus tard.

Kevin se racla la gorge.

— Aucun problème. Va t'amuser avec tes copains.

Cody ne se fit pas prier.

Kevin s'approcha de Molly d'un pas lent. Il paraissait si désemparé qu'elle dut se mordre la lèvre pour ne pas sourire.

— Tu peux jouer avec Rou, suggéra-t-elle.

Ce dernier se réfugia sous le belvédère en gémissant.

— D'accord, concéda Molly en se levant. Je veux bien me sacrifier à condition que tu me ménages.

Il secoua la tête, perplexe.

— D'où sortent tous ces gamins ?

— L'école est finie. Je t'avais dit qu'ils finiraient par venir.

— Mais... combien sont-ils ?

— Voyons... Les O'Brian sont trois, et Cody a une petite sœur. Deux des familles ont chacune une adolescente.

Kevin se laissa tomber sur une marche et Molly s'assit à côté de lui.

— Tu feras leur connaissance tout à l'heure, reprit-elle. J'ai prévu le goûter ici pour fêter le début d'une nouvelle semaine.

Il regarda devant lui sans mot dire.

— Désolée que ton copain t'ait lâché, gloussa-t-elle.

— Je me suis ridiculisé, n'est-ce pas ?

Bouleversée, elle posa la joue sur son épaule.

— Oui, mais tu n'as pas à en rougir. Tu es vraiment très gentil.

Il lui sourit. Elle lui sourit en retour. Et c'est là qu'elle comprit. Il ne s'agissait pas d'un simple béguin. Elle était follement éprise. Horrifiée, elle s'écarta.

— Qu'y a-t-il ?

— Rien ! Je... Il y a encore une famille... Des gens qui vont arriver dans la journée avec... des enfants. Les Smith. Ils n'ont pas précisé combien ils étaient. C'est Amy qui a pris la réservation.

Follement éprise de Kevin Tucker ! Quelle catastrophe ! N'avait-elle donc rien appris ? Elle savait depuis l'enfance qu'il était impossible de forcer quelqu'un à l'aimer, pourtant, une fois de plus, elle était retombée dans le vieux schéma si destructeur. *Quid* de ses rêves, de ses espoirs ? *Quid* de sa Grande Histoire d'Amour ?

Pour un peu, elle aurait enfoui le visage entre ses mains et fondu en larmes. Elle voulait l'amour, Kevin n'était intéressé que par le sexe. Il s'agita et elle suivit la direction de son regard. Les O'Brian jouaient à chat perché en attendant Cody, parti enfiler son maillot. Deux filles d'environ quatorze ans revenaient de la plage avec une « boom box ».

— J'hallucine ! souffla Kevin. Ce n'est plus le même endroit.

— En effet. Tout change... Cette femme que tu viens d'engager. Elle débute demain ?

— Elle veut que je renvoie Amy d'abord.

— Quoi ? C'est impossible ! Amy fait désormais tout ce que tu lui demandes en temps et en heure. Et elle est formidable avec les hôtes. Sérieusement, Kevin ! insista-t-elle en se levant d'un bond. Tu devrais exiger qu'elle cache ses suçons, mais tu ne peux pas la virer.

Il ne réagit pas. Molly paniqua.

— Kevin...

— Du calme ! Je n'ai pas l'intention de la virer. C'est du reste pour ça que cette vieille peau est partie furieuse.

— Dieu soit loué ! Qu'avait-elle à reprocher à Amy ?

— Apparemment, Amy et sa fille ont fréquenté le même lycée et ne se sont jamais entendues. Si la fille ressemble à la mère, je suis du côté d'Amy.

— Tu as bien fait.

— Sans doute. Mais la ville n'est pas grande, et ma liste de candidats était courte. Les étudiants sont tous allés travailler sur l'île de Mackinac, et le genre de personne qu'il me faut ici n'acceptera jamais un contrat qui s'arrête fin septembre.

— Voilà qui règle ton problème. Garde le domaine et embauche quelqu'un à temps plein.

— Pas question. Mais j'ai une autre idée.

Il se leva et la dévisagea, une lueur taquine dans les prunelles.

— T'ai-je dit que tu es très belle toute nue ?
Elle eut un frémissement.
— Quelle est cette idée ? murmura-t-elle.
— Tu as des animaux sur ta culotte, aujourd'hui ? s'enquit-il en baissant le ton.
— Je ne m'en souviens plus.
— Dans ce cas, je vais devoir vérifier.
— Certainement pas !
— Ah, non ? Et qui va m'en empêcher ?
— Elle est en face de toi, gros nul !
Molly sauta des marches et traversa la place au pas de course, ravie d'avoir un prétexte pour se défouler. Mais au lieu de se réfugier dans la maison d'hôtes, où elle aurait été en sécurité, elle se faufila entre les chalets jusqu'au bois où... elle ne le serait plus du tout.
Enchanté par ce nouveau jeu, Rou la suivit en jappant. Elle se demanda un instant si Kevin l'avait imité, mais elle aurait eu tort de s'inquiéter. Il la rattrapa à l'entrée du chemin et l'entraîna dans la forêt.
— Arrête ! Lâche-moi ! s'écria-t-elle en lui tapant sur le bras. Tu m'avais promis de transporter les tables sous le belvédère.
— Pas avant d'avoir vu le dessin du jour sur ton slip.
— C'est Daphné, d'accord ?
— Comme hier ?
— J'en ai plusieurs.
— Je crois que tu mens, répliqua-t-il. La ferme, Godzilla ! ajouta-t-il comme Rou bondissait autour d'eux en aboyant. Nous sommes occupés.
Le chien se tut obligeamment.
— Laisse-moi ! s'entêta Molly.
— Hier soir, tu ne me repoussais pas.
— On pourrait nous voir.
— Je raconterai que tu as été piquée par une abeille et que je m'efforce de retirer le dard.
— Pas touche à mon dard !
Mais déjà, il avait baissé son short à mi-cuisses.
— C'est le blaireau ! s'exclama-t-il. Tu m'as menti.

— Je n'ai pas fait attention en m'habillant.

— Ne bouge pas. Je crois bien que j'ai trouvé le dard.

Elle s'entendit soupirer.

— Oui… murmura-t-il en se pressant contre elle. Le voilà.

Une demi-heure plus tard, alors qu'ils émergeaient du bois, un 4 × 4 à l'allure familière vint se garer devant la maison d'hôtes. Kevin se dit que ce devait être une simple coïncidence, mais Rou se mit à aboyer frénétiquement et se précipita vers la voiture.

Molly poussa un cri de joie et l'imita. Les portières s'ouvrirent, un caniche ressemblant à Rou jaillit dehors. Puis des enfants. On aurait dit qu'il y en avait une douzaine, mais en fait ils n'étaient que quatre, tous des Calebow.

L'estomac de Kevin se noua. S'ils étaient là, leurs parents l'étaient aussi.

Il ralentit le pas tandis que la belle blonde, propriétaire des Chicago Stars, et son légendaire mari descendaient du véhicule, Phoebe du côté conducteur, Dan du côté passager. Il n'en fut pas surpris. Dans cette famille, on se partageait les tâches en fonction des circonstances. Malheureusement, il craignait que ni elle ni lui n'apprécient la situation à Wind Lake.

Quelle était cette situation ? Depuis bientôt deux semaines, il se comportait comme s'il avait perdu la tête. Le stage de remise en forme débutait dans moins d'un mois, mais il était constamment occupé, soit à rigoler avec Molly, soit à s'emporter contre elle, soit à la séduire. Il n'avait pas visionné un seul match depuis des jours et ne s'entraînait pas suffisamment. Il ne songeait qu'à passer du temps avec Molly, cette femme-enfant impertinente, qui n'était ni belle ni réservée, et encore moins accommodante. Une véritable peste. Une adorable peste.

Quel dommage qu'elle soit la sœur de Phoebe ! Pourquoi ne l'avait-il pas rencontrée dans un bar ? Il tenta de l'imaginer en robe moulante, les paupières fardées, mais une seule image le hantait : celle de Molly le matin même, en slip et tee-shirt (le sien), pieds nus calés sur le barreau de la chaise, cheveux en désordre et regard pétillant par-dessus le rebord d'un mug Jeannot Lapin.

À présent, Molly étreignait ses nièces et son neveu sans se soucier de ses vêtements fripés et des aiguilles de pin dans sa chevelure. Il n'avait pas meilleure allure, et un regard un tant soit peu perspicace devinerait tout de suite ce qu'ils venaient de faire.

Phoebe et Dan Calebow se tournèrent vers lui. Il fourra les mains dans ses poches et feignit la nonchalance.

— Salut ! Quelle bonne surprise !

— C'est ce qu'on a pensé, répondit froidement Phoebe.

Dan le fixa d'un air soupçonneux et Kevin ravala son angoisse en se disant qu'il était intouchable puisqu'il était le meilleur quaterback de la ligue.

Mais aucun membre de l'équipe ne serait intouchable tant que les Calebow tiendraient les rênes des Chicago Stars, et Kevin songea qu'il devait redoubler de prudence. S'ils décidaient de l'éloigner de Molly, ils le convoqueraient dans leur bureau un de ces jours pour lui annoncer qu'il faisait partie d'un vaste *mercato*. Nombre d'équipes seraient plus qu'enchantées de l'accueillir, et il risquait de se retrouver du jour au lendemain au bas du tableau.

— Tu es étonnée de nous voir, tante Molly ?

— Rou ! Kangou est là pour jouer avec toi !

—... et maman a dit qu'on pourrait nager dans un...

—... tombé de la balançoire et j'ai eu un œil au beurre noir !

—... ce garçon lui téléphone tous les jours, alors que...

—... ensuite il a vomi partout sur le...

—... papa dit que je suis trop jeune, mais...

Molly portait son attention de l'un à l'autre, son expression passant de la compassion à l'intérêt et à l'amusement. Les Calebow étaient sa véritable famille.

Cette révélation lui fit l'effet d'un coup de poignard. Pourtant, Molly et lui étaient loin d'en former une, alors de quoi se sentait-il privé ? Ce devait être un réflexe remontant à l'enfance, quand il rêvait de faire partie d'un clan comme celui-là.

— Mon Dieu ! s'exclama soudain Molly. Les Smith, c'est vous !

Les gamins éclatèrent de rire.

— On t'a eue, on t'a eue, tante Molly !

Kevin se rappela que Molly l'avait prévenu de l'arrivée imminente d'une famille Smith. Aïe ! Aïe ! Aïe !

— Amy était au courant ? s'enquit Molly auprès de sa sœur.

Tess gloussa.

— Maman ne lui a rien dit. On voulait te faire une surprise.

— On va rester toute la semaine ! ajouta Andrew. Et je veux dormir avec toi.

« Bravo, Andrew, le félicita Kevin en silence. Tu viens de jeter ce cher oncle Kevin dehors. »

Molly lui caressa la tête, mais ne répondit pas. Simultanément, elle tendit le bras vers la plus réservée des Calebow. Comme toujours, Hannah se tenait légèrement à l'écart, mais son regard brillait d'excitation.

— J'ai inventé une nouvelle aventure pour Daphné, chuchota-t-elle. J'ai tout écrit dans mon cahier à spirale.

— J'ai hâte de la lire.

— On peut voir la plage, tante Molly ?

Dan prit les clés de la main de Phoebe et pivota vers Kevin.

— Tu pourrais peut-être me montrer notre bungalow afin que je décharge le coffre ?

— Bien sûr.

Exactement ce qu'il redoutait. Dan s'était donné pour mission d'évaluer les souffrances que Kevin avait infligées à sa précieuse Molly. Pourtant, ce dernier avait l'impression que c'était lui qui souffrait d'une blessure à la tête.

— On vous a attribué le bungalow *La Trompette de Gabriel*, précisa Molly. La porte est ouverte.

Kevin traversa la place à pied tandis que Dan remontait dans le 4 × 4. Ils échangèrent quelques mots sur l'équipe tout en vidant la voiture, mais Kevin connaissait Dan par cœur. Comme prévu, celui-ci ne tarda pas à aborder le sujet qui le préoccupait.

— Alors ? Que se passe-t-il ici ? demanda-t-il en claquant un peu trop fort une portière.

Kevin décida d'opter pour la tactique de Molly, à savoir, faire comme si de rien n'était. Il se pencha pour ramasser un panier.

— La vérité, c'est que je traverse une période éprouvante. Je n'imaginais pas que j'aurais autant de mal à trouver quelqu'un pour gérer le domaine.

Julie, Tess et Andrew surgirent.

— Papa ! On a besoin de nos maillots pour aller se baigner avant le goûter !

— Vous avez vu notre chalet ? s'exclama Julie. Comme il est mignon !

Molly, Phoebe et Hannah les rejoignirent. Molly paraissait tendue, et Phoebe observait Kevin d'un œil sévère.

— L'eau est glacée, les filles ! prévint Molly. Rien à voir avec celle de votre piscine.

— Il y a des serpents dans le lac ?

La question venait de Hannah, qui paraissait inquiète.

— Non, ma chérie, répondit Kevin. Tu veux que je vous accompagne ?

Elle lui adressa un sourire reconnaissant.

— Ça ne t'ennuie pas ?

— Pas du tout. Va enfiler ton maillot, je vous retrouve là-bas. Ta tante vient aussi, enchaîna-t-il, réticent à laisser Molly avec l'ennemi. Elle adore nager dans le lac. Pas vrai, Molly ?

— Oh, oui ! assura-t-elle, soulagée. Allons-y tous ensemble.

Ils saluèrent les Calebow et s'éloignèrent. Kevin crut entendre Dan murmurer quelque chose à Phoebe, mais il ne comprit qu'un seul mot : « Serpentard. »

Dès qu'ils furent hors de vue, Molly se montra agitée.

— Il faut absolument que tu déménages tes affaires ! Je ne veux pas qu'ils sachent que nous couchons ensemble.

Vu leur état en sortant des bois, Kevin se dit qu'il était trop tard. Toutefois, il acquiesça.

— Et débrouille-toi pour éviter tout tête-à-tête avec Dan, continua-t-elle. De mon côté, je m'arrangerai pour qu'un au moins des enfants soit dans les parages quand je serai avec Phoebe.

Avant qu'il puisse lui répondre, elle fonça vers son bungalow. Kevin donna un coup de pied dans les gravillons et se dirigea vers la maison d'hôtes. Pourquoi ce besoin de dissimuler leur relation ? Non pas qu'il tienne à ce qu'elle en parle – la situation était déjà assez compliquée comme ça. Mais, contrairement à lui, Molly ne risquait pas d'être échangée contre un joueur de Détroit. Pourquoi ne les envoyait-elle pas promener ?

Plus il y songeait, plus son attitude l'ennuyait. Que lui se taise, d'accord, mais elle ?

20

Autrefois, une fille qui aimait bien un garçon faisait toujours en sorte qu'il gagne lorsqu'ils jouaient aux cartes ou à un jeu de société.
« Jouer à la dure », paru dans *Nénettes*

Ils se changèrent à temps pour assister au goûter de Molly, qu'elle avait avancé à 15 heures par égard pour les enfants. Elle eut beau se plaindre auprès de Phoebe que les assiettes en carton et le gâteau en provenance d'une pâtisserie étaient rédhibitoires lorsqu'il s'agissait d'avoir une photo dans le magazine *Victoria*, Kevin savait qu'elle se souciait davantage de passer du bon temps que d'étaler la vaisselle en porcelaine.

Il salua Lilly d'un signe de tête lorsqu'elle arriva en compagnie de Charlotte Long et de l'amie de cette dernière, Vivianne. Les locataires des bungalows semblaient vouloir la protéger des regards curieux des pensionnaires de la maison d'hôtes. Il envisagea d'aller bavarder avec elle, puis y renonça car il ne savait pas quoi lui dire.

Molly était entourée de gamins et de caniches surexcités. Elle avait une barrette rouge en forme de cœur dans les cheveux, portait un jean rose, un débardeur violet et les lacets de ses tennis étaient bleus. Un arc-en-ciel ambulant, songea-t-il en esquissant un sourire.

— Georges ! s'écria-t-elle en sautillant et en agitant les bras tandis que Liam Jenner descendait de son pick-up pour les rejoindre. Georges Smith ! Merci d'être venu !

Jenner s'esclaffa et l'étreignit. Il était drôlement bien conservé pour son âge, et Kevin n'appréciait guère de les voir aussi complices.

— Il faut absolument que je vous présente ma sœur. Elle a géré une galerie à New York par le passé, mais je ne lui révélerai pas votre identité, assura-t-elle, l'œil pétillant.

En se dirigeant vers Phoebe, le peintre passa devant Lilly sans lui dire bonjour. Peut-être en avait-il eu assez de ses rebuffades matinales autour de la table de la cuisine. Kevin avait du mal à comprendre. Si Lilly ne supportait pas sa présence, pourquoi s'obstinait-elle à descendre prendre son petit-déjeuner ?

Il porta le regard de Lilly à Molly et se demanda à quel moment précis il avait cessé de s'entourer uniquement de femmes peu exigeantes et discrètes. Il coiffa sa casquette de base-ball et se promit de visionner un match dans la soirée.

Les hommes souhaitaient discuter football. Kevin et Dan se plièrent volontiers à leur désir. Aux alentours de 17 heures, les adultes s'éparpillèrent, mais les enfants s'amusaient beaucoup et Kevin décida qu'il leur installerait un panier de basket dès le lendemain. Il achèterait peut-être aussi des matelas pneumatiques pour la baignade. Et des vélos.

Cody et les frères O'Brian surgirent, en nage et le teeshirt maculé de terre.

— Hé, Kevin ! On peut jouer au base-ball ?

Il sourit. Une partie de base-ball, là où les offices se tenaient autrefois ?

— Bien sûr ! Écoutez-moi ! Tous ceux qui veulent jouer, levez la main !

Les exclamations fusèrent. Tess et Julie se ruèrent vers lui, Andrew poussa un hurlement de joie. Même les adultes semblaient intéressés.

— Cody, tu veux être capitaine ? s'enquit Kevin.

— Oh, oui !

Il scruta le groupe en quête d'un deuxième capitaine et faillit sélectionner Tess, mais l'attitude de Hannah, assise aux pieds de son père, les chiens sur ses genoux, le toucha. Il l'avait vue soulever la main de deux centimètres avant de la laisser retomber sur sa cuisse.

— Hannah, qu'en dis-tu ? Tu veux être le second capitaine ?

À la grande surprise de Kevin, Dan baissa le nez et grogna.

— Non, Kevin ! protestèrent Julie et Tess à l'unisson. Pas Hannah !

L'intervention de Molly l'étonna plus que tout.

— Euh... il vaudrait peut-être mieux choisir quelqu'un d'autre.

Par chance, Hannah ne s'offusqua pas. Elle se mit debout, défroissa son short et lui adressa un sourire semblable à celui de sa tante.

— Merci, Kevin. Ils ne me confient jamais le rôle de capitaine.

— C'est parce que tu...

Phoebe plaqua la main sur la bouche de Tess, mais même elle paraissait inquiète.

Kevin était dégoûté. Il avait le sens de la compétition, mais jamais il ne s'était abaissé à vexer une gamine sous prétexte qu'elle n'était pas particulièrement sportive.

— Ne fais pas attention à eux, ma chérie. Tu seras parfaite. Tiens ! Tu vas même être la première à désigner un équipier.

— Merci.

Kevin était persuadé qu'elle pointerait le doigt soit sur lui soit sur son père. Elle le sidéra en élisant sa mère. Phoebe jouait si mal que les vétérans des Stars avaient pris l'habitude de programmer leurs rendez-vous de dentiste de manière à pouvoir quitter le pique-nique annuel avant le match de base-ball traditionnel.

— Je choisis Maman.

Kevin se pencha pour lui chuchoter à l'oreille :

— Au cas où tu hésiterais, Hannah, tu peux sélectionner qui tu veux, y compris les garçons. Ton père, par exemple. Ou moi. Tu es certaine de vouloir prendre ta mère dans ton équipe ?

— Elle en est certaine, soupira Dan. C'est reparti pour un tour.

Hannah leva les yeux sur Kevin et murmura :

— Maman est blessée quand personne ne veut d'elle dans son camp.

Tess enfonça le clou comme seule une gamine de onze ans pouvait le faire.

— C'est parce qu'elle est nulle !

Phoebe renifla et tapota l'épaule de son capitaine, oubliant comme par hasard sa réaction initiale.

— Laisse tomber, Hannah. La volonté de gagner est plus importante que l'habileté naturelle.

Contrairement à Hannah, Cody n'était pas idiot.

— Je prends Kevin.

Dan quitta son fauteuil et se rapprocha de Hannah.

— Mon ange, ne m'oublie pas. Si tu ne me choisis pas, je serai vexé.

— Mais non, riposta-t-elle avec un sourire désarmant avant de pivoter vers Lilly, qui discutait jardinage avec une dame d'un certain âge. Vous !

— Moi ? s'étonna Lilly. Seigneur ! enchaîna-t-elle, visiblement ravie. Je n'ai pas joué au base-ball depuis l'adolescence !

Hannah sourit à sa mère.

— On va former une super équipe. La volonté de gagner avant tout.

Cody, qui ne laissait jamais traîner les choses, opta pour Dan.

Une fois de plus, Kevin voulut aider Hannah en lui indiquant l'aîné des O'Brian.

— J'ai regardé Scott lancer le ballon tout à l'heure. C'est un bon athlète.

— Épargne ta salive, grommela Dan.

— Andrew, lança-t-elle. Tu vois, Andrew, ce n'est pas parce que tu n'as que cinq ans que personne ne veut de toi !

— Tess ! annonça Cody.

— Tante Molly ! décréta Hannah, rayonnante.

Kevin poussa un soupir. Pour l'heure, Cody disposait d'un quaterback en activité, d'un ex-quaterback de la NFL et de l'une des fillettes les plus sportives du nord de l'Illinois. Hannah, en revanche, avait sa mère, la plus mauvaise joueuse de l'histoire du base-ball, son frère de cinq ans et Molly... Molly qui... eh bien, Molly qui retournait les canoës, essayait de se noyer et détestait le sport en général.

Cody jeta ensuite son dévolu sur les adolescentes, le deuxième des frères O'Brian – une armoire à glace – et ses deux parents, en pleine forme.

Hannah sélectionna le cadet des O'Brian, un gosse de six ans dont Kevin était à peu près sûr qu'il cachait son doudou dans les buissons. Elle se rattrapa en prenant Julie (qui faisait de la danse) et Liam Jenner pour des raisons plus obscures.

— Il m'a fait un très beau dessin de Kangou et de Rou, expliqua-t-elle.

Cody compléta son équipe avec les jeunes adultes, et Hannah, avec tous les vieux qui acceptaient de jouer.

Kevin prévoyait un véritable massacre.

Les garçons coururent chercher leur équipement dans leurs bungalows respectifs, et M. Canfield, qui souffrait d'une crise d'arthrite, proposa ses services en tant qu'arbitre.

Par tirage au sort, l'équipe de Hannah fut la première à prendre la batte, et Kevin se retrouva sur la butte du lanceur, face à Linus, six ans. Il se débrouilla pour que le petit puisse gagner le premier but.

Hannah lui présenta ensuite Andrew. Celui-ci rata son premier coup, mais il avait le geste inné. Il lui relança donc la balle avec un peu plus de force. Molly le fusilla du regard, l'air de dire : « Il a cinq ans, triple andouille. Tu ne vas pas le faire éliminer d'emblée sous prétexte que tu veux à tout prix gagner, j'espère ? »

Kevin envoya plus doucement, et Andrew frappa la balle légèrement vers la droite. Loin de se douter qu'un petit Calebow pouvait être dangereux, l'aîné des O'Brian fut pris de court. Résultat : Linus réussit à gagner le troisième but et Andrew, le deuxième, surveillé par son père. Dan lui ébouriffa les cheveux.

— Kevin ? s'enquit poliment Hannah. C'est au tour de M. McMullen. Il veut savoir s'il peut se servir de son déambulateur ?

« Va pour le massacre », songea Kevin.

Enfin, ce fut au tour de l'équipe de Cody de frapper. Kevin était à la batte. Près de la butte du lanceur, il vit l'adorable Hannah au grand cœur en plein conciliabule avec les quatre cavalières de l'Apocalypse : Molly, Phoebe, Lilly et Julie. Pour finir, elles s'éparpillèrent, laissant leur lanceuse sur le monticule.

Molly, la reine du Bois des Rossignols.

Kevin ne put retenir un sourire. Aha ! Voilà qui venait épicer la partie. Et devinez quoi, les amis ? Benny le blaireau serait sans pitié avec Daphné la lapine.

Molly essaya de l'intimider en le fixant droit dans les yeux, mais elle était nerveuse. Et pour cause ! Elle était face à une star de la NFL. Prétendant au trophée Heisman. Un vrai pro. Elle avait de quoi s'inquiéter.

— Essaie simplement d'éviter ma tête, mon trésor, susurra-t-il. J'aime mon nez tel qu'il est.

— Mon vieux, tu viens de commettre une erreur, commenta Dan.

Mais oui, bien sûr...

Molly effectua plusieurs rotations du bras en guise d'échauffement. Kevin tapa sa batte sur le sol et attendit la balle en se faisant la réflexion qu'elle était sacrément mignonne. Ses lèvres étaient toutes roses là où elle les avait mordillées, son tee-shirt moulait ses seins à la perfection. En prenant son élan, elle remua son popotin comme la veille…

Il était tellement distrait qu'il ne vit pas la balle passer.

— Loupé ! tonna M. Canfield.

Un coup de veine, rien de plus. Il s'était laissé déconcentrer. Il s'écarta de la base.

Elle en était consciente, elle aussi, car elle paraissait encore plus agitée qu'auparavant.

— Joli, Daphné ! Tu crois que tu vas pouvoir réitérer ton exploit ?

— J'en doute.

Oui, elle était à cran. Terriblement sexy. Il adorait la façon dont elle faisait l'amour, corps et âme.

La balle arriva à toute vitesse, mais cette fois, il était prêt – sauf qu'elle tomba à la dernière minute à ses pieds et que sa batte ne rencontra que de l'air.

— Bravo, tante Molly !

— Merci, Hannah.

Kevin n'en revenait pas.

— Félicitations, grogna Dan derrière lui.

Molly effleura la courbe intérieure de sa poitrine de l'index. Elle s'humecta les lèvres. Seigneur ! Il brûlait de désir pour elle ! Dès la fin de la partie, il la traînerait dans les bois, famille ou pas.

Elle se mit en position, et à l'instant précis où elle lança la balle, posa les yeux sur son entrejambe. Instinctivement, Kevin recula pour se protéger. Résultat : une frappe molle. Il se mit à courir. Molly rattrapa la balle et la lança vers le premier but à Julie, qui la saisit au vol en exécutant une pirouette digne du *Lac des cygnes*.

Il était évincé ! Évincé ! Il se tourna vers Molly, sidéré.

— T'ai-je dit que j'étais allée en colonie de vacances neuf ans d'affilée ? railla-t-elle.

— Il me semble que oui, fit-il, mais il savait qu'on n'apprenait pas ce genre de ruse en colo.

À la fin de la première manche, le score était de zéro pour les Sportifs, deux pour les Nuls.

Elle passa devant lui en sautillant pour prendre sa place sur le terrain.

— Belle journée, n'est-ce pas ? lança-t-elle.

— Je croyais que tu n'étais pas douée en sport.

— J'ai dit que je n'aimais pas ça, camarade ! Nuance.

— La prochaine fois que tu lorgneras ma braguette, tu as intérêt à être couchée sur le dos, marmonna-t-il.

Elle s'esclaffa et s'éloigna en courant.

Lilly était la première à frapper. Vêtue de la tête aux pieds en Gucci, bagues et bracelets étincelants, elle ôta ses sandales à imprimé léopard et ses lunettes de soleil Chanel. Elle exécuta quelques mouvements d'échauffement, puis se positionna sur la base comme si elle était chez elle. Kevin comprit alors qu'il n'avait pas hérité ses qualités d'athlète uniquement du cascadeur.

Elle arqua un sourcil.

Il ne tenta pas de la piéger, mais elle était rouillée et laissa passer la balle.

— Balle fausse !

Kevin recommença, et cette fois, elle réussit son coup. Sous les hurlements d'encouragement de son équipe, elle atteignit le deuxième but.

— Pas mal, commenta-t-il.

— Je ne suis plus dans la fleur de l'âge, constata-t-elle.

Vint le tour du capitaine Hannah, grave et solennelle, affichant le même air angoissé que sa tante. Ses cheveux châtains étaient plus clairs que ceux de Molly, mais elle avait le même menton volontaire, les mêmes yeux en amande. C'était une enfant sérieuse, appliquée, ordonnée. Son tee-shirt était dénué de taches de gâteau au chocolat. Kevin aperçut le bout d'un carnet de notes dépassant de la poche arrière de son short et fondit. Elle était davantage la fille de Molly que celle de Phoebe et de Dan. À quoi son bébé aurait-il ressemblé ?

Tout à coup, sa gorge se serra.

— Je ne suis pas très bonne, le prévint Hannah.

— Première balle !

Elle paniqua.

— Je suis meilleure en dessin. Et j'écris des histoires.

— Hannah, tais-toi ! coupa son imbécile de père depuis la deuxième base.

Kevin avait toujours considéré Dan Calebow comme un père modèle, preuve qu'il pouvait se tromper gravement, parfois. Kevin lui coula un regard noir et lança si doucement qu'il n'atteignit pas le marbre.

— Deuxième balle !

Hannah était à bout de nerfs.

— Qu'est-ce que je serai contente quand tout ça sera fini !

Attendri, Kevin mesura sa force. Hannah frôla la balle d'un swing maladroit.

Il alla la chercher, mais en prenant tout son temps afin qu'elle puisse se rendre sur le premier but. Malheureusement, Cody ne la rattrapa pas, et Hannah put poursuivre jusqu'au deuxième but.

Au milieu d'un chœur d'exclamations, Lilly marqua un point.

Les Nuls, trois, les Sportifs, zéro.

Il inclina la tête vers Hannah.

— Je tape mal, mais je cours vite, dit-elle d'une petite voix.

— Seigneur ! grommela Dan, dépité.

Kevin s'apprêtait à la réconforter quand la fillette échangea un coup d'œil avec sa tante. Il faillit tomber à la renverse. Ooooh ! La petite peste !

La complicité entre la tante et la nièce était si palpable qu'il faillit s'étrangler. Elle l'avait dupé ! Hannah était aussi espiègle et futée que Molly !

Il pivota vers Dan, qui afficha une expression penaude.

— Phoebe et moi n'arrivons pas à savoir si elle planifie tout ou si elle improvise.

— Tu aurais pu m'avertir !

Dan contempla sa fille avec un mélange d'irritation et de fierté paternelle.

— Il fallait que tu le découvres par toi-même.

Le sport vous aidait parfois à y voir clair, en l'occurrence, ce fut le cas – la pseudo-noyade, l'incident du canoë, l'expédition de Marmie dans l'arbre… Molly le menait par le bout du nez depuis le début !

Cody s'avança, visiblement déçu par la performance de son lanceur. L'instant d'après, Kevin se retrouvait sur le deuxième but tandis que Dan prenait place sur la butte.

Hannah l'Arnaqueuse adressa un sourire en coin à Molly, et Kevin comprit pourquoi. C'était au tour de Phoebe de frapper.

Elle se tortilla tant et si bien que Dan commença à transpirer à grosses gouttes. Phoebe roucoula et, deux secondes plus tard, la propriétaire des Stars se perchait sur le premier but pendant que Mlle Hannah se ruait sur le troisième.

Un massacre.

Les Sportifs finirent par vaincre les Nuls, mais uniquement parce que le capitaine Cody eut la présence d'esprit de remplacer Dan par Tess, qui ne se laissait pas distraire par les courbes de ses adversaires. Toutefois, même elle ne put empêcher tante Molly de faire un sans-faute dans la dernière manche.

Pour quelqu'un qui avait horreur du sport, Molly maniait la batte à merveille et courait comme une championne. L'émoi de Kevin était si visible qu'il dut se pencher en avant et se frotter le mollet en feignant de souffrir d'une crampe pour ne pas se ridiculiser. Il se rappela soudain que son lit risquait d'être encombré de gosses pendant toute la semaine. D'après ce qu'il avait compris, Julie y dormirait ce soir. Le lendemain, cet honneur reviendrait à Andrew, puis à Hannah et enfin à Tess. Il envisageait de se glisser dans le bungalow après l'heure du coucher pour enlever tante Molly, lorsqu'il se rappela que Julie avait le sommeil léger à en croire ladite tante.

Avec un soupir, il rajusta sa casquette. Autant se résigner : il serait privé de galipettes pendant plusieurs jours. Le tout-puissant Kevin Tucker était hors-jeu.

21

La forêt était sinistre et Daphné claquait des dents. Et si personne ne la retrouvait ? Par chance, elle avait emporté son sandwich préféré à la laitue et à la marmelade.

Daphné s'égare

Lilly se cala dans sa chaise longue et écouta le tintement du carillon suspendu à une branche de l'arbre de Judée planté près de la terrasse. Elle adorait les carillons, mais Craig les détestait et lui avait interdit d'en disposer dans son jardin. Paupières closes, elle se réjouit que les hôtes se rendent rarement dans ce coin tranquille juste derrière la maison.

Elle avait cessé de s'interroger sur la durée éventuelle de son séjour. Quand viendrait l'heure de s'en aller, elle le sentirait. Aujourd'hui, elle avait passé une journée exquise. Lorsqu'elle avait remporté le point pour son équipe, Kevin avait paru presque fier d'elle, et pendant le pique-nique, il ne l'avait pas délibérément évitée, contrairement à Liam.

— On se cache ?

Elle ouvrit les yeux et son cœur fit un bond en découvrant l'homme auquel elle pensait beaucoup trop sur le seuil de la demeure. Ses cheveux étaient en bataille, ses vêtements fripés. Comme elle, il n'avait pas pris le temps de se changer après la partie de base-ball.

Elle plongea son regard dans le sien.

— Je récupère.

Il se laissa tomber dans le fauteuil à côté d'elle.

— Vous êtes plutôt douée pour une fille.

— Vous aussi, pour un artiste efféminé.

Il bâilla.

— Qui traitez-vous d'efféminé ?

Elle se retint de sourire. Lorsqu'ils étaient ensemble, elle avait du mal à garder son sérieux, et cela ne faisait qu'encourager Liam. Chaque matin, elle se promettait de rester dans sa chambre jusqu'à ce qu'il parte, et chaque matin, elle finissait par descendre. Elle n'en revenait toujours pas de ce qui s'était passé entre eux. Dans cet atelier aux murs de verre, elle avait eu l'impression d'être dans une bulle, coupée du monde. À présent, elle était de retour sur terre.

Elle était aussi vaguement irritée qu'il se soit autant amusé cet après-midi sans elle. Quand il ne riait pas avec Molly, il flirtait avec Phoebe Calebow ou taquinait l'un des enfants. Liam Jenner était du genre bourru, intimidant, et le fait qu'il n'ait effrayé personne l'agaçait.

— Allez vous rafraîchir, reprit-il. Je vais en faire autant, ensuite je vous emmène dîner.

— Merci, mais je n'ai pas faim.

Il poussa un soupir las et appuya la tête contre le dossier de son siège.

— Vous avez décidé coûte que coûte de gâcher notre histoire, n'est-ce pas ? Vous n'allez pas nous laisser la moindre chance.

Elle posa les pieds sur le sol et se redressa.

— Liam, ce qui s'est passé entre nous était une aberration. J'ai été trop seule ces derniers temps, et je me suis abandonnée à une impulsion stupide.

— Ce n'était qu'une question de moment et de circonstances, c'est ça ?

— Oui.

— Cela aurait pu arriver avec n'importe qui ?

Elle aurait voulu acquiescer, mais en fut incapable.

— Non, concéda-t-elle. Vous pouvez vous montrer fort séduisant quand vous le décidez.

— Comme beaucoup d'hommes. Vous devinez qu'il y a quelque chose entre nous, mais vous n'avez pas le cran d'aller voir de plus près.

— C'est inutile. Je sais précisément ce qui m'attire chez vous. J'ai l'habitude.

— Qu'entendez-vous par là ?

Elle tripota ses bagues.

— Je ne suis pas née de la dernière pluie. Le mâle alpha, je connais. L'étalon qui domine le troupeau. Le prince charmant qui résout tous les problèmes de Cendrillon. Les hommes de votre espèce sont ma funeste faiblesse. Mais je ne suis plus une adolescente sans le sou en quête d'un Pygmalion.

— Dieu merci ! J'ai horreur des adolescentes. Et je suis trop égocentrique pour m'occuper de quiconque.

— Vous minimisez délibérément la portée de mes paroles.

— Parce que vous m'ennuyez.

Pas question de se laisser déstabiliser par sa grossièreté, d'autant qu'elle savait que c'était là son but.

— Liam, je suis trop âgée et trop intelligente pour répéter les mêmes erreurs. Oui, vous me plaisez. Mon instinct me pousse dans les bras d'hommes agressifs malgré leur manie de piétiner les femmes qui tiennent à eux.

— Cette conversation est d'une puérilité !

— La preuve : vous ne souhaitez pas en parler, aussi vous me rabaissez pour que je me taise.

— Dommage que ça ne marche pas.

— Je croyais avoir mûri, mais de toute évidence ce n'est pas le cas, sans quoi je vous enverrais promener.

Elle se leva.

— Liam, j'ai eu le tort de m'éprendre d'un homme dominateur une fois dans ma vie et je ne recommencerai plus jamais. J'aimais mon mari. Mais parfois, je le haïssais encore plus.

Elle serra les bras contre sa poitrine, stupéfaite de lui avoir révélé ce secret qu'elle avait elle-même du mal à admettre.

— Il le méritait sans doute. D'après ce que vous m'avez raconté, il avait l'air d'être un salaud.

— Il vous ressemblait énormément !

— Ça m'étonnerait.

— Vraiment ? s'emporta-t-elle en désignant l'arbre de Judée. Il m'interdisait de suspendre des carillons dans le jardin.

— Il avait raison. Ces machins sont insupportables.

— Tomber amoureuse de vous, ce serait retomber amoureuse de Craig.

— Vous êtes cruelle.

— Un mois après sa disparition, j'ai accroché un carillon à la fenêtre de ma chambre.

— N'espérez pas en accrocher un à la fenêtre de la nôtre !

— Nous n'en avons pas. Et si nous en avions une, j'en mettrais autant que je veux.

— Même si je vous demandais de ne pas le faire ?

Elle eut un geste agacé.

— Le problème n'est pas là. C'était juste un exemple !

— Vous ne vous en tirerez pas aussi facilement. C'est vous qui avez abordé le sujet, insista-t-il en se levant à son tour. Je viens de vous dire que ces trucs m'exaspèrent et vous m'avez répondu que vous en accrocheriez malgré tout, c'est bien cela ?

— Vous avez perdu la tête.

— Oui ou non ?

— Oui !

— Parfait, répliqua-t-il avec un soupir de martyr. Si vous y tenez absolument, vous pourrez acheter autant de carillons que vous le souhaiterez. Mais je m'en plaindrai. Fichue pollution sonore ! Et vous céderez sur quelque chose qui compte pour moi.

Elle se prit la tête entre les mains.

— Vous espérez me séduire en me rendant folle ?

— J'essaie de démontrer quelque chose, mais vous vous refusez à le comprendre.

— Éclairez-moi.

— Vous ne permettrez plus à un homme de vous piétiner. Je viens d'essayer, mais vous ne m'avez pas laissé faire, et si je n'ai pas réussi, personne ne réussira. Vous voyez ? Il n'y a pas de problème entre nous.

— Ce n'est pas si simple !

— Et moi ? s'enquit-il en pointant l'index sur son torse. Que dire de ma funeste faiblesse ?

— Je ne comprends pas.

— Peut-être que si vous cessiez de vous concentrer sur votre nombril, vous comprendriez !

— Vous êtes impossible !

— Quelle est la solution, je vous le demande ? Je suis incapable de tourner autour du pot, et je suis trop vieux pour apprendre. Que dois-je faire ?

— Je l'ignore.

— J'éprouve une fascination pour les femmes fortes, celles qui ne s'effondrent pas sous le prétexte qu'un homme ne leur dit pas systématiquement ce qu'elles ont envie d'entendre. Sauf que la femme forte dont je suis amoureux ne veut pas me supporter. Que dois-je faire, Lilly ?

— Oh, Liam… vous n'êtes pas amoureux de moi. Vous…

— Vous devriez croire davantage en vous, marmonna-t-il. En la femme que vous êtes devenue.

La franchise de Liam la décontenança. Il se trompait. La personne qu'il voyait devant lui n'était pas celle qu'elle sentait en elle.

— Vous me claquez la porte au nez depuis suffisamment longtemps, reprit-il en fourrant les mains dans ses poches. Je vous aime, mais j'ai ma fierté, moi aussi.

— J'en suis consciente.

— Le tableau est presque terminé et j'aimerais vous le montrer. Venez chez moi jeudi soir.

— Liam, je...

— Si vous ne vous montrez pas, je ne viendrai pas vous chercher. Vous allez devoir prendre une décision, Lilly.

— J'ai horreur des ultimatums.

— Comme la plupart des femmes fortes, lâcha-t-il en s'éloignant.

Kevin passa l'essentiel des deux jours qui suivirent à tenter de passer un moment seul à seule avec Molly, mais entre ses expéditions en ville pour l'achat de vélos, les exigences des hôtes et les enfants qui déboulaient dès qu'il passait la tête dehors, l'occasion ne se présenta pas. À deux reprises, Dan voulut discuter avec lui, mais ils furent interrompus, la première fois par la sonnerie du téléphone, et la deuxième par un client dont la batterie de voiture était morte. Le mardi soir, il était tellement morose qu'il fut incapable de se concentrer sur le DVD du match qu'il voulait visionner dans son bureau. Plus que cinq semaines avant le stage de remise en forme... Il déposa Rou qui s'était installé sur ses genoux et se leva pour aller se planter devant la fenêtre. Il était à peine 19 heures, mais de gros nuages obscurcissaient le ciel. Où diable était-elle ?

À cet instant, son portable sonna.

— Allô ?

— Kevin, c'est Molly.

— Où es-tu ? tonna-t-il. Je t'avais dit que je voulais avoir une conversation avec toi après le thé.

— J'ai aperçu Phoebe dans l'allée alors je me suis éclipsée par-derrière. Elle me harcèle. Puis je suis tombée sur Tess, et elle a voulu me parler d'un garçon à qui elle plaît beaucoup.

« Ah, oui ? Et qu'en est-il du garçon à qui tu plais ? » faillit-il lui rétorquer.

— Ensuite, j'ai décidé d'aller me promener dans les bois, et une idée m'est venue pour une nouvelle aventure de Daphné. J'étais tellement absorbée dans mes pensées que je me suis perdue.

Pour la première fois de la journée, il se détendit.

— Pas possible !

Comme il desserrait son étreinte sur le téléphone, son estomac gronda. Il se rendit compte qu'il n'avait rien avalé depuis le petit-déjeuner, et gagna la cuisine dans l'intention de se préparer un sandwich. Rou lui emboîta le pas.

— Perdue dans les bois, insista-t-elle.

— Non ! s'exclama-t-il, amusé malgré lui.

— Et il fait de plus en plus sombre.

— En effet.

— J'ai l'impression qu'il va pleuvoir.

— Je le crois aussi.

— J'ai peur.

— Tu m'étonnes !

Calant l'appareil entre son oreille et son épaule, il ouvrit le réfrigérateur. Il en sortit un reste de viande froide et un pot de moutarde.

— Tu as donc trouvé une cabine téléphonique pour m'appeler ?

— J'avais emporté le cellulaire de Phoebe.

Il sourit, saisit un sachet de pain de mie dans le placard.

— En colonie de vacances, on nous a appris qu'il fallait toujours emporter un sifflet quand on partait seul. Comme je n'en avais pas…

— Tu t'es munie d'un portable.

— La sécurité avant tout.

— Dieu bénisse les télécommunications ! ironisa-t-il en retournant vers le réfrigérateur pour y chercher du fromage. Et maintenant, tu es perdue. Tu as regardé la mousse sur les troncs d'arbre ?

— Je n'y ai pas songé.

— Elle pousse du côté nord, expliqua-t-il en assemblant son sandwich.

— Oui, je crois me rappeler ça. Mais il fait trop sombre.

— Tu n'as pas pensé à t'équiper d'une boussole et d'une lampe électrique ?

— Ça ne m'a pas traversé l'esprit.

— Dommage… Tu veux que je vienne te chercher ?

— J'aimerais bien. Si tu prends ton téléphone, je pourrai peut-être te guider. J'ai emprunté le sentier derrière *L'Échelle de Jacob*.

— Je te rappelle de là-bas.

— Tu peux te dépêcher ?

— Bien sûr !

Il coupa la communication, rit tout bas, et s'installa pour savourer son sandwich. Il en était à peine à la troisième bouchée quand elle le rappela.

— Oui ?

— T'ai-je dit que je me suis peut-être foulé la cheville ?

— Non. Comment ?

— Une sorte de terrier.

— Méfie-toi. Il y a des serpents à sonnette dans le coin.

— Des serpents à sonnette ?

Il s'empara d'une serviette en papier.

— J'arrive à *L'Échelle de Jacob*, mais quelqu'un a dû mettre son four à micro-ondes en route parce que la ligne grésille. Je te rappelle.

— Attends, tu n'as pas mon num…

Il raccrocha en s'esclaffant et regagna le réfrigérateur. Un bon sandwich est toujours meilleur avec une bière fraîche. Il se rassit en sifflotant et décapsula la bouteille.

Tout à coup, il se figea. À quoi jouait-il ?

Il ramassa son portable et composa le numéro de Phoebe de mémoire. Il aurait tout le temps de lui donner une leçon plus tard. Pour l'heure, il allait profiter de cette occasion inespérée pour la voir en tête à tête.

— Allô, Molly ?

— Oui.

— J'ai du mal à te repérer, dit-il, emportant sa bière et le reste de son sandwich. Tu peux crier ?

— Tu veux que je crie ?

— Ça me rendrait service.

Il se précipita vers *L'Échelle de Jacob*.

— Je ne suis pas une crieuse.

— Au lit, tu l'es.

— Tu es en train de manger ?

— J'ai besoin de prendre des forces.

Il salua Charlotte Long avec sa bouteille de bière.

— Je suis près du ruisseau, il me semble, fit-elle. Tout au bout du sentier qui part de *L'Échelle de Jacob*.

— Le ruisseau ?

— Oui, Kevin, le ruisseau ! Celui qui traverse le bois et le pré derrière. Le seul et unique du domaine !

Elle commençait à s'énerver.

— Je n'en ai aucun souvenir. Tu es certaine ?

— Oui !

— Je le reconnaîtrai quand je le verrai, je suppose.

Plusieurs enfants jouaient sur la place. Il s'arrêta pour les observer.

— Le vent se lève, reprit-il. Je distingue à peine le chemin.

— Ici, ça va.

— J'ai peut-être pris la mauvaise direction.

— Tu pourrais faire attention à ce que je dis ! glapit-elle.

Oui, décidément, elle s'énervait.

— Continue à parler.

— Tu entends le ruisseau ?

— Lequel, déjà ?

— Il n'y en a qu'un !

— Pourvu que je le trouve. Je n'ose imaginer le cauchemar que ce serait pour toi de passer la nuit toute seule dans la forêt.

— Ça n'arrivera pas.

— Quoi qu'il en soit, évite de penser à la sorcière de Blair.

— La quoi ?

Il émit un son étranglé, puis un rugissement, et raccrocha.

La sonnerie retentit presque aussitôt.

— Je suis écroulée de rire, annonça-t-elle d'un ton sec.

— Désolé. Ce n'était qu'un écureuil. Mais il était énorme.

— Si tu fausses le jeu, je rentre à la maison.

— D'accord. Tu as intérêt à ne rien porter d'autre que tes chaussures et un ruban dans les cheveux quand je te dénicherai.

— Les rubans, ce n'est pas mon truc.

— Parfait. Ça te fera un accessoire de moins à enlever.

Lorsqu'il l'aperçut, elle était habillée de pied en cap, mais cela ne dura pas. Ils se jetèrent nus dans l'herbe et lorsque les premières gouttes de pluie les arrosèrent, leurs rires s'estompèrent.

Il s'intoxiqua de ses baisers, et lorsqu'il la pénétra, il eut l'impression d'accomplir un acte presque... sacré. Mais l'illusion était trop fragile pour survivre aux exigences primitives de son corps.

La pluie tambourinait sur son dos. Les ongles de Molly s'enfonçaient dans la chair de ses épaules. Il se perdit en elle...

Les jours suivants, Molly se comporta comme une possédée. Le mercredi, elle souleva sa jupe pour Kevin dans le bureau tandis que les hôtes étaient réunis pour le thé. Ce soir-là, elle parvint à fuir Phoebe pour le retrouver dans les bois derrière leur bungalow. Le lendemain matin, il la traîna jusque dans l'office à l'instant précis où Troy franchissait la porte de la cuisine. Il dut plaquer la main sur sa bouche pour l'empêcher de crier. Plus tard, elle le poussa dans un chalet inoccupé, mais quand il voulut la hisser sur la table, ses muscles se rebellèrent et elle grimaça.

Il appuya le front contre le sien et prit une inspiration tremblante, luttant pour se contrôler.

— C'est de la folie, souffla-t-il. Tu dois en avoir assez.

— Tu plaisantes ? Remarque, si tu ne peux pas suivre le rythme, je comprendrai.

Il sourit et l'embrassa. Comme elle aimait ces baisers si langoureux. Il lui caressa les seins et les cuisses, s'efforçant de prendre son temps, mais elle ne tarda pas à oublier ses courbatures.

Dans la soirée, ils refusèrent l'invitation à dîner des Calebow sous prétexte qu'ils devaient aller en ville faire des courses. À leur retour, cependant, ils constatèrent que la chance avait cessé de leur sourire. Phoebe et Dan les attendaient sur les marches de la maison d'hôtes.

22

Un jour, un méchant monsieur est arrivé au Bois des Rossignols. Il était vrément méchant, mais il faisait semblant d'être le copin de Benny. Mais Daphné était la seule à savoir qu'il était vrément méchant. Alors elle dit à Benny : « Il n'est pas ton ami ! »
Daphné rencontre un méchant monsieur,
par Hannah Marie Calebow

Molly entendit Kevin marmonner un juron et plaqua un sourire sur son visage.

— Salut, vous deux ! lança-t-elle. Enfin débarrassés des enfants ?

— Ils jouent au loup sur la place, dit Phoebe, qui examina la robe froissée de Molly d'un œil acerbe tout en descendant les marches. Mme Long a proposé de les surveiller. Allons nous promener.

Molly fit jouer les muscles de ses épaules.

— Je crois que je vais faire l'impasse. Je suis debout depuis 5 h 30, je suis crevée. Demain, peut-être.

— Ce ne sera pas long, rétorqua Dan d'un ton sans appel. Il y a deux ou trois choses dont nous voulons discuter avec vous.

— Vos vacances sont presque terminées. Pourquoi ne pas vous détendre et en profiter pleinement ?

— Difficile de se détendre alors qu'on s'inquiète pour toi, répliqua Phoebe.

— Eh bien, cesse de t'inquiéter !

— Du calme, Molly, intervint Kevin. S'ils souhaitent nous parler, je suis sûr que nous pouvons leur accorder quelques minutes.

Quel lèche-bottes ! À moins qu'il n'ait décidé d'inventer un nouveau jeu plus risqué. Il n'avait jamais eu peur de Phoebe ni de Dan. Ces parties de cache-cache l'amusaient parce qu'il adorait tenter le diable.

— Toi peut-être, pas moi, rétorqua-t-elle.

Dan voulut lui agripper le bras comme il le faisait depuis qu'elle avait quinze ans, mais Kevin bondit pour l'en empêcher. Molly en fut aussi surprise que Dan. Kevin avait-il interprété ce geste comme une menace ?

Détectant les prémices d'un combat de cerfs, Phoebe se posta près de son mari. Ils échangèrent un regard, puis Dan fonça en direction du sentier.

— Allons-y. Maintenant.

Le moment tant redouté était arrivé. Impossible de se dérober. Molly imaginait sans peine les questions qu'ils allaient leur poser. Si seulement elle savait comment y répondre !

Ils se dirigèrent en silence vers la plage, dépassèrent les derniers bungalows pour suivre la lisière du bois. En atteignant la barrière marquant la fin du domaine, Dan s'immobilisa. Kevin s'écarta légèrement de Molly et s'accota à un poteau.

— Vous êtes ici depuis deux semaines, attaqua Phoebe.

— Deux semaines mercredi, confirma Kevin.

— Cet endroit est magnifique. Nos enfants s'amusent comme des fous.

— Nous sommes contents qu'ils soient là.

— Ils n'en reviennent pas que tu aies acheté tous ces vélos.

— Ce fut un plaisir.

Dan perdit patience.

— Phoebe et moi voulons connaître tes intentions à l'égard de Molly.

— Dan ! s'écria Molly.

— Ça va, dit Kevin.

— Non, ça ne va pas ! protesta-t-elle en fusillant son beau-frère du regard. D'ailleurs, qu'est-ce que c'est que ces raisonnements sexistes ? Et s'il s'agissait plutôt de *mes* intentions à l'égard de Kevin ?

Elle ignorait en quoi elles consistaient sinon à maintenir le monde réel à distance en restant ici le plus longtemps possible.

— Vous deviez demander l'annulation de votre mariage. Au lieu de quoi, vous vous êtes enfuis ensemble, fit remarquer Phoebe.

— Nous ne nous sommes pas enfuis, rectifia Molly.

— Première nouvelle. Et chaque fois que j'essaie de te parler, tu te dérobes. Une fois de plus, tu as déclenché l'alarme incendie, n'est-ce pas, Molly ?

— Non !

— Quelle alarme incendie ? intervint Kevin.

— Laisse tomber, grommela Molly.

— Non, ça m'intéresse.

— Quand Molly avait seize ans, elle a déclenché l'alarme incendie du lycée, répondit Phoebe, la traîtresse. Malheureusement, elle n'avait pas vu le moindre feu.

Kevin la dévisagea avec curiosité.

— Tu avais une bonne raison de le faire ?

— Non, murmura-t-elle, dépitée.

— Alors pourquoi l'as-tu fait ?

— Je n'ai aucune envie d'évoquer cet incident.

Il inclina la tête vers Dan.

— À t'entendre, elle est parfaite.

— Elle l'est ! aboya Dan.

Molly sourit malgré elle, puis se mordilla la lèvre.

— J'ai agi sur un coup de tête. J'étais une adolescente, je manquais de confiance en moi, et je voulais tester Dan et Phoebe. M'assurer qu'ils me soutiendraient quoi qu'il arrive.

— Ils ont évacué l'établissement ?
Molly opina.
— Combien de camions de pompiers ?
— Trop, admit Phoebe. C'était un délit grave.
— J'ai été sévèrement sanctionnée, avoua Molly.
— Je m'en doute. Bien que ce soit fascinant, enchaîna Kevin en se tournant vers les Calebow, je ne pense pas que ce soit de cela que vous souhaitiez discuter.
— Je ne comprends pas pourquoi vous faites toute une histoire ! s'exclama Molly. Il y a deux semaines, Kevin s'est présenté chez moi parce que j'avais posé un lapin à l'avocat. Je ne me sentais pas bien, et il a décidé que j'avais besoin de prendre l'air. Il m'a donc amenée ici.
— Tu aurais pu te contenter de l'emmener faire le tour du pâté de maisons, observa Phoebe, sarcastique.
Contrairement à elle, Kevin n'avait aucune intention de révéler les secrets de Molly.
— Je n'y ai pas pensé.
— J'étais terriblement déprimée, mais je vous le cachais, expliqua Molly. Kevin a un sens inné du devoir, même s'il tente de lutter contre, et il m'a menacée de me conduire directement chez vous si je ne l'accompagnais pas. Je ne voulais pas que vous me voyiez dans cet état.
Phoebe parut anéantie.
— Mais nous sommes ta famille !
— Je vous avais déjà assez ennuyés. Je m'efforçais de faire comme si de rien n'était, mais je n'en pouvais plus.
— Depuis qu'elle est ici, elle va beaucoup mieux, crut bon de préciser Kevin.
— Combien de temps prévoyez-vous de rester ? s'enquit Dan, toujours soupçonneux.
— Deux jours, répondit Kevin, au grand désarroi de Molly. Vous vous rappelez Eddie Dillard ? Il jouait pour les Bears.
— Je me souviens de lui, fit Dan.
— Il veut acheter le domaine. Il vient le visiter demain.
L'estomac de Molly se retourna.
— Tu ne m'avais pas prévenue !

— Ah, non ? J'avais d'autres préoccupations, je suppose. Nous pourrons alors rentrer à Chicago. J'ai reçu un appel de mon homme d'affaires tout à l'heure. Il a trouvé un couple pour prendre le relais d'ici la fin de l'été.

Molly reçut cette nouvelle comme une gifle. Il ne lui avait rien dit. Exprès, parce qu'il se doutait de sa réaction. Ils ne communiquaient pas véritablement, n'avaient pas d'objectifs communs. Elle devait l'accepter une fois pour toutes : ils couchaient ensemble, mais leur relation s'arrêtait là.

Phoebe donna un petit coup de pied dans une touffe de chicorée.

— Et ensuite ? s'enquit-elle.

— Ensuite, nous entamerons les démarches pour un divorce et repartirons chacun de notre côté, répondit Molly, prenant Kevin de vitesse.

— Un divorce ? s'étonna Dan. Pas une annulation ?

— Pour obtenir une annulation, il faut pouvoir prouver le défaut de présentation ou la coercition, expliqua Molly qui s'efforça d'adopter un ton neutre, comme si cette situation lui était indifférente. Nous ne le pouvons pas, nous opterons donc pour le divorce.

Phoebe la dévisagea.

— Force m'est d'avouer...

Molly devina la suite et chercha le moyen de l'empêcher de poursuivre.

— ... que vous semblez bien vous entendre.

Non, Phoebe, je t'en supplie !

— Avez-vous envisagé la possibilité de rester mariés ?

— Non ! riposta Molly sans laisser à Kevin le loisir de répondre. Tu me prends pour une folle ? Ce n'est pas mon genre d'homme.

Phoebe haussa les sourcils, et Kevin parut agacé. Tant pis. Elle était submergée par le besoin irrésistible de le blesser. Sauf qu'elle en était incapable. Phoebe était la patronne de Kevin, et sa carrière comptait par-dessus tout pour lui.

— Cela dit, enchaîna-t-elle, rien ne l'obligeait à m'emmener ici. Il l'a fait parce qu'il a senti que j'avais besoin d'aide. Il s'est montré extrêmement gentil et sensible, et j'apprécierais que vous cessiez de le soupçonner, tous les deux.

— Nous ne le... commença Phoebe.

— Si. Cela le met dans une position délicate.

— Il aurait peut-être dû y réfléchir avant de t'entraîner dans les bois dimanche, ironisa Dan. Mais je suppose qu'il avait d'autres préoccupations.

Kevin se raidit.

— Qu'essaies-tu de dire, au juste, Dan ?

— Je dis que si porter secours à Molly n'était qu'un geste purement humanitaire, tu aurais dû t'abstenir de coucher avec elle.

— Assez ! cria Molly. Tu dépasses les bornes !

— Ce n'est pas la première fois et ce ne sera sûrement pas la dernière. Phoebe et moi veillons sur nos proches.

— Vous auriez peut-être intérêt à veiller sur un autre membre de la famille, suggéra Kevin calmement. Molly vous demande de respecter son intimité.

— C'est son intimité qui te tracasse ou la tienne ?

— Dan, je suis majeure et vaccinée, intervint Molly. Quant à ma relation avec Kevin... Au cas où tu ne l'aurais pas remarqué, nous ne dormons même pas sous le même toit.

— Je ne suis pas né d'hier, s'entêta Dan.

— Et si je sollicitais de ta part un minimum de courtoisie ? riposta Molly. Depuis douze ans, je feins de ne pas vous voir vous peloter, de ne pas vous entendre la nuit – et croyez-moi, la discrétion n'est pas votre fort ! Le fait est que pour le moment, Kevin et moi sommes mariés. Nous allons bientôt divorcer, mais d'ici là, ce qui se passe entre nous ne vous concerne en rien. Compris ?

Phoebe était visiblement bouleversée.

— Molly, je te connais. Tu n'es pas du genre à prendre le sexe à la légère.

— Parfaitement ! renchérit Dan en pivotant vers Kevin. As-tu oublié qu'elle vient de faire une fausse couche ?

— N'insiste pas, siffla Kevin.

Constatant qu'il était dans une impasse, Dan s'en prit à Molly.

— Ce type est un joueur de football, c'est dans leur mentalité. Il n'en a peut-être pas l'intention, mais il se sert de toi.

Ces paroles lui firent mal. Dan savait ce que c'était d'aimer une femme, il était donc conscient de ce que les sentiments de Kevin à son endroit avaient de superficiels.

— Je t'ai dit de ne pas insister, répéta Kevin.

Molly n'en pouvait plus. Plutôt que de se mettre à pleurer, elle passa à l'offensive.

— Faux. C'est moi qui me sers de lui. J'ai perdu un bébé, ma carrière est fichue et je suis fauchée comme les blés. Kevin est ma distraction. Ma récompense après vingt-sept ans d'exemplarité. D'autres questions ?

— Oh, Molly ! souffla Phoebe.

— Je vous le rendrai quand j'en aurai terminé avec lui. En attendant, laissez-moi tranquille.

Elle avait presque atteint le *Lys des prés* quand Kevin la rattrapa.

— Molly !

— Va-t'en !

— Je suis ta récompense ?

— Uniquement quand tu es nu. Habillé, tu es un boulet.

— Arrête ton numéro.

Tout s'écroulait. Eddie Dillard arriverait le lendemain et Kevin avait trouvé un couple pour gérer le domaine. Pire, elle n'avait aucun moyen de le convaincre de l'aimer comme elle l'aimait. Il lui effleura le bras.

— Ils ne te veulent pas de mal, tu le sais bien. Ne te laisse pas abattre.

Il ne comprenait pas qu'ils n'étaient pas les seuls à lui déchirer le cœur.

Tandis qu'elle s'éloignait de la fenêtre, Lilly refusa de consulter la pendule. Les Calebow avaient enfin réussi à coincer Kevin et Molly, mais elle avait du mal à imaginer que cette confrontation ait porté ses fruits. Son fils et sa femme semblaient ignorer ce qu'ils voulaient de leur relation, comment pouvaient-ils l'expliquer à Dan et à Phoebe ?

Les Calebow avaient d'emblée plu à Lilly, et leur présence ces cinq derniers jours lui avait remonté le moral. De toute évidence, ils adoraient Molly et considéraient Kevin comme une menace. Mais Lilly commençait à croire que Kevin était aussi dangereux pour lui-même qu'il l'était pour Molly.

21 h 30. Elle se dirigea vers le fauteuil sur lequel elle avait laissé son ouvrage en cours, mais s'empara d'un magazine plutôt que de son patchwork. Depuis dimanche et l'ultimatum de Liam, elle était incapable d'y travailler. On était déjà jeudi.

Venez chez moi jeudi soir... Si vous ne vous montrez pas, je ne viendrai pas vous chercher.

Elle essaya d'éprouver du ressentiment à son égard. En vain. Elle comprenait son attitude, et ne pouvait guère la lui reprocher. Ils étaient tous deux trop âgés pour jouer à cache-cache.

21 h 34. Elle pensa à Kevin, qui s'était installé dans la chambre du rez-de-chaussée. Elle aimait s'endormir en sachant qu'ils étaient sous le même toit. Quand ils se croisaient dans le couloir, ils échangeaient un sourire et quelques mots. À une époque, elle n'aurait pas osé en espérer autant. À présent, cela ne lui suffisait plus.

21 h 35. Elle continua à feuilleter distraitement sa revue, puis la jeta de côté et se leva pour arpenter la pièce. À quoi servaient les leçons de la vie si l'on n'en tenait pas compte ?

À 22 h 30, elle s'obligea à se déshabiller et revêtit sa chemise de nuit. Elle se coucha et fixa sans les voir les pages du livre qui l'avait tant passionnée une semaine auparavant. *Liam, tu me manques tant...* C'était l'homme le plus remarquable qu'elle eût jamais connu, mais Craig l'était aussi, et il l'avait rendue malheureuse.

Lorsqu'elle se pencha pour éteindre sa lampe de chevet, un intense sentiment de solitude la submergea.

Eddie Dillard était baraqué, chaleureux et rustique – de ces hommes qui portent une chaîne en or, rotent, se grattent les parties, se baladent avec une énorme liasse de billets retenus par une pince et manquent singulièrement de vocabulaire.

Dillard et son frère avaient débarqué en 4 × 4 noir en fin de matinée. À présent, ils étaient attablés dans la cuisine et dévoraient des sandwichs arrosés de bière, Eddie jubilant à l'idée de posséder son propre camp de pêche et Larry, à celle de le gérer. Au grand désarroi de Molly, ils semblaient considérer que l'affaire était dans le sac.

— Ici, expliquait Eddie, un homme pourrait se détendre, se défouler sans être harcelé par sa bonne femme.

Il souligna son propos d'un clin d'œil (complicité masculine) sous-entendant qu'il n'était pas du genre à se laisser faire par la sienne.

Molly avait envie de vomir. Elle n'aurait su dire lequel, d'Eddie ou de Larry, lui déplaisait le plus.

Elle jeta un coup d'œil à Kevin, adossé contre un mur, sa bière à la main. Il avait tenté de se débarrasser d'elle quand Eddie était arrivé mais elle s'y était opposée fermement.

— Alors, Larry, lança Eddie. Combien ça va coûter, d'après toi, de repeindre ces bungalows à froufrous ?

— Ils viennent d'être repeints ! protesta Molly. Et ils sont superbes.

Eddie semblait avoir oublié sa présence. Larry ricana en secouant la tête.

— Sans vouloir vous offenser, Maggie, ça va devenir un camp de pêche, et les gars détestent les couleurs de fruits. On va tout refaire en marron.

Eddie désigna Larry avec sa bouteille.

— Seulement ceux du milieu, ceux tout autour de… comment vous appelez ça, déjà ? la place… je vais les démolir. Trop d'entretien.

Le cœur de Molly fit un bond. Ils allaient détruire *Lys des prés*, son chalet préféré !

— Vous ne pouvez pas tout casser ! Ces bâtiments ont une histoire ! Ils…

— La pêche est excellente dans la région, interrompit Kevin. Achigan à grande bouche, achigan à petite bouche, perche, crapet arlequin… En ville, j'ai entendu un type raconter qu'il avait ferré un brochet de quatre kilos dans le lac la semaine dernière.

Eddie se tapota le ventre et éructa.

— Je suis impatient de faire ce tour en bateau.

— Ce lac est trop petit pour vous, argua désespérément Molly. Les gros moteurs sont interdits. On ne peut même pas y pratiquer le ski nautique.

Kevin lui coula un regard noir.

— Je doute qu'Eddie accueille des adeptes de ce sport.

— Non, renchérit ce dernier. Juste les pêcheurs. On tombe du lit à l'aube, on leur donne une Thermos de café, un sac de beignets, de la bière, et on les expédie sur le lac encore embrumé. Ils reviennent au bout de deux heures casser la croûte, faire une petite sieste, jouer au billard…

— La table, on la mettra dans la pièce de devant, décida Larry. Avec une télé grand écran. Quand on aura abattu les murs, tout sera réuni : le billard, le poste, le bar et le point de vente des appâts.

— Le point de vente des appâts ! s'insurgea Molly.

— Molly, tu devrais aller voir où en est Amy, intervint Kevin.

L'ignorant, elle s'attaqua à Eddie.

— Ce domaine existe depuis des années. Il doit rester tel qu'il est, la maison d'hôtes aussi. Elle est en excellent état et remplie de meubles anciens. L'entreprise rapporte des bénéfices.

Modestes, certes, mais au moins rentraient-ils dans leurs frais.

Eddie s'esclaffa et gratifia son frère d'un coup de coude.

— Dis donc, Larry, ça te dirait de diriger une maison d'hôtes ?

— Pourquoi pas ? Du moment que j'ai ma table de billard, la télé satellite et pas de femmes.

— Molly... dehors. Tout de suite ! ordonna Kevin en lui indiquant la porte.

Eddie ricana, ravi de la voir enfin rabrouée. Molly serra les dents et s'arma d'un sourire figé.

— Je vous laisse. Mon chéri, pense à tout ranger après le départ de tes amis. Ah ! La dernière fois que tu as fait la vaisselle, tu as tout éclaboussé – n'oublie pas de mettre un tablier.

Et vlan !

Après le repas, Molly prétexta une indigestion et annonça aux enfants qu'ils devraient dormir dans leur propre bungalow. Elle se sentait vaguement coupable car c'était leur dernière nuit ici, mais elle n'avait pas le choix. Elle se changea, éteignit les lumières et s'installa dans un fauteuil près de la fenêtre ouverte. Et attendit.

Kevin ne viendrait pas. Il était allé en ville avec les Dillard. S'il existait une justice en ce bas monde, il se soûlerait avec eux et se lèverait le lendemain avec une gueule de bois colossale. Ils ne s'étaient pas adressé la parole de l'après-midi.

Pendant qu'elle servait le thé, elle avait vu tout de suite qu'il était furieux contre elle, mais elle s'en fichait car c'était réciproque. L'imbécile ! Qu'il vende le domaine était déjà scandaleux en soi, mais à ces abrutis qui allaient tout démolir ! Si elle n'essayait pas de l'en empêcher, elle ne se pardonnerait jamais.

Lys des prés était trop à l'écart pour qu'elle puisse voir les frères Dillard rentrer, mais elle les entendrait sûrement. Et en effet, peu après 1 heure du matin, elle perçut le ronronnement d'un moteur. Elle se redressa. Dommage que son plan comporte autant de points faibles, mais elle n'en avait pas d'autre.

Elle enfila ses tennis, ramassa la lampe électrique qu'elle avait chipée à la maison et enferma Rou. Quarante-cinq minutes plus tard, elle s'introduisait dans le chalet où dormaient Eddie et Larry. Juste après leur départ, elle avait repéré la chambre d'Eddie. À présent, elle empestait l'alcool rance.

Elle s'approcha, toisa le gros lard sous les couvertures.

— Eddie ?

Il ne bougea pas.

— Eddie, répéta-t-elle dans un murmure. Eddie, réveillez-vous !

— Ouais… Hein ? Qu'est-ce que…

— C'est Molly. La future ex-épouse de Kevin. Il faut que je vous parle.

— Qu'est-ce que… De quoi ?

— Du camp de pêche. C'est très important.

Il voulut s'asseoir, mais retomba sur son oreiller.

— Je ne vous dérangerais pas à une heure pareille si ce n'était pas important. Je vous attends dehors pendant que vous vous habillez. Ah ! Et pas la peine d'embêter Larry.

— Faut vraiment qu'on discute maintenant ?

— Je crains que oui. À moins que vous ne souhaitiez commettre une grave erreur.

Elle s'éclipsa en priant pour qu'il la rejoigne au plus vite. Quelques minutes plus tard, il apparut. Elle posa l'index sur ses lèvres et lui fit signe de la suivre. Elle traversa la place, se dirigea vers *Lys des prés*. Juste avant de l'atteindre, elle bifurqua dans le chemin boisé qui menait au lac.

Le vent s'était levé. Un orage se préparait. Pourvu qu'il n'éclate pas trop tôt !

— Qu'est-ce qui se passe ?

— J'ai quelque chose à vous montrer.

— Ça peut pas attendre demain ?

— Ce sera trop tard.

Il repoussa une branche.

— Merde. Kev est au courant ?

— Kev ne veut rien savoir.

Il s'immobilisa.

— Qu'est-ce que vous voulez dire ?

Elle garda sa torche pointée vers le sol.

— Il ne cherche pas délibérément à vous duper. Simplement, il a ignoré certaines...

— Me duper ? Qu'est-ce que c'est que ce délire ?

— Je sais que je vous ai exaspéré tout à l'heure pendant le déjeuner, mais j'avais l'espoir que vous m'écouteriez. On aurait pu éviter ça.

Elle se remit en marche.

— Éviter quoi ? Vous feriez mieux de m'expliquer...

— Je préfère vous montrer.

Eddie trébucha à plusieurs reprises avant qu'ils atteignent la rive.

— Je suis navrée, reprit Molly, mais... il y a un problème.

— Lequel ?

Elle balaya la surface de l'eau du faisceau de sa lampe jusqu'à ce qu'elle trouve ce qu'elle cherchait.

Des poissons morts.

— Qu'est-ce que... ?

Elle éclaira leurs ventres argentés.

— Eddie, je suis désolée. Je sais que vous avez à cœur de monter votre camp de pêche, mais les poissons de ce lac sont en train de mourir.

— De mourir ?

— Une catastrophe environnementale. Des toxines s'échappent depuis une décharge souterraine. Pour résoudre le problème, il faudra dépenser des millions de dollars et la municipalité est à sec. L'économie locale reposant essentiellement sur le tourisme, personne n'en parle.

— Merde !

Il lui arracha la torche des mains et la braqua sur les poissons. Puis il l'éteignit.

— Je n'en reviens pas que Kev ait pu me faire un coup pareil !

C'était là le gros point faible de son plan, et Molly s'empressa d'improviser.

— Il est dans le déni, Eddie. C'est terrifiant. Ce domaine est celui de son enfance, son dernier lien avec ses parents. Il refuse d'admettre que le lac est condamné. Il a réussi à se persuader qu'il n'en était rien.

— Et comment il explique ces putains de poissons morts ?

Excellente question.

— Il ne s'approche pas de l'eau. C'est tellement triste…

Elle lui agrippa le bras.

— Eddie, je sais que c'est beaucoup vous demander, mais… Pourriez-vous vous contenter de lui annoncer que vous avez changé d'avis ? Je vous assure qu'il n'a pas voulu vous tromper et qu'il sera anéanti s'il pense que cet incident a détruit votre amitié.

— Pour sûr.

— Il ne va pas bien, Eddie. C'est un problème d'ordre psychologique. Dès notre retour à Chicago, je vais l'inciter à suivre une thérapie.

— Merde ! Ça va foutre en l'air son jeu de passe.

— Je l'enverrai chez un spécialiste des sportifs.

Eddie n'était pas complètement idiot. Il l'interrogea sur la décharge souterraine. Elle se lança dans un long discours ponctué de mots glanés dans les articles d'Erin Brockovich, militante connue pour avoir révélé une sordide affaire de pollution des eaux potables en Californie.

— Vous êtes certaine de ce que vous racontez ?

— À mon grand regret, oui.

Il se balança d'un pied sur l'autre, soupira.

— Merci, Maggie. Vous êtes quelqu'un de bien.

Elle put enfin respirer de nouveau normalement.

— Vous aussi, Eddie. Vous aussi.

Molly venait de se coucher quand l'orage éclata, mais elle était tellement fatiguée qu'elle l'entendit à peine. Le lendemain, un bruit de pas sur les marches de sa véranda la réveilla. Elle cligna des yeux et consulta le réveil. 9 heures ! Qui avait préparé le petit-déjeuner ?

— Molly !

Aïe ! Aïe ! Aïe !

Kevin s'encadra sur le seuil, immense et menaçant. Tous les espoirs de Molly s'envolèrent. Eddie avait dû lui parler, finalement, et maintenant, elle allait payer les pots cassés.

Elle s'assit dans son lit. Avec un peu de chance, elle réussirait à le divertir.

— Accorde-moi cinq minutes pour me brosser les dents et je t'emmène au paradis.

— Molly…

— J'ai très envie de faire pipi !

Elle se leva d'un bond et courut s'enfermer dans la salle de bains.

Il abattit la main sur la porte.

— Sors de là !

— Dans une minute. Tu avais besoin de quelque chose ?

— Oui. D'une explication !

— Ah ?

Elle ferma les yeux, s'attendant au pire.

— J'aimerais savoir ce que fabrique un putain de thon dans mon lac !

23

C'est vrai.
Les garçons ne raisonnent pas comme les filles et cela peut créer des problèmes.
« Quand les garçons refusent de vous écouter », pour *Nénettes*

Au secours ! Molly repoussa le moment fatidique le plus longtemps possible. Elle se brossa les dents, s'aspergea le visage d'eau froide, rajusta son débardeur, relaça le cordon de son bas de pyjama. Elle s'attendait plus ou moins qu'il fasse irruption dans la salle de bains mais, apparemment, il n'en voyait pas l'utilité. À raison. La fenêtre était coincée car on l'avait refermée trop vite après l'avoir repeinte : impossible de s'enfuir sans passer par la chambre.

Elle envisagea un instant de prendre un bain, puis y renonça. Il était grand temps de braver l'orage. Entrebâillant la porte, elle vit Kevin adossé contre le mur d'en face, prêt à bondir.

— Euh... tu disais ?

— Aurais-tu l'amabilité, siffla-t-il, de m'expliquer pourquoi, lorsque je me suis rendu sur la plage après le petit-déjeuner, j'ai découvert un thon mort flottant sur le lac ?

— Modification des rythmes migratoires ? hasarda-t-elle.

Il la saisit par le bras et la poussa jusqu'à la salle de séjour. Encore un mauvais signe. Au moins, dans la chambre, elle aurait eu une petite chance de s'en sortir.

— Je doute que les rythmes migratoires aient changé au point qu'un poisson d'eau de mer finisse dans un bassin d'eau douce !

Il la força à s'asseoir sur le canapé.

Elle aurait dû retourner la veille sur les lieux du crime pour les repêcher, mais elle n'avait pas imaginé qu'il dériverait avant de couler. Bon ! Assez tergiversé. L'heure était venue de s'indigner.

— Franchement, Kevin, ce n'est pas parce que je suis plus intelligente que toi que je sais tout sur les poissons !

Erreur de stratégie. Il devint cramoisi de fureur.

— Regarde-moi dans les yeux et dis-moi que tu ignores comment un thon s'est retrouvé au beau milieu de ce lac ?

— Eh bien…

— Ou pourquoi Eddie Dillard m'a annoncé ce matin qu'il se désistait ?

— Vraiment ?

— Et qu'a-t-il dit, selon toi, juste avant de s'en aller ?

— Laisse-moi deviner : « Tu es un sacré bonhomme ! » ?

Il haussa les sourcils et répliqua d'une voix aussi douce que les pas d'un assassin :

— Non, Molly. Il a dit : « Fais-toi aider, mon vieux ! »

Elle tressaillit.

— Qu'entendait-il par là à ton avis ?

— Que… répète un peu ? croassa-t-elle.

— Que lui as-tu raconté, exactement ?

Elle décida d'employer la technique favorite des enfants Calebow.

— Qu'est-ce qui te fait croire que je lui ai dit quoi que ce soit ? Des tas d'autres personnes ont pu lui parler – Troy, Amy, Charlotte Long. Ce n'est pas juste, Kevin.

Chaque fois qu'un événement se produit ici, tu m'accuses.

— Pourquoi ?

— Aucune idée.

Il se pencha vers elle, posa les mains sur ses genoux et approcha son visage à quelques centimètres du sien.

— Parce que je t'ai démasquée. Et que j'ai la journée devant moi.

— Possible, mais pas moi, répliqua-t-elle. Qui a préparé le petit-déjeuner ce matin ?

— Moi. Ensuite, Amy est arrivée et m'a aidé. Tu as fini de tourner autour du pot ?

— Non... Oui... Je n'en sais rien !

Elle tenta de bouger les jambes, mais il la maintenait fermement.

— Je ne voulais pas que tu vendes le domaine, c'est tout.

— Mais encore.

— Eddie Dillard est un imbécile.

— Je sais, répliqua-t-il en se redressant. Quoi d'autre ?

Elle voulut se lever, mais il était trop près.

— Si tu le sais, comment as-tu pu rester muet quand il a parlé de repeindre tous les bungalows en marron ? De démolir celui-ci, ce chalet dans lequel tu te trouves en ce moment même et... et de transformer la maison d'hôtes en point de vente d'appâts ?

— Ces projets ne pouvaient être mis en œuvre que si je lui vendais le domaine.

— Si tu... commença-t-elle en réussissant à se redresser et à le contourner. Qu'est-ce que tu dis ? Mon Dieu, Kevin ! Qu'est-ce que...

— D'abord, je veux des explications concernant ce thon.

Elle ravala sa salive. À l'instant où elle avait concocté son plan, elle avait su qu'elle devrait lui révéler la vérité. Elle aurait préféré que ce moment n'arrive pas si vite.

— Bien, concéda-t-elle. Hier, j'ai acheté des poissons au marché, et après la tombée de la nuit, je les ai mis dans le lac. Après quoi, j'ai réveillé Eddie et je l'ai emmené sur la rive.

Un bref silence.

— Et que lui as-tu raconté, au juste ?

Elle fixa le coude de Kevin du regard et débita à toute allure :

— Qu'une décharge chimique souterraine laissait échapper des toxines, polluant les eaux et tuant les poissons.

— Une décharge chimique souterraine ?

— Oui.

— Une décharge chimique souterraine !

Elle recula d'un pas.

— On pourrait changer de sujet ?

— Eddie n'aurait pas par hasard remarqué que certains d'entre eux étaient des poissons d'eau de mer ?

— Il faisait très sombre et je ne lui ai pas laissé le temps de s'attarder.

Encore un pas en arrière. Il avança.

— Et comment as-tu justifié le fait que j'avais cherché à lui vendre un domaine sur un lac contaminé ?

Elle craqua, à bout de nerfs.

— Arrête de me regarder comme ça !

— Comme si j'étais sur le point de t'étrangler ?

— Oui, sauf que tu ne peux pas parce que je suis la sœur de ta patronne.

— Il ne me reste plus qu'à inventer une méthode qui ne laisse pas de traces.

— Le sexe ! Pour certains couples, faire l'amour quand on est très en colère est particulièrement excitant.

— Comment tu sais cela ? Peu importe, je te crois sur parole.

Il attrapa le devant de son débardeur.

— Euh... Kev...

Elle s'humecta les lèvres et plongea son regard dans le sien.

— Je te déconseille de m'appeler ainsi, riposta-t-il en plaquant la main sur ses fesses. Et je te déconseille aussi de te débattre parce que j'éprouve le besoin irrésistible de t'infliger une sanction physique... Or toutes les idées qui me traversent l'esprit me conduiraient en prison.

— D'accord. Je comprends.

Dès qu'elle serait nue, elle lui rapporterait la suite de sa conversation avec Eddie.

Mais Kevin réclama ses lèvres avec ardeur, et elle cessa de réfléchir.

Il n'eut pas la patience d'ôter ses propres vêtements, mais il lui arracha les siens, claqua la porte de la chambre et la verrouilla au cas où l'un des enfants Calebow rendrait visite à sa tante Molly.

— Sur le lit. Tout de suite.

Oh, oui ! Elle s'y jeta littéralement.

— Écarte les cuisses.

Bien, monsieur.

— Encore.

Elle lui concéda quelques centimètres.

— Je ne veux pas avoir à te le redemander.

Elle plia les jambes. Plus jamais elle ne vivrait un épisode pareil. Plus jamais elle ne se sentirait autant en sécurité dans les bras d'un homme dangereux.

Elle l'entendit baisser sa braguette.

— Tu veux que je te prenne comment ?

— Tais-toi ! s'écria-t-elle en lui tendant les bras. Tais-toi et viens ici.

Une seconde plus tard, il pesait sur elle de tout son poids.

— Tu me rends fou, tu le sais, n'est-ce pas ? chuchota-t-il en la couvrant de baisers brûlants.

— Je sais, oui. Pardon.

— Ça ne peut pas... On ne peut pas conti...

— Ça aussi, je le sais, soufla-t-elle en l'étreignant.

Il n'avait sans doute pas compris qu'ils allaient faire l'amour pour la toute dernière fois. Elle, si. Elle s'arqua vers lui et s'abandonna complètement.

En général, une fois repus, ils se blottissaient l'un contre l'autre et bavardaient. Pas ce matin. Kevin se détourna et Molly se réfugia dans la salle de bains pour se laver et s'habiller.

L'air était encore humide après l'orage, aussi enfila-t-elle un sweat-shirt par-dessus son short et son tee-shirt. Kevin l'attendait sur la véranda, Rou à ses pieds. Une tasse de café fumant à la main, il contemplait les bois.

— Tu es prêt à écouter la suite ? s'enquit-elle.

— Je suppose que je n'ai pas le choix.

— J'ai raconté à Eddie que bien que tu aies mis le domaine en vente, tu y étais encore très attaché, et que tu étais dans le déni concernant la pollution du lac. Je lui ai dit que tu ne l'avais pas dupé délibérément.

— Et il t'a crue ?

— Il est bête comme ses pieds, et j'ai été plutôt convaincante. Ensuite, je... j'ai ajouté que tu avais un problème psychologique – désolée – et je lui ai promis que tu consulterais un psy dès ton retour à Chicago.

— Un problème psychologique ?

— C'est le seul argument qui me soit venu à l'esprit.

— Tu aurais surtout pu te mêler de tes affaires ! s'emporta-t-il.

Il posa brutalement sa tasse, répandant une mare de café sur la table.

— Non.

— Pourquoi pas ? Qui t'a autorisée à diriger ma vie ?

— Personne. Mais...

— Qu'est-ce qui te prend de t'accrocher à ce lieu ?

— Il ne s'agit pas de moi, Kevin, mais de toi ! Tu as perdu tes deux parents, tu as décidé de maintenir Lilly à distance. Tu n'as ni frères ni sœurs. Tu n'as plus aucune famille. Conserver un lien avec son héritage est important et ce domaine est tout ce que tu possèdes !

— Je me fiche de mon héritage ! Et, crois-moi, je possède bien davantage que ce domaine.

— Ce que j'essaie de te dire, c'est...

— J'ai des millions de dollars que je n'ai pas eu la stupidité de donner – commençons par là ! J'ai des voitures, une maison luxueuse, un portefeuille d'actions. Et devine quoi d'autre ? J'ai une carrière à laquelle je tiens comme à la prunelle de mes yeux ! Je ne laisserai pas une bande de bonnes âmes me la voler !

Elle se tritura les mains.

— Que veux-tu dire ?

— Explique-moi une chose. Pourquoi t'obstines-tu à t'occuper de mes affaires au lieu de t'occuper des tiennes ?

— Je m'occupe des miennes.

— Quand ? Depuis deux semaines, tu passes ton temps à comploter au lieu de consacrer ton énergie à ce qui le mérite. Tu négliges ton travail. Quand vas-tu te battre pour la survie de ta lapine plutôt que de faire la morte ?

— Tu dis n'importe quoi !

— Tu sais ce que je crois ? Je crois que ton obsession pour moi et pour ce domaine est un prétexte pour tourner le dos à ton propre avenir.

— Tu ne comprends rien à rien ! *Daphné fait une chute* est le premier tome d'un nouveau contrat. Ma maison d'édition n'acceptera pas les suivants tant que je n'aurai pas procédé aux modifications exigées.

— Tu n'as pas de tripes.

— Faux ! J'ai fait tout ce que j'ai pu pour persuader mon éditrice qu'elle commettait une erreur, mais ses patrons s'entêtent.

— Hannah m'a parlé de *Daphné fait une chute*. Elle prétend que c'est ton meilleur livre jusqu'ici. Dommage que ce soit le seul enfant à l'avoir lu. Quant à *Daphné va en colonie de vacances*…

— Comment es-tu au courant de… ?

— Tu n'es pas la seule à ruser. J'ai lu ton brouillon. Hormis quelques injustices flagrantes à l'égard du blaireau, il est parti pour être aussi bon que les autres. Mais personne ne le publiera tant que tu n'auras pas obéi aux ordres. T'inclines-tu ? Non. Te bats-tu ? Non. Tu te laisses dériver dans un monde imaginaire où les véritables soucis ne sont pas les tiens mais les miens.

— Tu ne comprends pas !

— En effet. Je n'ai jamais compris les losers.

— Tu es injuste ! Je ne peux pas gagner. Si j'effectue les modifications demandées, je me trahirai et je me détesterai. Si je m'y refuse, les aventures de Daphné disparaîtront. La maison ne réimprimera pas les premiers et rejettera les suivants. Quoi que je fasse, je perdrai, et je ne veux pas perdre.

— Perdre est moins grave que de ne pas se battre.

— Dans ma famille, les femmes ne perdent jamais.

Il la dévisagea un long moment.

— À moins qu'un détail ne m'ait échappé, il n'existe qu'une seule autre femme dans ta famille.

— Et quelle réussite ! Phoebe a repris l'équipe des Stars alors que tout le monde l'en croyait incapable. Elle a affronté ses ennemis...

— Et en a épousé un.

—... et les a vaincus à leur propre jeu. Ces hommes la considéraient comme une bimbo. Elle n'aurait jamais dû se retrouver à la tête des Stars, mais elle y est parvenue.

— Ce qui lui vaut l'admiration du milieu du football. Quel rapport avec toi ?

Elle se détourna.

— Allez, Molly ! Fais-moi pleurer avec tes gémissements.

— Va au diable !

— Très bien, je vais parler à ta place. Tu ne te bats pas pour tes livres parce que tu pourrais échouer. Or la compétition entre ta sœur et toi est telle que tu ne veux pas prendre ce risque.

— Je ne suis pas en compétition avec Phoebe. Je l'aime !

— Je n'en doute pas. Mais ta sœur est l'une des femmes les plus puissantes dans l'univers du sport professionnel, et toi, tu es une paumée.

— Pas du tout !

— Alors cesse de te comporter comme telle.

— Tu ne comprends pas, répéta-t-elle.

— Je commence à comprendre, au contraire. Je crois même avoir tout saisi.

— Saisi quoi ? Oh, peu importe ! Je ne veux pas le savoir.

Elle voulut foncer vers la cuisine, mais il lui barra le chemin.

— Cette histoire d'alarme incendie. Dan parle volontiers de la gamine sage et raisonnable que tu étais, une élève brillante qui remportait toutes sortes de prix. Tu as passé ta jeunesse à essayer d'être parfaite, n'est-ce pas ? Puis, tout à coup, un déclic. Du jour au lendemain, la pression devient insupportable et tu pètes les plombs. Tu déclenches l'alarme incendie, tu renonces à ta fortune, tu sautes dans le lit d'un parfait inconnu ! Comment n'ai-je pas vu tout cela plus tôt ? s'interrogea-t-il en secouant la tête. Ils sont tous aveugles, ma parole !

— Aveugles ?

— Ils ne voient pas qui tu es réellement.

— Toi non plus.

— Toute cette perfection. Ce n'est pas ta nature.

— De quoi tu parles ?

— De celle que tu serais devenue si tu avais grandi dans une famille normale… Tu es née pour être le clown de la classe, la fille qui fait l'école buissonnière pour aller fumer un joint avec son petit ami et l'embrasser sur la banquette arrière d'une voiture.

— Quoi ?

— Tu es celle qui aurait dû fuir à Las Vegas après le lycée pour te pavaner en string sur une scène.

— En string ? Tu rigo…

— Tu n'es pas la fille de Bert Somerville. Nom de nom ! s'écria-t-il en lâchant un rire. Tu es la fille de ta mère. Et personne ne s'en est aperçu.

Tout cela était ridicule. Il la déstabilisait complètement avec ses analyses à la noix.

— Tu n'as aucune idée de ce que tu…

Les mots moururent sur ses lèvres.

Le clown de la classe… La fille qui fait l'école buissonnière… Kevin venait de provoquer le déclic.

— Ton problème, c'est que tu vis dans l'illusion que tu dois être parfaite. Mais fais-moi confiance, Molly, tu es tout sauf parfaite.

Elle avait besoin de réfléchir, mais elle en était incapable sous ce regard pénétrant.

— Je ne suis pas… Je ne reconnais pas celle dont tu parles.

— Accorde-toi quelques secondes.

C'en était trop. Le crétin, c'était *lui*. Pas elle.

— Tu essaies juste de détourner mon attention parce que tu supportes mal que je mette le doigt sur tes défauts, riposta-t-elle.

— Je n'ai rien d'un paumé. Du moins était-ce le cas avant que je te rencontre.

— Vraiment ? Et ta peur de tout lien affectif ?

— Si tu fais allusion à Lilly…

— Oh, non ! Ce serait trop facile. Si on abordait un problème plus compliqué ?

— Pourquoi pas ?

— Tu as trente-trois ans, tu es riche, modérément intelligent, tu es beau comme un dieu et tu es hétérosexuel. Où est le hic ? Ah oui, ça me revient ! Tu n'as jamais eu une relation durable avec une femme.

— Pour l'amour du ciel ! Qu'en sais-tu ?

— Les ragots dans le milieu, les journaux, cet article sur nous dans le magazine *People*… Si tu as eu une relation durable, ce devait être au collège. Les femmes pullulent dans ton existence, mais aucune ne reste.

— J'en connais au moins une qui est restée trop longtemps !

— Sans parler du genre de créatures que tu choisis. Des femmes cultivées susceptibles de susciter ton intérêt ? Des femmes respectables qui partagent au moins quelques-unes de tes valeurs conservatrices ? Surprise ! Surprise ! Aucune des propositions mentionnées ci-dessus.

— Et voilà que tu recommences avec les étrangères. C'est une véritable obsession.

— D'accord, laissons-les de côté et concentrons-nous sur les Américaines. Des fêtardes trop maquillées et pas assez habillées. Des filles qui laissent des traces de bave sur tes chemises et qui n'ont pas mis le pied dans une salle de classe depuis qu'elles ont loupé leur CM2 !

— Tu exagères.

— Tu jettes systématiquement ton dévolu sur des femmes avec qui il te serait impossible de vivre une relation durable.

— Et alors ? Je veux me concentrer sur ma carrière, pas sauter les étapes pour tenter de rendre une femme heureuse. Du reste, je n'ai que trente-trois ans. Je ne suis pas prêt à me poser.

— Tu n'es surtout pas prêt à grandir.

— Moi ?

— Et puis, il y a Lilly.

— Encore elle…

— Elle est formidable. Tu as eu beau la maintenir à distance, elle tient bon, elle attend que tu reviennes à la raison. Tu as tout à gagner et rien à perdre avec elle, mais tu ne l'acceptes même pas dans un petit coin de ton existence. Tu te comportes comme un adolescent irritable. Au fond, tu es aussi traumatisé que moi par la façon dont tu as été élevé.

— Sûrement pas.

— Mon cas est plus limpide que le tien. Je n'ai pas eu de mère et j'ai eu un père tyrannique alors que tu as eu deux parents attentionnés. Mais ils étaient si différents de toi que le lien avec eux ne s'est pas établi, et tu t'en sens coupable. La plupart des gens surmontent ce genre de difficulté et passent à autre chose, mais ils ne sont pas aussi sensibles que toi.

— N'importe quoi ! Je suis un dur à cuire !

— Extérieurement, oui. Intérieurement, tu es doux comme un agneau, et tu es aussi terrifié que moi à l'idée de rater ta vie.

— Tu n'en sais rien !

— Je sais que pas un homme sur mille ne se serait senti tenu d'épouser la folle qui lui a sauté dessus dans son sommeil, quand bien même elle serait la sœur de sa patronne. Dan et Phoebe t'ont peut-être pointé un pistolet sur la tempe, mais il te suffisait de leur dire la vérité. Non seulement tu t'y es refusé, mais tu m'as forcée à te promettre de me taire de mon côté... N'oublions pas non plus la façon dont tu t'es comporté quand j'ai fait ma fausse couche.

— N'importe qui en aurait...

— Non, certainement pas, mais tu veux t'en convaincre parce que tu as peur de toute émotion qui ne s'imbrique pas entre deux poteaux de but.

— Ridicule !

— Hors stade, tu es conscient qu'il te manque quelque chose, mais tu n'oses pas explorer ce terrain-là parce que tu crains que quelque chose ne cloche chez toi et que cela ne t'empêche de trouver la solution. Tu n'as pas réussi à tisser un lien avec tes parents, comment peux-tu envisager de créer une relation durable avec quelqu'un d'autre ? Tu préfères te concentrer sur tes matchs.

— Une relation durable ? Une seconde ! On parle de quoi exactement là ?

— Du fait qu'il est temps pour toi de grandir et de prendre de vrais risques.

— Non, non, non ! Tu as une idée derrière la tête.

Jusque-là, elle ne l'avait pas pensé, mais Kevin était parfois plus rapide qu'elle. Soudain, elle se rendit compte qu'il avait raison, mais il était trop tard. Elle eut un haut-le-cœur.

— Je pense que tu évoques la possibilité d'une relation durable entre nous, assena-t-il.

— Ha !

— C'est ce que tu souhaites, Molly ? Tu espères sauver notre mariage ?

— Tu plaisantes ? Je ne suis pas à ce point autodestructrice.

— Vraiment ?

— Que veux-tu que je te dise ? Que je suis tombée amoureuse de toi ?

Elle avait voulu être cinglante, mais à en juger par sa stupéfaction, il avait deviné la vérité.

Elle sentit ses jambes se dérober sous elle. Comment se sortir de ce pétrin ? Et à quoi bon essayer quand il l'avait de toute évidence percée à jour.

— Et alors ? reprit-elle d'un ton de défi. Je ne suis pas complètement idiote, figure-toi. Je sais reconnaître une voie à sens unique, je ne vais pas l'emprunter à contresens.

Il paraissait sous le choc.

— Tu es amoureuse de moi.

Elle avait la bouche sèche.

— La belle affaire, marmonna-t-elle. Si tu crois que je vais sangloter dans tes bras parce que ce n'est pas réciproque, tu te trompes. Je ne supplie jamais.

— Molly...

Elle décela une pointe de pitié dans sa voix. Une fois de plus, elle n'était pas à la hauteur. Elle n'était pas assez intelligente, pas assez belle, pas assez unique pour être aimée.

Stop !

Une colère effroyable la submergea, et cette fois, elle n'était pas dirigée contre lui. Elle en avait assez de ce sentiment d'insécurité qui ne la quittait pas. Elle l'avait traité de gamin, mais il n'était pas le seul. Elle ne pouvait plus continuer à vivre comme si quelque chose ne tournait pas rond chez elle alors que ce n'était pas le cas. S'il ne l'aimait pas, tant pis pour lui.

— Je vais repartir aujourd'hui avec Dan et Phoebe. Mon cœur brisé et moi, on rentre à Chicago. Et tu sais quoi ? Nous survivrons.

— Molly, tu ne peux pas...

— Tais-toi. Tu n'es pas responsable de mes sentiments, d'accord ? Ce n'est pas ta faute et tu n'es pas obligé de réparer les dégâts.

— Mais... je suis désolé. Je...

— Tais-toi, répéta-t-elle tout bas.

Malgré elle, elle s'avança vers lui, posa la main sur sa joue.

— Tu es un type bien, et je te souhaite d'être heureux.

— Molly, je ne...

— Hé, tu ne vas pas me supplier de rester ! coupa-t-elle en esquissant un sourire. Toutes les bonnes choses ont une fin, et nous y sommes. Viens, Rou, ajouta-t-elle en se dirigeant vers la porte. Allons trouver Phoebe.

24

C'est un monde dans lequel les lapins
dévorent les lapins.
Éditeur anonyme de livres pour enfants

Seule la présence des enfants rendit supportable le voyage de retour à Chicago. Molly avait toujours eu du mal à cacher ses sentiments à sa sœur, mais cette fois, elle le devait.

Après trois semaines d'absence, son loft sentait le renfermé, et les meubles étaient encore plus poussiéreux que lors de son départ. Elle était pressée de s'attaquer au grand nettoyage, mais cela pouvait attendre le lendemain. Rou la précédant, elle monta ses bagages jusqu'à la mezzanine, puis se força à redescendre à son bureau.

S'emparant du bac en plastique noir qui contenait ses dossiers, elle s'assit par terre en tailleur, en extirpa son dernier contrat avec sa maison d'édition et le feuilleta.

Elle ne s'était pas trompée.

Elle leva les yeux vers les fenêtres qui s'étiraient jusqu'au plafond, contempla les murs en brique, les ombres dansant sur les parquets.

Elle était rentrée à la maison.

Deux semaines éprouvantes plus tard, Molly sortit de l'ascenseur au neuvième étage de l'édifice de Michigan

Avenue qui abritait le siège de sa maison d'édition. Elle resserra le cardigan noué autour de la taille de sa robe droite à carreaux Vichy rouge et remonta le corridor jusqu'au bureau d'Helen Kennedy Schott. Elle avait dépassé depuis longtemps le point de non-retour, et espérait juste que son maquillage masquerait ses cernes.

Helen se leva pour l'accueillir. Malgré la lourdeur, elle portait son sempiternel tailleur noir. Ses courts cheveux gris étaient impeccablement coiffés, et si elle n'était pas fardée, ses ongles étaient vernis d'un rouge vif.

— Molly ! Quel plaisir de vous revoir. Je suis si heureuse que vous vous soyez enfin décidée à m'appeler. Je commençais à désespérer.

— Le plaisir est réciproque, répondit poliment Molly.

Par la fenêtre, on apercevait la rivière de Chicago, mais ce fut le déploiement coloré de livres pour enfants sur les étagères qui attira son attention. Tandis qu'Helen lui parlait du nouveau directeur du marketing, Molly repéra les dos de ses cinq premiers ouvrages. Savoir que *Daphné fait une chute* ne viendrait jamais agrandir la collection lui brisait le cœur, mais elle était tellement engourdie qu'elle ne ressentait plus rien.

— Nous avons beaucoup de choses à voir, déclara Helen.

— Pas tant que ça.

Inutile de prolonger le supplice. Molly ouvrit son sac, en sortit une enveloppe blanche, la posa devant son éditrice.

— Voici un chèque en remboursement de votre première avance pour *Daphné fait une chute*.

Helen parut ahurie.

— Nous n'en voulons pas. Nous voulons publier ce livre.

— C'est impossible. Je refuse d'effectuer les rectifications.

— Molly, je sais que vous nous en voulez, et il est grand temps de mettre les choses au clair. Depuis le début, nous ne voulons que ce qu'il y a de mieux pour votre carrière.

— Et moi, je veux ce qu'il y a de mieux pour mes lecteurs.

— Nous aussi. Essayez de comprendre. Les auteurs ont tendance à ne considérer un projet que selon leur propre perspective, mais un éditeur doit voir le tableau dans son ensemble, et cela inclut nos relations avec la presse et la communauté. Nous n'avions pas le choix.

— Tout le monde a le choix, et j'ai fait le mien il y a une heure.

— Que voulez-vous dire ?

— J'ai publié *Daphné fait une chute*. Dans sa version originale.

— Vous... quoi ? Qu'est-ce que vous racontez ?

— Je l'ai diffusé sur l'Internet.

Helen bondit de son fauteuil.

— Vous n'avez pas le droit ! Vous avez signé un contrat avec nous !

— Si vous vérifiez les clauses en petits caractères, vous constaterez que je conserve les droits électroniques sur tous mes livres.

Helen la dévisagea avec stupéfaction. Les grandes maisons s'étaient empressées de remédier à ce problème, mais pas eux.

— Je ne peux pas croire que vous avez fait cela.

— Désormais, tout enfant qui le souhaitera pourra lire *Daphné fait une chute* et regarder les illustrations d'origine.

Molly avait préparé un long discours ponctué de références relatives aux autodafés et au Premier Amendement, mais elle était à bout de forces. Poussant l'enveloppe vers Helen, elle tourna les talons et sortit.

— Molly, attendez !

Elle ne s'arrêta pas. En regagnant sa voiture, elle s'efforça d'éprouver un sentiment de triomphe, mais elle était surtout vidée. Une amie de l'université l'avait aidée à monter son site Web. En plus du texte et des dessins de *Daphné fait une chute*, Molly avait inclus une page comprenant une liste des œuvres littéraires destinées aux enfants que diverses associations avaient condamnées au fil des ans. Y figuraient *Le Petit Chaperon rouge*, toute la série des Harry Potter, *Hariette l'espionne*, *Tom Sawyer*, *Huckleberry Finn*, de même que les contes des frères Grimm et le *Journal* d'Anne Frank. À la fin, elle y avait inscrit *Daphné fait une chute*. Si seulement elle pouvait téléphoner à Kevin pour lui annoncer qu'elle s'était enfin décidée à se battre !

Elle fit quelques courses, puis prit la route d'Evanston. La circulation était fluide et elle atteignit en un temps record la demeure en brique délabrée où elle vivait désormais. Elle détestait son appartement avec vue sur les bennes à ordures derrière un restaurant Thaï, mais c'était le seul logement qu'elle pouvait se payer et où les chiens étaient admis.

Elle essaya d'oublier son loft adoré que des inconnus occupaient déjà. À Evanston, la demande dépassait largement l'offre, elle ne s'était donc pas inquiétée. Quand bien même, elle n'avait pas imaginé que l'affaire se traiterait en à peine vingt-quatre heures ! Le nouveau propriétaire lui avait proposé de lui payer un loyer jusqu'à la signature de l'acte de vente. Poussée dans ses retranchements, elle avait dû se reloger dans la précipitation et n'avait rien trouvé de mieux. Toutefois, elle avait de quoi rembourser son avance et régler ses factures.

Elle se gara dans la rue à deux pâtés de maisons car son Serpentard de propriétaire réclamait soixante-dix dollars par mois pour un espace dans le parking jouxtant le bâtiment. Comme elle gravissait l'escalier, le train de banlieue passa dans un vrombissement au ras de ses fenêtres. Rou l'accueillit dans l'entrée, puis courut vers l'évier où il se mit à aboyer.

— Pas encore !

L'espace était si étriqué qu'elle n'avait pas de place pour ranger ses livres. Elle se faufila entre les cartons pour rejoindre le chien, entrouvrit la porte du placard et frémit de dégoût. Et une souris de plus dans son Piège Écolo ! La troisième en seulement quelques jours.

Poussant un profond soupir, elle posa son sac, enfila les gants de jardinage qu'elle avait achetés en même temps que la trappe et tendit prudemment le bras sous l'évier pour saisir la poignée de la cage.

Un cri lui échappa tandis que le rongeur effrayé se mettait à courir dans sa prison.

— Arrête, je t'en supplie ! Je te promets de te relâcher dans le parc en un clin d'œil.

Ah, les hommes ! Jamais là quand on avait besoin d'eux !

Son cœur se serra. Le couple que Kevin avait engagé pour gérer le domaine avait sûrement pris le relais. Lui était probablement de retour en ville, à faire la fête avec ses conquêtes étrangères. « Mon Dieu, s'il vous plaît, supplia-t-elle, empêchez-le de coucher tout de suite avec elles ! »

Lilly lui avait laissé plusieurs messages sur son répondeur, mais Molly ne l'avait pas rappelée. Que lui dire ? Qu'elle avait dû vendre son loft ? Qu'elle n'avait plus d'éditeur ? Que son cœur était définitivement brisé ? Point positif, elle avait maintenant les moyens de se payer les services d'un avocat. Avec un peu de chance, elle réussirait à dénoncer son contrat pour travailler avec un autre éditeur.

La cage à bout de bras, elle se dirigeait vers la porte quand la sonnette retentit. Elle sursauta violemment.

— Une seconde.

Elle contourna un carton, ouvrit. Helen se rua à l'intérieur.

— Molly, vous êtes partie avant qu'on ne puisse discuter ! Doux Jésus !

— Helen, je vous présente Mickey.

Helen plaqua la main sur sa poitrine en blêmissant.
— Un animal domestique ?
— Pas exactement, répondit Molly en posant la cage sur une boîte, ce qui agaça Rou. Tais-toi, espèce de peste ! Je regrette de ne pas pouvoir vous recevoir, Helen. Je m'apprêtais à aller au parc.
— Vous allez promener cette souris ?
— Je vais la relâcher.
— Je… je vous accompagne.
Molly aurait dû se réjouir de voir son ex-éditrice si décomposée, mais elle était à peu près dans le même état. Tenant le piège le plus loin possible, elle sortit et s'engagea dans l'allée menant au lac. Helen, en tailleur et talons, n'avait pas la tenue idéale pour affronter la chaleur et les nids-de-poule, mais Molly refusa de s'apitoyer sur son sort. Après tout, elle ne l'avait pas invitée.
— J'ignorais que vous aviez déménagé ! lança-t-elle derrière elle. Par chance, j'ai croisé un de vos voisins, et il m'a donné votre nouvelle adresse. Vous ne pourriez pas libérer cette bestiole un peu plus près ?
— Je ne veux pas qu'elle revienne chez moi.
— Vous pourriez utiliser un piège plus radical.
— Pas question !
Bien que l'on soit en milieu de semaine, le parc était rempli de cyclistes, d'étudiants en rollers et d'enfants. Molly chercha un coin tranquille, puis ouvrit la cage d'un geste précautionneux. Mickey s'élança vers la liberté.
Et se dirigea droit sur Helen.
Celle-ci poussa un cri étouffé et se réfugia sur le banc d'une table à pique-nique. Mickey disparut dans les buissons.
— Sale bête ! grommela Helen en s'affaissant sur la table.
Molly prit place sur le banc et contempla le lac Michigan au loin. Elle pensa à un lac plus petit, doté d'une falaise d'où l'on pouvait plonger.

Helen sortit un mouchoir en papier de son sac et se tamponna le front.

— Les souris me donnent la chair de poule.

Le Bois des Rossignols en était dépourvu. Si elle trouvait un nouvel éditeur, Molly en inventerait une.

— Si vous êtes venue me menacer de me traîner en justice, vous n'irez pas bien loin, attaqua-t-elle.

— Pourquoi voudrions-nous intenter un procès à notre auteure préférée ? Tenez ! Je vous rends votre enveloppe. J'y ai ajouté le reste de votre avance. Vous auriez dû me dire combien ces propositions de modifications vous rebutaient. Je ne vous aurais jamais demandé de les effectuer.

Molly demeura de marbre. Elle ne toucha pas à l'enveloppe. Helen enchaîna avec enthousiasme :

— Nous allons publier *Daphné fait une chute* dans sa version originale. Je le programme pour cet hiver afin d'avoir le temps d'en préparer la promotion. Nous prévoyons une vaste campagne de publicité avec des annonces pleine page dans toutes les revues destinées aux parents, et nous vous enverrons en tournée.

Molly se demanda si elle n'avait pas une insolation.

— *Daphné fait une chute* est déjà diffusé sur Internet, lui rappela-t-elle.

— Nous souhaiterions que vous le retiriez, mais ce sera à vous d'en décider. De toute façon, je pense que la plupart des parents achèteront le livre malgré tout, pour compléter la collection de leurs chères têtes blondes.

Molly avait du mal à comprendre comment elle venait de se métamorphoser d'auteure mineure en star de la littérature enfantine.

— Je crains que ce ne soit pas suffisant, Helen.

— Nous sommes prêts à renégocier votre contrat. Je suis certaine que vous apprécierez nos efforts.

— Pour cela, vous devrez contacter mon nouvel agent.

— Bien entendu.

Molly n'avait pas d'agent. Elle n'en avait jamais eu besoin. Apparemment, la situation avait changé.

— Que s'est-il passé, Helen ?

— La publicité. Les chiffres sont tombés il y a deux jours. Entre les articles de presse sur votre mariage et les doléances de l'association ENAN, les ventes de Daphné ont décollé.

— Mais je me suis mariée en février et ENAN m'a attaquée en avril. Vous ne vous en rendez compte qu'aujourd'hui ?

— Nous avons noté une première augmentation en mars, puis une deuxième en avril. Mais nous devions attendre le rapport de mai. Quant aux prévisions pour juin, elles sont encore plus encourageantes.

— Comment est-ce possible ?

— C'est la question que nous nous sommes posée, nous avons donc contacté les libraires. Apparemment, les adultes ont commencé par acheter un seul tome, par curiosité. Mais les enfants aimaient tellement les personnages qu'ils sont revenus se procurer la série entière.

— Je n'y crois pas.

— Les gamins se les prêtent entre eux. Il paraît que même certains parents ayant soutenu d'autres boycotts préconisés par ENAN sont conquis.

— J'ai l'impression de rêver.

— Je comprends, fit Helen, le sourire aux lèvres. Après toutes ces années, vous êtes enfin célèbre. Félicitations, Molly.

Janice et Paul Hubert étaient parfaits. Les œufs brouillés de Mme Hubert n'étaient jamais froids, elle ne brûlait jamais ses gâteaux. M. Hubert prenait plaisir à déboucher les cuvettes de W-C et pouvait discuter des heures avec les hôtes sans s'ennuyer.

Kevin les renvoya au bout d'une semaine et demie.

— Tu as besoin d'aide ?

Il sortit la tête du réfrigérateur et découvrit Lilly sur le seuil de la cuisine. Il était 23 heures, Molly était partie depuis deux semaines et un jour et tout allait à vau-l'eau.

Le stage de remise en forme débutait dans deux semaines et il n'était pas prêt. Il aurait dû remercier Lilly d'être restée lui donner un coup de main, mais il n'en avait pas trouvé le temps, et à présent, il s'en sentait coupable. Depuis que Liam Jenner ne venait plus prendre le petit-déjeuner, elle paraissait triste.

— Je suis à la recherche de levure express. Amy m'a laissé un mot parce qu'elle va en avoir besoin, répondit-il. Qu'est-ce que c'est ?

— Aucune idée. Mes connaissances en matière de pâtisserie sont très limitées.

— Ouais. Zut ! grogna-t-il en claquant la porte.

— Tu regrettes les Hubert ?

— Non. Seulement les talents de cuisinière de Janice et le savoir-faire de Paul.

— Ah…

— En revanche, la manière dont elle traitait les gosses me déplaisait. Et M. Hubert exaspérait Troy. Qui se soucie de savoir si la pelouse a été tondue ou non dans le sens des aiguilles d'une montre ?

— Elle n'était pas méchante avec les enfants. Elle refusait simplement de distribuer des biscuits à tous ceux qui envahissaient sa cuisine.

— Elle les chassait comme si c'étaient de vulgaires cafards ! Quant à prendre quelques minutes sur son temps pour leur raconter une histoire…

— Ils ne le lui ont jamais demandé.

— Ils n'hésitaient pas à solliciter Molly.

— Certes.

— Son mari était encore pire.

— Quand je l'ai entendu interdire aux enfants de jouer au foot sur la place sous prétexte qu'ils abîmaient le gazon, j'ai compris qu'il ne ferait pas long feu ici.

— Serpentard.

— Cela dit, les pensionnaires de la maison d'hôtes les appréciaient beaucoup.

— Parce qu'ils ne viennent pas avec leurs enfants comme les locataires des bungalows, riposta Kevin.

— Je suis contente que les O'Brian restent encore une semaine, mais Cody et les petites Kramer me manquent. Enfin ! Les nouveaux sont mignons. J'ai vu que tu avais racheté des vélos ?

— Je n'avais pas pensé aux plus petits. On avait besoin de tricycles.

— Les plus grands ont l'air d'apprécier le panier de basket, et tu as bien fait d'engager un maître nageur-sauveteur.

— Certains parents sont un peu trop désinvoltes.

Il s'était servi une bière et en avait proposé une à Lilly, qui l'avait refusée. Il s'assit à la table, hésita. Mais il n'avait que trop attendu.

— Merci pour tout ce que tu fais.

— C'est un plaisir pour moi, mais quel dommage que Molly ne soit plus parmi nous. Tout paraît plus amusant avec elle.

Aussitôt, il fut sur la défensive.

— On rigole aussi beaucoup sans elle.

— Non. Les O'Brian se plaignent de son absence, les plus âgés aussi. Quant à toi, tu es ronchon… Kevin, elle est partie depuis deux semaines. Ne crois-tu pas qu'il serait temps d'aller la chercher ? Amy, Troy et moi pouvons prendre le relais pendant quelques jours.

Il avait envisagé le problème sous tous les angles. Il ne demandait qu'à aller la retrouver, mais c'était impossible, à moins qu'il ne décide de se poser enfin et de fonder un foyer.

— Ce ne serait pas juste.

— Pour qui ?

— Elle m'a avoué qu'elle… éprouvait des sentiments pour moi.

— Et pas toi ?

— D'ici cinq ou six ans, je raisonnerai peut-être différemment, mais pour l'heure, je dois me concentrer sur ma carrière. Et puis, soyons réalistes : est-ce que tu nous vois, Molly et moi, ensemble sur le long terme ?

— Absolument.

Il se leva brusquement.

— Allons donc ! Je suis un athlète, et elle déteste le sport.

— Elle ne se débrouille pourtant pas si mal.

— Mouais.

— Elle nage merveilleusement et plonge comme une championne.

— Grâce aux colos.

— Elle joue bien au base-ball.

— Les colos.

— Elle connaît tout sur le football.

— Les co…

— Elle sait taper dans un ballon.

— Uniquement avec Tess.

— Elle a étudié les arts martiaux.

Il avait complètement oublié sa démonstration de kung-fu de l'hiver précédent.

— Elle m'a dit qu'elle avait appartenu à l'équipe de tennis de son lycée.

— Je hais le tennis.

— Sans doute parce que tu es nul.

Comment Lilly le savait-elle ? Elle afficha un sourire dangereusement compatissant.

— Selon moi, tu vas avoir du mal à dénicher une femme aussi athlétique et aventureuse que Molly Somerville.

— Je parie qu'elle refuserait de sauter en parachute.

— Je parie le contraire.

Lilly avait raison. Il entendait déjà les hurlements de Molly quand il la pousserait hors de l'avion. Mais dès que son parachute s'ouvrirait, elle savourerait l'expérience.

Il lui en voulait d'être tombée amoureuse de lui. Ce mariage n'avait jamais été destiné à durer. Il ne l'avait pas encouragée, il ne lui avait rien promis.

Tout ça, à cause du sexe. S'il avait su se contenir, elle l'aurait laissé tranquille, mais il en avait été incapable. Et qui pouvait le lui reprocher ?

Il pensa à la manière dont elle riait. À ces yeux bleu-gris en amande, brillants d'espièglerie. Quel homme y résisterait ?

Mais Molly connaissait les règles, et faire l'amour n'engageait à rien. Elle se trompait en affirmant qu'il n'avait de vrais liens avec personne. Il avait des amis. Des amis qui comptaient. Il avait Cal et Jane Bonner... qu'il n'avait pas appelés depuis des semaines.

Il regarda Lilly. Était-ce l'heure tardive, la fatigue ? Il se surprit à se confier davantage qu'il ne l'aurait voulu.

— Molly a des opinions sur moi que je ne partage pas.

— Lesquelles ?

— Elle me trouve... émotionnellement superficiel.

— C'est faux ! s'exclama Lilly. Tu es très complexe, au contraire. Seigneur ! Si tu étais superficiel, tu te serais débarrassé de moi immédiatement.

— J'ai essayé...

— Tu m'aurais tapoté l'épaule en me promettant de m'envoyer une carte à Noël. Je m'en serais contentée et je serais repartie. Mais tu es trop intègre, et c'est la raison pour laquelle ma présence t'est si pénible... Oh, Kevin ! J'adore Molly, mais si jamais je l'entends te faire ce genre de reproches, nous allons nous disputer toutes les deux.

Kevin aurait voulu en rire, mais ses yeux se mirent à le picoter, et la seconde d'après, il lui ouvrait les bras. Il la serra contre lui d'un geste possessif. Elle émit une sorte de miaulement.

— J'ai des questions à te poser.

La joue contre sa poitrine, elle eut un sanglot. Il s'éclaircit la voix.

— T'a-t-on obligée à prendre des cours de piano ?

— Mon pauvre ! Je ne sais pas distinguer une note d'une autre.

— As-tu de l'urticaire autour de la bouche quand tu manges des tomates ?

— Quand j'en mange trop, oui.

— Et les patates douces ? Tout le monde aime ça sauf moi, alors je me demandais…

Il se tut, au comble de l'émotion.

Pendant un long moment, ils s'étreignirent sans mot dire. Puis ils se mirent enfin à parler. Ils avaient trois décennies à rattraper en une seule nuit ! D'un accord tacite, ils évitèrent deux sujets : Molly et Liam Jenner.

À 3 heures du matin, ils se séparèrent enfin.

— Bonne nuit, mon chéri, murmura Lilly en lui caressant la joue.

— Bonne nuit…

« Bonne nuit, maman », pensa-t-il. Mais il ne voulait pas trahir Maida Tucker. Elle n'avait peut-être pas été la mère de ses rêves, mais elle l'avait aimé de tout son cœur, et réciproquement.

— Bonne nuit, maman Lilly.

Le barrage céda complètement.

— Oh, Kevin ! Mon fils chéri.

Il s'endormit le sourire aux lèvres. Quand le réveil l'arracha à son lit quelques heures plus tard, il repensa à la soirée de la veille et au fait que Lilly ferait désormais partie intégrante de sa vie. Il en fut heureux.

Quant au reste…

Il pénétra dans la cuisine déserte en se disant qu'il n'avait aucune raison de se sentir coupable vis-à-vis de Molly. Peine perdue. Tant qu'il n'aurait pas trouvé le moyen de se racheter, il ne cesserait de penser à elle.

C'est alors que l'idée lui vint. La solution parfaite.

Molly fixa l'avocat de Kevin, abasourdie.

— Il me donne le domaine ?

— Il m'a appelé à ce propos hier matin. Je suis en train de finaliser la paperasserie.

— Je n'en veux pas ! Je ne prendrai rien venant de lui.

— Il a dû anticiper votre réaction car il a précisé que si vous refusiez, il autoriserait Eddie Dillard à démolir les lieux au bulldozer. Il ne plaisantait pas.

Elle aurait voulu hurler de rage, mais l'avocat n'était en rien responsable des manipulations de Kevin. Elle se maîtrisa donc.

— Il n'y a rien qui puisse m'empêcher de m'en débarrasser ensuite ?

— Rien.

— Très bien. Je l'accepte. Après quoi, je le donnerai.

— Il n'appréciera guère.

— Offrez-lui une boîte de mouchoirs en papier.

Il ramassa sa mallette et se dirigea vers la porte.

— Je vous conseille de vous rendre là-bas au plus vite. Kevin est parti, et il n'y a personne pour gérer l'affaire.

— Mais si ! Il a embauché un couple.

— Apparemment, ça n'a pas marché entre eux.

Molly eut du mal à ravaler un torrent de jurons. Elle n'avait eu que quarante-huit heures pour s'habituer à son nouveau statut d'auteure célèbre, et maintenant *ça*.

Elle se rua sur son téléphone pour appeler son nouvel agent, le meilleur de la ville.

— Phoebe, c'est moi.

— Salut, la star ! Les négociations vont bon train, mais l'avance qu'ils te proposent demeure insuffisante.

— Tâche de ne pas les mener à la faillite.

— C'est tellement tentant !

Elles discutèrent quelques minutes des transactions en cours avant que Molly en vienne au but de son appel.

— Kevin a eu un geste adorable, lâcha-t-elle.

— Il a traversé la rue les yeux bandés ?

— Arrête, Phoebe. C'est un type formidable. Figure-toi qu'il m'offre le domaine. Un cadeau surprise.

— Tu te moques de moi ?

Molly s'agrippa au combiné.

— Il sait combien j'aime cet endroit.

— Je comprends, mais…

— J'y vais demain. J'ignore combien de temps j'y resterai.

— Au moins, cela te sortira de cet horrible appartement.

Molly raccrocha dès qu'elle le put et se tourna vers Rou, qui s'était réfugié sous la table de la cuisine.

— Vas-y, dis-le. Je choisis mal le moment. Si j'avais patienté deux semaines, on serait dans mon loft climatisé et tu aurais moins chaud.

Rou la fixa d'un air sévère. Ce traître se languissait de Kevin.

— Au boulot, camarade. Demain aux aurores, on file au domaine.

Le chien s'égaya.

— Du calme. On ne restera pas longtemps. Je suis sérieuse, Rou, je vais le donner !

Sauf qu'elle n'en ferait rien. Elle flanqua un coup de pied dans un carton. Dommage que ce ne soit pas la tête de Kevin. Il avait agi ainsi parce qu'il se sentait coupable. C'était sa manière à lui de lui demander pardon de ne pas l'aimer.

Un magnifique cadeau pitié.

25

*Daphné n'adressait plus la parole à
Benny, Benny s'en fichait, Melissa avait
perdu ses lunettes de soleil et il
commençait à pleuvoir.
Tout allait mal !*
Daphné va en colonie de vacances

Lilly s'immobilisa sur le seuil de la cuisine de la maison d'hôtes. Molly s'était endormie, la tête posée sur le bras, la main près de son carnet à dessins, les cheveux répandus sur le plateau en chêne de la table. Comment Lilly avait-elle pu la soupçonner d'être une dilettante ?

Depuis son retour au domaine, dix jours auparavant, Molly avait terminé les illustrations pour *Daphné va en colonie de vacances*, attaqué un nouveau livre et rédigé un article pour *Nénettes*, le tout en continuant à faire la cuisine et à s'occuper des pensionnaires. Consciente de ses efforts pour chasser Kevin de ses pensées, Lilly comprenait sa souffrance. Elle aurait volontiers étranglé son fils.

Molly bougea, cligna des yeux, sourit. Elle avait les traits tirés.

— Bonne promenade ? s'enquit-elle.

— Oui, merci.

Molly se redressa, coinça ses cheveux derrière ses oreilles.

— Liam est passé.

Le cœur de Lilly fit un bond. Hormis la fois où elle l'avait aperçu en ville quelques jours après qu'il avait lancé son ultimatum, elle ne l'avait pas revu depuis des semaines. Loin de s'estomper, la douleur de cette séparation s'amplifiait au fil des jours.

— Il vous a apporté quelque chose. Je l'ai mis dans votre chambre.

— Qu'est-ce que c'est ?

— Vous verrez par vous-même.

Molly ramassa un stylo tombé par terre et le tripota nerveusement.

— Il m'a demandé de vous dire au revoir.

Un frisson parcourut Lilly.

— Il part ?

— Aujourd'hui. Il s'installe au Mexique pour quelque temps. Il paraît que la lumière y est exceptionnelle.

Elle n'avait pas le droit de s'en offusquer. Elle croyait donc qu'il resterait assis chez lui à attendre qu'elle change d'avis ? Quiconque comprenait l'art de Liam Jenner savait que c'était un homme d'action.

— Je vois.

Molly se leva et la gratifia d'un regard compatissant.

— Vous avez tout gâché... Je ne survivrais pas ici sans vous, mais Kevin n'étant plus là, qu'est-ce qui vous retient ici ?

Lilly avait prévu de retrouver Kevin à Chicago d'ici peu. Ni l'un ni l'autre ne souhaitaient que cette relation demeure secrète, et Kevin avait déjà fait un saut en Caroline du Nord pour partager son bonheur avec ses amis, les Bonner. Il en avait parlé aussi avec les frères de Cal, leurs épouses, et le type assis à côté de lui dans l'avion, d'après leur dernière conversation téléphonique.

Lilly était impatiente de le revoir, mais n'arrivait pas à se décider à quitter le domaine.

— Je reste ici pour vous aider, petite ingrate.

Molly porta son verre à eau jusqu'à l'évier.

— Mais encore ?

— L'endroit est paisible et je déteste Los Angeles.

— Ou peut-être ne parvenez-vous pas à vous éloigner de Liam, même si vous le traitez avec mépris. Vous ne le méritez pas, vous savez.

— S'il vous plaît à ce point, prenez-le pour vous. Vous n'imaginez pas ce que c'est que d'être mariée avec un dominateur.

— Si vous le vouliez, il vous mangerait dans la main.

— Ne me parlez pas sur ce ton, jeune fille.

— Qu'est-ce que vous êtes ringarde ! riposta Molly en riant. Montez donc jeter un coup d'œil sur ce qu'il vous a apporté.

Lilly tenta une sortie théâtrale, mais elle savait que Molly n'était pas dupe. Comment Kevin avait-il pu tourner le dos à une fille pareille ?

Et elle ? Comment avait-elle pu tourner le dos à Liam Jenner ? Elle n'avait pas touché à son patchwork. Lorsqu'elle s'en emparait, elle ne voyait plus que des bouts de tissu désassortis. Finis, les élans d'énergie, envolées, les réponses aux mystères de la vie.

Elle grimpa l'escalier étroit qui menait au grenier. Kevin l'avait encouragée à s'installer dans une chambre plus agréable, mais elle se sentait bien dans celle-ci.

Elle ouvrit la porte, et vit un grand tableau appuyé contre le lit. Il était enveloppé de papier kraft, mais elle devinait ce qu'il représentait : la Madone qu'elle avait tant admirée ce fameux après-midi à l'atelier. Retenant son souffle, elle tomba à genoux sur le tapis et arracha l'emballage.

Ce n'était pas la Madone. C'était le portrait que Liam avait fait d'elle.

Un sanglot s'étrangla dans sa gorge. Elle pressa les doigts sur sa bouche, recula. La représentation de son corps était brutale : il avait montré chaque affaissement, chaque ride, chaque amas disgracieux. La chair d'une de ses cuisses débordait de la chaise sur laquelle elle était assise ; ses seins pendaient lourdement.

Et pourtant, elle était magnifique. Sa peau semblait irradier de l'intérieur, ses courbes étaient fluides, son visage d'une majestueuse beauté. Elle était à la fois elle-même et toutes les femmes dans la sagesse de la maturité.

Cette œuvre était l'ultime lettre d'amour de Liam Jenner. Un constat sans compromission de ses sentiments, aussi lucides qu'intrépides. Cet homme brillant qu'elle n'avait pas eu le courage de s'approprier avait su dévoiler les profondeurs de son âme.

Elle attrapa ses clés, dévala l'escalier, courut jusqu'à sa voiture. *Trop tard, trop tard, trop tard...* Elle démarra dans un crissement de pneus. *Trop tard...* Alors qu'elle avait bâti une muraille autour d'un mari décédé qu'elle n'aimait plus depuis des années, Liam avait tout fait pour obtenir ce qu'il voulait.

Trop tard, trop tard, trop tard... La maison apparut enfin. Elle paraissait vide et abandonnée.

Lilly se précipita vers l'entrée, appuya sur la sonnette. Pas de réponse. Elle frappa avec les poings, puis contourna la bâtisse. *Il part pour le Mexique...*

L'atelier en verre s'élevait au-dessus de sa tête, le refuge du génie. Elle ne voyait aucun signe de vie à l'intérieur.

Derrière elle, le lac scintillait sous le soleil et le ciel était limpide. Une journée idéale. Quelle ironie ! Elle repéra une porte latérale et s'y précipita. À sa grande surprise, la poignée céda sous sa main.

Tout était silencieux. Elle se dirigea vers la cuisine, traversa le salon, gravit les marches jusqu'à la passerelle.

L'arche tout au bout l'attirait comme un aimant. Elle n'avait aucun droit d'y pénétrer, mais elle se l'octroya.

Le dos tourné, il était en train de ranger ses tubes de couleurs dans une mallette. Comme lors de sa dernière visite, il était entièrement vêtu de noir – pantalon élégant et chemise à manches longues. En tenue de voyage.

— Vous vouliez quelque chose ? grommela-t-il sans lever la tête.

— Oh, oui ! souffla-t-elle.

Il pivota enfin vers elle, mais elle comprit à la façon dont il serrait les mâchoires qu'il ne lui rendrait pas la tâche aisée.

— Vous ! ajouta-t-elle.

Son expression se fit plus arrogante encore. Elle l'avait gravement blessé dans son orgueil, il voulait davantage.

Elle saisit l'ourlet de sa robe légère, l'ôta d'un geste preste et la jeta de côté. Elle dégrafa son soutien-gorge, le laissa tomber, enleva son slip.

Il l'observa sans un mot, le visage indéchiffrable.

Elle souleva ses cheveux, plia le genou et se détourna légèrement, prenant la pose qui lui avait permis de vendre des millions d'affiches.

Vu son âge et son poids, elle aurait pu être ridicule. Au contraire, elle se sentait puissante et terriblement désirable.

— Vous croyez que cela va suffire pour me récupérer ? railla-t-il.

— Oui. J'en suis même sûre.

D'un signe de tête, il lui indiqua un vieux canapé en velours qui n'était pas là la dernière fois.

— Allongez-vous.

Elle se demanda si un autre modèle y avait pris place. Et ressentit de la pitié plutôt que de la jalousie. Car aucune femme n'avait sur lui le pouvoir qu'elle détenait. Avec un sourire, elle se dirigea vers le divan.

Elle ne fut pas étonnée de le voir s'emparer d'une palette et de tubes dans la mallette. Comment pourrait-il résister à la tentation de la peindre ? Calant la nuque sur l'un des accoudoirs arrondis, elle s'enfonça dans les coussins moelleux tandis qu'il choisissait ses couleurs. Enfin, il rassembla ses pinceaux et s'approcha d'elle.

Elle avait déjà noté que son souffle s'était accéléré. À présent, elle décelait la flamme de désir qui brûlait dans ses prunelles. Il s'agenouilla devant elle. Elle patienta. Heureuse.

Il se mit à peindre. Pas sur un tableau. Sur elle.

Il étala une bande rouge sur ses côtes, ajouta des touches de violet et de bleu sur ses hanches. Il lui tapota l'épaule et le nombril d'orange, de cobalt et d'émeraude, glissa une brosse qui ne lui servait plus entre ses dents, piqua son sein d'ultramarine et de vert. Son mamelon durcit tandis qu'il l'entourait de turquoise et de magenta. Il lui écarta les cuisses et les enjoliva de motifs agressifs.

Elle ne fut pas surprise lorsque, au comble de la frustration, il délaissa ses instruments pour utiliser ses mains, mélangeant les couleurs, malaxant sa chair jusqu'à ce que cela lui devienne insupportable.

Elle se redressa brusquement, arracha les boutons de sa chemise, barbouillant l'étoffe des stigmates dorés dont il lui avait moucheté les paumes. Elle ne voulait plus être sa création, mais le recréer, lui, à son image, et lorsqu'il fut nu, elle se blottit contre lui.

Les pigments se fondirent et fusionnèrent alors qu'elle imprimait son corps sur le sien. En l'absence de lit, elle improvisa un matelas avec les coussins du canapé, puis couvrit Liam de baisers fervents. Enfin, il s'écarta suffisamment pour qu'elle puisse s'ouvrir à lui.

— Lilly, mon amour…

La peinture rendait sa peau glissante. Elle s'accrocha à lui tandis qu'il plongeait en elle, encore et encore, plus vite, plus fort. Ensemble, ils atteignirent le paroxysme du plaisir.

Quand ce fut fini, ils échangèrent des baisers en même temps que des mots d'amour. Ce ne fut qu'une fois sous la douche que Lilly lui annonça qu'elle ne l'épouserait pas.

— Qui t'a parlé de mariage ?

— En tout cas, pas dans un premier temps, précisa-t-elle, ignorant sa fanfaronnade. Je veux d'abord que nous vivions ensemble. Dans le péché.

— À condition de ne pas m'obliger à louer un appartement sans eau chaude dans le bas de Manhattan.

— Non. Mais pas non plus à Mexico. À Paris. Ne serait-ce pas merveilleux ? Je pourrais être ta muse.

— Ma précieuse Lilly, tu l'es déjà !

— Oh, Liam, je t'aime tant... Je nous imagine parfaitement dans un atelier du sixième arrondissement que nous louerait une vieille dame en tailleur Chanel. Toi et ton génie et ton corps magnifique. Moi et mes patchworks. Du bon vin, de la peinture, et Paris.

— Ton vœu sera exaucé, promit-il en riant. T'ai-je dit que je t'aime ?

— Oui, souffla-t-elle, avant d'ajouter : Je suspendrai un carillon à la lucarne.

— Ce qui m'empêchera de dormir, si bien que je n'aurai d'autre choix que de faire l'amour toute la nuit.

— J'aime les carillons.

— Et moi, je t'aime.

Avec un sentiment de détachement, Kevin regarda l'indicateur de vitesse de sa Ferrari grimper. Quatre-vingt-dix... Cent vingt... Cent quarante. Il laissa derrière lui les derniers faubourgs de Chicago. Il roulerait jusque dans l'Iowa s'il le fallait. Tout ce qui comptait, c'était de se défouler afin de pouvoir se concentrer ensuite sur l'essentiel.

Le stage de remise en forme débutait le lendemain. Il ne s'arrêterait pas d'ici là.

Cent cinquante...

Les papiers du divorce que l'avocat de Molly lui avait envoyés le matin même glissèrent du siège passager. Pourquoi ne lui avait-elle pas parlé avant de prendre une telle initiative ? Il essaya de se ressaisir en se rappelant le plus important.

Il ne lui restait plus que cinq ou six bonnes années...

Jouer pour les Stars était tout ce qui comptait...

Il ne pouvait se permettre de se laisser distraire par une femme exigeante...

Il enfonça l'accélérateur.

Un mois et quatre jours s'étaient écoulés depuis qu'il avait vu Molly pour la dernière fois. Il ne pouvait pas lui reprocher de l'avoir empêché de s'entraîner. Pourtant, au lieu de soulever de la fonte et de visionner des matchs, il avait préféré faire de l'escalade, un peu de rafting et du parapente. Aucune de ces activités ne l'avait rendu heureux.

Il ne l'avait été qu'une fois, lorsqu'il avait discuté avec Liam et Lilly quelques jours auparavant. Ils semblaient nager dans le bonheur.

Le volant vibrait sous ses mains, mais il avait pris autrement plus de plaisir à plonger du haut de la falaise avec Molly.

Cent cinquante-cinq. Ou le jour où elle avait renversé le canoë... Ou celui où il était monté dans l'arbre récupérer Marmie... Ou lorsqu'il croisait son regard espiègle... Sans parler de leurs étreintes.

Aujourd'hui, plus rien ne l'amusait. Une balade en bicyclette à travers le domaine avec Molly lui apparaissait bien plus excitante que de pousser à fond une Ferrari Spider.

Un filet de transpiration dégoulinait sous ses bras. Si un pneu éclatait maintenant, il ne la reverrait plus, il n'aurait jamais l'occasion de lui avouer qu'elle l'avait parfaitement cerné depuis le début. Comme elle l'avait deviné : il était terrifié.

Car il était tombé amoureux d'elle.

Soudain, en un clin d'œil, le vide en lui se remplit et il ralentit. Il se carra dans son siège avec l'impression d'avoir reçu un direct magistral à l'estomac. Lilly avait essayé de lui parler, Jane Bonner aussi, mais il n'avait pas voulu les entendre. Molly avait raison. Au fond de lui, il s'était cru incapable de se mesurer à un individu comme il se mesurait à ses adversaires sur le terrain. Il s'en était bien gardé. Mais il était trop vieux pour continuer à se mentir.

Il déboîta dans la voie de droite. Pour la première fois depuis des mois, il se sentait calme. Elle lui avait confié qu'elle l'aimait et, désormais, il savait exactement ce que cela signifiait. Il comprenait aussi ce qu'il lui restait à faire. Cette fois, il s'y prendrait mieux.

Une demi-heure plus tard, il sonnait chez les Calebow.

— Kevin ! s'écria Andrew en lui ouvrant. Tu viens te baigner avec moi ?

— Navré, fiston, pas maintenant. J'ai besoin de voir tes parents.

— Je ne sais pas où est papa, mais maman est dans son bureau.

Kevin lui ébouriffa les cheveux et se dirigea vers ledit bureau. La porte était ouverte, mais il frappa tout de même.

— Phoebe ?

Elle tourna la tête et le dévisagea.

— Pardon de débouler ainsi, mais il faut que je te parle.

— Ah ? fit-elle en repoussant son fauteuil.

Elle allongea ses jambes de danseuse devant elle – plus longues que celles de Molly mais pas aussi sexy. Malgré son short blanc et ses sandales en plastique rose imprimées de dinosaures violets, elle paraissait plus formidable que Dieu, et dans le monde des Stars, elle avait autant de pouvoir que Lui.

— C'est au sujet de Molly, attaqua-t-il.

— Et ?

Il pénétra dans la pièce et attendit qu'elle l'invite à s'asseoir. En vain. Inutile de tourner autour du pot.

— Je veux l'épouser. Pour de vrai. Et je veux ta bénédiction.

Il n'obtint pas le sourire qu'il avait espéré.

— À quoi est dû ce revirement ?

— Je l'aime, et je veux vivre avec elle.
— Je vois.
Elle ne cilla pas. Peut-être ignorait-elle que Molly éprouvait des sentiments envers lui.
— Elle m'aime aussi, ajouta-t-il.
Phoebe ne parut guère impressionnée. Il opta pour une autre tactique.
— Je suis quasiment sûr qu'elle accueillera cette nouvelle avec joie.
— Certainement, acquiesça-t-elle. Du moins au début.
La température dans la pièce chuta de dix degrés d'un coup.
— Que veux-tu dire ?
Elle se leva.
— Tu sais que nous voulons un véritable mariage pour Molly.
— Moi aussi. D'où ma présence.
— Un mari qui la fera passer en priorité.
— C'est mon intention.
— Chassez le naturel, il revient au galop.
Il ne feignit pas de ne pas comprendre.
— Je l'admets, il m'a fallu du temps pour prendre conscience que mon existence ne peut tourner exclusivement autour du football. Mais tomber amoureux de Molly m'a permis de changer de point de vue.
— Et ton avenir ? fit-elle, sceptique. Tout le monde sait combien l'équipe compte pour toi. Tu as confié un jour à Dan que tu aimerais devenir coach après ta retraite du terrain, et il en a déduit qu'un jour, tu souhaiterais rejoindre les cadres dirigeants. Est-ce toujours le cas ?
— Ce n'est pas parce que je modifie mon point de vue que je veux jeter ma carrière au panier.
— Je m'en doute. Soyons francs : est-ce Molly que tu veux ou les Stars ?
Il se figea.
— J'espère avoir mal compris.

— Devenir un membre à part entière de la famille me paraît un moyen efficace de t'assurer un poste de dirigeant plus tard.

— J'ai dit que je voulais ta bénédiction. Je n'ai pas dit qu'elle était indispensable, lâcha-t-il avant de tourner les talons.

— Si tu t'approches d'elle, tu pourras dire adieu aux Stars.

Il pivota vers elle, sidéré.

— Je ne plaisante pas, Kevin. Ma sœur a suffisamment souffert, je ne te laisserai pas te servir d'elle pour réaliser tes projets à long terme. Garde tes distances. Tu peux avoir l'équipe ou tu peux avoir Molly, mais pas les deux.

26

Daphné était de mauvaise humeur.
Elle aurait voulu courir chez Melissa pour qu'elle lui remonte le moral, mais Melissa se préparait à partir pour Paris avec son nouvel ami, Léo le crapaud.
En fait, Daphné était de mauvaise humeur parce que Benny lui manquait.
Il l'énervait parfois, mais c'était malgré tout son meilleur copain.
Sauf qu'elle n'était plus sa meilleure copine.
Car Daphné était amoureuse de Benny, mais Benny n'était pas amoureux d'elle.

Molly arracha la page de son bloc-notes et contempla le pré de Bobolink en se demandant comment certaines parties de sa vie pouvaient être si merveilleuses et d'autres, si tristes.

Le sweat-shirt qu'elle avait étalé dans l'herbe s'était mis en boule sous ses jambes. Il appartenait à Kevin. Tout en le remettant en place, elle s'efforça de se concentrer sur les points positifs.

Grâce à son nouveau contrat, elle avait de quoi vivre correctement, et les idées se bousculaient dans sa tête. Le domaine et la maison d'hôtes affichaient complet, et plus elle confiait de responsabilités à Amy et à Troy, plus ils se révélaient aptes à gérer l'affaire.

Ils aimaient la propriété autant qu'elle, et lui avaient suggéré de transformer le grenier en un appartement où ils pourraient habiter à longueur d'année. Ils souhaitaient accueillir amateurs de ski de fond ou de motoneige, et citadins adeptes de l'hiver à la campagne. Molly avait décidé de leur laisser carte blanche.

Kevin lui manquait affreusement et elle s'en voulait. Il ne pensait sans doute jamais à elle. Tant pis pour lui. Elle lui avait offert son bien le plus précieux, et au lieu de le serrer contre son cœur, il l'avait jeté au loin.

Elle ramassa son bloc-notes. Si elle n'avançait pas sur *Daphné est de mauvaise humeur*, elle pouvait au moins préparer la liste des courses pour Troy. Amy était en train de confectionner des gâteaux pour le thé. Lilly n'était plus là pour leur donner un coup de main, mais ce que regrettait surtout Molly, c'était son amitié.

Elle perçut un bruissement derrière elle et posa précipitamment son carnet. Zut ! L'un des hôtes avait déniché sa cachette. Elle avait consacré sa matinée à réserver des tables au restaurant, à dessiner des plans d'accès pour se rendre chez les brocanteurs ou au golf. Elle avait aussi débouché une cuvette de W-C, bricolé une vitre cassée avec du sparadrap, et aidé les plus grands des enfants à organiser un jeu de piste.

Elle se tourna – et aperçut Kevin qui contournait la barrière en bas du pré.

Elle retint son souffle. Ses Revo argent scintillaient au soleil et la brise soulevait ses cheveux. Il portait un pantalon kaki et un tee-shirt bleu clair. Comme il se rapprochait, elle nota qu'un dessin de Daphné était imprimé sur le devant.

Kevin s'immobilisa et la contempla. Elle était assise en tailleur dans l'herbe, le soleil nimbant ses épaules nues d'une lueur dorée, deux papillons jaunes virevoltant autour de sa tête. Elle incarnait tous les rêves qu'il avait oubliés au réveil – des rêves dont il venait de comprendre à l'instant qu'ils lui étaient indispensables. Elle était sa compagne de jeu, sa confidente, sa maîtresse passionnée. Elle était la mère de ses enfants et la compagne de ses vieux jours. Elle était son bonheur.

Et elle le fixait comme si un putois venait d'émerger de la forêt.

— Qu'est-ce que tu veux ? lâcha-t-elle.

Il ôta ses lunettes et esquissa son sourire de play-boy.

— Alors ? Comment va ?

Avait-il vraiment dit ça ? « Comment va ? » Il grimaça.

— En pleine forme. Joli tee-shirt. À présent, dégage.

— Je... euh... j'ai entendu dire que tu allais peut-être vendre le domaine.

— Quand le moment sera venu.

— Je te le rachèterai peut-être.

— Ou peut-être pas.

Elle se leva et quelques brins d'herbe restèrent collés à ses mollets.

— Pourquoi tu n'es pas à ton stage de remise en forme ?

— Un stage ? fit-il en glissant ses lunettes dans sa poche.

— Les vétérans étaient convoqués ce matin.

— Mince ! Je suis dans le pétrin.

— C'est Phoebe qui t'a envoyé ici ?

— Pas exactement.

— Alors que me vaut cet honneur ?

— Je voulais te parler, voilà tout.

— Tu devrais être à ton stage.

— Tu radotes.

— Un coup de fil et je saurai pourquoi tu n'y es pas.

— Tu ferais peut-être mieux d'écouter avant ce que j'ai à te dire.

— Donne-moi ton portable, s'entêta-t-elle.

— Il est dans la voiture.

Elle ramassa le sweat-shirt (qu'il crut reconnaître comme lui appartenant) et fonça en direction de la barrière.

— Je téléphonerai de la maison.

— Je suis en absence irrégulière, d'accord ? On m'échange !

Elle fit volte-face et revint vers lui.

— On t'échange ? Ils ne peuvent pas faire ça !

— Ils sont fous et ils ont tous les pouvoirs.

— Dont celui de bousiller la saison. Raconte-moi ce qui s'est passé. Précisément.

— Je n'en ai pas envie, articula-t-il, une boule dans la gorge et la langue pâteuse. J'ai envie de te dire combien je te trouve belle.

— Je n'ai pas changé depuis la dernière fois sinon que j'ai un coup de soleil sur le nez.

— Tu es magnifique. Et je veux t'épouser. Pour de vrai. Pour toujours.

Elle cligna des yeux.

— Pourquoi ?

L'entretien ne se déroulait pas du tout comme il l'avait prévu.

— Parce que je t'aime. Profondément. Plus que je ne l'aurais cru possible.

Silence.

— Molly, écoute-moi. Je regrette d'avoir mis si longtemps à comprendre, mais quand j'étais avec toi, je m'amusais trop pour réfléchir. Après ton départ, j'ai déprimé, et je me suis rendu compte que tout ce que tu avais dit à mon sujet était exact. J'avais peur. J'ai laissé le football envahir mon existence. C'était la seule chose dont j'étais sûr, et c'est la raison pour laquelle je me suis montré si imprudent cette année. Il me manquait quelque chose, j'essayais de combler un vide, mais je m'y prenais mal. À présent ce vide a disparu, grâce à toi.

Le cœur de Molly battait si fort qu'elle craignit que Kevin ne l'entende. Était-il sincère ? Il en avait l'air. Il semblait inquiet, bouleversé, grave…

L'instinct de survie de Molly prit le dessus.

— Parle-moi de l'échange.

— Pas tout de suite. Parlons plutôt de nous. De notre avenir.

— Je ne peux pas évoquer le futur tant que je n'ai pas compris le présent.

— Tu m'as tellement manqué ! éluda-t-il. Sans toi, j'ai cessé d'être heureux.

C'était tout ce qu'elle rêvait d'entendre. Et pourtant...

— Il me suffit de passer un coup de fil, insista-t-elle.

— Très bien, je m'incline. Voilà... Je voulais éclaircir la situation une fois pour toutes. Je me suis donc rendu chez ta sœur. Dan n'était pas là, mais j'ai vu Phoebe. Je lui ai dit que je t'aimais et que je voulais qu'on se marie pour de vrai. Je lui ai demandé sa bénédiction.

Molly s'affaissa dans l'herbe, replia les genoux et se concentra sur sa respiration.

— Tu pourrais manifester davantage ta joie, observa Kevin.

— Raconte-moi la suite.

— Phoebe n'a pas apprécié ma tirade. Elle m'a accusé de vouloir t'utiliser en guise de police d'assurance pour ma retraite.

— Comment cela ?

— Tout le monde sait que je souhaite devenir coach plus tard, du reste, j'en avais parlé à Dan.

— Elle a dit que tu te servais de moi pour garantir ton avenir chez les Stars ? C'est bien cela ?

— Je n'ai pas besoin d'une garantie ! explosa-t-il. Je n'ai plus rien à prouver. Au sein de la ligue, je suis l'un des plus grands spécialistes de ce sport. Mais elle m'a regardé comme si j'étais un parasite sans nom. Molly, je sais que tu aimes ta sœur, mais le football est un jeu où l'important est de gagner, et je t'avoue que j'ai perdu tout respect pour elle.

À présent, Molly se sentait suffisamment solide pour se relever.

— Ce n'est pas tout, devina-t-elle.

— Elle m'a dit que je pouvais avoir soit les Stars, soit toi, mais pas les deux. Que si je te revoyais, ma carrière était finie. Que si je gardais mes distances, je conservais mon boulot.

— Et tu l'as crue ?

— Évidemment ! C'est elle, la perdante dans cette histoire. Je n'ai pas besoin des Stars. Je n'ai même plus envie de jouer avec eux.

Un flot de bonheur envahit Molly. Sa sœur qui l'aimait tant...

— C'était une ruse, Kevin !

— Qu'est-ce que tu racontes ?

— Elle veut que je vive une Grande Histoire d'Amour comme Dan et elle.

— Tu aurais vu sa tête. Elle ne plaisantait pas.

— Elle est très douée.

— Ça n'a pas de sens, cette Grande Histoire d'Amour. Je lui avais déjà dit que je t'aimais.

— Phoebe est une romantique. Presque autant que moi. Une histoire d'amour banale ne lui suffit pas. Elle rêve pour moi d'une relation exceptionnelle, de celles qui permettent de passer l'éponge si tu oublies de m'offrir des fleurs pour mon anniversaire ou si tu te mets en colère contre moi parce que j'ai éraflé ta voiture.

— Je suppose que tout cela est clair pour toi, mais en ce qui me concerne...

— Si tu étais une femme, tu comprendrais.

— Excuse-moi d'avoir un...

— Les paroles, c'est merveilleux, mais parfois, une femme a la chance de tomber sur un être exceptionnel... N'oublie pas que Dan lui a sauvé la vie. Il était prêt à tout abandonner pour elle. Phoebe sait que pour lui, elle passera toujours avant tout – avant le football, avant son ambition. Elle me souhaite le même bonheur, c'est pourquoi elle t'a convaincu que tu devais faire un choix.

— En somme, elle aurait mis en péril l'équipe tout entière juste pour me forcer à commettre un geste romantique ? s'écria-t-il. Je suis supposé croire cela ?

Kevin l'aimait ! Elle le lisait dans son regard, elle l'entendait dans sa voix. Il était prêt à lâcher les Stars pour elle, et son cœur chantait. Mais la mélodie fut presque noyée sous un autre son – aussi inattendu qu'inévitable.

La sirène de l'alarme incendie.

Elle s'efforça de l'ignorer.

— Tu parais fâché, risqua-t-elle.

— Fâché, moi ? Quelle idée !

— Parce que tu as cru que Phoebe te renvoyait.

— Tu oublies que cela m'est égal. Tu oublies que je veux jouer pour une équipe dont la propriétaire est convaincue que le but est de gagner, pas de gaspiller des millions de dollars afin que son quaterback vedette puisse jouer les chevaliers de la Table Ronde !

La sonnerie gagnait en intensité.

— Tu n'as donc pas sacrifié grand-chose, commenta-t-elle.

Il la dévisagea avec méfiance.

— C'est important pour toi ? Cette histoire de geste romantique ?

— Il faut que j'aille servir le thé.

— Je n'en ai pas fait assez ? Que veux-tu de plus ?

— Rien du tout.

Un juron lui échappa, puis il la souleva dans ses bras et la transporta jusqu'au bois.

— Et ça ? C'est assez romantique pour toi ?

Elle afficha une moue boudeuse, mais elle en était malade.

— Si cela implique des corps nus, c'est du sexe, riposta-t-elle. Et ça n'a rien de romantique.

Malheureusement, au lieu de la couvrir de baisers jusqu'à étouffer le bruit de centaines d'alarmes incendie, il la reposa à terre.

— Tu penses que je ne sais pas faire la différence entre sexe et amour. Tu penses qu'étant un mâle, je suis forcément obtus.

Sa Grande Histoire d'Amour allait s'achever avant d'avoir commencé à cause de l'alarme incendie qui l'assourdissait au point qu'elle faillit plaquer les mains sur ses oreilles.

— Très bien. Voici ma proposition, annonça-t-il en la regardant droit dans les yeux. Je remporterai le Super Bowl pour toi.

— Nous ne sommes qu'en juillet, gros malin, ricana-t-elle. Quand arrivera la date fatidique, j'aurai oublié ton prénom.

— J'en doute.

— Peu importe, marmonna-t-elle. Je me suis trompée. Au fond, je ne t'aime pas.

Horrifiée, elle voulut se reprendre, mais elle se tut car, loin de paraître bouleversé, il l'observait d'un œil calculateur.

— Menteuse.

Le volume de l'alarme avait-il baissé de quelques décibels ?

— Tu connais les gorges du Rhin ?

— Non. Pourquoi ? Tu m'as entendue te dire que je ne t'aimais pas ?

— Oui. Bref, c'est le « grand canyon suisse », l'un des plus traîtres. Je suis prêt à descendre en rappel jusqu'au fond et à graver tes initiales dans la roche.

Oui, l'alarme s'était nettement calmée.

— Très touchant, mais la Suisse est aussi loin que le Super Bowl. Du reste, quand on y réfléchit, ce que tu m'offres se résume à un petit graffiti, non ?

— J'ai découvert un sport, le parapente. On s'élance du sommet d'une montagne…

— À moins de vouloir graver mon prénom dans le ciel, pas la peine de t'embêter… Remarque, tu ferais sans doute une faute d'orthographe. En outre, les montagnes les plus proches sont de l'autre côté de l'État. Pourquoi ne pas se contenter d'ici et maintenant ? Bon, d'accord, peut-être que je t'aime, mais la vérité, champion, c'est que si ce numéro style l'Homme de Fer pourrait impressionner tes copains dans les vestiaires, ce n'est pas lui qui te procurera des bébés et des repas maison.

Des bébés et des repas maison ! Une famille toute à elle. Et un homme qui la comblait au-delà des mots.

Comme par miracle, l'alarme d'incendie se tut.

— Ainsi, tu veux la jouer à la dure.

Il la connaissait comme sa poche. Il la comprenait si bien qu'il n'avait pas tourné les talons. Elle écouta ce glorieux silence en elle.

— J'étais prêt à renoncer aux Stars pour toi, lui rappela-t-il. Mais je suppose que c'est insuffisant.

— Mais non...

Kevin sans les Stars ? Inimaginable !

— Je vais donc devoir faire un effort supplémentaire, continua-t-il sans la quitter des yeux.

— Inutile, assura-t-elle avec un sourire. Tu as réussi l'examen.

— Trop tard, répliqua-t-il en lui agrippant la main pour l'entraîner vers les bungalows. Viens, ma chérie.

— Ce n'est pas la peine, Kevin. Tout va bien. J'ai simplement voulu... C'est ce truc de l'alarme incendie. Ma névrose... mais je voulais être sûre que tu m'aimais vraiment. Je...

— Tu pourrais accélérer l'allure s'il te plaît ? J'aimerais en finir afin que nous puissions mettre en route l'un de ces bébés dont tu as parlé.

Un bébé... Et cette fois, tout se passerait bien. Elle se rendit compte qu'il avait changé de direction et l'entraînait vers la plage.

— Tu n'es pas obligé de...

— Prenons plutôt une barque. Sans vouloir remettre en cause tes connaissances en matière de canoë, reconnais qu'elles sont un peu fragmentaires.

— Tu veux qu'on aille sur le lac ? Maintenant ?

— Nous avons une affaire en suspens. Tu attends toujours mon grand geste romantique.

— Mais non, pas du tout ! Tu m'as déjà fait le plus beau des cadeaux. Tu étais prêt à abandonner les Stars pour moi.

— Ce qui ne t'a guère impressionnée.

— Plus que tu ne l'imagines.

— Je n'en crois rien, rétorqua-t-il en sautant dans l'embarcation amarrée au bout du ponton avant de hisser Molly à bord. De toute évidence, je ne suis pas encore à la hauteur de Dan Calebow.

— Mais si ! Je prenais juste quelques… précautions.

— Tu te comportais comme une parano, répliqua-t-il en détachant la corde et en s'emparant des rames.

— Quand j'ai dit que je ne t'aimais pas, je mentais.

— Je sais.

— Tu as raison, nous emmener au milieu du lac est un geste extrêmement romantique.

— Je m'y connais.

C'était faux, mais ce fils de prêcheur s'y connaissait en amour.

— J'aime bien ton tee-shirt, fit-elle.

— Si tu as raison au sujet de ta sœur – ce que j'espère même si je te jure que je vais la dénoncer à la commission –, j'en ferai imprimer pour tous les membres de l'équipe.

— Je ne suis pas certaine que ce soit une bonne idée.

— Ils le porteront ! assura Kevin avec un sourire. Toutefois, je ferai une concession pour les gars de la défense : le leur arborera l'image de Benny. À propos, je te félicite d'avoir sauvé ta collection. Lilly m'a tout raconté au téléphone. Je suis désolé que tu aies dû vendre ton loft, mais de toute façon, il aurait été trop petit pour nous deux.

— Il me semble que nous sommes à peu près au milieu, fit-elle remarquer.

Il jeta un coup d'œil derrière lui.

— Encore quelques mètres. Sais-tu que par ici l'eau est très, très profonde ?

Le visage de Molly se fendit d'un large sourire.

— Je suis désespérément amoureuse de toi.

— J'en suis conscient. C'est sur mes propres sentiments que tu t'interroges.

— Je te promets de ne plus jamais le faire.

— Je veux m'en assurer.

Il rangea les rames, et ils dérivèrent tranquillement, les yeux dans les yeux, le sourire aux lèvres. Molly avait la sensation que son cœur s'était logé dans sa gorge.

— Tu es l'homme le plus résolu que j'aie jamais rencontré, Kevin Tucker. Je ne comprends pas pourquoi j'ai éprouvé le besoin, ne fût-ce qu'un instant, de te mettre à l'épreuve.

— De temps en temps, tu pètes les plombs.

— Phoebe qualifie ces épisodes « d'incidents ». Aujourd'hui, c'était le dernier. J'ai pris le risque de rejeter la personne qui compte le plus au monde pour moi. Je ne commettrai plus une telle erreur. Tu as laissé tomber les Stars pour moi, conclut-elle, son regard se voilant de larmes.

— Je n'hésiterai pas à recommencer. Mais j'espère ne pas y être forcé.

Ils éclatèrent de rire, puis Kevin redevint grave.

— Le football a été toute ma vie, mais en venant ici, je me suis dit qu'il était temps que je sorte de la mêlée et que j'envisage l'avenir. Avec toi, ajouta-t-il en lui caressant la joue. Le vent se lève, il risque de faire frais.

Le soleil brillait dans le ciel comme dans son cœur et elle sut qu'elle n'aurait plus jamais froid.

— Je suis parfaitement bien, assura-t-elle.

Il indiqua le sweat-shirt qu'elle avait noué autour de sa taille.

— Je te conseille de le mettre.

— Je n'en ai pas besoin.

— Tu frissonnes.

— D'excitation.

— On n'est jamais trop prudent.

La barque tangua légèrement tandis qu'il se levait et l'attirait vers lui. Il détacha le sweat et le lui passa par-dessus la tête. Il était si grand qu'il lui arrivait aux genoux.

— Tu es ce que j'ai de plus précieux, murmura-t-il.

En un éclair, il transforma le sweat-shirt en camisole de force, croisant les manches vides et les attachant dans son dos.

— Qu'est-ce que... ?

— Je t'aime.

Il effleura ses lèvres d'un baiser, la souleva et la jeta par-dessus bord.

Molly fut si surprise qu'elle but la tasse avant d'agiter furieusement les jambes pour remonter à la surface. Pas facile, sans les bras.

— Ah, te voilà ! se réjouit-il. Je commençais à m'inquiéter.

— Qu'est-ce que tu fabriques ?

— J'attends que tu sois sur le point de couler. Ensuite, je te sauverai la vie. Dan a sauvé celle de Phoebe, je veux en faire autant pour toi.

— Dan n'a pas tenté de l'assassiner d'abord !

Elle avala encore de l'eau, toussa... et sombra.

Kevin était dans l'eau lorsqu'elle remonta. Les cheveux dans les yeux, Daphné plaquée contre sa poitrine, il savourait le bonheur d'être vivant, amoureux et de s'amuser autant. Aucune femme sur cette terre ne savait le divertir comme elle. Aucune femme sur cette terre ne l'aimerait davantage.

Ce qui ne signifiait pas pour autant qu'elle céderait sans s'être battue.

— Le temps que tu me sauves, je serai tellement fatiguée que je m'endormirai sur-le-champ, le prévint-elle.

Quelques secondes plus tard, elle regardait le sweat-shirt s'enfoncer dans le lac sans elle.

— On a bien ri ! commenta Kevin.

Il affichait un sourire radieux, mais son regard s'était embrumé.

— Pas devant les enfants, murmura Molly avant de lui arracher son tee-shirt Daphné.

Ils firent l'amour à l'ombre de la barque, se raccrochant au plat-bord, deux casse-cou ayant trouvé le partenaire idéal. Ensuite, ils se dévisagèrent en silence, savourant la perfection de l'instant.

Épilogue

(Trouvé dans un cahier glissé sous le belvédère du domaine de Wind Lake. Auteur inconnu – bien qu'il y ait des soupçons.)

Tous les animaux du Bois des Rossignols s'étaient rassemblés pour le baptême. Faute de mieux, Daphné s'était coiffée de sa tiare incrustée de brillants (elle avait égaré sa préférée lors d'un rallye automobile). La bicyclette rouge de Benny était rutilante. Melissa émerveilla toute l'assistance avec son foulard acheté rue du Faubourg-Saint-Honoré, et Léo le crapaud peignit un tableau magnifique pour célébrer l'occasion.

La cérémonie se déroulait à l'ombre d'un arbre et les animaux attendirent qu'elle soit finie pour émerger de l'ombre des bungalows et se mêler aux invités, invisibles aux yeux de tous sauf des plus petits.

Victoria Phoebe Tucker contempla Benny depuis son perchoir sur l'épaule de son père, ses yeux verts brillant de curiosité.

— C'est bizarre, j'ai l'impression de t'avoir déjà vu quelque part.

— Je connais bien ton papa.

Daphné s'avança à petits bonds.

— Bonjour, Victoria Phoebe, et bienvenue au Bois des Rossignols.

Elle posa un regard admirateur sur la robe blanche agrémentée de dentelle et de rubans roses que portait le bébé. Victoria Phoebe était déjà une passionnée de mode.

— Je suis Daphné et voici Benny. Nous sommes venus nous présenter.

— Et te proposer de jouer avec nous au football, ajouta Benny.

Victoria Phoebe fourra un bout du ruban de son bonnet dans sa bouche.

— Au cas où vous ne vous en seriez pas aperçus, je suis occupée.

— Elle est aussi caustique que sa mère, nota Sonia la souris.

Le papa de Victoria Phoebe extirpa le ruban de sa bouche et elle lui mordit le doigt arborant son anneau de dentition préféré : sa toute nouvelle bague du Super Bowl. Il l'embrassa sur le front et échangea un sourire avec sa maman, qui se tenait à ses côtés. Non loin de là, tante Phoebe observait la petite famille avec bonheur.

— J'ai rencontré les enfants, mais je ne reconnais pas toutes ces grandes personnes, dit Léo le crapaud.

Victoria Phoebe aimait étaler ses connaissances. Elle abandonna la chevalière Super Bowl pour désigner certains des adultes.

— Tous ces géants sont les camarades de jeu de papa. Et là-bas, ce sont les frères d'oncle Cal avec leurs femmes et leurs enfants. Tante Jane est en pleine conversation avec oncle Dan. Elle est gentille, mais hier, elle a voulu gribouiller quelque chose sur ma jambe et papa a dû lui confisquer son stylo.

— On a déjà eu des plaintes à ce sujet, répondit Daphné. Ta maman est très en beauté.

— Et elle sent si bon ! Les fleurs et les cookies. J'adore ma mère. Elle raconte si bien les histoires.

Victoria Phoebe se blottit au creux du cou de son père, puis redressa la tête.

— Et lui, c'est mon papa chéri. Je suis sa petite fille adorée, mais il ne faut pas le dire devant maman. Sauf que lui le dit toujours devant elle, et ensuite, ils rient.

— Tu as de gentils parents, commenta poliment Melissa.

— Je sais, mais ils m'embrassent trop... Celle que j'adore, c'est Hannah.

— Elle a toujours été notre amie, affirma Daphné.

— Mais plus maintenant ?

— Plus comme avant, admit Benny. Tout change.

— Comment ça ?

— Les enfants ne nous voient que lorsqu'ils sont très jeunes, expliqua Melissa. En grandissant, ils perdent ce pouvoir.

— Mais ils peuvent nous retrouver dans des livres, ajouta Sonia la souris.

— Pardonnez-moi, s'énerva Victoria Phoebe, mais je n'ai pas l'esprit à lire en ce moment. J'ai déjà assez de mal avec mon érythème fessier.

— Décidément, elle a un humour mordant, caqueta Célia la poule.

— Tu sais, Victoria Phoebe, intervint Daphné. Tu ne pourras plus nous voir quand tu seras plus grande, mais nous serons là pour veiller sur toi et tes frères.

— Mes frères ?

— Nous sommes des sortes d'anges gardiens, expliqua Melissa.

— À fourrure, renchérit Benny.

— Oups ! Il faut que je vous laisse ! s'exclama Victoria Phoebe, tandis que son père la transférait dans les bras de sa mère.

Les créatures regardèrent Kevin lever son verre de citronnade.

— J'aimerais proposer un toast. À nos amis et à la famille qui compte tant pour moi. À ma mère, Lilly, qui a surgi dans ma vie au bon moment. Sans oublier Phoebe, championne des entremetteuses et la meilleure des directrices.

Il se tourna, se racla la gorge.

— Et enfin à ma femme... l'amour de ma vie.

Daphné poussa un soupir de satisfaction.

— Et voilà le meilleur moment d'un livre.

— Une fin heureuse, approuva Melissa en hochant la tête.

— Trop de baisers, bougonna Benny. Tiens ! J'ai une idée ! Si on jouait au football ?

Vous souhaitez être informé en avant-première
de nos programmes, nos coups de cœur ou encore
de l'actualité de notre site
J'ai lu pour elle ?

Abonnez-vous à notre *Newsletter* en vous connectant
sur **www.jailu.com**

Retrouvez-nous également sur Facebook pour avoir
des informations exclusives.

Découvrez les prochaines nouveautés
des différentes collections J'ai lu pour elle

AVENTURES ET PASSIONS

Le 4 avril

Inédit **Les fantômes de Maiden Lane - 2 -**
Troubles plaisirs ☙ **Elizabeth Hoyt**
Si Hero trouve son fiancé ennuyeux et dépourvu d'humour, elle s'y est résolue jusqu'au moment où elle rencontre le frère de ce dernier, Griffin Remmington, en plein cœur du quartier St. Giles. Choqué de croiser une si sage lady dans ces ruelles, Griffin insiste pour l'escorter. Hero est stupéfaite : ce débauché aux mœurs dépravées, opposé en tout point à ce qu'elle aime, éveille en elle une folle envie d'aventures...

Les blessures du passé ☙ **Lisa Kleypas**
Ce jour-là, lady Aline accueille un homme d'affaires new-yorkais et ses associés. Parmi les invités, elle remarque un homme aux cheveux noirs. Soudain, l'inconnu se retourne, leurs regards se croisent. Lady Aline tressaille : McKenna est de retour ! Elle aurait préféré ne jamais le revoir...

Passion d'une nuit d'été ☙ **Eloïsa James**
Quand Charlotte Calverstill a accepté de se rendre au bal masqué de Stuart Hill avec son amie Julia, elle était loin d'imaginer que sa vie basculerait ! Irrésistiblement attirée par un inconnu, elle s'abandonne à lui sans réserve. La voilà irrémédiablement compromise... Trois ans plus tard, elle reconnaît son amant d'un soir en la personne d'Alexander, duc de Sheffield.

Le 18 avril

Inédit **_Les archanges du diable - 1 - Le cavalier de l'orage_** ↝ **_Anne Gracie_**

Après avoir récolté gloire et honneur sur les champs de bataille, Gabriel Fitzpaine aspire enfin à vivre en paix et s'installe dans la splendide demeure qu'il vient d'hériter. Mais le danger rôde toujours et semble le guetter à chaque seconde… Une nuit, le long des falaises, il croise une ravissante lady en détresse.

Inédit **_Terres d'Écosse - 1 - Prisonnière de ton cœur_** ↝ **Mary Wine**

Depuis la mort du roi, l'Écosse est en proie à de terribles complots. Avec effroi, lord Torin McLeren découvre que McBoyd, son voisin, conspire contre le royaume avec la complicité des Anglais. Pour Torin il n'y a qu'une façon d'éviter la guerre : enlever la fille de son ennemi, Shannon McBoyd, promise en mariage aux alliés de son père…

Les Lockhart - 2 - Le bijou convoité ↝ **Julia London**

Le précieux dragon d'or, jadis volé au clan des Lockhart, aurait été offert à une certaine Amelia ! Chargé de récupérer l'objet, Griffin Lockhart s'installe à Londres sous une fausse identité. Aux bals de la saison, à défaut de retrouver Amelia, il rencontre la belle Lucy Addison. Mais sa sœur, Anna, comprend bientôt qu'il n'est pas celui qu'il prétend être…

Le 4 avril

CRÉPUSCULE

Inédit

***Les ombres de la nuit* - 7 -**
Le plaisir d'un prince ☙ **Kresley Cole**

Il y a des siècles, pour fuir le sadique Cruach, Lucia a fait vœu de chasteté à la déesse Skathi. En échange, elle a reçu le don de manier les arcs : sa seule défense contre Cruach qui, tôt ou tard, reviendra à la vie. Mais Lucia pourrait bien trahir sa promesse et courir un grand danger si elle succombe à sa passion pour Garreth MacRieve, prince des Lykae.

Inédit

***Le royaume des Carpates* - 2 -**
Sombres désirs ☙ **Christine Feehan**

La chirurgienne Shea O'Halloran est étrangement attirée jusqu'aux confins des Carpates, appelée par une voix profonde et masculine, qui semble faire partie d'elle-même. Elle y fait la connaissance d'un homme tourmenté. Par quels sombres désirs est habité ce bel étranger et pourquoi l'avoir fait venir auprès de lui ? Fera-t-il d'elle sa bienfaitrice, sa proie ? Ou peut-être son âme sœur…

Le 4 avril

FRISSONS

Du suspense et de la passion

Inédit **_Secrets en série_ — Laura Griffin**

Elaina McCord rêve de devenir profileuse au FBI. Elle se lance à la poursuite d'un dangereux *serial killer* qui agit dans les marais. Des femmes sont droguées et assassinées avec une brutalité qui ne connaît pas de commune mesure. L'agent McCord va s'entourer des meilleurs légistes et traceurs du Texas pour mener l'enquête. Elle va vite découvrir que c'est sa propre vie qui est en danger…

Inédit **_Dernier cri avant l'oubli_ — Kate Brady**

Cela fait bientôt sept ans que Beth Denison tente de refaire sa vie... Loin de cette nuit tragique pendant laquelle tout aurait pu s'effondrer, Beth a refait sa vie avec sa fille. Un jour, un appel anonyme la rappelle à l'ordre. Bankes Chewy est sorti de prison et il revient pour terminer ce qu'il a commencé, sept ans plus tôt…

Le 18 avril

Des romans légers et coquins

Inédit **_Carrément sexy_ ଓ Erin McCarthy**

Après le décès brutal de son mari dans un accident de voiture, Tamara s'est promis de tirer un trait sur le monde des courses... Jusqu'à ce qu'elle rencontre Elec. Beau comme un dieu, il éveille instantanément en elle un brasier ardent. Mais voilà, Tamara est plus âgée que lui et mère de deux petits garçons... Jusqu'où l'entraînera la passion ?

Pris au jeu ଓ Nicole Jordan

Provoqué au jeu par Damien Sinclair, le prince des Libertins, Aubrey Wyndham dilapide tout son héritage en quelques parties de dés. Pour récupérer l'argent, sa sœur Vanessa a une solution, implorer la bonté de Sinclair. Mais pourquoi ferait-il preuve de clémence envers elle ? Contre toute attente, le débauché lui propose un marché : il annulera la dette si elle se soumet à ses moindres caprices...

Le 4 avril

PROMESSES

Inédit **_Rendez-vous a risques_** ❧ **Julie James**

Xander Eckhart, riche propriétaire d'une superbe cave à vin, lieu de rendez-vous très privés, est la cible du FBI. Seul un spécialiste peut pénétrer cet endroit ultra-protégé. Jordan Rhodes est l'une de ces privilégiés. Directrice d'un bar réputé, elle compte parmi sa clientèle Xander. Après discussion, elle accepte de collaborer avec le séduisant agent Nick McCall.

Et toujours la reine du roman sentimental :

Barbara Cartland

« Les romans de Barbara Cartland nous transportent dans un monde passé, mais si proche de nous en ce qui concerne les sentiments. L'amour y est un protagoniste à part entière : un amour parfois contrarié, qui souvent arrive de façon imprévue.
Grâce à son style, Barbara Cartland nous apprend que les rêves peuvent toujours se réaliser et qu'il ne faut jamais désespérer. »

Angela Fracchiolla, lectrice, Italie

Le 4 avril
Cœur d'artiste

Le 18 avril
Le bel aventurier

9902

Composition
FACOMPO

Achevé d'imprimer en Italie
par Grafica Veneta
le 7 février 2012.

Dépôt légal : février 2012.
EAN 9782290038758

ÉDITIONS J'AI LU
87, quai Panhard-et-Levassor, 75013 Paris

Diffusion France et étranger : Flammarion